ハヤカワ文庫NV
〈NV1511〉

イングリッシュマン　復讐のロシア

デイヴィッド・ギルマン
黒木章人訳

早川書房
8935

THE ENGLISHMAN
by
David Gilman

Translated by
Fumihito Kuroki
First published 2023 in Japan by
HAYAKAWA PUBLISHING, INC.
This book is published in Japan by
arrangement with
BLAKE FRIEDMANN LITERARY AGENCY LTD.
through THE ENGLISH AGENCY (JAPAN) LTD.

スージーのために

そこで死ぬ男たちは誰でも、初雪と接吻と戦いのなかで命を散らす……
人々が死ぬのではなく、人々のなかで世界が死ぬのだ。

——エフゲニー・アレクサンドロヴィチ・エフトゥシェンコ
(旧ソヴィエト連邦・ロシアの詩人　一九三三〜二〇一七年)

目次

プロローグ　9
第一部　西アフリカ　13
第二部　ヨーロッパ　47
第三部　ロシア連邦　423
謝辞　551
訳者あとがき　555

イングリッシュマン　復讐のロシア

登場人物

ダン・ラグラン…………………元フランス外国人部隊第二空挺連隊
伍長。イングリッシュマン
セルジュ・ソコール……………同狙撃小隊兵長。元スナイパー
ジェレミー・カーター…………ロンドン金融街の銀行役員
アマンダ…………………………ジェレミーの妻
スティーヴン……………………同息子。13歳
メリッサ…………………………同娘。5歳
チャーリー・ルイス……………同運転手
ラルフ・マグワイア……………ＭＩ６の高官
アブナッシュ（アビー）・
カールサー……マグワイアの部下
ジャル……………………………アビーの父
ジーン……………………………同母
ＪＤ………………………………ロシア人。隻眼の傭兵
ピョートル………………………ＪＤの部下。元特殊任務部隊員（スペツナズ）
エディ・ローマン………………雇われ運転手
シェリー…………………………エディの妻
エレナ・ソロキナ………………モスクワ刑事警察少佐
セルゲイ・イワノフ……………同将軍
アナトリー・ワシリーエフ……第七十四刑務所副所長
エフィモフ………………………同作業監督。長期受刑者
マトヴェーエフ…………………同受刑者。犯罪組織のヒットマン
キリル……………………………同受刑者。大量殺人者

プロローグ

二〇一九年十月　ロシア連邦

長い一本道の両脇には暗い森が迫っている。昨冬に除雪されて凍りついたままの雪の山の上に新雪が積もり、さらに高くなっている。男は歩幅を広げ、昇っていく太陽に向かってさらに足を早めた。

足を止める勇気なんかなかった。

陽の射さない寒々とした道の両側に並ぶ木々の頂(いただき)から、もう太陽が顔を出している。

一台目の車輛の音のせいで自分の荒い息遣いが小さく聞こえる。振り返ってみろと本能が告げた。一台目の背後で、二台目の車輛のヘッドライトが揺れている。追手は二十人というところだろうか。

男は道路脇の雪の山を跳び越え、せり出した枝の下に身を隠した。道の脇の雪の山と氷のあいだから、木の幹が立ちはだかる森のなかに進んでゆく狭い小径が続いている。エンジン音が変わった。減速している。男は走った。枝が顔を捉え、腕を上げて払いのけた。銃声が頭上の空気を切り裂いた。男は自分の愚かさに舌打ちした。顔から枝を払ったせいで、木に積もっていたわずかばかりのきめの細かい新雪が舞い、それを見られたのだ。男は枝に当たらないように身を屈めて走りつづけた。一瞬前までいたところの木に銃弾が当たった。追手はむやみやたらと撃っている。猛射が空を切り裂き、樹皮と雪の嵐を引き起こす。

男の息はさらに荒くなった。冷気で肺がひりひりと痛んだ。小径は行き止まりになった。男は下枝のなかに突っ込んでいった。枝が鞭のように顔を打ちつける。腿に灼けつくような痛みが走った。もう一発が脇腹を切り裂き、思わずよろめいた。男は痛みを無視して走りつづけた。血がたらたらと垂れ、痕を残している。遠くで聞こえる犬たちの鳴き声が森にこだましている。男は木の根につまずき、深く降り積もった雪のなかに倒れ込んだ。木にまともにぶつかり、息が詰まった。ほんの少しだけ時間をかけて息を整えなければならなかった。男は痛みと眼に入った汗を振り払った。もう追手たちの声が聞こえる。たがいを呼び合う声が。男のことを恐れている声が。ふと男は眼を閉じた。さらなる銃声が轟(とどろ)いた。

そして男は、こんな羽目に陥ってしまった経緯に思いをはせた。

第一部　西アフリカ

1

二〇一三年二月　マリ共和国　フランス外国人部隊作戦基地

すでに気温は摂氏五十度に達しつつあった。兵士たちが携行する装備と弾薬にしても、重量は三十キロを超えていた。彼らの目的地は、サラフィー主義（サラフィスト）に染まった（初期イスラム教の原則や精神の回復を目指すスンナ派の思想）トゥアレグ族とイスラム・マグレブ諸国のアルカイダ（AQIM）が跋扈（ばっこ）する、アルジェリアと国境を接するマリ北端の険しい山岳地帯だ。この地を知り尽くしているトゥアレグの戦闘員を見つけ出し、イスラム過激派の進攻を食い止める任務が、フランス外国人部隊（レジオン・エトランジェール）の精鋭たる第二空挺連隊に課せられていた。

国際連合安全保障理事会決議第二〇八五号により、西アフリカの内陸国でテキサス州ほどの面積のマリ共和国への、旧宗主国フランスによる軍事介入が承認された。ＡＱＩＭに占領されていた中部の古都トンブクトゥをフランス・チャド共和国連合軍が解放すると、世界は喝采を送った。その直後、北に何百キロも離れた、アルジェリアにまたがるイフォガス山地の中心部にある荒涼としたアメテッタイ渓谷で、さらに凄まじい戦闘が勃発した。現地を支配する犯罪組織とテロ組織と武装勢力は武器とドラッグの密輸に手を染め、獰猛（どうもう）とも言える手際のよさで集めた資金を反欧米テロ組織に流していた。渓谷の村々と付近の洞窟を掃討する、地上および航空戦力による共同作戦は厳しい戦いになることが約束されていた。八百キロほど離れた隣国ブルキナファソの首都ワガドゥグーに拠点を置いたフランス軍特殊作戦司令部（COS）は、山岳地帯での戦闘開始に先立って要衝のキダルを制圧していた。フランスの大統領と政治家たちはこの戦いを望み、将軍たちにしても同様だった。ＣＯＳは嬉々として応じた。フランスの面子（めんつ）を賭けた戦いだった。

　セルジュ・ソコール兵長は、自分が指揮する狙撃小隊にピューマヘリコプターのオーヴンと化した機内に乗り込むようながした。ヘリが降着地点（LZ）に達するなり、ソコールと十一名の部下たちはファストロープ降下する。ひと月前にトンブクトゥに落下傘降下し、市（まち）をテロリストどもから奪還したときは、彼ら攻撃側に利があった。が、起伏の激しい岩だらけの山岳地帯は防御側に地の利がある。洞窟群への進路は限られ、しかも兵がひとかたまりになりがちな隘路（あいろ）になっている。待ち伏せ攻撃が可能な地点ならごまんとある。狙撃小隊はファストロープ降下したのちに足場の悪い地を苦労して進み、射撃陣地を確保することになっている。彼らの遠距離ライフルが、洞窟を襲撃するレジオンが前進できる見込みを高めることになる。

「鳥（ロワゾー）！」ソコールをそう呼ぶ声がした。

ロシア人は笑みをこぼした。レジオンが投入されてきた、眼を覆うばかりのアフリカの戦場をすべてくぐり抜けてきた二十年の歳月が刻んだしわがさらに深くなった。ソコールとはスロヴァキア語でタカを意味し、そしてマルセイユにあるレジオンの募兵所に彼が赴いたとき、担当の大尉から賜った新たな名前でもある（レジオンの入隊には偽名〔アノニマ〕の使用が求められる）。制服を一分の隙もなく身にまとったレジオンの募兵官がその名前をつけたのは、食うや食わずでガリガリの、ぼさぼさ髪の若者が嘴（くちばし）のような鉤鼻の持ち主だったからだ。何週間にもわたる訓練課程を耐え抜き、空挺連隊への入隊を見事果たしたら、自腹を切ってタカのタトゥーを入れてやると大尉は請け合った。タカのタトゥーは、郷里を飛び出した若者が初めて得た同志たちとの絆の証（あかし）となり、力の源となった。現在、筋骨隆々の上半身はタカのタトゥーだらけとなり、恐ろしげな鳥籠の様相を呈している。

ソコールの親友で、連隊空挺コマンドーグループ（GCP）のダン・ラグランが駆け寄ってきた。

ピューマのエンジンが咆哮をあげるなか、ソコールは耳に手を当ててラグランの大声を聞いた。

「標的が移動した。別の洞窟に移った」

目的の洞窟群には、最重要国際指名手配テロリストでＡＱＩＭの幹部、そして第二空挺連隊の標的であるアブデルハミド・アブ・ゼイドが潜んでいる。アブ・ゼイドの捕獲および洞窟内に隠されているテロリスト情報の回収。それが連隊に与えられた任務だった。

ソコールは渋面を浮かべた。土壇場（どたんば）の作戦変更は人的損耗をもたらしかねない。概況説明（ブリーフィング）では作戦のごく細部まで検討された。空挺連隊の本隊が前進するなか、ＧＣＰが崖上から懸垂下降（アブザイレン）し、テロリストたちとその指導者が潜む洞窟を襲撃することになっている。

「どこに移った？」

特殊部隊（コマンドー）の兵士は折りたたんだ地図をソコールの片手に押しつけ、等高線を横切る線を指でなぞった。

「ここだ。十三番洞窟」ラグランはニヤリと笑った。「不吉だと思うか？」

「そんなことを考えるのは、ザイルにぶら下がってケツをさらしながら断崖を下りてく、おまえら間抜けどもだけだ。ここでプランを変更するやつがどこにいる？」

ソコールより年下のラグランは振り返り、将校の一団と一緒にいる平服姿のふたりの男に眼をやった。平服姿のひとりはアイパッチを着けていて、そこからみみず腫れのような傷痕がはみ出している。このふたりは、標的の男を捕獲する作戦を策定したイギリスとフランスの情報部員だ。ＣＩＡ（スプーク）は二日前にここから立ち去っていた。各国の支援を受けているものの、この作戦のすべてをフランスが仕切っていることは、脳みそが太陽に炙（あぶ）られて半分干上がっていようとも誰の眼にも明らかだ。したがって失敗に終わって流れるのはフランスの血だけだ。そのすべてがフランス人のものとはかぎらないにしても。流すのはレジオンの兵士たちだ。火中に真っ先に飛び込んでいく男たちだ。

「これだから情報屋どもは」ロシア人は嘲るように言った。「誰が船乗りシンドバッド気取りで洞窟に忍びこんだのか知らないが」そう話を続け、アイパッチを着けたフランスの情報部員に向かってあごをしゃくった。「それでもあのマスかき野郎どもがてめえのちんぽこを使って情報を集めてることはわかってる」

ラグランは親友の腕を握った。戦闘装備とヘルメットこそ若干異なるものの、彼もまた同じく鍛え抜かれて引き締まった体の男だった。

「ロワゾー、あんたたちが進路を切り拓いてくれないと、おれたちはにっちもさっちもいかなくなる。部下たちを配置につけて、洞窟の護りを固めている連中を仕留めてくれ」

ＧＣＰの降下地点から洞窟群の入り口のあいだには、数百人の戦闘員が立ちはだかっている。すべての洞窟を掃討しなければならないが、ＡＱＩＭの幹部が潜んでいる洞窟にはさらに強固な防御態勢が敷かれているだろう。

ソコールは地図に眼を戻した。

「ここに陣取るなら、射撃距離は連中の情報より長くなる。おれの読みでは八百五十メートル以上、おまけに崖面に沿って吹く風の影響を受ける」狙撃手たちは適切なタイミングで配置につかなければならないが――各自が各自を頼ってこそ、各自に振り当てられた任務をこなすことができる――崖をアプザイレンして洞窟に侵入するＧＣＰを援護する位置に達するには、それが手ごわい敵と交戦しながらとなれば時間を要する。「その前に戦いながら前進しなきゃならない」

年下のラグランはまたニヤリとした。

「だったら、ここでダラダラするんじゃなくて行動に移ったほうがいいんじゃないか。さもないとおれたちは楽園で七十人の乙女たちに会う羽目になる（クルアーンでは、ジハードで命を落とせば楽園で〝七十二人〟の乙女を報酬として与えられるとされているが、実際にはそんなことは書かれていない）」そう言うとソコールの腕を叩き、自分の部下たちのところに駆け戻っていった。

すぐに忘れ去られてしまう紛争のただなかにあるレジオンの兵士たちは、うだるような暑さと戦っていた。それでも彼らがレジオンに加わったのは戦いを求めているからだ。そしてそれがなんであれ、あとに残してきたものから逃れたいという願いもある。すでに汗で濡れている戦闘服がまとわりつき、ヘリに駆けていく体に重い装備が食い込んだ。いつものことだ。誰も文句を垂れない。この先に待ち構えていることが頭をよぎったとしても、そんな考えは唸りをあげるピューマの回転翼(ローター)がぶった切った。山の洞窟の護りがどれほど堅固であろうとも、レジオンの兵士たちは戦いに飢えている。過酷な選抜課程をくぐり抜けたばかりの新兵たちは、ひたすらに血を求めている。一方、砂漠とジャングルでの戦いに明け暮れてきた古強者(ふるつわもの)たちは、敵がいかに屈強で重装備なのかということ、そして自分たちが勝ちを収めるには戦闘技術と決断力が求められることを充分心得ている。そして精神をひたすら一点にのみに集中させなければならないこともわかっている——敵にできるだけ多くの暴力を振るい、そして殺(や)られる前に殺(や)れ。レジオンのひよっこたちですら理解している単純な法則だ。

ソコールは地図を折りたたんでチェストリグに差し、愛用の狙撃銃を収めたパッド入りのキャンヴァスバッグを担いだ。そして唾を吐いた。部下たちも彼に倣(なら)った。ソコールは部下たちのあいだに身をねじ込み、ピューマの床に腰かけた。二基のチュルボメカ・テュルモⅣCターボシャフトエンジンを搭載したヘリが、雲はおろか霞(かすみ)すらかかっていない空に飛び立ち、ソコールの両足は宙にぶら下がった。猛禽のようなヘリが轟音(ごうおん)を立てつつ時速二百七十キロで上昇していくと、ダイヤモンドのようにまばゆく透きとおった空は突如として染みまみれになった。

ソコールらを乗せて飛び立っていくヘリを、ラグランは見つめていた。これから彼らは地上を進み、死にもの狂いで抵抗してくる何百人もの聖戦主義者(ジハーディスト)たちを相手にし、空挺連隊の本隊が標的に接近できるようにしなければならない。鋸歯のような頂(いただき)が連なる山岳地帯にレジオンの精鋭の全戦力を投入する時が来た。

ラグランは自分の分隊の男たちに眼をやった。

こいつらと一緒にいれば、どこだって最高の場所になる。

ダン・ラグランにとってレジオンは家族だった。

テロリストたちは敵の襲来に備えていた。彼らは前進してくる空挺隊員たちに集中砲火と携行式ロケット弾(RPG)を浴びせるべく、断崖と谷底のそこかしこに掘られた塹壕(ざんごう)に銃座と狙撃手を配備している。武装は整っていた——リビアの政権崩壊以降、この地には大量の武器弾薬が流入していた。そのなかに地対空ミサイルがあることを恐れたフランスの将軍たちは、当該空域での軍用機の使用を制限した。四十キロ離れた砲兵陣地からの砲撃で敵陣地を叩きはしたが、多くの敵を排除することはできなかった。谷底で絶え間なく戦闘を続け、テロリストたちに充分接近して仕留めるには断固たる決意が求められる。

敵が立てこもる洞窟群には、数カ月の包囲に耐え得る食料と弾薬が備蓄されていた。が、水源となっていたアメテッタイ渓谷の村をレジオンが奪取したことで戦局は変わった。サラフィストたちは唯一水が残されている洞窟群に押しやられ、逃げ場のない死闘に追い込まれた。アフガニスタンでも戦ってきたレジオンの兵士たちは、AQIMの戦闘員たちとその仲間であるトゥアレグ族たちに不本意ながら敬意を払っていた。彼らはタリバンより強固な信念を抱き、戦いにもより手慣れている。

ラグランの率いるGCPは山頂を横切り、上から攻撃を仕掛けた。洞窟の上の高台を護る、巧みに隠された敵の陣地に、ラグランは十二人の部下たちと共に射撃を繰り返しつつ接近していった。汗が入り、眼をしばたたかせた。足首をひねりそうな岩場の山頂は平らな谷底よりも手ごわく、迅速な移動は不可能だった。谷底を進む本隊の前進速度にしても、その上の急斜面で一歩一歩足がかりを得ながら進む兵士たちとどっこいどっこいだった。どちらもそれなりの犠牲をこうむっていた。身を隠せる樹木も何もない岩場は、敵にとっては天からの授かりものだった。洞窟の入り口にアプザイレンする崖の端まであと三百メートルというところにラグランたちが達したとき、遠方のギザギザしたシルエットが突如として動き、輝きを発した。砂漠の風に何千年にもわたって磨かれ、表面が滑らかになった岩の背後から、いくつもの人影が現われた。銃弾が空を切り裂き、銃声が鳴り響いた。

　ラグランの耳に、二メートルほど離れたところにいる部下に銃弾が当たる音が届いた。ケヴラー製の抗弾ヴェストに弾丸(たま)が当たったドスンという音ならびっくりするだけだが、金属が肉体を切り裂く音は聞きまちがえようがなかった。テロリストたちは塹壕から立ち上がり、前進を開始した。控えめに見ても六対一の劣勢だ。厳しい訓練と本能がレジオンの兵士たちを踏ん張らせ、連続応射させた。そしてラグランの部下たちは標的に狙いを定めて有効射撃を加えつつ一メートルずつ前進した。銃身下(アンダーバレル)のグレネードランチャーを撃つものもいた。歩調を合わせた反撃に敵はたじろいだ。今度はこっちがこの岩場に跪(ひざまず)かせるか転がしてやる。ラグランは部下たちに身を隠せと合図した。空を背にして姿をさらしつづけるわけにはいかない。山頂に敵の地対空ミサイルは確認できないが、RPGでも攻撃ヘリをあっさりと撃ち落とすことができる。銃声が激しく轟(とどろ)くなか、ラグランは無線機に向かって現在地の座標をがなりたて、近接航空支援を要請した。彼が出会ったなかでもっとも大胆不敵な人種のひとつが、フランス軍のヘリコプター飛行士たちだ。近接航空支援は了承された。援軍の到着まで二分。百二十秒の長きにわたり、攻撃してくる敵を足止めにしなければならない。

　これからやって来るヘリは、釘づけにされているラグランたちの至近距離を攻撃することになる。そこでふたりひと組(ツーマンセル)で行動せよという指示が出された——一方が射撃しているあいだに、もう一方は安全に身を隠すことのできる隆起した岩に移動せよ、だ。高速低空飛行で飛来するティーガー攻撃ヘリの編隊は、レーザー照準による機関砲およびロケット弾射撃で岩場を吹き飛ばす。跳弾は飛んでこないが、代わりに石の破片が空を切り裂く。

ラグランは身を屈め、弾丸(たま)を喰らって倒れたまま動かなくなり、眼を大きく見開いた男に顔を寄せた。

「サミー、もうちょっとの辛抱だ、相棒(モナミ)」銃声と爆発音が絶え間なく響くなか、彼は大声で呼びかけた。

「ダン……すまない……足を止めるな。前進を続けろ」ラグランの相棒は歯を食いしばり、そう応じた。

ラグランは片眼でテロリストたちを捉えつづけていた。連中は今のところは身を隠しているが、じきにこっちに向かってくるだろう。彼は空に眼をやった。攻撃ヘリのエンジンの咆哮は聞こえない。ラグランは負傷した仲間を励ましながら岩をいくつか引き寄せ、周囲に防護壁を築いた。GCPのひとりが援護射撃を受けつつ、身を屈めた姿勢で岩場を縫うようにしてラグランに向かって走ってくる。

「時間の余裕ならあるぞ、サミー。クソ野郎どもが多すぎて、これ以上進めない。だから攻撃ヘリを呼んだ」ラグランはそう言い、弾倉ポーチが装着されているサミーのチェストリグを脇に寄せ、抗弾ヴェストの下に手を差し入れた。手は血に染まった。どういうわけか、一発が腹部を貫通していた。

駆け寄ってくる兵士は残り二十メートルを走り切るとラグランの横に陣取り、無防備の戦友たちを援護した。テロリストたちに向かって銃火を注ぎ、真鍮製の空薬莢が岩の上で跳ねた。

「ミウォシュ！」ラグランは駆けてきた兵士に声をかけ、立ち上がって突撃してくる四人か五人のＡＱＩＭの戦闘員を示して注意をうながした。ポーランド人のミウォシュは射線を移し、戦闘員たちを撃ち倒した。

「両脚の感覚がなくなっちまった、ダン」負傷したサミーが言った。

ミウォシュはサミーを一瞥した。そしてニヤリと笑った。

「サミー、そりゃおまえが仮病野郎だからだよ。おれたちがあの外道どもを片づけるまでおとなしくしてろ」ミウォシュはそう言うと空になったマガジンを落とし、間髪いれずに新たなマガジンを挿した。少人数のＧＣＰの火力をはるかに凌駕する制圧射撃が続いていた。

「おまえこそやられないように気をつけろ。おまえらポーランド人どもはうすのろで有名だからな。おれが這って進んだほうが速い」サミーはそう言い返し、シューッと息を吸って痛みをこらえた。

ラグランは戦友の背中に手を当てた。射出創はなかった。彼は銃弾を腹に受けたサミーの救急医療パックを開けると止血ガーゼを取り出し、個別包装を破いてサミーの体に密着している抗弾ヴェストの下にガーゼを押し込んだ。

「自分でしっかり押さえろ」ラグランは大声でそう言った。

「聞いてくれ……ここに置き去りにしないでくれ……そんなのはいやだ、わかるだろ？あの連中にどんなことをされるかは、おまえだってわかってるはずだ。やるべきことをやってくれ、な？」

自分の友人を安楽死させるつもりも、敵の手に渡すつもりもラグランにはなかった。固い絆で結ばれた彼ら戦友たちにはどちらの選択肢もない。ラグランが言葉を返すより早く、ミウォシュが大声で警戒をうながした。

「ダン！」ミウォシュが四十ミリ・グレネードランチャーで敵の位置に赤い発煙弾を撃ち込むと、一瞬ののちに風が彼らの背中を叩き、ローターの回転音を響かせる攻撃ヘリの到来を告げた。

過去の作戦での苦い経験から、ＧＣＰたちは標的のマーキングに使用する発煙弾の色を前もって攻撃ヘリの飛行士に知らせることをやめていた。敵が無線を傍受すればその色の煙幕を自分たちで放ち、待ち伏せ地点にヘリをおびき寄せることができるからだ。ラグランは無線機の通話ボタンを押した。

「煙の色を確認してくれ」

「赤い煙が見える」ヘリの飛行士は応答した。

「了解した。その色だ」

ラグランが無線確認を終えると、攻撃ヘリの機関砲が恐るべき威力を発揮し、敵もろとも岩場を引き裂いた。ラグランは負傷した戦友に覆いかぶさった。機関砲は眼を覆うばかりの惨状をもたらした。ローターが作り出す下降気流（ローターウォッシュ）にラグランたちは打ちつけられ、地面に押しつけられた。殺戮が展開されていく現場から、石の破片がヒュンヒュンと音をたてて飛んでくる。恐れ知らずのティーガーの飛行士たちは低空をかっ飛んできて、レーザー照準器で敵の位置をロックオンしたうえで砲撃を加えた。破壊的な暴力をまともに受けた敵たちの体はズタボロにされ、肉片が四方八方に飛び散り、岩場を血に染めた。殺戮は迅速かつ効率的に遂行された。ラグランは、敵が無力化されたかどうか確認を求める雑音交じりの声をヘッドセットに聞いた。ラグランは完了したと応答し、負傷者後送用ヘリを要請した。これで山頂の敵は掃討され、負傷したサミーは安全にヘリ輸送される。

ローターの猛禽たちが急降下しつつ去っていった。レジオンのGCPたちはすぐさま立ち上がり、前進を再開した。殺戮の地を越えていく彼らを、ラグランは見守った。AQIMの戦闘員のなかに生き延びた者がいたとしても、すぐに始末されるだろう。

ラグランはサミーのヘルメットのあご紐をはずしてやり、また救急医療パックに手を伸ばした。

「これで誰かひとりでもやられたら、おれたちは一巻の終わりだ。とんだ衛生兵だよ、おまえは」パックのなかをまさぐって鎮痛剤を探しながら彼は言った。どの兵士も救急処置の訓練を受けているが、そのための装備を携行しているのは衛生兵だ。

サミーは痛みに顔をゆがめた。アドレナリンの効果が消えてしまい、いつ何時激痛が襲ってきてもおかしくなかった。

「コツはだな……まずいところに弾丸(たま)を喰らわないことだ……なあ……相棒」

ラグランは透明な液体が入ったアンプルを振り、注射器で中身を吸って指で叩いて気泡を抜いた。

「負傷者後送ヘリが急行中だ、サミー。ここが踏ん張りどころだ。これでおねんねして、愉しい夢でも見てろ」

戦友の大腿筋に、ラグランはケタミンを五十ミリグラム注入した。呼吸を抑制せず、脈動を抑えるのではなくむしろ刺激するケタミンは、モルヒネより好ましい。ラグランはローターが空を切り裂く音を耳にした。ティーガーと同様に切迫した音だが、そのペースはより落ち着きを感じさせるものだった。彼はケタミンを投与した量と時間をサミーの額に書き記すと、緑色の発煙筒を焚(た)いて位置をマーキングした。そしてヘリの飛行士に無線を入れ、また煙の色を確認させた。最後に傷ついた戦友の肩をポンと叩いて別れを告げ、親指を上げてみせると、崖の端に待機している部下たちのもとに駆けていった。戦友が弾丸(たま)を喰らう様子を目の当たりにした悔しさが否応なく襲ってきた。今回の任務は、今のところはツキに恵まれている。過去にはかなり多くの死者を出したことがある。部下たちの顔は不安の色に染まっていた――彼らは言わず語らずのうちに自分の気持ちを表に出すことができる。もう何年も共に戦ってきた仲間なのだから。ラグランはザイルの準備を整えた。負傷者後送ヘリのローターが緑色の煙をかき消した。

テロリストたちの指導者を捕獲して情報資料を確保するには、洞窟の入り口にアプザイレンしなければならない。これからラグランたちは狙撃手たちに命をあずけることになる。彼らは虚空に身を投じた。

2

〝鳥（ロワゾー）〟ことソコールは眼元の汗を拭った。迷彩柄の戦闘服に細切れにした粗い麻布を無数に縫いつけたギリースーツが、耐え難い暑さのなかでの狙撃をより一層難しくしている。重量十四キロ弱の狙撃銃は、狙撃手であるソコールと観測手（スポッター）が身を隠している岩場に安定した状態で置かれている。粗い麻布で包まれた狙撃銃の全長は百十二センチで、長さ七十センチの銃身の先端には小箱のかたちをしたマズルブレーキが取りつけられている。狙撃手とその得物は巧妙に隠されており、その輪郭は岩だらけの大地にうまくなじんでいる。狙撃銃は五〇口径の銃弾を秒速八百五十メートルで放ち、最大射程は二千メートルを超える。ソコールもその距離での狙撃をしたことがあるが、この銃の最大有効射程は千八百メートルだ。おまけに、谷底を進む空挺連隊の攻撃チームは洞窟の入り口の近くまで到達しているが、そこから斜面を数百メートル這い登らなければならない。レジオンに何百人も仕留められ、敵の残存兵力は山の拠点に撤退していた。洞窟の入り口に据えられた敵のべルト給弾式機関銃の有効射程は千五百メートルもあり、ソコールの正面の地面を掃射している。聖戦主義者（ジハーディスト）の機関銃手がいる岩でこしらえた小射撃壕は、頭上に洞窟の天井部がせり出していて、迫撃砲による砲撃から護られている。このせり出しのおかげで、ソコールもスポッターもクリーンショットを取れずにいる。もう時間切れだ。空挺コマンドーグループ（GCP）たちが崖面を懸垂下降（アプザイレン）している。谷底のレジオンは攻撃を開始しなければならない。が、クリーンショットを取れないままだと、GCPたちはソコールの照準器の視界に入った途端に死んでしまう。

狙撃位置についてからかなり経つソコールは、風向きと風速そして狙撃距離を読む標識（マーカー）をしっかりと見つけていた。そして今、山肌に舞っていた砂埃（すなぼこり）は静まっている。この時点ですでに敵の狙撃手たちを仕留め、迷彩色のピックアップトラックに搭載された連装機関砲も無力化してある。これらから機関銃手に姿をさらしてもらう必要がある。ソコールは再計算し、照準器のエレヴェーションノブをまわして仰角を調整した。銃弾の軌道は直線を描かない――放物線を描きつつ高さを増して飛んでいき、やがて重力に引かれて落ちていく。ソコールは照準器の設定を修正し、銃弾の飛行軌跡を補正するのに必要な距離を確保した。片方の頬を銃床（ストック）に押し当て、片眼で照準器を捉えつづける彼は、洞窟の入り口を移動する動きを見つけた。食欲旺盛なベルト給弾式機関銃に銃弾を喰わせるべく、弾帯を抱えたテロリストがすり足で機関銃手に近寄っていく。スポッターが標的発見を告げるか告げないかのうちに、ソコールは給弾手の何歩か先に狙いを定め、撃った。大雑把な計算だが、距離千メートルの狙撃では銃弾は二秒足らずで標的に着弾する。二秒を数えないうちに大口径の銃弾が給弾手の脚を引き裂き、血飛沫（ちしぶき）が上がるのを照準器越しに確認した。ショックと失血でじきに死ぬだろう。ソコールは狙撃銃の遊底（ボルト）を引き、次の銃弾を弾倉（マガジン）から薬室（チャンバー）に装塡した。今度は機関銃手を護っている岩を撃った。銃弾が命中し、機関銃手を護っている岩の一部が粉砕されるまでの数秒のうちに、さらなる銃弾を装塡した。今のソコールは自分の直感に頼っていた。敵を効率よく仕留めるには、こちらの弾丸（たま）が到達するまでのあいだに標的の次の動きを読まなければならない。銃弾を必要としている機関銃手は、どんな危険を冒してでも弾丸を手に入れようとするはずだ。そう踏んだソコールは給弾手を殺し、遮蔽物となっている岩を撃つことで機関銃手の決断をあと押ししてやった。彼は照準をずらし、給弾手が撃たれた位置にあえて狙いを定めた。そして呼吸を整えた。照準器の十字線（レティクル）が動きを捉えた。ソコールは引き鉄を絞った。はずしてしまったら、機関銃手は今まさに洞窟の入り口に下り立とうとしている十二人の男たちに難なく銃口を向けるだろう。身を乗り出してきたテロリストの機関銃手の頭を銃弾が捉えた。

　機関銃手が倒れるなり、洞窟の暗がりから戦闘員がふたりか三人出てきたが、時すでに遅しだった。降下してきたGCPたちが洞窟に閃光手榴弾（スタングレネード）を放り込んだ。爆発音が谷底にこだまし、銃声のスタッカートがすぐさまあとに続いた。ソコールは照準器から眼を上げた。GCPたちは洞窟に突入していた。

ラグランたちはザイルを投げ捨て、感覚が麻痺した数人の戦闘員を手早く始末した。そしてツーマンセルに分かれると、それぞれ入る洞窟を選んで作戦どおりに奥に進んでいった。洞窟に突入したあとはスピードが肝（きも）となる。奥底にあるテロリストの拠点には、きわめて重要な情報とアブ・ゼイドがいる。洞窟に入ったラグランが最初に気づいたのは、内部がきちんと整えられていることだった。壁に走るクジラの肋骨のような畝（うね）は、まるで千年以上の歳月を費やして手で掘られたかのように思えた。たぶんそうなのだろう。最初に入った洞窟は、トラックが一台入れるほど大きかった。突入に成功したのだから、こうした大きな洞窟は斜面を登っている最中の本隊に任せればいい。GCPに割り当てられているのは小さめの洞窟の捜索だ。ラグランの二歩うしろを進むミウォシュは、銃を肩に構えて左右に眼を走らせている。ふたりはアプザイレンで上がった息を整えていた。壁に沿ってケーブルが張られ、電球がちらちらとする光を放っている。ずっと奥のどこかに発電機があるにちがいない。

洞窟は狭くなっていった。ラグランとミウォシュは身を屈め、じりじりと足を進めた。と、壁にぽっかりとあいた黒い穴が出しぬけに現われた。一見すると大きなくぼみのように思えたが、実際はその先に空間があった。何かが動く気配にふたりははっとし、周囲に銃口をめぐらせた。狭い空間に銃弾を浴びせようとするミウォシュを、ラグランはさっと手を掲げて制した。濃い影のなかから、十個ほどの幼い顔がふたりを見つめ返していた。子どもたちが恐怖で身を縮こまらせている。洞窟間や渓谷の村々との伝令としてテロリストたちが使っている子たちだ。ブービートラップが仕掛けられている可能性を警戒しつつ、ラグランは立つように手ぶりでうながした。子どもたちの体とプラスティック爆弾（セムテックス）を結びつけることに、テロリストたちは良心の呵責を感じない。ラグランはひとりひとりの手を引いて外に出した。眼を大きく見開いた子どもたちはせいぜい八歳か九歳くらいで、女の子はひとりもいなかった。恐怖からか、もしくはそう訓練されているのか、子どもたちは声を発せず、すすり泣きすら漏らさない。

「ミウォシュ、この子たちを入り口まで連れていけ。逃げたら標的にされる」

「ここに置いたままにしたほうがいいんじゃないか。この先もふたりで進むべきだ」

ポーランド人の指摘はもっともなことだったが、後続部隊が手榴弾を使って進路の安全を確保しつつ迷宮の奥底に進んで来たら、やはり子どもたちは死んでしまうだろう。

「だめだ。この子たちを洞窟から出すんだ。後続に渡したら戻ってこい。おれはこのまま先に進む」

それで決まりだった。ミウォシュは小学校の教師がやるように子どもたちを集め、おたがいの手を握らせた。そうやって洞窟の入り口に戻っていくと、ラグランは奥に向かった。

五十メートルほど進んだところで洞窟は左に曲がったかと思うとすぐに右に曲がった。さらに狭くなった。上に吊るされた電球はさらに少なくなった。闇はさらに深くなった。ラグランは身を屈め、すり足でカーヴを曲がっていった。出しぬけに銃声が轟き、岩肌から破片が飛び散った。ラグランはあとずさり、チェストリグから手榴弾を一個はずすと、緩やかな起伏のある洞窟の床に転がした。カタカタと音をたてて転がる手榴弾に撃ってくる男が眼をやると、銃声はやんだ。ラグランはカーヴを曲がって撃った。男は五メートルと離れていないところにいた。何発か命中すると、男の体はガクンと揺れ、構えていたAK－47が岩肌に当たってガチャンと音がした。ラグランは洞窟の前方に銃口を向けながら足早に進むと屈み、わざと安全ピンを抜かなかった手榴弾を拾い上げた。このような密閉空間で手榴弾を使えば、衝撃波で戦闘員を倒すことができるだろうが、同時に自分にも害が及ぶ。安全ピンはしっかりと留められたままだった。ラグランは手榴弾をチェストリグに戻した。そして倒れた戦闘員をおそるおそるまたいで進んだ。呼吸は速まり、体はこわばっていた。先を見ると、洞窟は三十メートルほどのところで若干広くなっており、さらに明かりから遠ざかるみたいに曲がっている。そこでふた股に分かれていた。ラグランがゆっくりと前進して暗い角に達すると、電球のいくつかが消え、すぐにまたチカチカと灯った。発電機の低い唸りが聞こえる。司令部が近いということだ。

左に向かう洞窟の二十歩ほど先に影がぬっと現われ、ラグランに向かってきた。「アッラーは偉大なり」と叫ばなかったら、その影は自爆ヴェストを起爆させる時間的余裕があっただろう。影の頭部に、ラグランは素早く二連射した。脳が機能を停止してしまえば反射運動は生じない。それに自爆犯が起爆トリガーを持っている保証もない。この影は持っていなかった。自分の銃声のせいで耳がガンガンと鳴っていたが、それでも別のトンネルでの銃撃戦の音はかすかに聞こえる。向かってきた勢いそのままに、男はラグランの近くまで来ていた。彼は用心してあとずさった。ろくな施設を持たないテロリストが作る定番の爆発性化合物である、ＴＡＴＰの略称で知られる過酸化アセトンは、起爆させなくても衝撃や熱で爆発する危険性がある。頭を吹き飛ばしてやったテロリストから離れた慎重さが、今度はラグランの命を奪いそうになった。背後の岩を金属が削った。ラグランは素早く振り向いた。暗がりのさらに奥にしゃがんでいるテロリストが一発撃ち、銃口が閃光を放った。銃弾がヘルメットの縁に当たり、ラグランはのけぞり、岩肌にぶち当たった。さらに三発の拳銃弾がばら撒かれた。ラグランは片側に身を躍らせた。両手で持っていたアサルトライフルが落ちた。胸のホルスターから九ミリ口径の拳銃を引き抜くと、動物的な勘で暗がりに向かって撃った。弾丸（たま）が人体に当たった鈍い音がした。ラグランは這い進み、必死になってアサルトライフルに手を伸ばした。撃ってきた相手に両手が触れた。彼は呼吸を緩め、耳をそばだてた。死体を引き寄せると、自分の眼が一瞬信じられなくなった——十やそこらの男の子だった。怒りが燃えあがり、嫌悪感がこみ上げてきた。穢（けが）れを知らぬ顔の少年は何も見ていない眼を大きく見開き、自分を殺した男に向けていた。口はショックと驚きでぽかんと開いている。

と、そのとき、まだ灯っていた電球が消えた。ラグランは暗視ゴーグル（NVG）を収めてあるポーチに手を伸ばしたが、指が触れたのは弾丸（たま）が貫通してほつれた裂け目だった。眼の見えない人間が馴染みのない場所でやるように、彼は手のひらを前方に突き出した。遠くのどこかで、かすかな反射光が漏れている。別の部屋があるのだろう。闇に眼を慣らし、手で岩肌を探りながら進んだ。洞窟はまた狭くなった。大人がくぐり抜けることができないほどに。分岐点の左側から自爆犯から来たが、右側のこっちの道はかなり狭い。だからテロリストどもは男の子を送り込んで自分を殺そうとした。ここで引き返したら、迷宮の深みにはまってしまいかねない。ラグランはそう考えた。この狭い箇所を抜けることができれば、その先にはぼんやりとした光を放つ広い空間が待っている。アサルトライフルを持ったままくぐれば床に当たってこすれる音がして、洞窟の先にいる戦闘員に気づかれるかもしれない。そう判断し、ラグランはチェストリグと抗弾ヴェストを脱ぎ、コンバットナイフを抜いた。そして片手に拳銃を、もう一方の手にコンバットナイフを握り、腹這いになって狭い空間に潜り込んだ。

天井は肩が当たるほど低かった。もがいたり身をよじったりしているうちに、圧迫感は弱まった。両手と両膝を使って這い進み、前方に何か動く気配がないか、意識を耳に集中させた。ざらつく岩肌にかろうじて当たっている反射光のおかげで、その先にも洞窟が続いていることがなんとかわかった。そこで洞窟ならではの水のにおいと湿り気を帯びた冷気を感じた。眼のまえのギザギザした岩についた、ほんのわずかな水滴が光っている。ラグランは前進を止めた。水溜りか井戸に滴り落ちる水のくぐもった音が聞こえる。むっとするほどの湿気が立ち込めている。洞窟の奥底にいる人間たちの体や調理用ストーヴが放つ熱も感じられる。あらゆる動きに神経を尖らせつつ、ラグランは前進を再開した。前方のぼんやりとした光が幻影のように見える。近づくと、天井に当たる湾曲した反射光は消えた。また現われると、今度は隙間を照らし出し、曲線を描く畝が走る壁が見えた。腰を上げてしゃがんでみると、光が見える場所は位置によって異なることがわかった。わずかばかりの風が顔に心地いい。たぶん通風孔に近いのだろう。と、ヌルヌルする床にブーツが滑り、ラグランは足を踏みはずした。激しく倒れ込み、片脚が虚空に落ちた。そこは流れる水が千年の長きにわたって浸食して作った、天然の井戸だった。手から拳銃が滑り落ちた。ラグランは歯ぎしりし、乾いた岩を選んで手をかけ、身を起こした。武器を失ってしまった。一瞬、胸に動揺が走った。闇と恐怖は見えない敵と同じぐらいの脅威だった。それでもさまざまな感情を押し殺すことができるラグランは恐怖を振り払った。戦場で生き延びたければ、気力で乗り切るしかない。壁に這わせている手が、天井の高さが元に戻ったことを教えてくれた。右手にコンバットナイフを握り、左手で探り探り進んでいった。心臓の鼓動で耳が聞こえなくなりそうだった。足を止め、呼吸を緩めたところで、前方のどこかから小さくてぼそぼそという声が聞こえてくることに気づいた。別の声がそれに答えた。見えたり見えなかったりするほのかな光と同じように、壁の割れ目から漏れ、曲がりくねった洞窟を伝わっていくうちに小さくなっているにちがいない。さらに別の、遠くからでも切迫感が伝わる声が聞こえた。誰かの名前を呼んでいるような声だ。あの男の子の名前だ。あの幼い戦闘員を送り込んだ誰かの声だ。返事を求める声がまた聞こえたかと思うと、揺らめく光を影がさえぎった。男がトンネルに出てきた。長年のゲリラ戦で培(つちか)われた本能が男を立ち止まらせた。今度は慎重に声を落として名前を呼んだ。

「ファイサル？」

ラグランは息を止めた。左手を岩肌に当て、突進するさいに体を押し出す手がかりになるものを探した。胸と腹のあいだに切っ先が来る角度にナイフを構えた。後ろ足に力をかけて突進するスタンスを取り、バランスを取った。男は小声で毒づくと、ベルトのあたりをまさぐった。男がベルトからはずした携行電灯（フラッシュライト）の光が、突如として洞窟内を照らし出した。ラグランは全身に力を込め、決然とした足取りでさっと身を乗り出した。直立姿勢を保ったまま突進しないよう注意を払った。突進してしまうと相手に避けられてしまう。フラッシュライトを向けられると、濃いあごひげの奥で歯をむき出しにして唸り声をあげる男の顔が見えた。身長にも体重にも勝る男だが、それでもナイフを手にしているラグランのほうが有利だった。ラグランがテロリストの背中を見ることはなかった。代わりに刃（やいば）の光をその手に見た。ナイフ戦はトゥアレグ族の男たちの戦いの流儀だ。

フラッシュライトのおかげで、洞窟の行き止まりにあたるここはかなり広いことがわかったが、それでも戦いを繰り広げるほどには広くはなかった。男はフラッシュライトで眼くらましを喰らわせようとしたが、ラグランは男がナイフ戦の体勢を整えようとしているうちに身を屈めて閃光から眼をそらし、頭と両肩を動かした。突きが繰り出されると、ラグランは突進してくる男の内側に踏み込んで背中を向け、左手で男の筋肉質な前腕を摑むと胸骨に肘を叩き込んだ。ツンとする汗のにおいと口臭がラグランの鼻腔に満ちた。男は息を切らしていたが、それでも金属ケースのフラッシュライトでラグランのヘルメットを強打できるだけの力は残っていた。ラグランのバランスを崩せるほどの一撃だった。フラッシュライトは床に落ち、身を躍らせるふたつの影を壁に投げかけた。ラグランは身をひるがえすと、男のナイフを持つ手めがけて素早い突きを繰り出した。腱か指を断ち切り、ナイフを落とさせたかった。その一撃を男は読んでいて、身をかわした。反撃されるより早く、ラグランはバランスを取り戻した。ラグランの切っ先は拳と同じ方向を向いていた。したがって、どこを突いても相手のどこかに当たる。それとは対照的に男の手首はあちこちを向き、せわしなく動く刃は空を八の字に切り裂き、空いたほうの手のひらで首への攻撃をかわそうとしていた。映画だったら見栄えがするかもしれないが、戦いの経験を積んだ人間の防御ではない。腕や肩を切りつけることはできるかもしれないが、ラグランの刃が首に届けば男は死ぬ。ラグランはナイフを使った派手な殺陣になど眼もくれず、しっかりとした足取りで素早く二歩進んで間合いを詰め、斜めに切りつけた。男はブロックしたが、ラグランのナイフの切っ先は腕を捉えた。相手を弱らせるような一撃ではなかった。男は舌打ちすると手首をひねり、ラグランの腋窩めがけて反撃しようとした。当たれば必殺の一撃だったが、動きが遅すぎた。ラグランが眼で追えるほどに。体で憶えた動きは頭で憶えた動きを凌駕(りょうが)する。男はラグランの顔と首に向けて何度も刃を繰り出した。その切っ先は標的に届くことはなく、ラグランは向けられた刃の先を見て、男の眼と体の動きを読もうとした。

ラグランは左と右に素早い突きを繰り出し、男の眼のまえで小さく十字に切りつけた。男は切り抜けることのできない攻撃をかいくぐらざるを得なかった。男は腰抜けではなかった。憎悪が男を奮い立たせた。かなり大きな歩幅で踏み込んだ。ラグランは構えを変え、男と一時の位置で対峙した。その刹那にラグランが見た男の眼は、自分のしくじりを悟っていることを告げていた。ラグランは刃を下に向け、男の脚を深く切り裂いた。外科医のメスさばきもかくやという手際のよさで、皮膚と皮下脂肪と筋肉を切開した。脚は男の体重を支えることができなくなった。倒れ込んだそのとき、男の刃がラグランの下腿にまぐれ当たりした。突然感じた灼けつく痛みをアドレナリンが打ち消すなか、ラグランは手首を返し、男のあごひげの下の咽喉(のど)にナイフを突き刺した。

男の顔が床に当たるより早く、ラグランはナイフを引き抜いた。刃についたねばつく血糊を手で拭うと、光が漏れてくる場所に向かって足を進めた。汗が眼にしみた。悪臭のする空気を吸い込むと、少し時間を取って胸の脈動を鎮めた。曲がり角があり、数歩進むとさらに大きく右に曲がった。さらに明るくなった。ラグランはじりじりと進み、角の先を覗(のぞ)き見た。建物二階分の高さのある、開けた空間があった。奥の壁には、上層に上がるための金属製の梯子(はしご)がボルトで留められている。上層の岩肌にある暗い裂け目は、この空間への別の出入り口だとラグランは察した。架台式テーブルが並べられ、その上にいくつかの缶詰とキャンプ用ガスコンロがひとつ置かれている。一台のデスクトップパソコンをファイルキャビネットが取り囲んでいる。二台のノートパソコンが一本のケーブルで相互接続されている。三十歩ほど離れたところに銃器が並べられ、その横に装弾済みのマガジンが置かれている。銃に簡単に手が届くところに、男がラグランに背を向けて立っていた。男はトランシーヴァーを肩ではさんで耳に当てている。

イスラム・マグレブ諸国のアルカイダ(AQIM)の戦闘員は、ファイルキャビネットの抽斗からブリーフケースを取り出し、トランシーヴァーに向かってがなりたてた。激昂し、絶望に毒された声だった。洞窟への侵入を許しても戦いつづけろという最終指示めいたことをラグランは耳にした。トランシーヴァーの先の、別の洞窟にいると思われる誰かに向かって〝犬ども(レ・シャン)〟というフランス語を吐いた。男はまだラグランに背を向けていた。ラグランは音を極力たてずに銃器に近づいていった。AK-47か拳銃を手に取ることができれば勝ち目はある。男が振り向いた。不意を突かれた様子のひげ面を見て、ラグランはそれが自分たちの狩りの獲物のものだとわかった。アブデルハミド・アブ・ゼイドは自爆ヴェストを身にまとっていた。降伏するつもりなどまったくない。武器とテーブルまでは早足で十歩ほどの距離があった。ラグランはナイフを投げつけ、生死を分かつ数秒を稼ごうとした。

その数秒が与えられることはなかった。

アブ・ゼイドは眼を大きく見開いた。口を開け、傲慢な雄叫びを最後にひとつあげた。

「アッラーフ・アクバル」

ラグランのツキはそこで尽きた。

第二部　ヨーロッパ

3

二〇一九年九月　ウェスト・ロンドン　ベッドフォード・パーク

ベッドフォード・パークはウェスト・ロンドンの高級住宅街だ。街全体が保全地区に指定されていて、地下鉄の駅が近く、都心へのアクセスも良好なこともあって、並木道が縦横に走るこの街は羨望の的になっている。そのなかの緑豊かなウッドストック・ロードは、俳優や映画監督や弁護士、そして〝資産家〟と見なされる世帯が占めている。つまり専門的地位と、数世代にわたって蓄積された富がもたらす特権を享受している人々が暮らしているということだ。

ロンドン金融街（シティ）の四十九歳の銀行役員ジェレミー・カーターもそのひとりで、妻とその連れ子で十三歳のスティーヴンと、メリッサという自分の五歳の娘とウッドストック・ロード沿いの家で暮らしている。妻のアマンダと結婚してからこのかた、カーターはスティーヴンを自分の息子として大事に扱ってきた。そしてラグビーシーズンの開幕以降の毎週の土曜日と同じく、この日の朝もこれからテムズ川対岸のバーンズにあるパブリックスクール〈セント・ポールズ・スクール〉のラグビーチームの試合にスティーヴンを連れていき、タッチラインから息子に声援を送る。

ベッドルームが五部屋ある家のなかで電話がずっと鳴りつづけていても、カーターと彼の妻は意に介さず、長々と言い争っていた。夫より九歳年下のアマンダは長身の女性で、肩まで届く長さの手入れの行き届いた鳶色(とびいろ)の髪が、整った顔立ちを縁取っている。均整の取れた体型とテニスと水泳のおかげで四十歳とは思えない若々しさを見せている。

「二十七日で大丈夫だって言ったじゃないの」アマンダは言い募った。

「その日はチューリッヒに行かなければならないと言ったはずだがね」

カリカリしている妻よりもうまく平静を装い、カーターもやり返した。まとめて丸めたベッドシーツを胸に抱える妻のあとについて、洗濯機のあるユーティリティルームに入った。家政婦が一週間も病欠したせいで増えた家事が、妻が燃やす不機嫌の火に油を注いでいた。

「その出張は十七日だって話だった。だからディナーパーティーは二十七日にすることにした。そして全員がその日でいいっていうことになった」

「冗談じゃない、私が出張のスケジュールを――」

アマンダは手のひらを突きつけて夫の自己弁護を制し、受話器を取り上げた。

「もしもし？」

カーターは妻の仕草を無視し、自分の言い分を続けた。

「――まちがえることなんかあり得ない。何ヵ月も前から予定していたことだ」

アマンダは怒気をはらんだ一瞥を夫に向け、顔にかかった髪を払うと受話器に向かって話しかけた。

「ヘレン、無理よ。三時前にはそっちには行けない。ねえ、あとでかけなおしてもいい？そう……まあね……」

妻の友人のヘレンは、いったん話を始めたらなかなか終わらない女性だ。カーターは肩をすくめ、キッチンを通って玄関ホールに戻った。そして上階(うえ)に向かって呼びかけた。

「スティーヴン！　支度はできたか？」

ほどなくして、スポーツバッグを持ちラグビーボールを小脇に抱えた少年が階段をドタドタと下りてきた。

アマンダ・リーヴ＝カーターはペチャクチャとしゃべりつづける受話器を胸に押し当てて音を消し、息子の髪をクシャクシャにしながら頑張ってねと声をかけ、夫をねめつけた。そして背を向けて受話器を耳に戻し、ベッドメイクのために階段を上がっていった。正面のベッドルームに入るまでにはあれこれ言ってくる友人をうまくあしらい、庭の先で車に乗り込む夫と息子を見下ろした。スティーヴンは振り返って手を振ってきた。カーターはそうしなかった。

このイライラをなんとかできればいいのに。自分に理がないことはアマンダもわかっていた。日取りを変更すべきはもちろんディナーパーティーのほうだ。ジェレミーとは仲なおりしよう。いつものことだから。こんなに素敵な家庭生活なのだから、些細なことでいつまでも気まずいままにしておくわけにはいかない。通りを曲がっていく車を見つめながらそんなことを考えていると、今度は五歳の娘に気を取られた。

「ママ？」

メリッサを抱え上げると、胸のなかのしこりがいっきにしぼんでいくように感じられた。

「どうしたの、かわい子ちゃん？」

「パパがいってきますのキスもしないでどっかいっちゃったの」

アマンダはメリッサのブロンドの髪を撫で、頬にキスをした。

「パパは急いでたから、代わりにキスをしておいてって言われたのよ」

カーターと息子がジャガーＸＪの後部座席に腰を落ち着けるなか、運転手は方向指示器を出し、ルームミラーとサイドミラーをチェックしたうえでウッドストック・ロードを左折してルパート・ロードに入った。

「向こうさんをぎゃふんと言わせてやる気満々なんだろ、スティーヴン？」

カーターの運転手を長く勤めているチャーリー・ルイスが声をかけた。カーターの下で六年働いているルイスは、幼かったスティーヴンが元気でしっかり落ち着いた少年に成長する様子を見守ってきた。ほぼ四六時中スマートフォンとにらめっこしているところは玉に瑕だが——誰もがスマートフォンを持っている若者特有の文化だ。その少年の知るルイスは、いつもダークスーツに白いシャツとレジメンタルタイ、磨き上げられた靴といういでたちだった——五十三歳のルイスの身だしなみのよさは、アイルランド近衛連隊で過ごした二十年という歳月の賜物だった。快活なアイルランド訛り（ブローグ）を話す男だが、それでもサウスロンドン訛りがどうしても表に出てしまう。連隊（レジメント）の隊員たちの顔ぶれを見れば、それもむべなるかなと言ったところだ。退役すると、ルイス曹長は民間のロチェスター・クローフォード銀行のリスク・コンプライアンス担当役員の専属運転手に応募し、採用された。

ありがたいことにこの英国系銀行は、いささかこれ見よがしなところがあるメルセデス・ベンツのSクラスやBMWの7シリーズではなく国産のジャガーを役員専用車にしていた。ジャガーというブランドとそのスタイリングのほうが自行の顧客層に対してより適切な訴求力があると判断したのだ。スピードが出るバランスのいい車として、乗る者から愛される車でもある。全般的に見て、チャーリー・ルイスは自分のこれまでの人生に大いに満足していた。

カーターは遅くまで仕事をすることが多く、いきおいルイスの勤務時間も長かったが、それに見合うだけの給料を得ているわけだし、土曜の朝に父親と息子をさまざまなスポーツの大会に連れていく場合も、たいていは愉しいひとときを過ごせていた。それどころか、ルイスは自分のやっていることを仕事だとはほとんど考えていなかった。カーターとのあいだには親しみとたがいを尊重する気持ちが流れていて、心地よい関係を築けていた。

メッセージの打ち込みに夢中のスティーヴンはろくすっぽ顔も上げずに言った。

「絶対勝つよ、チャーリー。ナイフでバターを切るようにあっさりとね。〝痛みなくして（ノー・ペイン）、得るものなし（ノー・ゲイン）〟だよ。泣きごとを言うんじゃなく勝つために行くんだから」元兵士の決まり文句を嬉しそうに繰り返した。

「その意気だ」ルイスは言った。「試合が終わるまで喜んでお待ちしますよ、ミスター・

カーター。で、私も観戦してよろしいですかね？」

「頼んだ買い物をすっぽかしたとベスに思われるぞ」カーターはそう応じた。

これはほぼ毎週の土曜日に交わされるやり取りで、もはやふたりのルーティーンとなっていた。

「もう三十年も連れ添っているんだから、ちょっとした息抜きも必要ですよ、ミスター・カーター。おまけにこの渋滞です、お迎えに戻るのは時間の無駄ってもんです」

「一緒にいたほうがいいよ、チャーリー。ぼくらはあらゆる支援を必要としているからね」ようやくスマホの画面を消したスティーヴンが加勢した。

「近いうちに仲間を連れて応援に駆けつけますよ。騒がしい連中ですけどね」ルイスは言った。

「そいつはいい」カーターが言った。「大勢で野次り倒してやろう」

ジャガーは狭い通りをじりじりと進み、バス・ロードに突き当たったところで右折した。カーターと息子が今日の試合の戦術を話し合うなか、ルイスは難なく車を流れに乗せ、今度は突き当たりで左折してターンハム・グリーン・テラスに乗り入れ、すぐにまた左折してチジック・ハイ・ロードに入った。曜日は問わず渋滞が激しい通りだが、土曜日になると自営業者（ホワイトバンマン）の車の大半は余所（よそ）に行って空いているとしても、チジック・ハイ・ロードから出たほうがハマースミス環状交差点（ラウンドアバウト）の手前の大渋滞に巻き込まれずに済む。ルイスはカーターとスティーヴンの静かなやり取りを背後に聞いていた。ふたりは家のこと、クリスマス休暇のこと、そしてメリッサの誕生日のことを話していた。チジック・ハイ・ロードがキング・ストリートに変わってしばらく行ったところで、ルイスはセンターライン寄りの位置に停車し、ウェルッジュ・ロードに入るべく右の方向指示器を点け、対向車のあいだに間隔ができるまで待った。短いウェルッジュ・ロードを進んでグレート・ウェスト・ロード（Ａ４）に入り、そこから四百メートルほど先にあるハマースミス高架交差道（フライオーヴァー）の手前でＡ４から下りる。

ウェルッジュ・ロードは両側に連棟住宅（テラスハウス）が並ぶ一方通行の通りだ。人口過密都市の多くの道路と同様に、両脇に駐車している車が道幅をさらに狭くしている。通りには個人宅しかない。突き当たりでは左折して車の流れが速く中央分離帯のある片側三車線のＡ４幹線道路に入るしかなく、その先は一般道に下りる退出路もしくはハマースミス・フライオーヴァーになっている。したがって通りを行き交う人影は少ない。ルイスはジャガーを右折させウェルッジュ・ロードに入ると速度を落として車の列に並び、停車させた。通りはこの先で右側に緩やかなカーヴを描いたのちに左に少しだけ曲がってＡ４に合流する。カーヴの一番奥に、角ばったミニヴァンのフォード・トランジットが停まっていた。ヴァンの後面には運輸省維持管理局を示す黄色と赤の杉綾模様があり、その下に鮮やかな色で会社名が記されている。ルイスが列を作っている車の先をみると、プラスティック製の黄色い柵の外に高視認ジャケットを着たふたりの作業員がいた。ひとりはヘッドフォンのようなイヤーディフェンダー（声のような小さな音は通し、大きな騒音は遮断する装置）をはめ、削岩機に身をあずけている。ふたりは路面にできた穴を掘削し、道路の舗装材（ターマック）で埋めていた。三人目の作業員が〈止まれ〉（Stop）と〈進め〉（Go）が記された手持ち式交通標識（ロリポップボード）を掲げている。ルイスはため息をついた。役所が道路の穴埋めをやらない時期があるのか？　土曜日だっていうのにやってるんだぞ。

「そんなに長くはかかりませんよ、ミスター・カーター」ルイスはそう請け合った。

カーターはほかのことを考えていた。通りの木々はもう色づき始めている。秋が手招きしているのだ。今年もみんなでスキーに行こう。スティーヴンはルイスの真後ろに坐っているので、カーターは通りの前方の様子をすっきりと見通せた。道路工事そっちのけで片手を耳に当てている男がいる。おおかたスマートフォンで音楽でも聴いているんだろう。カーターがそんなことを考えていると、ふたり目の男がトランジットの助手席にいる四人目の男のほうに歩いていった。助手席の男は、並んでいる車の列から顔をそらしている。音楽を聴いているとおぼしき作業員がカーターの車のほうに眼をやった。カーターは少し振り返り、なんらかの事態が生じているのかどうか確認した。ひょっとして、渋滞の列がキング・ストリートにまで延びているとか？　背後には一台の小型車しかいなかった。まえに向きなおると、ロリポップボードが〈Ｓｔｏｐ〉から〈Ｇｏ〉に変わった。二台がその先に抜けていった。車列はゆっくりと前進した。ルイスも進んで、すぐに停めた。ロリポップボードがまたまわされた。まえに並ぶ四台の隙間から、カーターは作業員のブーツを見た。着ているつなぎの裾が軍隊式にくるぶしのすぐ上でブーツのなかにたくし込まれている。黒い編み上げブーツのなかに。靴底はゴム製で分厚い。どこからどう見ても軍隊式だ。ふたり目の男がトランジットの荷室の床から何かを取り出し、振り返っていた。助手席の男は顔の向きを変え、カーターのほうを見ていた。

「チャーリー！　バックだ、バックしろ！　ここから逃げるんだ！」カーターは大声で命じた。

ルイスは一瞬戸惑った。そして脅威を眼にした。近づいてくる男のひとりがアサルトライフルを構えている。もうひとりは拳銃を。ルイスはギアをバックに入れ、アクセルペダルを思い切り踏み込んだ。ジャガーはうしろの小型車に激突した。スティーヴンは前のめりになったが、シートベルトに助けられた。彼は眼を大きく見開き、顔を寄せてきた父親を見た。カーターはなにごとかわめきつつ手を伸ばし、息子のシートベルトをはずした。その口は何をすべきか伝えていた。どこに逃げるかも。切迫した様子にスティーヴンは縮みあがった。衝突に。恐怖に。さらなる指示に。わかったか？　カーターは念を押した。父親の言葉は息子の狼狽(ろうばい)を突き崩し、スティーヴンはこくりとうなずいた。小型車は馬力のあるジャガーに数メートルほど押し下げられたところで道をふさぐように曲がり、唯一の退路を断った。カーターは後部座席のドアを開けて息子を押し出し、走るよう命じた。これ以上バックできないことを悟ったルイスはギアを変え、射撃体勢を取りつつ走ってくる男たちに向かってジャガーを加速させた。耳に障る銃声を従えて、フロントウィンドウに六個の穴があいた。三発の銃弾がルイスの胸に命中し、二発が彼と身を伏せたカーターのあいだを突き抜けた。カーターは必死になってドアを蹴り開けようとしたが、駐車している車が邪魔をしていた。六発目はルイスの頭を捉えた。血と脳が後部座席にぶちまけられた。ドアがいきなり開かれ、アサルトライフルを振りかざす男が姿を見せた。男は台尻で頭を打ち据えてカーターを気絶させ、通りに引きずり出した。男にはカーターをトランジットに放り込めるだけの力があった。開かれていたリヤハッチから放り込んだカーターを男たちはうつ伏せにさせ、頭に頭巾をかぶせ、両の手首と足首を樹脂製の結束バンドで縛った。トランジットは路肩から急発進し、加速しながら速い車の流れに乗っていった。

　襲撃と殺害と誘拐は二十七秒で終わった。

4

エディ・ローマンの犯罪人生は、武装強盗の運転手をやっていた最中に逮捕された十二年前に終わっていた。昔ながらのショーウィンドウを破って盗む（スマッシュ・アンド・グラブ）タイプの荒仕事だった。単純かつ愚かなヤマでもあった。もちかけてきたのは昔の仲間たちだった。昔と同じぐらい速く走れると思い込み、二十一世紀のテクノロジーをまったく知らない前科者たちだった。その無知のおかげで追跡され、身元を特定され、記録的な早さでパクられた。

実刑を喰らってムショ勤めを終えたエディは、二十八歳だった妻に足を洗うと約束した。堅気暮らしは長くは続かなかった。エディにとって約束とはコロコロ変わるものであって、おまけに普通の運転手をやっていたら金は稼げない。仕事があるときだけ呼び出される運転手では無理だ。そこでちょっとした配達業をひとりで立ち上げることにした。妻のシェリーに知られないほうがいい仕事を。だからアマゾンの配達をほとんど毎日やっていると言っておいた。それでシェリーは心配しなくなった。エディが後悔していることがあるとすれば、それは出会ってからこのかた愛しつづけている女に、あまりに多くの悲しみを味わわせてきたことだった。ふたりは、結婚してすぐに買ったウェスト・ロンドンのブレントフォードの家で暮らしつづけていた。そしてエディは、四十八歳にしてようやく満ち足りていた。

エディも若い頃は胸に大望を抱いていた――レーシングドライヴァーになりたかったのだ。車を走らせると速いし腕もあったが、カーレースの世界に飛び込むにはどれだけの資金が必要なのかわかったエディを地元の犯罪組織が丸め込み、レーシングカーではなく自分たちの仕事用の車を運転させた。彼の運転の腕は評判を呼び、ロンドン警視庁の眼も集めた。最後に刑務所庁（HMPS）の世話になってからは、ウェストエンドで売春とドラッグの密売に手を染めている外国人たちにその腕を売った。連中の〝商品〟と汚れた現金を、まっすぐそのままA地点からB地点へと運んだ。決してちょろまかすことのないエディは外国人たちの信頼を得た。ちょろまかしたくてもそんな度胸はなかった。このビジネスの大半はセルビア人たちが仕切っていたが、より質（たち）の悪いアルバニア人たちに押しやられた。アルバニア人は気の荒いゲス野郎ばかりだ。昔なら拳（こぶし）や鉄パイプでの暴行が加えられ、それでだめなら銃身と銃床を斬り落とした（ソードオフ）ショットガンのお出ましだった。それがエディのいる世界の流儀だった。しかし今日びの外国人どもは寸毫（すんごう）の躊躇（ちゅうちょ）すら見せずに暴力をふるう。実に見るに堪えないやり方で。実際のところ、エディはそこが気に入らないのだが、何も言わないでおくことにした。眼を伏せて見て見ぬふりをして、車を走らせて代金を回収してくるだけだった。二週間前、クラブを経営しているロシア人が連絡してきて、いかつい男と引き合わされた。ずっと生々しいままのような傷が、眉から頬に走っている男だった。傷の男の話す英語は完璧でも、どこのものかわからない訛りがあったが——たぶんロシア訛りがちょっとだけあるフランス訛りといったところか？——エディにはどうでもいいことだった。ヨーロッパから国境線が消えてよかったことのひとつは、金払いのいい雇い主をもたらしたところだ。エディは傷の男とその手下たちを乗せてウェスト・ロンドンを走りまわることになった。楽勝の仕事だった。ブレントフォードにある家はA４のすぐそばにあり、チジックとハマースミスなら眼隠ししても走れるほど道を知り抜いている。傷の男とその手下たちは面白みがほとんどない連中だった。誰ひとりとして笑みを浮かべることはなかった。かなり陰気なタイプの外国人たちだった。ウェスト・ロンドン界隈のすべての通りを何度もまわり、待ち伏せ地点を探した。ウェルッジュ・ロードの車が詰まりやすい場所に案内し、そこから簡単に抜け出せることを教えたのはエディだった。それが功を奏し、彼らに気に入られた。維持管理局の請負業者の資材置き場にも案内し、そこからヴァンと道路工事の機材を盗むなど造作もないことだった。提示された報酬は、一生の思い出になる休暇をシェリーと一緒に過ごせるほどの額だった。

　そして銃撃が始まった。

「出せ！」リーダーが命じた。けたたましい声だったが、動揺の色はいっさいなかった。どこに向かえばいいのかはわかっていた。逃走ルートは事前に決められていた。でも殺しは？　そこまでやるとは聞かされていなかった。話がちがう。ジャガーの運転手はハンドルを握ったまま撃ち殺され、ヴァンの荷室には両手両足を縛られ頭巾をかぶせられた人質が転がっている。子どもが通りを駆けていったが、連中がその子も銃で始末したかどうかはエディにはわからなかった。ただの仕事が大仕事に発展してしまった。恐怖のレヴェルが百パーセント上昇した。マンモスと戦っていた石器時代の狩人たちから引き継がれてきた、生存本能をつかさどる脳の部位が作動した。エディは報酬分の仕事ぶりをみせた。急加速し、巧みな車さばきでＡ４の車の流れに乗り入れた。二分と経たないうちにＡ４からの退出路を無視し、ハマースミス高架交差道（フライオーヴァー）を目指して走りつづけた。シフトチェンジを繰り返し、ほかの運転者たちを怒らせないように割り込みは控えた。今の彼は、どこにでもいる先を急ぐヴァンの運転手だ。あと五百メートル足らずで交通監視カメラのある箇所にさしかかる——そこが報酬に見合う腕の見せどころだ。エディは一速シフトアップした。誰もひとことも発しなかった。怪我をしている男も。ヴァンはフライオーヴァーを駆け抜けていった。待ち伏せ地点からA4を右に向かえという指示を受けていたが、中央分離帯があるから右折できない。が、ヴァンを右に向かわせる腕を買われて、エディは報酬を得ているのだ。

ハマースミス・フライオーヴァーを越えると、A4はタルガース・ロードになる。下り坂にある次の交差点は右折禁止で、地下鉄のバロンズ・コート駅方向には行けない。中央分離帯のある幹線道路の反対方向に戻るには、この交差点を左折してグリッドン・ロードに入り、どこかで停まってUターンして交差点に戻り、交通規則どおりに右折してA4に入り、それから目的地に向かわなければならない。それをやると時間がかかる。

フライオーヴァーの頂点を越えると、先の交差点の信号が黄色に変わるところが見えた。長い赤信号に捕まりたくない運転者たちがスピードを上げて交差点を通過していく。赤に変わったときには、停止線には一台も停まっていなかった。エディは集中力を極限まで高めた。彼は、心のなかに何も存在しない〝ゾーン〟に入った。男たちも待ち伏せも、銃も恐怖もなくなった。そんなものはどうでもよくなった。エディは鉛の錘（おもり）を吊るした糸並みに安定していた。助手席に坐る男が横目で一瞥し、運転手が不安で凍りついていないか確認した。そうなっていなかった。エディには考えなければならない不確定要素がいくつもあった。重要この上ない数秒をかけ、鈍重なヴァンをどの車にも何にもぶつけることなく最小半径でUターンさせなければならない。荷室の床にストラップで固定したセメント袋の山を重しにして、リアタイヤのグリップを増すようにしてある。これからやることは事前に説明してあるので、荷室にいる男たちもやるべきことをわかっている。彼らは荷室内の出っ張りを使って体を固定していた。

エディは時速六十キロまで減速し、クラッチペダルを踏んで三速にシフトダウンした。左右のサイドミラーを見て、後続車とのあいだに充分な距離があることを確認した。このタイミングで信号が青に変わって対向車線が動き出さないようにと祈りつつ、エディは今いちど滑らかな手さばきでシフトレヴァーを二速に入れ、アクセルペダルを床まで踏み込み、エンジンの回転数を毎分三千五百回転以上にした。エンジンが抗議の声をあげるなか、右手で九時の位置に握ったハンドルをいっきに六時の位置までまわすと同時に、左手でサイドブレーキを引いた。リアタイヤがロックし、ヴァンの尻が信号に向いた。心臓が止まりそうなほどの緊張感に満ちた数秒間、ヴァンは横転するかと思われた。リアタイヤがグリップを取り戻して甲高い悲鳴をあげるとクラッチをつなぎ、エンジンにパワーの源を注ぎ込んだ。リアタイヤから白煙が上がったが、それでもヴァンは西を向いていた。エディはエンジンを目一杯吹かした。今の芸当は交通監視カメラに捉えられているだろうし、それはつまり交通警察隊にも通報されているということだ。エンジンをチューンアップしてあるにしても、ＢＭＷのパトカーが相手ではフォード・トランジットに勝ち目はない。

助手席の男は素直に安堵のため息を漏らしつつ、悪罵の言葉も吐き出した。荷室の人殺したちは声をあげて笑い、エディの解さない言語で何か言った。それでも耳に心地よかった。その瞬間エディは、固い絆で結ばれた強面の男たちが自分を受け容れてくれたものと錯覚した。

エディの視界に、道路の反対側にある逃走経路の位置確認ポイントの目印が入ってきた。チジックにあるロシア正教会の星をちりばめた青いドームが見えてきたということは、もうすぐＡ４からそれるということだ。エディには毎度お馴染みの眺めだった。毎日の都心への行き来のなかでいつも眼にしている生神女就寝大聖堂が、車を左車線に寄せろと告げている。この先にはＭ４高速道路の出発点があり、その手前の出口ランプから下りて、次の交通監視カメラを避けろという指示になっている。エディは方向指示器を点け、出口ランプのきつい左カーヴを減速して下っていった。キュー橋方向に向かう片側二車線のＡ２０５に入ると速度を上げ、跨線橋にさしかかったところで右折し、狭い通りにヴァンを入れた。右側には雑草が生い茂る金網フェンスに囲まれた工業団地があり、積み上げられた青いコンテナが見える。車を乗り替えるにはうってつけの道だ。反対側にはキューブリッジ駅があるが、通りは雑草だらけの土手の上にあるので、誰も不審に思わないだろう。

これといった特徴のないルノーの白いヴァンが、朝の六時に停めたままの状態で通りに鼻先を向けて待っていた。エディはハンドルを切って資材置き場のゲートを通ると、すぐにバックさせて停車した。エディがルノーの運転席に乗り移っているあいだに、荷室のふたりが跳び降りてルノーのリヤハッチを開け、捕まえた男を手荒な扱いで移し替えると、三人して車内に乗り込んだ。ロシア人のリーダーが――エディは国籍をそう判断していた――ガソリンで満たされたポリタンクに取りつけたタイマー装置のダイヤルをまわし、トランジットの車内に放り込んでドアをバタンと閉めた。十五秒後、ルノーが資材置き場から出て通りに入ったところでヒュッという風の音と爆発音が聞こえ、トランジットは炎上した。この通りはA4に戻る近道になる。エディの胸は早鐘を打っていた。ブレントフォードにさしかかると、シェリーのことを考えた。今頃はやかんを火にかけて、冷蔵庫からこっそりチョコクッキーを出しているところだろう。エディはフッと笑みを漏らした。もうすぐ帰るからな、おまえ。この連中との仕事はもうじき終わる。そうしたらふたりでヴァケーションだ。ここで焦ることはない。環状交差点(ラウンドアバウト)の流れに滑らかに乗り入れ、その先はA4に入ってヒースロー空港の方向にヴァンを向けた。三キロほど走ったところで、二番目の位置確認ポイントであるサイオン病院が左に見えてきた。エディはハンドルを右に切って反対方向に曲がる支線道路に入り、A4を逆方向に向かった。四百メートルほど戻ったところで左折し、狭い産業道路に入った。道端に停まっている大型トラックの脇をすり抜けるのがやっとのところがいくつかある狭い道だった。輸送道路(トランスポート・アヴェニュー)とはよく名づけたものだ。進みつづけると生コンクリート工場があり、その隣にスクラップ金属処理工場があった。騒々しい場所で、これなら荷台に転がされている男が声をあげてもかき消されてしまうだろうとエディは思った。まちがいない。ロシア人たちは荷室の哀れな野郎が持ってるものを欲しがっていて、痛めつけて手に入れるつもりだ。エディは、閉鎖された工業地域に並んでいる錠のかかった門のひとつにヴァンを横づけした。門が開かれると、窓に板が打ちつけられた、なかば廃墟と化したブロック造りの建物があった。ここの所有者が掲げた大きな警告看板にはこうあった。〈**マルコム&サンズ解体工場　敷地内は危険につき立ち入り禁止**〉。その横の控えめな看板には〈売り物件（応相談）〉とあった。廃工場の敷地にヴァンを乗り入れると門は閉じられた。これで誰にも何も見えないし、何も聞こえなくなった。

エディ・ローマンは、ロシア人たちが獲物を運び出す様子を見ていた。煙草に火を点けると、手が少し震えていることに気づいた。ここから家までは十五分もかからない。せめてそのあいだぐらいはお護りください。これまで信じたこともない神にエディは祈った。

5

チャーリー・ルイスが殺害され、ジェレミー・カーターが誘拐されて一時間も経たないうちに、手順がしっかりと確立された規則どおりの重大事件捜査が開始された。テロ犯罪を経験したロンドンをはじめとした世界各地の都市で確立されたパターンに従い、ハマースミス・アンド・フラム区[6]で発生したこの事件は非公式にテロ関連案件として扱われることになる。少なくとも捜査が進んで、そうではないことが証明されるまでは。犯行現場を中心にして三重の警戒線が敷かれた。第一警戒線はウェルッジュ・ロードにあるカーターの車と犯行現場からなる近接区域を取り囲んだ。第二警戒線は短い通りの入り口をふさいだ。第三警戒線は待ち伏せ場所の前方のA4への進入路と、その反対側のキング・ストリートまで拡げられた。キング・ストリートは車線が制限され、片側交互通行になった。ウェルッジュ・ロードの入り口に警戒線内へのチェックポイントが設けられた。駐車車輛はすべて隔離され徹底的に調べられ、民間人の立ち入りはできなくなり、通りの住人たちも家から出ることを禁じられた。区内各署の署長たちが事件の概況説明（ブリーフィング）を受け、犯行現場担当の警察官たちは、運転席に横たわったままの死体を乗せたカーターの車を白いテントで覆い隠した。空薬莢（から）が発見され、証拠品とされた。テロや殺人や武装強盗といった重大事件に通暁する科学捜査サーヴィス（SCO4）の捜査官たちは、長い年月のうちに培（つちか）ってきた効率的な手順で現場検証を進めた。制服および私服の警察官たちは、通りの家々のドアを叩いて聞き込み捜査にいそしんだ。マスコミは、ウェルッジュ・ロードの入り口に置かれた柵の向こう側に追いやられた。

キング・ストリートからウェルッジュ・ロードへの進入を遮断する係の警察官の脇に、なんらかの公用車とおぼしき車がさりげなく到着した。後部座席の男が身分証を見せると、警察官は警戒線の端に車を進めるよう手でうながした。車が停まるか停まらないかのうちに、慌てた別の警察官が停めるならこの先にしろと身振りで示した。そのとき車のラジエーターグリルの奥にある青いライトが点滅し、警察官は思わずあとずさり、入り口にいる同僚と同じように後部座席の男が提示した身分証を確認した。車から降りてきたのは政治家風の五十代の男だった。白髪交じりのこわい髪をきちんと整え、細身ながらも筋骨たくましい体に、政治家の制服であるチャコールグレーのスーツをうまく着こなし、同系色のオーヴァーコートをボタンをはずしてさりげなく羽織っている。男は堂々とした足取りで警察署長と捜査官たちのほうに向かった。警察側は怪訝(けげん)な眼を男に向けていたが、レザー製のカードホルダーに収められた身分証が差し出されるなり、制服姿の署長が眉をひそめた。こうした事件にすぐさま駆けつけるのは普通は保安局(MI5)であって、スーツを着た秘密情報部(MI6)の男ではない。

「ミスター・マグワイア、ピカリングなら銃器専門司令部(MO19)と一緒にベッドフォード・パークにいますが」

マグワイアはうなずいた。テロ対策担当の警視長であるピカリングとは、すでに電話で話し済みだった。マグワイアは警戒線となっている立ち入り禁止テープの内側に眼を走らせた。内側は制服警官と白い上下に身を包んだSCO4の捜査官だらけだった。そこかしこで写真が撮られ、青いつなぎを着た警官たちが待ち伏せ地点で指紋採取に取り組んでいる。

「現時点でわかっていることは?」マグワイアは訊いた。

「カーヴのすぐ先に白いヴァンが停まっていました」署長はそう答え、ウェルッジュ・ロードの車が詰まりがちな箇所を指差した。「襲撃犯たちは維持管理局の作業服を着用していました。二日前、ノース・ロンドンにある請負業者の資材置き場から道路工事用の車輌と機材が盗まれています。この通りには監視カメラはありませんが、ここまでに至るチジック・ハイ・ロードと、逃走経路のＡ４の交通監視カメラをチェックしているところです」

「入出管理所（CAP）は設けてあるんだろ？」マグワイアは訊いた。

署長が第一警戒線の内側と犯行現場への出入り口を手で示した。

「こちらです」すべての犯行現場と同様に、第一警戒線内への立ち入りは必要最低限にされている。署長がマグワイアを伴ってやって来ると、人員の出入りを管理する若い女性警官が会釈した。

「ああ、そうだな」

マグワイアは出入簿に名前を書き入れ、女性警官が入った時間を記した。出るときにはまた彼女がチェックして退出時間を記す。犯行現場捜査の円滑な進行には、時間と人員の管理が必要不可欠だ。マグワイアは白いテントのなかに足を踏み入れた。ＳＣＯ４の捜査官が迎え入れた。

「見せてもらえるかな？」マグワイアが言った。

捜査官がタブレットをマグワイアに向けてスワイプすると、弾痕があいたフロントウィンドウと運転手の遺体、そして車内で発見された品々が次々と表示された。後部座席には血まみれのラグビーボールとスマートフォンがあった。

「中身を見るかぎり、このスマートフォンは少年のものと思われ、ラグビーボールとあわせて、襲撃時の車内には子どもがいたと考えられます」

「それだけなのか？　その少年が撃たれた痕跡は？　路面に血痕はないのか？」

「これだけです。初期検査では運転手の血液しか見つかりませんでしたし、うしろのフロアマットの血痕は誘拐された男性のものと思われます」

　この襲撃を企てたのが誰であれ、そいつは子どもが車内にいたら迷うことなく殺しただろう。マグワイアはそう考えた。カーターの息子は逃げたか、あるいは連れ去られたかのどちらかだ。

「弾道検査は？」

「結果はもうすぐ出ますが、五・五六ミリライフル弾の薬莢があちこちに落ちています」

　つまり犯行に使われた銃器はアサルトライフルで、撃たれた弾丸（たま）が弾芯（コア）に硬化鋼を用いたものだとすれば、犯人たちは自分たちが襲う車が防弾仕様だった場合を想定していたことになる。抜け目のない連中だ。

「強化弾か？」

「そちらの分析結果もそろそろ出る頃です」

　マグワイアはうなずきで謝意を示し、署長に顔を向けた。

「少年の足取りはどうなっている?」

「まだ何も。どこかで怯えているはずです。子どもの写真を父親のものと一緒にすべてのニュースで流します」

「父親じゃない、継父だ」マグワイアが署長の言葉を訂正した。

彼は高い眼識をもって現場を見渡した。予想したとおり、完璧に近い急所になっている。ただでさえ狭い通りが駐車車輌でさらに狭くなり、しかもカーヴになっている。ここで待ち伏せされたら逃げ道はない。アサルトライフルを使っていることから、おそらく犯人たちはその道のプロなのだろう。使用された銃器と銃弾を特定できれば、襲撃犯たちがどの国から来たのかわかるかもしれない。マグワイアは署長に別れを告げた。まちがいない。これは専門知識のある人間による犯行だ。カーターだとわかったうえでの犯行で、ある特別な理由から彼をさらった。銀行に恨みを持つ人間が行き当たりばったりに殺したわけではない。ジェレミー・カーターが握っている情報を、誘拐犯たちは欲している。マグワイアが気にかけているのはそこだった。

マグワイアの車の運転手は、カーターとその息子、そして運転手のルイスがベッドフォード・パークからたどったと思われる経路を引き返した。カーターの家までやって来ると、警察の存在がいやでも眼についた。ウッドストック・ロードとルパート・ロードの交差点は封鎖されており、そこから四方向の三百メートルのところにまで警戒線が張られていた。テロ対策司令部（SO15）の担当捜査官の指示で脅威レヴェルが引き上げられており、MO19の対テロ専門射手（CTSFO）が考え抜かれた地点に数名配置されている。そのなかの二名が封鎖された交差点をふさぐように立ち、近づいてくる車を軽武装の警官が停め、運転者の身元確認をしていた。その警官はマグワイアの身分証もチェックした。傍らでは制服姿の三人の上級職が、警察無線を手にした長身でスーツ姿の私服警官からブリーフィングを受けている。マグワイアの車が交差点で停まると、トム・ピカリング警視長がブリーフィングからはずれ、車を先に進めてカーターの家の私道に入れるよう手で合図した。マグワイアは後部座席から降り、挨拶の手を差し出した。彼には特別立ち入り許可は必要ない。

「やあ、トム」マグワイアは気さくに声をかけ、家の裏口に立っている二名の重武装のCTSFOを一瞥した。上にさっと眼を向けると、屋根に狙撃班の姿が確認できた。賭けてもいい、配置されている狙撃班はひとつだけじゃないはずだ。マグワイアは胸のうちにつぶやいた。これが同時多発テロで、自爆テロ犯が通りの端の警戒線を突破しようと試みても、半分も行かないうちに撃ち殺されるだろう。テロ対策担当の警視長が見落とした箇所がひとつでもあるとは思えない。

「どうも、ミスター・マグワイア」ピカリングは挨拶した。「あなたがこちらに向かっていると総監から連絡がありました。一帯はすべて封鎖済みです。MI5が捜査にあたっています」

MI5の名で知られる保安局は国内におけるテロ対策の要だ。その活動の中心は秘密情報の収集と分析にある。誘拐されたカーターとの結びつきから、マグワイアはMI5を味方につけておく必要があった。すでに向こう側の同じ立場の者とは話をつけ、全面協力を取りつけていた。テロの脅威が眼前にある現在の状況下では情報機関のあいだでの協調は不可欠だが、相手の求めに毎回応じて情報を提供したりはしない。彼は秘密情報を収めた宝物庫の番人であり、マグワイアは血統の異なる情報部員だ。彼は秘密情報を収めた宝物庫の番人であり、相手の求めに毎回応じて情報を提供したりはしない。むしろMI6を代表して要求をはねつけることができる権限を持っている。それにマグワイアは現実を甘く見たりはしない。縄張り争いは現在も続いているのだ。傍目にはそう見えるのかもしれないが、MI6は官僚的な組織ではない。実際には実力主義が貫かれ、各自が等しく権限を有している。局内での誰もが協力関係にあり、秘密は徹底的に守られる。そんなMI6にマグワイアが馴染むことができたのは、彼が元陸軍将校で、何年も前に特殊部隊でたてた武勲があればこそだった。MI6では、作戦担当責任者はいまだに〝泥棒男爵〟と呼ばれているが、この古風なふたつ名はマグワイアにこそふさわしい。MI6にいつも厳しい眼を向ける批評家がこんなことを言っていた——この難解で重層的な組織の構成員たちは、神秘主義的な鬼神信仰の秘法に通じた魔術師だと。ふとマグワイアはそんなことを思い出した。

ピカリングはマグワイアを玄関に案内した。

「ミセス・リーヴ＝カーターにはあなたの部下がつき添っています。被害者家族担当官(FLO)とホームドクター、それに通りの向こうの家に住んでいるという友人も一緒です。民間人はこの区域から避難してくださいと、かなり穏当な言葉を使って要求したんですが、友人には絶対にここにいてほしいと夫人にきっぱりと言われまして。われわれの見るかぎり、ここに脅威が差し迫っているとは思えません。それでも、ここの家族との関係があるあなたに、その友人について夫人を説得していただけるとありがたいのですが」

マグワイアはうなずきで応じた。

「マスコミへの記者会見はまだやってないのか？」

「連中はとっくに通りの端に押し寄せています。あとで能なし(ノディ)をひとり送って対処させます」

制服警官を見下す言葉に、マグワイアはニヤリとした。

「大いに結構だ、トム。それでは始めるとするか」

そう言うとマグワイアはピカリングを置いて家に入った。出入りを管理している警官が人員表と彼の名前を照らし合わせた。この家は完全封鎖されている。犯行現場のように。そうなのかもしれない。マグワイアは納得しかねる気持ちを胸につぶやいた。これではまるでカーターが犯人側みたいだ。

6

アマンダ・リーヴ＝カーターは素敵な家を演出するコツをつかんでいるが、それでいて〝インテリアデザイナーの畢生(ひっせい)の大作〟といった感じのこれ見よがしなところはいっさいなかった。家の至るところに彼女の趣味が刻み込まれ、そのためにジェレミー・カーターは嬉々として金を出していた。とはいえ、彼女は夫の金を派手につぎ込んでいるわけではない。壁に掛けられた絵画は美大生の作品の場合が多く、彼女が表現するところの傲慢で鼻持ちならない〝大物画家〟によるぼったくり作品は一点もない。このアマンダの実用主義をマグワイアは昔から気に入っていた。彼女はカーターの前にも陸軍将校と結婚していて、亡夫の姓を今でもつけ加えている。

トニー・リーヴはイギリス陸軍の少佐で、ヴィクトリア十字章に次ぐ殊功勲章であるジョージ・クロスを下賜された。七年前、爆破物処理のスペシャリストであるリーヴ少佐は、アフガニスタンで数個の即製爆発装置(IED)から信管をはずしている最中に死亡した。そのIE

Dは、待ち伏せ攻撃に遭い負傷した六人の兵士たちの命を脅かしていた。負傷兵たちが救助されるなか、リーヴは開けた場所にひとり立ち、IEDの複雑な回線を冷静に処理していた。少佐を爆死させたブービートラップを起爆させたのは、彼の息子と同い年ぐらいの男児だった。

英雄の姓をその遺児に継がせるよう強く勧めたのはほかならぬジェレミー・カーターで、実際のところ家のあちこちにはスティーヴンの実父の写真が飾られている。家族写真がいくつか置かれている一角でマグワイアは足を止め、思いをめぐらせた。この二重の悲劇に、強固な意志を持つアマンダが果たして耐えられるだろうか。前夫は戦死し、現夫が誘拐され、ひょっとしたら自分の息子も連れ去られたのかもしれない。神が存在するのなら、そいつは誰かに修羅場を味わわせる術を心得ている。家の奥から大声が聞こえ、マグワイアは物思いから顔を上げた。

マグワイアはモダンな雰囲気の明るい部屋に入った。そこはキッチンとダイニング、そして家族の娯楽室を収めた、三角屋根にガラス張りの増築部分だった。ガラス戸の向こう側には、塀で囲まれた庭が広がっている。アマンダ・リーヴ＝カーターは、かなり年下の女性と一緒にソファに腰を下ろしていた。彼女には身寄りがないことを知っているマグワイアは、この女性が通りの向こうに暮らす友人だと確信した。ふたりのまえに立っている年嵩の男がホームドクターなのだろう。アマンダが手にしているグラスには、ウィスキーとおぼしき液体がたっぷりと入っている。これがあれば大丈夫、鎮静剤なんか全然必要ない。彼女はそう言い募っていた。そうは言っても陽が落ちてくると必要になる。医師は辛抱強くそう主張した。そしてアマンダの隣に坐る女性に、あなたからも言ってやってくれと懇願し、彼女が納得したら何か食べさせて処方薬の鎮静剤を服用させるようにと言った。医師は小さな薬瓶をテーブルに置いた。

マグワイアは右側の廊下に眼を向けた。廊下の先にあるカーターの書斎では、彼の部下たちが手際よく探しまわっている。部下のひとりがマグワイアの姿を見て、ファイルをいくつか手にしたまま書斎から出てきた。

「何か見つかったか？」マグワイアは声を落として訊いた。

「まだ何も」

「ここのどこかにあるはずだ。お宝を見つけないと無駄骨に終わるぞ」

アマンダに視線を向けられていることに気づき、マグワイアはデイルームに入っていった。彼女は表情ひとつ変えずに不安を抑え込んでいた。これは複数の国家機関が関与する事態で、自分の家で起こっていることがなんであれ、それは定められた手順なのだということを明確に自覚している顔だった。アマンダの傍らには四十代の女性が坐っていた。しわのある顔から、彼女が警察の被害者家族担当官だとマグワイアは察した。あまりに長い時間を、深い悲しみにある被害者の肉親たちと共に過ごしてきた女性だ。心的外傷と悲哀を和らげることに特化した言葉を使う訓練を受けてきたのだろう。彼女自身も母親で妻でもあり、おそらく自分に与えられた任務の半分は失敗してしまったのかもしれない。FLOの顔からマグワイアはそう踏んだ。女同士、何が必要な言葉なのかは経験上わかっているのだろう。

室内にいる五人目はマグワイアの若手部下のアブナッシュ・カールサーだった。彼女はジーンズにスニーカー、目の細かいモヘアセーターの上にカジュアルなレザージャケットというでたちだった。うなじのあたりで切りそろえた髪は手入れが簡単なほど短く、顔を魅力的に引き立てるほどには長い。FLOとはちがい、人生の浮沈をまだ経験していない顔だった。マグワイアが近づくと、カールサーは短い笑みを浮かべて軽く会釈し、眼には見えないほどかすかに首を振った。彼女との何気ない会話のなかで、アマンダ・リーヴ＝カーターは興味をそそるようなことをいっさい明かさなかったということだ。

「彼女には酒以外のものが必要だ、アビー」マグワイアは言った。

「やかんを火にかけてきます」年若いカールサーはそう応じた。

「茶を淹れるためにここに連れてきたわけじゃない」彼は言葉静かに言った。「書斎の捜索にまわってくれ」

カールサーはうなずいた。

「わかっています。でも、わたしが眼を通すべきものが見つかったら呼ぶからって言われて。それまではここで何か手伝っていたほうがいいかなと思ったんです」

「わかった」マグワイアはそう言いながら彼女のまえを通り過ぎた。「アマンダ」彼は挨拶代わりに声をかけた。「われわれはあらゆる手を尽くしている」

アマンダは眉間にしわを寄せた。

「本当にやってるの？」彼女はにべもなくそう言い放った。飲み過ぎだとマグワイアは思った。

「きみがつらい思いをしているのはわかっているが、何か食べてもらわなければ困る」そう言い、医師に向かってうなずいてみせた。

「あなたに指図されるいわれはない。ここはわたしの家よ。あなたは外でわたしの夫と息子を捜しているはずでしょ」

「もちろんだ」アマンダが向けてくる敵意をものともせずマグワイアは応じた。状況に鑑みれば、彼女の反発はしごくもっともなことだ。おまけにアマンダと打ち解けた雰囲気になったことなどいちどもなかった。過去に彼女の夫に命じてきたことを考えればことさらに。「今きみが言ったとおりのことをやっているところだ」

「だったらもっと気合を入れて」アマンダは言い返した。棘のある激しい口調に医師は顔を曇らせた。

「ミセス・リーヴ＝カーター、あなたのお力になりたいんですよ。ますます気がたかぶってきています」

アマンダは残りのウィスキーをいっきに飲み干した。

「ヒステリー気質だって言いたいわけ？　ひどい目に遭わされたのはこれが初めてじゃない」

医師は面喰らった。

「みなさんの心遣いと力添えには感謝しますが、そろそろお帰りになってもよろしいかと」マグワイアは言った。医師とＦＬＯが一瞬だけ垣間見せた躊躇の色は、彼が有無を言わさぬ口調でこう続けるとすぐさま消えた。「今すぐに」

アマンダと一緒に坐っていた彼女の友人も、ソファで半立ちになった。

「あなたはいいわ、ヘレン」アマンダは友人の腕に片手を当てて制した。

マグワイアはうなずいた。悲しみに暮れる女性には気を鎮めてもらう必要がある——せめて今のところだけでも。

「あなたは残ってください。ところであの子は……？」

「メリッサですか？」友人のヘレンが言った。「住み込みの留学生（オペア）とうちの子ふたりと一緒にわたしの家にいます。ここの外にいるかたが、部下たちを庭に配してくれています。みんなのためにも、こんな状態が長く続かないことを祈るばかりです」

マグワイアは笑みを浮かべ、声を和らげて言った。

「失礼しました、まだお名前をうかがっていませんでしたね」

アマンダの友人はあからさまな〝おべっか攻撃〟に反応した。

「あらやだ。ヘレン・メトカーフです。家は通りの向かい側の〈ウッドランズ〉です」

「ミセス・メトカーフ、メリッサはよくおたくのお子さんたちと一緒に遊んでいるんですか？」

ヘレン・メトカーフはうなずいた。「ええ、そうです」

「でしたら、部下を……〈ウッドランズ〉、でしたよね？」

アマンダの話好きの友人はまたうなずき、水を飲む小鳥のように頭をひょこひょこさせた。

「あの子がこの家や通りで起こっていることで不安な気分になっていないか確かめるのであれば……」彼女が、この高級住宅街を〝通り〟と言われるのは心外だという顔をしたことにマグワイアは気づいた。「……私の部下を行かせるよりも、あなたのほうが心強いんじゃないでしょうか」

ヘレンは大げさな身振りでスマートフォンをみせた。

「あら、そういうことなら……」

「いえいえ、ミセス・メトカーフ。あなたご自身の眼でお確かめになっては？」

それが〝要求〟ではないことを明確に示す口調でマグワイアは言った。自分の意見が却下されてしゅんとしている女性のことなど、まったく意に介していなかった。マグワイアがふたりきりで話したがっている。アマンダ・リーヴ＝カーターは彼の言わんとすることを百パーセント理解した。

「お願い、あなたがメリッサの様子を見てきて」

ヘレン・メトカーフは友人を抱きしめると、カールサーにつき添われて部屋から出ていった。

マグワイアはダイニングチェアを引き寄せ、深い悲しみにある女性の眼のまえに腰を下ろした。

「カーターは生きているよ、アマンダ。それだけはわかる」

「だったら犯人たちの要求はなんなの？　ジェレミーはＭＩ６を辞めたのよ。それももう何年も前に。あの人の過去にはどんな薄汚い秘密があるの？　それともあなたの過去にあるのかしら？　だからあなたの部下が彼の書斎をばらばらにしてるんじゃないの？」アマンダは胸のまえで腕組みし、そして脚も組んだ。半身をまえに倒してマグワイアを近づけないようにし、耐え難い痛みに抗おうとする心の内側を護ろうとした。ここで初めてマグワイアは、こみ上がってくる涙をこらえるアマンダを見た。「それにスティーヴンも。わたしの愛しい息子。あなたが何をやってきたのか知らないけど、わたしの息子もその代償を支払わされている。あなたにも、あなたがやってる汚らわしいゲームにもうんざりよ、マグワイア。あなたともMI6とも縁が切れたものと思ってたのよ、こっちは」

マグワイアは平静を保ちつづけた。彼はまた声を和らげて言った。ここは気を落ち着かせなければならない。

「ジェレミーもスティーヴンもまだ生きていて、ふたりとも踏ん張っているところだと私は信じている」

「いいかげんにして、あの子はまだ十三なのよ」

アマンダの棘のある返しに、マグワイアは決まり文句を弄した気遣いを見せても意味はないと悟った。

「どこかで貸金庫を借りているとか、そんなことをジェレミーは言っていなかったか？

彼が情報を保管していそうな場所はほかにないか?」

彼の質問はアマンダの千々(ちぢ)に乱れた心に徐々に沁み込んでいき、彼女は眉をひそめた。

「ジェレミーはMI6に二十五年近くいたのよ。その頃に秘密にしなきゃならないものがあったら、ここにしまい込んでいた」アマンダはこめかみに指を当て、強い口調で言った。「でも今の彼は銀行役員なのよ、マグワイア。ここには何も隠してない。貸金庫も借りてない。銀行絡みでまずいことがあるなら、そっちを探せばいい」

銀行なら、すでにマグワイアの別チームが警視庁の協力を得て急行し、カーターのオフィスを捜索していた。何者かが咽喉から手が出るほど欲しがっているものがなんであれ、それをカーターが自分のオフィスやコンピューターや書類に残している形跡はなかった——今のところは。そんなところに存在しないことは、本当はマグワイアもわかっていた。カーターのような老練なスパイがそんなことをするはずがない。アマンダの言うとおりだ。あるとすれば彼の頭のなかだ。犯人たちが破ろうとしている金庫はカーターの脳だ。ここでアマンダを質問攻めにしていても何も得られない。これでもう彼女は捜査に不要になったことだし、思いやっているふりを続けても意味はない。マグワイアはそう判断した。いきなり椅子から立ち、部屋から出ようとしたところで、カールサーがトレイを持って戻ってきた。

「引き上げるぞ、アビー。きみにやってもらうことができた」マグワイアはそう命じると家から出ていった。

アマンダもソファから腰を上げ、庭にいるピカリング警視長に歩み寄っていくマグワイアを見つめた。カールサーはトレイをコーヒーテーブルに置いた。

「何かお食べになったほうがいいですよ」カールサーは声をかけた。

アマンダは彼女に眼もくれず、ふたりの男を見つめつづけていた。

「彼らはジェレミーのことを話し合っている。あの人が握っているあなたたちの急所は、どれほどのものなのかしら」そして辛抱強く待っている若い女性を見た。「あなた、ご結婚は？」

「いいえ」もちろんする機会なら何度かあった。が、切なげな笑みを浮かべてしまったせいで、アビーは余計なことまで語りすぎてしまった。キャリアのスタート地点にいる彼女は結婚以上のものを望み、その犠牲を払ったのだ。

アマンダ・リーヴ＝カーターは彼女の表情の意味をすぐさま汲み取った。彼女はソファに戻り、チャーミングな女性にお茶を注いでもらった。

「この手の仕事をしていたら難しいってことよね？」

「みんな選択を迫られますから」

「手遅れにならないようにしなきゃだめよ」マグカップを受け取りながらアマンダは言った。

「何をですか？」

「子どもよ」アマンダはじっと見つめ、気分を害したかどうかうかがった。そんな素振りをアビーは見せなかった。

「わたしが望んでいるのは出世です」アビーは答えた。マグワイアの車が私道から出ていく。

「なるほど、そうなのね。ほんといやなものよね、国家に身を捧げる兵士とやる気満々のスパイなんて」アマンダはマグカップに口をつけ、縁の先の宙を見つめた。「わたしはその両方と結婚した。最初の夫は爆発物処理専門の将校だったけど、彼がどうなったのかはわかってるわよね。そして今はジェレミーと一緒にいる。あの人とスティーヴンは……本当に血のつながった親子みたいなの。年月をかけて育んできたんだと思う。男の絆ってやつね。それってずるいと思わない？　それとも、まだあなたには早い話かしら？」

アビーにもわかる話だったが、それでも眼のまえに坐る女性の苦渋に引きずり込まれるつもりはなかった。アビーは一歩下がった。

「すみません」

アマンダはグラスにわずかばかり残っていたウィスキーを紅茶に入れた。

「〝すみません〟はわたしのほう」

7

ロンドンから南仏の〝バラ色の街(ラ・ヴィル・ローズ)〟トゥールーズまで空路で二時間、そこからレンタカーでA61高速道路(オートルート)を一時間走り、ようやくカステルノーダリの郊外にたどり着いた。この移動のあいだにアビーは、アマンダ・リーヴ＝カーターの家からMI6本部に戻ってマグワイアから渡された情報を反芻(はんすう)した。普段は電話と吸い取り台(ブロッター)、その横に並んで置かれた二本の万年筆以外は何もない上司のデスクに、ベージュのファイルが置かれていた。ファイルの隅にある赤い二重の斜線(ダブルスラッシュ)が、記されている文字どおりのものがなかに収められていることを示していた。その文字とは〈極秘(Top Secret)〉だった。

アビーは機密情報取り扱い許可(セキュリティ・クリアランス)を得ているが、マグワイアは彼女がこの任務に適しているかどうか判断しかねていた。アブナッシュ・カールサーは現場に出る情報部員ではなく言語担当であり、マグワイアが上司として求めているのは、彼女の得意とするさまざまな言語を読んだり会話を聞いたりする技術だった。彼には部下を護る義務がある。ここの仕事に危険はつきものだとはいえ、この任務は年若いアビーの身をあやうくするものかもしれない。無言のまま待っている彼女に、ようやくマグワイアは、これから言い渡す任務を引き受ける覚悟があるかと尋ねた。首筋に感じる早い脈動は抑えようがなかったが、それでもアビーは〝はい〟と答え、うなずいた。

机に置かれたファイルを、マグワイアは人差し指で押してアビーのほうに滑らせ、まだ開くなと命じ、こう告げた——きみにはある男と接触してもらうことになる。その男の所在は、カステルノーダリにいるフランス外国人部隊（レジオン）の退役軍人を介してでないとわからない。トゥールーズの南にあるカステルノーダリにはレジオンの基礎訓練基地があり、その周囲にはレジオンの退役兵たちが大勢暮らしている。つまりこの任務の目的地は、危険と隣り合わせの人生を送ってきた男たちの棲み処だということだ。そう聞いてもやる気はあるか？　またアビーはうなずきで答えた。マグワイアはファイルを開けてもいいと言った。フォルダーにステープラーで留めてある一枚の書類には、その男の外見説明はなかった。写真もなかった。アビーはファイル越しにマグワイアを見た。

「何者なんですか？」

「われわれにとって、この男は存在しないことになっている。彼とは、公式記録にはいっさい記載しないという取り決めを交わしてある。過去にわれわれの仕事をしてもらったことがある」

「そしてその取り決めを、われわれは守った?」こうした合意は、その男は無の存在であるがゆえになんの責任も負わず、したがってマグワイアに自由裁量権があることを意味する。そのことをアビーは理解していた。

「そうだ。そしてこの取り決めは今も生きている」

一枚のなかに行間をあけずにタイピングされた簡潔な要約のなかに、アビーはこれから探すことになる男の基本情報を見つけた。要約を読む彼女に、マグワイアは男の過去について詳しく語っていた。

駐在武官を父に持つ彼は、幼少期からさまざまな国の言語に親しんできた。イギリス陸軍の軍医たちは戦場での重傷治療にかけては世界一の腕を誇るが、卵巣がんの発見についてはそれほど熱心ではなかった——彼は十一歳で母親を亡くした。彼は寄宿学校に入れられ、そこで才能を開花させた。教師たちは悲しみに暮れる彼の眼をフルコンタクトスポーツに向けさせ、天下一品のボクサーと優れたラグビー選手に育てあげた。学業も優秀で、ゆくゆくは父親に倣(なら)ってオックスフォード大学に進み、ラグビーで活躍するものと期待された。ところがその父親が、彼がまだティーンエイジャーの頃に交通事故で命を落とした。ふたたびの悲劇は少年を激しく打ちつけ、勉学は何度も壁にぶち当たり、それと同じぐらいの数のボクシングの対戦相手をマットに沈めた。一般的に見て、彼は道からはずれていった。ところかまわずトラブルを探すようになった。こっぴどく痛めつけられたら痛めつけられるほど、もっとやり返してやると心に決めているといったふうだった。警察に眼をつけられ、トラブルメーカーと見なされるようになっていった。一時は刑務所行きは必至かと思われたほどだった。そんな彼を救ったのは学校の寮監とその妻だった。ふたりは彼を引き取り、本当の息子のように接した。同じくティーンエイジャーの娘がまだ家にいることを考えればあやうい判断だった。しかしすぐにふたりは、誰の眼にも兄妹にしか見えなくなった。

ある夜、彼はボクシングの練習から帰る途中で、五人組のストリートギャングに襲われている黒人のティーンエイジャーを助けようとした。ふたりを叩きのめし、ティーンエイジャーはその場から逃げたが、三人目がナイフを取り出し、もみ合っているうちに逆に刺されて死んだ。残りのギャングたちは、仲間は近くの寄宿学校の生徒に刺し殺されたと警察に証言した。教師たちは、父親の死のショックからまだ立ちなおれずにいる彼を拘束すべきではないと警察に訴えかけた。その甲斐あって保釈されたが、彼自身は自分が刺したことを示す確固たる証拠があり、それまでの行状不良ぶりからこっちの言い分は信じてもらえず結局は逮捕されてしまうと考えたのだろう。逃亡し、安売り航空券を買ってマルセイユに飛んだ。最初は農場で働いた。半年後、彼はオバーニュにあるフランス外国人部隊（レジオン）の募兵所に入っていった。一方イギリスでは、監視カメラの映像とティーンエイジャーの黒人の証言から彼の潔白が証明されたが、そのときにはもう行方知れずになっていた。

広く誤解されているが、レジオンは指名手配の犯罪者を受け容れたりはしない。それに彼には逮捕状が出されていなかったので、初期評価が終わるとカステルノーダリに送られて基礎訓練を受けることになった。レジオンでは、優秀な新兵は所属先の連隊を自分で選ぶことができる。数カ月後、彼は第二空挺連隊を選んだ。さらに五年後、伍長に昇進した――それがフランス国籍を持たない彼が達し得る最高階級だった。

彼は連隊内の空挺コマンドーグループ（GCP）の選抜試験に合格し、実力を認められた。GCPとは、テロリストや国家の敵を標的とする秘密作戦を担う特殊部隊だ。そして入隊から十五年後、マリ共和国での作戦中の出来事が原因で退役した彼は、フランスの諜報機関である対外治安総局（DGSE）にスカウトされた。語学力に優れ、レジオン時代に培（つちか）った、その国籍の数は神のみぞ知るほどの人脈を持つ彼は、傭兵（フリーランサー）として貴重な資産（アセット）となった。彼と彼のような人間たちは、人狩りのエキスパートだ。

アフリカでの共同作戦が、かつて一緒に仕事をしたことがあるMI6の情報部員と彼を結びつけ、二年後に一時帰国した。マグワイアが彼を使ったのは、その情報部員がジェレミー・カーターだったからだ。イギリスの手を汚さずに済む、適切な段取りだった。その後のある仕事で、自分の指示を無視した顧客が家族を殺され、彼は姿を消した。フランス側の協力もあり、マグワイアはレジオンの基礎訓練基地にほど近いカステルノーダリにいる仲介者を通じて彼の所在を追う情報を得た。彼がつかんでいるのは、その仲介者の居場所だけだった。マグワイアが説明を終え、アビーはファイルを閉じた。これから自分は、外敵をものともしない強い絆で結ばれた男たちが暮らす辺鄙な地に派遣されることになる。手練れの殺し屋を見つけ出し、連れてくるために。彼女はしっかりとわかっていた。

アビーは車を南に向けて走らせ、あの中身の薄い機密書類に記載されていた男の姿を想像してみた。書類には男の表向きの名前も住所もなく、暮らしていると思われる国すら記されていなかった。それでもマグワイアは、彼はフランスにいると断言し、首尾よく見つけ出したらロンドンで起きたことを彼に伝えろとアビーに命じた。それから何をすべきか彼はわかっている、と。マグワイアと向かい合って坐っていたときに湧き起こってきた、釈然としない思いと強い不安がないまぜになったものはいまだにアビーにまとわりつき、突然の雨にスウィッチを入れたワイパーでも拭い取ることはできなかった。どうやって彼だと識別すればいいんですか？　彼女はマグワイアに訊いた。

マグワイアはファイルを受け取ると、自分が最後に使ってからは容貌が変わっているだろうと言った。彼を見つけ出し、会ってもいいと言われたら、その姿がスキンヘッドに傷だらけの拳(こぶし)というありふれたごろつきとはちがうから驚くだろうとも言った。知的で博識のある男だが、その穏やかな物腰に惑わされるな。マグワイアはそう念を押した。〝イングリッシュマンに会いたい〟——仲介者に伝えるのはそれだけだ。

8

アビーはカステルノーダリを抜け、さらに南東に向かった。四つのタイヤで快活な音を奏でつつ、車はペクシオラ街道(D33)の滑らかな舗装面を進んでいった。三キロほどのところにあった〈ダンジュー大尉駐屯地(カルティエ・キャピテーヌ・ダンジュー)〉（メキシコ出兵で戦死したフランス外国人部隊の英雄ジャン・ダンジュー大尉の名をとった第四外国人連隊の駐屯地）と記された標識から脇道にそれた。もうすぐ暗くなる。今朝がたのロンドンでの事件発生を経て陽が暮れようとしているが、それでもアビーは、過去から逃れるという夢もしくは願望を胸に抱いた男たちが新たな人生を見つけるべくやって来る訓練基地を、ひと目見ておきたかった。彼女はゲートで車を停めた。傍らの看板は、アビーが〈外国人部隊　ダンジュー大尉駐屯地〉に到着したことを告げていた。開かれたゲートの百メートル先には、真ん中にコンクリート造りの哨舎を備えた入退出の安全ゲートがある。奥に並ぶ低層の建物には、新兵たちを待ち構えている拷問のような教練を思わせるものはいっさいなかった。ゲートと建物の先には練兵場の端が見えた。赤い肩章(エポレット)のついた、アイロンがかけられたカーキ色の制服に白い軍帽という姿の男たちが六列縦隊を組み、眠気を誘うほどゆっくりとした歩調で進む軍楽隊のあとについて行進している。歩哨が姿を見せ、停まっているアビーの車に向かってきた。彼女は笑みを浮かべ、険しい表情のレジオンの歩哨に手を振ると、車をUターンさせて町に戻った。まずは仲介者を見つけなければ。宿に行って食事を取るのはそのあとだ。

カステルノーダリに戻って駐車場の木の下に車を停め、ガンベッタ通りを歩くと、窓一面に売り物件の詳細な写真が貼られた不動産屋の隣に小さな簡易コンビニ（タバ）があった。店先の上の窓は日焼けした木製の雨戸で閉じられていた。狭い店内に足を踏み入れると、煙草の鼻をつくにおいと菓子の誘惑の甘い香りが混ざったものをアビーは嗅いだ。子どもの頃の記憶が、自分の暮らす界隈が高級住宅街化する前の昔にあった、街角の店の思い出がよみがえってきた。カウンター内の女が片眉を上げ、何かご用ですかと声をかけてきた。店の主人と話がしたいとアビーは答えた。余計なことは言わないほうがいい。女の手には結婚指環はない。つまりは店主の妻ではなく店員だろう。女は小声で待つように言うとビーズカーテンの奥に姿を消し、大声で誰かを呼んだ。丸刈り頭に鉤鼻の、がっちりとした長身の男がカーテンから姿を現わした。ジーンズに黒いクルーネックセーターという恰好だ。この人が店主？　タバを切り盛りしているような人間とは思えない男だった――この世のことなんかどうでもいいと思っているような、不愛想なことこの上ない態度だ。アビーがゴロワーズを買いにここに来たわけではないことを察したのか、男は店員の女に下がっていろと言った。さらさらというビーズカーテンの音を残して女は店の奥に下がった。アビーは男のセーターからはみ出しているタトゥーに眼をやった。両眼をぎらつかせて嘴（くちばし）を開いた、タカかワシの絵柄だった。

「それで?（ウィ）」

アビーはにらみつける猛禽から男に眼を戻した。男の眼も猛禽並みに鋭かった。

「イングリッシュマンと話がしたいんですが」

男はアビーの背後に見える通りにさっと眼差しを移し、彼女がひとりで来たことを瞬時に確認した。どこに泊まっているのかと男は訊いてきた。アビーが部屋を取ってある安宿の名前を告げると、男はうなずいた。そして頭を少し傾げた。これで話は終わりだということか。アビーはおずおずとドアのほうを向いた。

「ロンドンの件についてです」彼女は言った。

男はなんの反応も示さなかった。店を出てドアを閉め、振り返らずに肩越しに店をうかがうと、いかつい男はもう姿を消していて、店員の女がカウンターに戻っていた。宿に入ってシャワーを浴び、こぢんまりとしたビストロでの夕食を終えると、もう十一時になっていた。やれやれという思いで、アビーは糊の効いた白いシーツと毛布のあいだに身を滑り込ませた。男がひとり殺され、もうひとりが誘拐され、男の子が行方不明になってから、たった十四時間しか経っていなかった。

くたくただった。ベッドサイドランプも消さずに眠りに落ちてしまうほどに。

翌朝、起床して着替えると、ドアの下の隙間にメモを見つけた。指示が書かれていた——A61を東に向かい、途中で地方道(D)に下りて北のモンターニュ・ノワールを経由してマザメを目指せ。マザメの五キロ手前の道端に、崩れかかった石造りの納屋がある。その脇から田舎道に入って、山の麓にある丘陵地帯まで行け。アビーはスマートフォンで経路を調べた。二時間弱のドライヴといったところか。指示には、イングリッシュマンに会えるかもしれない町もしくは村の名前は記されていなかった。マグワイアに電話連絡し、仲介者と接触した旨を伝えた。これで例の男に一歩近づいた。

携帯電話の信号を追跡するから安全だとマグワイアは言っていたが、一時間半後に廃墟と化した納屋の脇から道をそれて森のなかを走っていると、スマートフォンは圏外になった。山麓の奥に分け入っていくと、起伏に富んだ丘陵が迫ってくるように感じられた。行方不明者がしょっちゅう出てもおかしくないような大自然だ。とあるカーヴを曲がったところにピックアップトラックが停まっていて、その脇にライフルや散弾銃を肩から吊るした四人の無骨な感じの男たちがたむろしていた。それまでの期待感が一転し、アビーは初めて恐怖を感じた。山賊のようなひげ面の男たちは、昔観た戦争映画に出てきたパルチザンを思わせた。速度を落として近づいてくる車に向かって、二匹の猟犬が吠えたてた。男たちはじっと見ている。するとそのひとりが進み出てきて、自分のまえで停めろと手で合図した。荒くれ者的な男は運転席側の窓に顔を近づけ、石鹸を使って爪を洗ってからだいぶ経ったような、ニコチンが染みついた指でガラスをコツコツと叩いた。心臓がドクドクと脈打つのを感じながら、アビーは窓を下げた。男は破顔一笑した。

「お嬢さん、そう怖がるなって。あんたに何かしようとは思っちゃいないよ」男はアビーがたどってきた道の先を見た。「尾けられていないかどうか確認したい。さあ、先に進んでくれ。もうそんなに遠くない」風貌に似合わず優しい声の男だった。思わずアビーは勢い込んで〝ありがとう〟と言いそうになったが、やけに力強くうなずくだけにとどめた。男は笑みを返すとうしろに下がった。

二キロほど進むと狭い田舎道は広くなり、両脇に家がぽつぽつと並ぶ集落になった。小さな商店の隣にバールがあった。車を停め、どこに駐車すればいいのか見まわしていると、商店から女が出てきてつかつかと歩み寄ってきた。

「あんたが探してる人なら、学校のグラウンドにいるよ。この先の村はずれにあるから」

アビーは礼を言った。自分がここに来ることは村全体に知れわたっているにちがいない。村の名前を記した標識や看板は見当たらなかった。ふとアビーの胸に意地の悪い考えが浮かんできた。たぶんこの人たちは、アメリカで言うところの〝山出し(ヒルビリー)の田舎者〟か、それでなければ生存主義(サヴァイヴァリズム)的な暮らしを選んだ世捨て人だ。それでどうなるってわけ？　彼女は胸につぶやいた。〝まっとうな〟社会に溶け込めないということの意味を、アビーは充分わかっていた。シーク教徒を父に、スコットランド人を母に持つ少女にとって、学校生活はいやなことの連続だった。長じてサウスロンドン訛りを話すようになると、今度は何(なに)人(じん)だかわからないとしょっちゅう言われるようになった。探求心に優れ、がさつな話し方をする美しいアビーは、先入観を抱く人間たちを困惑させる存在だった。

村の女に言われた方向に車を進め、村の小さな学校のまえを通り過ぎた。一キロほどのところで、屹立する森のあいだの広々とした高台に行き当たり、そこにグラウンドがあった。ラグビーのピッチで子どもたちがふた組に分かれ、一方がオフェンス、もう一方がディフェンスの指導を受けていた。ふたりいるコーチはどちらも痩身(そうしん)ながら筋骨たくましく、いかにもスポーツマンという感じだ。無精ひげが生えているところを除けば、教師というよりも警官ぽいかも。古めかしい木造の東屋(あずまや)の横に置かれた椅子に、普段着姿の男が坐っていた。見た目の年齢は、ここで会うべき人物と合致する。屈んだ姿勢で膝に置いた本を読んでいるせいで、髪が顔にかかっている。アビーは周囲に眼を走らせた。ホイッスルが鳴った。コーチたちが彼女のほうを見たが、すぐに眼を戻した。アビーは本を読む男に近づいていった。男は顔を上げた。いかにもイギリス人(イングリッシュマン)って感じの顔立ちね。

「こんにちは」アビーは英語で話しかけた。

男はアビーの眼を見たが、椅子から腰を上げることはなかった。指を栞(しおり)代わりにして本を閉じると、坐ったまま彼女を見た。日焼けした整った細面が陽の光を受けて輝いている。青い両眼がアビーを探るように見た。

「こっちこそこんにちは」まちがいなくイギリス人の発音だが、どこの訛りなのかよくわからない。フランスに暮らしているせいで抑揚が変わっているけど、イングランド南部の話し方。

「お会いできて大変嬉しいです。わたしはアブナッシュ・カールサーと申します」

なんて下手くそで堅苦しすぎる挨拶。〝リヴィングストン博士でいらっしゃいますか?〟(十九世紀、ジャーナリストで探検家のスタンリーが、アフリカで遭難したリヴィングストン博士を発見したときにかけた言葉)的もいいところ。

「アブナッシュ」男は彼女の名前を繰り返し、両の眉尻を上げて訝(いぶか)しげな顔を作った。

「初めて聞く名前だな」

「まわりからはアビーと呼ばれています」

男がフッと笑った。

「どうしておれにはそんな挨拶をするんだ、アビー？　ここの手前で男どもと会ったんだろ？　たしかにめちゃめちゃ無法者どものような見た目だっておれも思うが、あいつらの眼のまえではそんなことは言わない。粗野（タフ）な連中だが野卑（ラフ）じゃない」

「あの、それは、その……」アビーは口ごもり、途切れ途切れに言った。「こんな場合はどう切り出したものか、わからなかったからでして……あの、かなりたいせつな話があるんです」

ふとそのとき、アビーはピッチにいたはずのコーチのひとりがそばにいることに気づいた。背後から近づいてきたからわからなかったにちがいない。間近に見てもやはり細身かつ筋肉質で一九五センチはあろうかという長身で、日焼けした顔に数日分の無精ひげを生やしている。袖のたっぷりとしたTシャツのせいで、どうしても堂々たる腕の筋肉に眼がいってしまう。鍛え抜かれたスポーツ選手といった感のある、戦いの場を自分の居場所にしているような男だ。それがラグビーのピッチであっても戦闘地域であっても。男はフランス語でアビーに話しかけてきた。

「昼はもう食べたのか？」

「あの……いえ、まだです」アビーは相手並みに流暢なフランス語で答えた。男は身を屈めると、坐って本を読んでいた男をなんの苦もなく両腕で抱え上げた。

「おいサミー、どこぞの小間使いとのおしゃべりはそこらへんにしておけ」男は英語でそう言った。そしてアビーの眼を見て言った。「あんたが会いに来た男はおれのほうだ。おれがラグランだ」

9

集落に戻ると、ラグランは友人のサミーを車から降ろして車椅子に載せてやった。アビーは、家々とバールが板張りの通路でつながっていること、車椅子の退役軍人が自由に出入りできるようにスロープが設置されていることに気づいた。西部劇から飛び出してきたような街並みだ。バールに入ると、店内はむしろクラブハウスの食堂に近く、チェック柄のビニールクロスが掛けられたテーブルがそこかしこに一ダースほど置かれている。男たちと女たちがもう席に着いていて、そのなかにはここの手前で検問していた物騒な感じの男たちもいた。銃は持ち込んでいないみたいだ。どのテーブルにも赤ワインのカラフが置かれ、店内の看板から〝本日のおすすめ〟（プラ・デュ・ジュール）はラタトゥイユと焼きたてのパンとわかった。

アビーはラグランと向かい合って坐り、ロンドンで起こったことを手早く説明した。ラグランは口をはさまずに黙って聞き、説明が終わると消息不明の少年のことを、そして誘拐された男の妻とその娘について尋ねた。母娘ともに無事で、護衛がついているとアビーは答えた。切迫感と焦燥感に満ちた彼女とは裏腹に、ラグランは平静そのものだった。彼はアビーのグラスにワインを注ぐと、何か食べたらいいと勧めた。ここで急いでロンドンに戻ってもどうなるわけじゃない。ロンドン-トゥールーズ便は日に二便しかないし、たしかに食事は必要だ。今の状況に鑑みれば、彼の言うことはもっともだ。アビーはそう判断した。店内には美味しそうな香りが漂い、女たちがきびきびとした足取りでテーブルとキッチンのあいだを往復して料理を運んでいる。キッチンに獣みたいな大男がいるが、どう見てもあれがシェフなんだろう。そんなことを考えているアビーの視線を、ラグランは捉えた。

「あいつは南アフリカ人だよ。レジオンで一緒に戦った仲だ――ここにいる連中全員もだが。みんな退役軍人だ」

そう言われ、アビーは壁に飾られた有象無象の写真と軍の記章をしげしげと眺めた。カメラに向かってポーズを決める男たち。輸送機の後部から地上へと飛び降りていく重装備の空挺兵たち。荒涼とした地での戦闘を捉えた写真もいくつかある。ここにいるのは歴戦の古強者(ふるつわもの)ばかりだということだが、おかしなことに店内の空気はむしろ村の寄合に近かった。アビーが知っている軍人といえば、MI6に来る前は特殊部隊を指揮していたというマグワイアだけだった。この男たちが戦場で仲間を失い、逆にそれなりに敵の命を奪ってきたのはまちがいないが、その事実をことさらに見せつけるようなマッチョな雰囲気はいっさいなく、一緒に食事をしている女たちのなかには、まだ学校に上がるような歳ではない子どもを連れている者すらいる。アビーはグラスを飲み干した。美味しいワインが満ち足りた気分をさらに高めてくれた。

空いたグラスにラグランが深紅の液体をさらに注ぎ、女のひとりがラタトゥイユを盛った皿をふたつ持ってきて、アビーに微笑んだ。

「退役したとき、仲間の何人かと一緒にここを買った。ここというのはこの村全体ってことだが。もう何年も前から廃村になっていたから割安だった。おれたちには、自分たちが何者で何をしてきた人間なのかやたらと訊かれることがなく、それでいて信頼できる人間ばかりに囲まれて暮らしていける場所が必要だった」

アビーは壁に掲げられた銘板に眼をやった――〈レジオンはわれらが故郷（レジオ・パトリア・ノストラ）〉。そのものずばりの意味のモットーだ。いっきに湧き起こってきた戦士たちへの親近感と空腹が相まって、アビーはラタトゥイユを口に運ぶペースを加速させた。朝からずっと何も入れてもらっていない腹が不満の声をあげていた。料理はワインに負けず劣らず美味しかった。ラグランがまたお代わりを注ぎ入れた。アビーは帰りの運転を考えて断ろうとしたが、初めて訪れる土地で不作法な客だと思われたくはなかった。

「話から察するに、きみはなかなかの状況下で奮闘している」ラグランは言った。「それに現場に出る情報部員じゃないきみは、普段の安全地帯からはずれたところにいる。人間には燃料が必要だ。アドレナリンという燃料が。だからガツガツと食べている。アドレナリンに食わせてやるために。ところで、マグワイアのところで何をやってるんだ？」

今のところはうまくやれている。アビーはそう思っていた。自分の任務はじっくりと話を聞くことだと言われていた。ラグランは数カ国語を操るので、自分が聞き取ることのできる言葉を使ったら、彼が仲間たちと話した内容を報告することができる。そのあたりは全部、予備知識として頭に入れておけとマグワイアに言われていた。

「管理部にいます。退屈な仕事ですが、今のところは満足しています」

ラグランはちぎったパンで皿のソースを拭いながら、〝なるほどね〟といった感じの反応しか示さなかった。

「まさかマグワイアが、管理部の取るに足らない人間を送り込んでくるとはね」彼は何か考えているような顔でもぐもぐ食べていた。「管理部ではどんな仕事を？」

見えすいた嘘をついてしまった。アビーは胸のうちに毒づいた——でもまあ、結局のところ自分はメッセンジャーに過ぎないのだから。それでも自分のことは必ず訊かれるとわかっていたし、そうなったらうまくぼかしておけとマグワイアに言われていた。アビーは肩をすくめてみせた。

「データ分析です」アビーはごまかした。「まあ、そこらへんの仕事です。ミスター・カーターの家で、彼のコンピューターを調べる仕事を命じられました。そういうわけでカーター邸にいました」

ラグランはちぎったパン切れで皿に残っていたソースをきれいさっぱり拭い取った。アビーの顔は赤らんでいた。料理が出される前に大ぶりのワイングラスで二杯飲んで、食事中にも一杯飲んでいたのだから、ほろ酔いになるのも無理はなかった。ラグランはうなずき、アビーの話を信じたふりをした。

「マグワイアに電話して状況を聞く。ここに電話は引かれてないし、谷のかなり奥にあるから携帯電波も圏外だ。だから衛星電話を使っている。通りの向かい側にあるサミーの家にゲストルームがある。そこで二時間ほど昼寝すればいい。それから夕方の便でロンドンに向かおう。それでいいかな？」

今すぐトゥールーズに引き返さなくてもいいということだ。アビーはうなずき、ほっとした顔を見せないようにした。

「そうしていただけると嬉しいです。ありがとうございます」

「そこでだ、おれとしては、ここできみを独りきりにするのは忍びない。食べ終わったら仲間たちの席に行こう。おれが電話しているあいだは、サミーと彼の奥さんと話をしていればいい。あいつのテーブルにいるふたりとは、ここに来る道でもう会っているよな。おれがいないあいだは、それで大丈夫かな？」

「もちろんです。でも、本当はわたしがミスター・マグワイアに連絡すべきところなんですが」

「もちろんだとも。そうできるように取り計らっておく」

そしてラグランは古風な礼儀を見せた。立ち上がると、アビーの椅子を引いたのだ。彼女は眼を白黒させながらありがとうと言った。これまでつき合ってきた男たちは、ひとりとしてこんなことをしてくれなかった。それどころか、ラグランにエスコートされてアビーが近づいてくると、〝山賊〟風の男たちは席から立って彼女を迎えた。

「こいつらのことはご容赦願いたい」アビーに笑みを向け、サミーが言った。「おれには脚代わりが必要なんだ」

ラグランがテーブルの面々を紹介した――サミーの妻のディディアンヌ、そして村の関所にいた〝山賊風の〟男たちのアンセルとバティスト。彼らはアビーをめぐって大騒ぎを繰り広げた。ディディアンヌは、ロンドンのこととファッションの最新トレンドとセレブのゴシップのことを聞きたいから、自分の隣にアビーは坐るべきだと言い張った。おれたちだって、こんなに美しいお嬢さんをはさんで席に着く光栄に与かりたいよと、アンセルとバティストは声高に言い募った。大仰に迎え入れられた末に椅子に腰を落ち着けてアビーが眼を上げると、ラグランはいなくなっていた。

それからの一時間はあっというまに過ぎ、その次も同じだった。誰も外国人部隊（レジオン）のことも戦争のことも、そしてサミーが下半身不随になった経緯も語らなかった。アビーはやり取りのなかで何度もラグランの名を口にし、彼のことをもっと知ろうと探りの手を入れてみたものの、そのたびにテーブルの面々がやんわりと話をそらした。男たちはさらに騒々しくなり、親しい関係だからこそからかい合える侮辱の言葉が飛び交い、店内は笑いに満ちていた。と、男たちは騒ぎを一時中断し、全員アビーのほうを向くと乾杯するようにグラスを掲げつつ起立し、歌を歌い出した。連隊歌だった。アビーは歌詞の内容がわかった。

レジオンは前線へ向かう
われらは歌いながらそれに続く
われらは伝統を引き継ぎし者たち
われらはレジオンとともにある

甘美な響きの歌詞の合唱は徐々に盛り上がり、そして第二空挺連隊で戦った誇りを確認し合う情熱に満ちた最後のパートで最高潮に達した。歌い終えて静かになると、今度は女たちがいっせいに立ち上がり、男たちに拍手を送った。われ知らず、アビーも一緒に立ち上がった。何か咽喉をこみ上げてくるものを感じた。今にも涙が溢れ出しそうだった。飲み過ぎたからだと自分に言いわけした。それでも羨望の念が胸に痛かった。彼女は悟った。この痛みは、男たちの固い絆をじかに眼にしたものだけに許される特権なのだ。

感極まった様子のアビーをサミーが見ていた。

「そんなもんだよ、アビー。この歌がおれたちをひとつにしているんだ」

いつのまにかアビーは退役したレジオンたちに惹きつけられてしまい、その理由は本人にもわからなかった。彼らは家族であり、部外者が壊すことができない絆でこの閉鎖的な共同体が結ばれていることは、周囲のやり取りからはっきりとわかった。

テーブルの男たちはめいめいのグラスにワインを注ぐと、あっさりとアラビア語に切り替えて話し出した。

「どうしてまたこんな別嬪（ぺっぴん）さんが、ラグランと話をするためにわざわざこんなところまで来たんだろうな」アンセルが言った。

「何か人には聞かれたくないことがあるんじゃないか」バティストがそう応じた。「まったくラグランの野郎ときたら、自分のことはほとんど言わないし、おまけにスケベだからな。この子のことを隠したがるやつなんかいるか？　あーあ、おれにもチャンスがあればなぁ」

「おれならこの子を閉じ込めておいて、ワインをじゃんじゃん飲ませるけどね」

そのへんにしておけとサミーが言い、アビーを雑談の喧騒に引き戻した。気立てのいい笑いが戻ってきた。気さくな人々に囲まれると、ワインがさらに美味しく感じられた。しばらくすると、ディディアンヌの案内で彼女たちの家に行った。雨戸が閉じられ、明るい色調の温かみのある部屋に通された。アビーはほっとし、心地よいベッドに身を沈めた。危険な目に遭うどころか、あの人の仲間たちに歓迎されて本当によかった。アビーはそんなことを考えつつ眠りに落ちていった。

冷たい夜気にアビーが目を覚ますと、陽はとっくに山々の先に落ちていた。ワインのせいで口のなかがねばついていた。彼女はよろよろとした足取りで部屋の小さなバスルームに入った。冷たい水で顔を洗い、髪をブラシで整えるとバスルームから出て、リヴィングルームに向かった。サミーが十歳ぐらいの女の子と坐り、一緒に宿題に取り組んでいた。

「よお。ぐっすり眠れたか？」サミーが声をかけてきた。

「ええ。寝過ぎちゃったみたいですけど」

「ディディアンヌはキッチンにいる。この子は娘のカディスだ」

アビーは自己紹介した。でも何かおかしい。彼女はそう察した。昼間から寝るんじゃなかった。ラグランを連れてロンドンに戻らなきゃならないのに。

「なあ、アビー。聞いても驚くなよ。キレてもらっても困る。ラグランはもうここを出た。あんたの車を拝借してね。じきにロンドンに着くはずだ。着いたらあんたのボスと話をすることになってる」サミーは肩をすくめた。「これがあいつの流儀だ。つまりお目付け役は要らないってことだ。仕事となると一匹狼だからな、あいつは」

アビーはみぞおちがズンと沈み込んだように感じた。

「大変（クライスト）、それはまずいわ」彼女はへたり込むように椅子に腰を下ろし、カディスに眼を向けた。背後の壁に十字架象を見つけ、軽率に瀆神（とくしん）の言葉を吐いてしまったことを後悔した。

「ごめんなさい。謝るわ」

カディスは肩をすくめてみせ、教科書とノートをまとめた。

「別にいいわよ。パパなんかあたしに聞こえないと思って、もっとひどいことをいろいろ言ってるんだから。じゃあまた、夕食のときにね、マダム」

アビーは天を仰いだ。ラグランに一杯喰わされた。

「ロンドンに電話できませんか？」

サミーは〝申しわけない〟を絵に描いたような顔をした。

「明日の午前便に間に合うように送ってやる。要るものがあればディディアンヌに言ってくれ。ここはラグランのやりたいようにやらせるしかない」

そうするより道はないことはアビーもわかっていた。つまりわたしは特別待遇の囚人ってことね。

レジオ・パトリア・ノストラ。

10

ブリティッシュ・エアウェイズのトゥールーズ発ロンドン行き便は、定刻の午後六時から十分遅れてヒースロー国際空港に到着した。ラグランは荷物がないどころか手ぶらだった。これから向かう先に着替えを持っていく必要はなかった。彼は入国審査を通過すると、同じ便に乗り合わせた誰よりもずっと早くターミナルビルを出た。タクシーはM4を難なく走り、四十分弱でハマースミスのキング・ストリートにある〈マークス&スペンサー〉の店先にラグランを降ろした。ここからウェルッジュ・ロードの待ち伏せ地点までは、早足で歩けば十分もかからない。

買い物は現金で済ませた。マグワイアに連絡を入れるのは、スティーヴン・カーターの身に何が起こったのか突き止めてからでいい。スティーヴンが待ち伏せを切り抜け、誘拐も回避したのであれば、身を隠しそうなところはひとつしかない――あの子の父親が安全な場所に送り出した可能性は高い。ラグランは通りを二回渡り、時折足を止めて小さな店のショーウィンドウを覗き込み、窓に監視者の姿が映っていないかどうか確認した。目的の二階建ての建物にも、誰かが張り込んでいる様子はなかった。その一階のヘアサロンと葬儀社のあいだにぎゅっとはさまれた控えめなドアの先にある、ベッドルームがひとつだけのフラットの存在は、ジェレミー・カーターと自分以外はまちがいなく知らないはずだ。レンガ造りの質素な外観の建物は十年前に改装され、ドアの奥の階段を上がった先の左右にフラットがひとつずつ作られた。モダンにリノヴェーションされて実用的になった家具付きのこの部屋を、ラグランは投機取引に手を出して大やけどした若い投資家から買った。彼はフラットへと通じるドアの向かい側の歩道を歩き、狭い通りの車の流れが止まると、車のあいだを縫って渡り、コンヴィニエンスストアに入った。そして牛乳とパン、砂糖をひと袋買った。

ふたたび通りをチェックすると、ラグランは入り口のドアに向かった。薄暗い歩道で足を止め、誰にも尾けられていないことを確認した。それから十歩ほど足を進め、キーパッドに暗証番号を打ち込み、共有の玄関広間に通じるドアを開けた。階段を上がり切ると、隣の部屋からテレビの音が聞こえた。彼は自分のフラットの玄関ドアに耳を当てた。何も聞こえなかった。ドア枠を手でなぞり、枠と壁のあいだに細い隙間を見つけると指先で探った。隠しておいた鍵はなかった。自分の鍵を錠に差し込んでゆっくりとまわすと、音をたてずに室内に足を踏み入れた。

キッチンの食器棚が荒らされ、缶詰とソフトドリンクの空き缶、そして散らばったポテトチップスが、何者かが空腹だったことを示していた。ラグランは忍び足でベッドルームに向かった。カーテンは引かれていたが、羽毛布団の下で丸まって眠っている姿が確認できるほどには明るかった。ラグランはキッチンに戻り、マグカップ二杯分の茶を淹れ、片方だけ砂糖をスプーンで二杯入れた。暴力的な攻撃と殺害が起こってからまだ三十六時間も経っていない。ショック状態にある少年にとっては睡眠が一番の薬だが、今は血糖値を上げてやる必要がある。ラグランはマグカップをベッド脇のテーブルに置くと、寝ている少年の横にしゃがみ、その名前を何度かささやいた。ささやくたびに大きくなる彼の声が、少年の意識のなかにゆっくりと沁み込んでいった。スティーヴン・カーターはまぶたをピクピクさせ、眼を開いた。眼のまえにあるラグランの笑顔に驚き、口をあんぐりと開け、身をよじらせながら半身を起こした。いきなり押し寄せてきたさまざまな感情がこんがらがり、格闘している様子を見せた。あえぐように口をパクパクさせながら、なにごとかもごもごと発した。

ラグランは手を差し伸べ、安心させるようにスティーヴンの肩に置いた。

「よお、少年。お茶だぞ」

スティーヴン・カーターは両手を伸ばし、ラグランをきつく抱きしめた。スティーヴンが心の荒波を鎮め、自分のほうから身を放すまでラグランは待った。それからマグカップを渡した。

「父さんが言ってた、あなたが来てくれるって。彼らがあなたを見つけてくれるって」

温かいマグカップを両手でしっかりと持つと、スティーヴンはいきなり切り出した。

ラグランはうなずいた。

「先に少し飲め。話はそれからだ」

スティーヴンは甘味に顔をしかめた。カーター家では砂糖をいっさい使わない。

「今のきみには糖分が必要だ」ラグランはもっと飲むようにうながし、自分もマグカップに口をつけ、怪我をしている様子がないか眼で探った。服や肌に血は飛び散っておらず、ラグランはほっとした。つまり運転手が殺される前に車から逃げたということだ。「お母さんには電話したのか？」

スティーヴンはかぶりを振った。砂糖入りの茶が効いてきたと見え、手の震えは止まっている。

「スマホは車のなかで落としちゃったし、父さんには家には連絡するなって言われた。あなたを待てって言われた。あなたが来てくれるって。家に帰るのは二日経ってからか、あなたが来てからだって。どうして父さんはすぐに帰っちゃだめだって言ったんだろう？」

「また襲撃されるかもしれないからだ」

　スティーヴンははっとした。

「母さんとメリッサは？」不安の高鳴りが感じられる声だった。

「無事だ。ふたりの身に何かあったら、おれに連絡が入るはずだ。お父さんはきみの身を案じて、ここに行けと言ったんだ」カーターがここに身を隠せと命じたのは、スティーヴンの安全を護ることだけではなかったことをラグランはわかっていた。息子を介してなんらかの情報を伝えようとしたんだ。まだ動揺しているスティーヴンに、すぐにあれこれ訊くべきじゃない。今は待とう。この子もじきに自分を取り戻すだろう。

　少年はわなわなと震えていた唇を噛み、眼をぎゅっと閉じて溢れてくる涙をこらえた。

「父さんは殺されちゃったの？」

「そんなことを言うもんじゃない。そうだろ？　お父さんが殺されたとは思わないが、チャーリー・ルイスは撃たれた。助からなかった」

　ルイスの訃報にスティーヴンは麻痺状態に陥った。少年は黙り込み、ややあってか細い声でこう言った。

「怖かった……ほんとに怖かったんだ。だからぼく、父さんを置き去りにして逃げちゃった」

ラグランはなだめた。

「あそこで逃げてよかったんだ。きみのやったことは大正解だ。襲ってきた悪者たちにきみも捕まったら、連中はきみを使ってお父さんを脅して、きみを絶対に傷つけたくないお父さんは連中の要求を呑んだだろう」

「あんなことが起こるだなんて、全然思ってなかった。ぼくってほんと意気地なしだよ」

「おいおい、本当にやばい連中と何度もやり合ってきたおれが言うけど、怖いと思うのはいいことだ。恐怖は感覚を研ぎ澄ましてくれる」

あのとき頭が冴えていたのは怖がっていたせいだと率直に認めたのか、スティーヴンは煮え切らない笑みを浮かべた。

「いいか、聞くんだ。警察やそれ以外の機関の人たちが、きみから話を聞きたがるだろう。おれとしては、ここで全部話してほしい。憶えていることを全部だ。忘れてしまったことも、おれと話しているうちに思い出すかもしれない。いいかな？　これはおれときみとの報告会議だ。手を貸してくれたら、ルイスを殺してお父さんをさらった犯人たちを捕まえることができる。お父さんがきみを逃がしたのはどうしてだと思う？　きみにしかやれないことを託したからだ。それをきみは百パーセントやり切った」

「ほんとに？」自分の取った行動は結局正しかったのだとわかり、かすかな希望を得たスティーヴンは声を弾ませた。

「もちろんだとも」さっきの誉め言葉で少し元気になったみたいだ。「まともなものは全然食べてないんだろ。ピザを頼もうと思うんだが、どうかな？　お母さんには、もう少ししたら家に帰るって電話しておく。ピザを食べてから話をしよう」

この子はもう確実に心を落ち着けている。とはいえ心的外傷（トラウマ）のカウンセリングは必要だろう。それでも今のところはどんどん安定してきている。

スティーヴンは眉間にしわを寄せ、混乱した頭のなかから記憶をたぐり寄せた。

「父さんは伝言と……名前を……」

部下のひとりがオフィスのドアをノックした。マグワイアは入れと応じた。

「アビーの携帯信号は途絶えたままです」若い男性部下はそう報告した。服装のせいで、ガラの悪い公営住宅街をうろつく二十代の世慣れたタフガイに見える。クローゼットに吊るされているスーツを着るのは、ビジネス街で情報収集活動をするときだけだ。

マグワイアは、不安がのしかかってくるように感じていた。未熟な、それも女の部下を危険な場所に送り込んだのは、今になって考えればとんでもないまちがいだったのだろうか？　いや、そんなことはない。彼はすぐさまそう思いなおした。うしろ向きな感情は明晰な思考を損なう。アビーは目端が利く。何をすべきかはわかっているはずだ。

「各空港と入国地点はどうなんだ？」

「この二十四時間のあいだにラグランという名前の人物が入国した形跡はありません」

「そんなことだろうと思っていたよ。あの男はまちがいなく来る。アビーが見つけたのだとしたら、あの男は別名義のパスポートを使うだろう。カルカソンヌとトゥールーズ発の便の乗客名簿を調べろ」

「今日はカルカソンヌからの便はありませんし、トゥールーズからは夕方に到着していまず」

「その便に乗っていた四十絡みの男を全員調べろ。あの男はもうロンドンにいる。そういう男だ。ラグランは常にこっちの裏をかく。アビーと一緒だろうがなかろうが、迅速に行動するはずだ」

ドアがノックされ、返事を待たずに若い女がオフィスに入ってきた。

「カーター宅の着信を傍受しました」女は通話内容を書き起こしたものをマグワイアに渡した。「発信地点は特定できませんでした」

ラグランと誘拐された男の妻とのあいだで交わされた短いやり取りの内容にマグワイア

は眼を走らせ、胸のうちに悦に入った。

「あたりまえだ。ラグランはこっちの手を知り抜いている。あの男がカーターの息子を連れて帰ると言ったのなら、それはつまりあの子を見つけたということだ。どうやって見つけたのかは神のみぞ知るだが。でも、これであの男がロンドンにいることがわかった」

マグワイアは渡された紙をデスクの上に丁寧に置いた。

「思ったとおりだ」そして通信担当の女の部下に、さがっていいとうなずきで命じた。

「ふたりの身柄を押さえますか?」だらしない身なりの部下が言った。「MI5(ファイヴ)に先を越されてしまいますよ?　あの家の電話を盗聴しているのはわれわれだけじゃありません。どこもあの子から話を聞きたがるでしょう。最初に聞くのはわれわれのほうがいいです」

「ファイヴはもう興味を失っている。この件にテロ色は薄い。結局のところ殺人と誘拐にすぎないのだから、警察の案件だ。ここは母親と息子の再会を優先させてやろう。あの家には警視庁の被害者家族担当官(FLO)がまだ詰めている。カウンセラーの立ち会いがなければ、息子を事情聴取させないだろう。あの子が何を知っているにせよ、今頃はもうラグランに話しているはずだ。こっちの知りたい情報は、警視庁に聴取される前に手に入る」

「つまり何も手を打たないということですか?」

マグワイアは窓に眼をやり、テムズ川と陽がとっぷりと落ちた街を見渡した。秋の気配は日増しに濃くなっている。冷たく澄んだ空気のなかで街灯とオフィスの明かりがきらめいて見える。おとぎの国のような、〝世はすべて事もなし〟と言わんばかりのまやかしの光だ。囚われの身のジェレミー・カーターはその光のなかにはいない。暗闇と痛みと共に、たったひとりでいる。自ら街に出て事に当たりたいという衝動を、マグワイアは抑え込んだ。誘拐犯たちを突き止めるか身代金の要求があったら、ただちに救出作戦を立案する。昔ながらの癖で、昔よしみのことを考えた。ジェレミー・カーターがまだ生きているとすればだが。マグワイアは頭を振り、部下の問いかけに遅まきながら答えた。

「焦りは禁物だ。おっつけラグランのほうからこっちに来る」

11

エディ・ローマンは怖気を震った。ウェスト・ロンドンをかっ飛ばしたときにおぼえた陶酔感はもう失せてしまい、今は胃のむかつきをおぼえている。こんなヤバい連中にかかわるんじゃなかった。エディは煙草を深々と吹かし、椅子に縛りつけられている男から眼をそらした。こいつらはまじでヤバい。人間だろうがなんだろうがお構いなしだ。連中は高速弾を撃って哀れな運転手を平然と殺したが、流れ弾が通りの家の壁をぶち抜いて、朝のテレビ番組を見ていた婆さんの命を奪っていてもおかしくない。だめだ、そんなことまでするとは聞いてなかった。でも、何が言えるっていうんだ？　おれの命が懸ってるわけじゃない。何か文句でも言おうものなら、この血も涙もない殺し屋どもはおれの咽喉をナイフで搔っ切って、食べかけのサンドウィッチをまたぱくつくだろう。おれみたいな前科者の中年が、一体全体どうしてこんなハードコアな暴力沙汰に巻き込まれちまったんだ？　そんなことをエディは独りつぶやき、小声で悪罵の言葉をくどくど吐きつづけた。

エディは今いる場所に心を壊されそうになっていた。刑務所での長すぎる孤独の日々では、空を見たいという思いにいつも胸を押し潰されてきた。ところがこの廃工場の窓は、来たときにはもう板でふさがれていた。なかに置かれたアーク灯の光が夜中に漏れないように前もって打ちつけておいたんだろう。鉄格子のなかに逆戻りしたみたいだ。とにかくここから抜け出して、三キロ離れたブレントフォードで待ってるシェリーのところに帰りたい。この仕事は二日か三日しかかからないと言っておいたから、それを過ぎても電話しなかったらあいつは心配するだろう。神さまお願いします、シェリーが心配しすぎて警察に連絡しませんように。エディは暗くて陰気な建物のなかを見まわした。どこもかしこも薄汚いが、奥のほうだけは連中がきれいに掃除し、建築資材店ならどこにでも売っていそうなアーク灯が二基置かれ、うつむいて坐っている男を強烈な光で照らし出している。頭を殴られた傷から出た血が乾いてこびりついている。かなり手際よく犯行に及んだところを見ると、連中は何週間も前から準備を進めていたんだろう。すぐそばに生コン工場とスクラップ工場があるここは、監禁場所としては完璧だ。安全だし、音が少しばかし漏れても問題ないし、おまけに防御もしっかりできる。見ればわかることだ。正面から突入してきたら、ゲートを越えて敷地内に入ったところで絶対にハチの巣にされるだろうし、裏にはごみだらけのブレント川がある。ここを渡って攻め込もうとしても、特殊空挺部隊（SAS）の腕っこきでも錆びついたショッピングカートや不法投棄の大型ごみに阻まれるだろう。

廃工場のふたつある棟それぞれの守りの要所に板で覆われていない小窓があり、銃を持った男がひとりずつ配されている。残りの三人の殺し屋たちは交代で見張りをしている。待ち伏せには加わらず、ここにヴァンが到着すると慌ただしくゲートを開け閉めした男がひとりいた。小窓についているふたりは肩からマシンガンを吊るし、窓際にへばりついて暗い敷地を監視しているが、冷静でリラックスしているように見える。一方がトランシーヴァーの送信ボタンを押し、もう一方が問題なしと答えた。エディは連中の東ヨーロッパ訛りがどこの国のものなのか特定しようとしたが、結局わからなかった。どこから来たのか尋ねてみたが、返ってきたのは笑みだけだった。エディは連中のリーダーの行きたいところにどこでも連れていく準備を整えているが、さらなる指示がないかぎり手持ち無沙汰だった。

連中はさらってきた男を裸にし、ダクトテープで両腕と両脚と胸を椅子に縛りつけ、自分たちが休憩と寝食を取るスペースに背を向けて坐らせていた。頭を覆っている枕カヴァーは血に染まっている。男は誘拐されてから一時間のあいだは朦朧（もうろう）としていて、意識が戻ってからも何を訊かれても答えられないほどぐったりしていた。リーダーの男は、おまえたちがアサルトライフルの台尻で殴りすぎたからだとぶつくさ言っていた。誘拐された男が連中の知りたいことを思い出せば、そこでエディの仕事は終わり、めでたく家に帰ることができる。リーダーは袋叩きにされた男の裂けた唇に水を垂らし、眼をちょっとだけ見て瞳孔が開いていないか確認した。つまりこの悪党は自分のやっていることをわかっていて、どこまでやっていいかもわかってるってことだ。エディは胸のうちにつぶやいた。こいつは拷問のプロだ。

エディはさらわれたうえにボコボコに殴られた男からかなり距離を取り、部屋の一番奥の、男たちが待ち伏せをする以前に使っていたとおぼしき場所に移動した。建設現場のごみ捨て場から拾ってきたような使い古されたカーペットが敷かれ、その上にくたびれた中古のソファを取り囲むようにしてぼろぼろの肘掛け椅子が数脚置かれていた。プロパンガスを使う暖房機（ヒーター）のまわりに簡易ベッドと寝袋がある。男たちはふたりで一台のベッドをシェアし、交代で見張りにあたっている。折りたたみ式のテーブルが、小型冷蔵庫を挟むようにして二台設置されている。片方のテーブルには缶詰と電気ケトル、そしてボトル入りの水とインスタントコーヒー一式が並べられている。もう一方の上にあるのは銃器と弾倉だ。男たちが携行していたアサルトライフルとはちがってガンオイルが塗られたH&K（ヘッケラー・コッホ）MP5だ。拳銃と四発の手榴弾があり、その隣に小さな缶のようなものが四つある。それがなんなのかエディはわからなかったが、ハリウッドのアクション映画や戦争映画をたんまりと観てきた彼は発煙手榴弾じゃないかと思った。隙を見て逃げるしかない。この狭い要塞で、どこからどう見ても手練れの傭兵たちと一緒にいればいるほど、エディはそんな決意をさらに固くしていった。

尋問担当が木製の椅子を引きずり、さらってきた男の近くに置き、苦しげに息をするたびにへこんだり膨らんだりしている枕カヴァーのすぐ横に顔を寄せた。

「だんまりを決め込むだなんてつれないな、ジェレミー。おれとあんたは古いつき合いだろ」皮肉たっぷりの口調で尋問担当の男が言った。「あんたの学のある声がおれの雑な耳に入ってくるたびに、清々しいほどの歓びを感じてたんだがな。さあ、そのお高くとまった声を聞かせてくれ」

カーターは何も言わなかった。

「あんたを痛い目に遭わせるのは忍びないんだが……でも、そうするしかないみたいだな。それに正直に言うが、おれにとっては愉しみでもある」尋問担当は男の痣だらけの顔を覆っていた枕カヴァーを剝ぎ取った。「これがおれたちが身につけた技術ってやつだよな、なあジェレミー？」男は煙草に火を点け、前に進み出てきた手下を見上げた。

これからカーターは痛めつけられることになる。

12

カーターの家に通じるウッドストック・ロードでは、武装した公認射手(AFO)たちによる道路封鎖が続いていて、夕食に客を招く予定だった一部住民たちの不興を大いに買っていた。交差点に向かってじりじりと進んでいたタクシーを、制服警官たちが旗を振って停止させた。交差点の四つの角それぞれにＡＦＯがふたりずつ配置されていることを、ラグランは確認した。封鎖を突破しようとすれば、まちがいなく十字砲火の的にされるだろう。ラグランは自分の本当のパスポートを提示した。受け取った警官が身元を確認し、カーター邸に連絡し、しばらくすると交差点にいる四人目の警官に合図を送った。スパイクベルトが引き寄せられ、封鎖が一時的に解除された。捜査は重大なテロの脅威から格下げされているようだ。ラグランはそう判断した。対テロ専門射手(CTSFO)がいる気配はなく、道路封鎖に使われているのもせいぜい車輛を減速させるだけのスパイクベルトで、標的に突っ込もうとする大型トラックを止めることが可能な〈タロン〉スパイクメッシュには遠く及ばない。

玄関についていた別の制服警官に案内されてラグランとスティーヴンが家に入ると、アマンダは息子を抱きしめた。そして安堵の涙を流した。

「よかった。ほんとよかった」アマンダはか細い涙声でそう言い、すぐさま自分を取り戻した。手で頬を拭うと片腕をラグランにまわし、首筋に顔を埋めた。「ありがとう」その言葉に込められていたのは感謝の念だけではなかった。再会の挨拶でもあり、湧き起こってきた希望に満ちた言葉でもあった。ラグランが来てくれたのだから大丈夫、じきに世界はそんなに恐ろしい場所じゃなくなるかもしれない。

「寝たほうがいいわ」アマンダは息子に言った。

スティーヴンは気力を取り戻していたが、母親の思いに誘われて涙がこみ上がってきた。そして母親と同じようにすぐさま涙を振り払った。

「母さん、ぼく、父さんを助けることができなかった。父さんに逃げろって言われた」

「もちろん、お父さんならそう言うわ」そう言ってアマンダは息子を安心させた。「大丈夫、お父さんはちゃんと戻ってくるから。お風呂はどう？」

「それよりもメリッサの様子を見たい。あの子の読み聞かせを、父さんは毎晩やってたから。今夜はぼくがやる」

アマンダの顔を不安の色がよぎった。事の経緯を、幼い異父妹にどこまで言うつもりなのだろう？

「アマンダ、彼の言うとおりだ。ここはやりたいようにやらせよう」ラグランが言った。

「加減ならわかっているはずだ」

そう言われてもアマンダはためらいの表情を見せていたが、結局息子の額にキスをし、言った。

「あの子も喜ぶわ。かなりしょげ返っているから」

「ぼくがなんとかするよ」スティーヴンはそう答えた。「ダン、ありがとう。あの……何もかも……」自分の母親の面前で多くを語りたくないのか、口ごもった。ラグランがひとつ抱きしめてやると、スティーヴンはその場から去った。

さりげなくリヴィングルームに控えていた警視庁の被害者家族担当官（FLO）が姿を見せた。彼女はスマートフォンに番号を打ち込んだ。

「お医者さまに来てもらって息子さんを診てもらいます、ミセス・カーター。担当の捜査官が事情聴取をしたがると思います」

「今すぐにってわけじゃないわよね？」

「できるだけ早いほうがいいです」

「事情聴取なら必要ない」ラグランが口を挟んだ。「おれが先にやっておいた」

「あなたのことは存じあげておりませんが」ＦＬＯはそう応じた。

「おれが何者かはどうでもいい。聴取の内容は明日ダウンロードできるようにしておく。これは政府の機関が絡んだ案件だから、あんたのボスたちもちゃんとわかってくれるだろう」

ＦＬＯは背を向け、スマートフォンを耳に当てた。

「あなたが来てくれて、本当にほっとした」アマンダは言った。

「スティーヴンはかなりのストレスにさらされている。ある程度は大丈夫だが、目の当たりにしたことを考えれば専門的なカウンセリングが必要だろう。子どもというものは立ちなおりが早いが、心のどこかに時限爆弾が隠されていないか確認すべきだ。そのままにしておくと、十年か二十年後に爆発するかもしれない」

アマンダはわかったといったふうにうなずいた。

ここまで言わずにいたことを、ラグランは尋ねた。

「ジェレミーは？」

「まだ何も」スティーヴンもちゃんと帰ってきたんだから、あの人だって無事に戻ってくる。アマンダはそう信じたかった。その希望しか彼女にはなかった。「ところであなた、これまでいったいどこにいたの？　一緒にいてくれるんでしょ？　泊まってく？」

「いや、やることがある。きみは上階（うえ）に行って子どもたちが大丈夫かどうか見てきてくれ。空港で新しい携帯電話を買った」ラグランは家の電話の横にあったメモ帳に手を伸ばし、自分の電話番号を書き留めた。「何かあったらいつでも連絡してくれ。言っておくが、この家の電話は盗聴されているからな」

彼はアマンダを抱き寄せた。学生時代に身寄りがなくなった自分を引き取ってくれた恩人たちの娘を。アマンダとはスティーヴンとメリッサと同じように兄妹の関係であり、ふたりの絆は血のつながりに匹敵するほど強いものだった。

アマンダは最後にいちどだけラグランを抱きしめ、キスをすると、重い足取りで階段を上がっていった。

ラグランは携帯電話の短縮番号を押した。憶えていたとおりの深みのある不愛想な声が応答した。

「どこで落ちあう？」ラグランは前置きもなく言った。

「銀行（バンク）で」マグワイアはそう答えると電話を切った。

ラグランはフッと笑った。相変わらずマグワイアは捨て台詞（ぜりふ）みたいに言わないと気が済まないらしい。

〝バンク〟とは、盗聴されている可能性のある相手に対して使う暗号だった。カーターが役員を務めている銀行のことではなく、サー・エドウィン・〝ネッド〟・ラッチェンスが一九二四年に設計した、重厚な旧ミッドランド銀行本店のことだ。現在は現代風にリノヴェーションされてホテルになり、〈ザ・ネッド〉の名で広く知られるようになった。MI6のあるテムズ川の南岸からはロンドン橋を渡ってビジネス街方向に十分ほど歩いたところにある巨大な〈ザ・ネッド〉は、金融と貿易の世界をつかさどる若い男女のための社交場とレストランを兼ねている。ラグランは玄関の階段を上がり、左右に配されたレストランとラウンジを区切るエントランスに入った。なかは耳を聾(ろう)するほどのざわめきに満ちていた。二千人ほどが酒を飲み、食事をしているのだ。大きな駅とどっこいどっこいというところか。ラグランはそう思った。若く元気のいい広報担当みたいな出迎え係(グリーター)たちに迎えられたかと思うと、今度は完璧な歯並びとはち切れんばかりの若さを基準にして選ばれた、温かな笑みを浮かべる二十代の男女からなる智天使(ケルビム)たちに案内され、ラグランは旅籠(はたご)の天国へと足を踏み入れた。至福の地(ニルヴァーナ)にご案内というわけか。

正面に一段高くなったステージがあり、ジャズカルテットが演奏していた。なかなかいい演奏だったが、客の群れの誰ひとりとして聴き入っている様子はなく、全員が全員まえのめりになって会話に興じていた。せっかくの上質な音楽なのにもったいない。チャーリー・パーカーの『どこからともなく（アウト・オブ・ノーホエア）』が流れるなか、ラグランは左にあるバーカウンターに足を向けた。この状況にうってつけの曲だった。ラグランは左右を見まわした。こっちが見えるどこかにマグワイアはいる。いくつかあるバーカウンターのひとつの横に、緑の革張りのブース席が並んでいた。あそこはいい位置だ。客の大半から充分に距離があり、ウェイターの眼に留まるほどには近い。そこにラグランはマグワイアの後頭部を確認した。あの頭がこの男と落ちあうときの恰好の目印だと思っていたときもあった。今のマグワイアがMI6のどの部署を仕切っているのか、ラグランは知らなかった。前回彼らの仕事を請け負ったとき、マグワイアは中央・東ヨーロッパ（C／CEE）での活動を統括するポジションにあった。あの男が今はどの部署のボスをやってるかだなんて、誰が知ってる？　おそらく誰に訊いてもわからないだろう。どうでもいいことだ。彼はマグワイアの向かい側にずっと腰を下ろした。〈常陸野（ヒタチノ）ネスト・レッドライスエール〉の冷えた瓶がすでにテーブルに置かれていた。マグワイアは大ぶりなグラスに注がれたウィスキーを飲んでいた。

「うちのアビーはどこにいる？」渋い面持ちでマグワイアが口を開いた。

「先に言っとくが、おれなら元気にやっている」ラグランはそう応じ、冷たいビールを口にした。イチゴのように甘いビールだ。ラグランは手を掲げた。二歩離れたところにいたウェイターが、前かがみになって注文を聞こうとした。「シングルモルトを頼む」

「お好みの銘柄はございますか？」

「任せる」ラグランは答えた。こんな店で排水管の洗浄剤のような味の代物が出てくることはないだろう。「彼女なら明日の朝の便で帰ってくる」彼はマグワイアに言った。「あぶない目には遭っていないが、それはあんたもわかっていたはずだ。あんたは危険なことになりかねない状況に未熟な女の部下を送り込んだんだ、マグワイア。あまり紳士的だとは言えないな」

「すれてない人間が必要だった。うちの部員をきみの縄張りに送り込めば、必ず悶着を起こすだろう。だからあまりよくわかっていない彼女が望ましかったというわけだ。アビーは脅威となる存在ではないし、きみの仲間たちにもそれがわかるだろうと判断したまでだ」

ウェイターがシングルモルトをテーブルに置いた。マグワイアがうなずきで合図した。勘定は彼が持つということだ。

「どんな手を使ってスティーヴンを見つけた？」

「おれの発信地点を追跡してないのか？」

「していないことはわかっているだろう」

「おれはこっちに家を持っている」

マグワイアは片眉を吊り上げた。

「知らなかった」

「ジェレミーは知っていた」

「そしてそこに行けと息子に命じた。当然の流れだ」

ラグランはうなずいた。

「あの子はおれの部屋に身を隠していた。つまりジェレミーは、あんたがおれを呼ぶと踏んでいた」

「それが一番の選択肢だ。きみと彼は知り合いだ。家族でもある」

ラグランはマグワイアをじっと見た。脳はフル回転しているのだろうが、そんな様子は眼からはうかがえない。グラスを持ち、口に当てている手と同様に落ち着いている。なにごとにもひるまない、それがマグワイアという男だ。ラグランは、以前に仕事を共にしたことがある人間たちから、この男の過去の一部を聞き出していた。かつてのマグワイアは槍の切っ先だった。戦場で血を流したことがあり、逆に相手の血を流してやったこともある。しかし、話してくれた連中は異口同音にこう言っていた――あの男は人間を大事にする。部下の命を無駄に危険にさらすようなことはしない。その断固とした意志を、マグワイアは特殊部隊に加わるずっと以前から抱いていて、ＭＩ６に移った現在でもそれは変わらない。またそれは、ラグランがラルフ・マグワイア陸軍大佐と共有している信条でもある。

「どうしてジェレミーなんだ？」ラグランは訊いた。

「わからない。今のところは。あの少年から何を訊き出した？」

「おれの携帯電話に録音してある。たいした内容じゃない。名前がふたつだけだ」

ラグランはそう答えておいた。まだすべてを明かすわけにはいかない。

マグワイアは話の続きを待っていた。その名前を聞きたがっている。

ラグランは情報機関の男を少しばかりじらし、それからとっておきの情報をくれてやった。とっておき以上のものを。咀嚼（そしゃく）し検討するに値するだけのものを。

「ヤマネコ（サーヴァル）」ラグランはひとつ明かした。「マリのことを憶えているか？　イフォガス山地のアメテッタイ渓谷でのことを。あんたたちの人間があそこにいたことを、おれは知っている。おれたちが山中に入ると、フランス軍特殊作戦司令部（COS）と一緒にイギリスとアメリカの情報部員、そして特殊空挺部隊（SAS）の顧問たちがいた。フランス軍はとにかく慎重に事を進めていたが、いざ戦闘が始まるとイギリス人もアメリカ人も姿を消した。そのときの作戦名を、どうしてジェレミーは義理の息子に伝えたんだろう？」

「私にはわからない」マグワイアは答えた。しかしその穏やかな口調からラグランは察した。何年も前の対テロ軍事行動〈サーヴァル作戦〉につながりがあるとおぼしき情報を、マグワイアは握っている。

「彼はあそこにいたのか？　あんたがジェレミーを送り込んだのか？　あんたが現地に送り込んだ部下が彼で、あのとき何かがあったのだとしたら、その過去があんたに嚙みついてきたということなのか？」ラグランはそう問いただすとマグワイアの両眼に注視し、欺瞞の影を探った。しかし相手はこの手のことにかけてはかなりの手練れだ。マグワイアは紙ナプキンの裏に書かれた数字が核ミサイルの発射コードだと、相手をすっかり信じ込ませることができる腕がある。

「ほかには？」ラグランの問いかけなど意に介さずマグワイアは言った。

ラグランはウィスキーを飲み終えた。

「警察は犯行現場を封鎖しているのか？」また同じように問いかけた。

「行っても何もないぞ」

「つき合ってくれ。鑑識に全部持っていかれる前に見ておきたい」そしてマグワイアの質問に答えるかたちで、ラグランは切り札を出した。

「そのあとでスティーヴンとのやり取りを録音したものを聞いてもらう」

マグワイアはため息をこらえ、腕時計を見た。

「今頃はもう科学捜査サーヴィス(SCO4)に全部持っていかれているところだ」

「だったらぐずぐずしてる場合じゃない」ラグランはそう言い、ブース席から抜け出た。ありがたい、これでようやくべらべらとしゃべりまくる耳ざわりな連中どもとおさらばできる。マグワイアは肩をすくめると財布から札を何枚か抜き取り、空(から)になったウィスキーグラスの下に差し入れた。勘定を置いておくとウェイターに示すと、コートを羽織った。

会釈と笑顔で見送る歓迎委員会の面々のまえを、ふたりは通り過ぎた。真珠のように白い歯。高価な歯科矯正。PRはますます金のかかる仕事になっている。

「どうしておれを呼びつけた？」ラグランが言った。「カーター一家とつながりがあるからってだけじゃないんだろ」

「それも理由のひとつだ」〈ザ・ネッド〉の玄関階段でうろうろしながらマグワイアは答えた。マグワイアは手を上げ、運転手に合図した。駐車が厳しく制限されている通りなのに、マグワイアの車はまるで魔法のように姿を見せた。

「それ以外はどうなんだ？」

マグワイアはなかば振り返り、ラグランと向かい合った。

「過去にカーターと一緒に仕事をしたことがあるからだ。きみが血のつながった妹と見なしている女性と、彼は結婚した。この一件を知らせたら、きみが反応するかどうか確認したかった」

「もういちど言う、理由はなんだ？」

「理由は人脈だ。きみは胡散臭い連中ともつながりがある。私としては、きみがカーターの誘拐にかかわっていないことを確かめたかった」〈ザ・ネッド〉のドアマンが車のドアを開けると、マグワイアは歩道の縁に向かっていった。「かかわっていたら、きみはロンドンには来なかっただろう」彼は笑みを浮かべた。「そしてきみはここにいる」

13

霧雨が微風にあおられて舞い上がっていた。犯行現場を照らす警察の投光器の光を浴び、きらきらと輝きながら揺れ動く細かい雨粒になど、科学捜査サーヴィス(SCO4)の捜査官たちは気にも留めていない。白い上下に身を包み、銃撃を受けたカーターの車を覆っているテントの取りはずしにかかっている彼らは、幽霊のように見えた。

「ここにあったものはすべて証拠品として押収した」マグワイアはそう言い、コートの襟を立てた。気温がどんどん下がっていくなか、吐く息が白くたなびいて見えた。ラグランは寒さも雨も気にしていなかった。そもそもからして防水性のあるワックス引きの生地でできたジャケットが彼の第二の肌となっていた。SCO4のガレージに運んでさらに詳しく調べるべく、損傷したカーターの車の牽引フックに車輛輸送車から延ばされたワイヤが結合されていた。道板を引き揚げられていくジャガーの後部座席のドアがバタンと開いた。

「止めろ！」ラグランが叫んだ。

作業員がウィンチを止めると、ラグランはまえに進み出てドアを閉じようとした。スティーヴンのラグビーボールが、運転座席の下に半分挟まっていた。ラグランは身を屈めてボールを回収し、ドアを勢いよく閉じた。

「もういいぞ！」マグワイアが巻き上げを再開するよう、大声で作業員に命じた。

ウィンチがふたたびまわりだすと、SCO4の捜査官がラグランに近づき、ラグビーボールを指差した。

「血痕があります。研究所での鑑定が必要です」

ラグランは乾いた血に唾を吐きかけ、拭い取った。

「血痕なら車内にたんまりとある。だからこれは必要ない」

ラグランは反論しようとする白装束の捜査官に背を向け、奥にある待ち伏せ地点に歩いていった。この現場で一番の権限を有するマグワイアが捜査官に向かって手を掲げた。

「みんな疲れているんだ。いざとなったら私が取り戻す」

SCO4の捜査官は肩をすくめると戻っていった。この一件を報告書に記載するつもりなのだろう。もっとも、一介の捜査官が上に訴え出ることなどできもしないが。マグワイアはそんなことを考えながら、通りのカーヴになっている部分に眼を走らせているラグランのもとに歩いていった。恰好の待ち伏せ地点だ。

「これがプロの犯行だってことは、博士号を持ってない人間でもわかる」心の眼で待ち伏せが展開されていく様子を追いながら、ラグランは言った。

「犯人たちはヴァンに乗ってA4を逃走し、ハマースミス高架交差道（フライオーヴァー）を越えたところでUターンした。交通監視カメラが連中のヴァンを捉えている。M4に設置されている次のカメラには映っていなかったから、どこかで下道に下りたにちがいない。炎上したヴァンの残骸が発見された。そのあとはまったく手がかりがない」

ラグランはマグワイアのほうを向いた。

「わかった。おれを呼んだのはあんただ。カーターが何をやっていたのか教えろ」

「とある国際的な宝飾品製造業者が、ロンドンにあるマーチャントバンク（証券発行と外国貿易に関する為替手形の引き受けなどの金融業務を行なう特殊銀行）のニューヨーク支店を介して金（きん）を買いつけている」

結びつきの第一段階は容易に想像がついた。

「マーチャントバンクはジェレミーのところで、彼がその口座を管理していた」

「そのとおりだ。そして彼は金融コンプライアンスの担当役員だ。つまりすべての取引を精査できる立場にある。取引が成立すれば、購入資金はニューヨーク支店の口座に振り込まれ、そこから世界各地の口座に電子送金される。実際にはもっと複雑な取引過程があるんだが、要するにこれはマネーロンダリングだ。金をドルに替えたりその逆だったり、ろくでもないビットコインを使うこともあるのかもしれんが、いずれにせよ麻薬カルテルは資金を洗浄し、カーターはその情報を握っていた」ふたりを待っている車に戻りながら、マグワイアは話を続けた。「そしてわれわれとアメリカの麻薬取締局(DEA)は送金先の銀行口座を追跡し、麻薬製造業者とディーラーたちを逮捕し、組織を壊滅させた。少なくとも一部は」

ラグランはラグビーボールを小脇に抱えた。

「つまりあんたらは、カルテルに直結する情報ルートを握っていたってことだな。マネーロンダリングの規模は?」

「過去四年間で十億ドルを超える」

「宝くじの一等を引き当てたようなもんだな」

「われわれも同じように感じていた」マグワイアは小ぬか雨で濡れた顔を手で拭った。

ラグランは路面に落ちていたガラスの破片を足でこすった。

「ひとつ言わせてもらう――これは中南米のドラッグカルテルの仕業じゃない」

「どうしてそう言える?」

「流された血が少なすぎる」このときばかりは、ラグランの予想を裏切る反応をマグワイアは示した――MI6の大物が心の葛藤を見せたのだ。「ほかにも何かあるんじゃないのか？」

マグワイアは顔をしかめた。そしてラグランには受け容れ難い言葉を放った。

「カーターは洗浄された金を横領していた」

ラグランは車に戻ろうとする情報機関の高官の肩に手をかけ、足を止めさせた。

「絶対にあり得ない。ジェレミー・カーターは真面目一辺倒の男だ。命を賭けてもいい、あいつがそんなことをするはずがない」

「あの銀行の全業務が捜査対象になっている。マネーロンダリングの各要素にアクセスしていたのは、目下のところカーターだけだ。これは複雑な作戦なんだ——工作員と連絡員、そして情報提供者が幾重にも介在している……カーターは重大な情報を隠していた。われわれ全員と、われわれがやっていることを暴露することができる立場にある。作戦全体を吹っ飛ばすことも可能だ」

「おれは彼と行動を共にしたことがある。あいつの命を投げ捨てるようなことはさせない」

「人間は変わるものだ、ラグラン」

「あいつはそんな人間じゃない」

「金で動かすことができない人間なんかいない。この一件はカーターの自作自演か、もしくはカルテルの何者かがこっちの作戦を探って、彼にたどり着いたかだ。どうやったかは知らないが」

ラグランはジェレミー・カーターのことを露ほども疑っていなかった。彼がカルテルについてどれほどの情報を握っていたにせよ、この殺しと誘拐は麻薬王が銀行家の身柄をさらっただけに留まらない。ラグランの直感はそう告げていた。カーターに脅迫されていたのなら、連中は誘拐なんかせずにその場で彼を殺しただろうし、当局の手が及ぶことを用心しただろう。ドラッグカルテルとは本質的にそういう存在だ。リスクは織り込み済みだ。カーターはそれなりの権限のある銀行役員だが、それでもカルテルからすれば一匹の雑魚にすぎない。連中が金で買った人間なら大勢いる。もしかしたら、カーターも買収しようとして断られたのかも？　そんなことは今はどうでもいい。重要なのは、殺される前にカーターを見つけることだ。スティーヴンから聞いた話から、マリでの戦争とドラッグマネーを資金源とするテロリストたちとの戦闘と関係があるのは明らかだ。この謎の解明には別のピースが必要だ。

「元情報部員で、現在はひとかどの銀行役員が誘拐された。その運転手は射殺された。これは国家安全保障上の問題でもなければ国外の情報機関がかかわっているわけでもない。警察案件だ」ラグランは言った。

ふたりは車に戻ってきた。

「きみはそう考えているのか？」マグワイアが言った。「カーターはこの世界から身を退いたと？　彼はまだ現役だ。今でもＭＩ６の人間だ」今の自分の言葉に、ラグランがまるでポーカーの強い手を見せられたように驚いたことに、マグワイアは一瞬だけ満足感をおぼえた。が、そんな些細な勝利は、相手が出してきた切り札を前にしてあっさりと消え失せてしまった。

「誰がさらったかはわかっている」ラグランは言った。

マグワイアとラグランは警戒線の手前に停めてあった車のなかに坐っていた。マグワイアは黙りこくったままだった。事のあらましを語る少年のたどたどしい声が、携帯電話から流れている。

「……男がふたりいた。えっと……三人だったかな。そう、絶対に三人いた……通りで……道路工事をしていたんだ……そしたらいきなり父さんが怒鳴った。本当に大声で、チャーリーに車を出せって、ここから逃げろって。何がどうなってるのかわからなかった……そしたら今度はうしろの車にぶつかった。父さんはぼくの体を摑んでゆさぶって、死ぬ気で走って逃げろって言った。ここに逃げて、あなたを待てって……そしてあなたに……サ

—……サーヴァルって言えって。そう、サーヴァルって。それからJDだって言えって、JDだって……父さんは本当に怒鳴ってて、怖かった……それから三人の男が近づいてきて……銃を撃って……花火のような音だった……ぼくはとにかく走って逃げた」

ラグランは携帯電話のヴォイスレコーダーを切った。

「スティーヴンが話してくれたのはこれだけだ」彼はポケットから一枚の写真をさっと取り出した。「あの子がいたベッドルームにアルバムがあった。これはそのなかの一枚だ」

ラグランを含めたひげ面の重武装の男たちがマグワイアを見つめ返していた。ゆったりとしたサマースーツを着た非戦闘員もふたり映っている。ひとりはカーターで、もうひとりのほうはアイパッチを着けている。

「こいつがJDだ」隻眼の男を指で示し、ラグランは言った。「西アフリカのドラッグ流通拠点を叩いたときの写真だ。最初のうち、JDのことはフランス人だと思っていたが、どうやらロシアから逃げてきた人間のようだ。彼はアメリカ人たちに雇われていた。クソ野郎の傭兵（フリーランサー）だ。本名を明かそうとはしなかったが、イニシャルはJDだったから、皆名無しの権兵衛（ジョン・ドウ）と呼んでいた」

マグワイアは写真を凝視した。JDと呼ばれる男は葉巻をくわえていた。

「結局、名前はわからなかったのか？」

「わからなかった。おれたちにはどうでもいいことだった。名前なんかたいしたことじゃなかった。名前を明かさないものかくあるべしといった話し方の男だった。作戦上で可能であれば、喜んで殺しに加わるやつだった。この写真を撮った数ヵ月後、おれたちはサーヴァル作戦に突入した。カーターはロンドンに戻ったんだろうが、ＪＤはずっと留まっていたから、たぶん情報連絡にかかわっていたんだろう」

「この男の顔を拡大補正したものをコピーして捜査にあたらせよう」

「制服警官に持たせないほうがいい。細心の注意を払うんだ。ＪＤは武装した物騒な男だ。精神病質者（サイコパス）でもある。それでも頭は切れる」ラグランは指で写真をトントンと叩いた。

「みんなあいつが近づくのをいやがった。頭のイカれた野郎だったからな。カーターは〝特殊任務〟に使っていたが」

「どんな任務だ？」

「知らないのか？　カーターはあんたのところの人間なんだぞ」

「現場に出たら、情報部員たちは多種多様な人間を使う。この男のことは知らない。報告書にも経費報告書にも名前はいっさい載っていない。つまりこっちのレーダーには引っかかっていない。記録には残らない、非公式の資産（アセット）だ」

「おれがサーヴァル作戦終了後に入院してからひと月後、ＪＤを乗せたヘリがジャングルに墜落した。現場には四人分のなれの果てが転がっていた。正副パイロットとJD、そしてアメリカ軍の連絡将校だ」

「DNA鑑定は？」

「やっていても非公開だ。そういうことになっているんだ。飛行計画（フライトプラン）もない。極秘任務だったという話は聞いた。どこぞの部族指導者の暗殺だ」

「カーターの指示だったのか？」

ラグランは肩をすくめた。

「なんとも言えない。でもここでカーターがJDを見たのだとすれば、やつは死からよみがえったことになる」

マグワイアは親指で写真を弾いた。この仕事では確かなことは決して多くない。

「あるいは全体がカーターの仕組んだ茶番劇なのかもしれない――このジョン・ドウとやらのせいにして、われわれの眼を欺くという」

「その考えは捨てろ、危険だ。彼がさらわれたのなら、時間が迫っている」

マグワイアは写真を掲げた。

「この男の顔を公表すれば、うろたえてカーターを殺してしまうかもしれないということか」

「やつはうろたえたりはしない。でもあんたの言うとおりだ、これをメディアに流すわけにはいかない。おれたちが眼をつけていることがばれてしまう。カーターにとってはもっとやばいことになるだろう」ラグランは窓に降りかかる雨を見つめた。

「カーターはいつまで耐えることができると思う？」マグワイアが訊いた。

「彼はもう何年も前線に立っていない。もしかしたら今夜一杯かもしれない。明日までもつかもしれない。最長で明後日というところか。そのうちJDは求めている情報を聞き出すだろう。誰もがいつかは口を割る」

ラグランは犯行現場の先のぼんやりとした明かりに視線を注ぎつづけていた。窓を伝い落ちる雨粒の筋が赤信号の色に染まっている。信号が点滅した。ラグランの頭のなかで過去の記憶が拡がっていった。視覚情報は消え失せた。血の雨が降っていた。

14

ラグランは洞窟に引き戻されていた。爆発で生じた轟音（ごうおん）と粉塵に呑み込まれ、時間は存在意義を失った。そのなかでテロリストたちはまごついてうろうろし、なかば意識を失ったラグランを捕まえた。彼らは、リーダーのアブデルハミド・アブ・ゼイドが自爆ヴェストを起爆させて殉死し、フランス外国人部隊（レジオン）の兵士は地下空間の中央に突き出た低い岩のおかげで命拾いしたことをわかっていた。兵士は鼻と耳から血を流していたが、生きていたので捕虜にすることにした。ラグランは、自分が引きずられていることを意識の一部で認識していた。その一部は戦うようにうながしたが、体は言うことを聞かなかった。片方のまぶたはすでに腫れあがり、眼をふさいでいた。殴打が雨と降り注ぐなか、その衝撃でラグランはいつのまにか意識を取り戻していた。縛られた状態で膝立ちにされ、眼がくらむほどのまばゆい光を浴びていた。アラビア語の悪罵の言葉が聞こえたかと思うと、また拳（こぶし）が飛んできて、歯がさらに折れた。ラグランは血を吐き出した。アドレナリンがほとばしり、精神を集中させた。安全で暗いところに逃げ込んでいる場合ではなかった。眼に見えない相手が腎臓のある位置に拳を打ち込んだ。

赤い眼が見ていた。一部始終を無言で記録していた。

ラグランは洞窟から連れ出されていることに気づいた。正方形の部屋だ。日干しレンガの壁。地面がむき出しの床。まわりでは男たちが土埃（つちぼこり）を巻き上げながら踊り、次に殴打する場所を選んでいる。ラグランは裸にされていた。辱（はずかし）めは第一歩にすぎない。彼はそれがわかっていた。以前、尋問技術の訓練で受ける側にされたときは耐えることができた。訓練は一週間続いた。この部屋でどれぐらい耐えられるだろうか？　ここまで何発殴られたのか思い出そうとしてみた。尋問が終わるたびに、テロリストたちは重厚な木製ドアのある暗い部屋に彼を引きずり入れた。殴る前に水が与えられた。食事は与えられることはなく、水で命をつないでいた。その部屋にはひと筋の光すら入ってこなかった。またテロリストたちに引きずり出されて天井灯のある狭い通路を通り、尋問室に放り込まれた。何度も何度も暴行を受け、そのたびにヴィデオカメラの赤い眼が油断なく見ていた。彼は情報を細切れにして吐いた。拷問を受ける捕虜に虚勢を張る余裕などない。眼は伏せたままにしておけ。歯向かうな。吐いた情報はどれも古いものだったが、それでも協力的になっていることを示すことはできた。

最初の尋問で斬首の儀式が整えられ、咽喉元に刃を当てられたとき、もう終わりだと悟った。死を覚悟して抗おうとし、意志の力で弱った体に鞭を打って飛びかかろうとしたそのとき、ナイフが離され、テロリストたちは声をあげて笑った。日に三回の拷問は何日にもわたって続いた。ある日などは両手を上にあげた状態で縛り、天井の梁に取りつけた滑車を使って引き上げ、両足首のあいだに木製の軛を挟んだ。脚を無理やり開かれ、下半身が無防備になった。テロリストたちがヴェールを被った数人の女を尋問部屋に連れてきたとき、胃がむかつき吐き気をおぼえた。女のひとりに去勢される。そう確信した。さらなる辱めを加えてこっちの意志を断ち切ろうとしていた。男のひとりが女にナイフを渡し、ラグランの股間を指差した。女は一歩まえに出た。ラグランの心臓は早鐘を打った。彼は縛られて吊るされた状態でもがき、大声をあげ、悪罵の言葉を吐いた。看守が側頭部を思い切り叩いた。はっと息を吸い込んだが、躊躇している素振りの女を両眼でしっかり見据えていた。女が拷問者に何か言っていたが、耳がガンガンと鳴っていたので聞こえなかった。しかし女は男にナイフを返した。男はニヤリと笑い、うなずいた。そしてラグランのほうを向き、女が言ったことを繰り返した。あそこが小さすぎるから切り取れない。安堵のあまり、ラグランは笑いそうになった。尋問訓練の過程で、レジオンの兵士たちは全員が女性スタッフからの嘲りに耐えている。それが彼らの儀式なのだ。兵士たちは罵声を浴びせられ、しつこく質問され、脅され、殴打され、そして水責めにされた。彼らは捕虜にされ拷問される状態に直面した場合に対して準備万端整えていた。テロリストのひとりがいきなり彼の睾丸に蹴りを入れた。吐こうにも胃は空っぽだったが、それでも胆汁が勢いよく咽喉をせり上がってきた。彼は気を失った。

そのあとは放っておかれた。彼は独房の土の床に突っ伏しつづけ、どれだけ時間が経ったのかわからなくなった。処刑の準備を進めるテロリストたちの甲高い声が聞こえ、意識は本能に引きずり戻された。今度こそやるつもりだ。

ラグランは部屋の片隅に背中を押しつけて身を起こした。独房に最初に入ってきた男に襲いかかり、どんな手を使っても殺してやる。と、銃の連射音が空を裂いたかと思うと、爆発で床に押し倒された。

戦友たちは十日も自分を探しつづけていたことを、ラグランはあとになって知った。彼らはヤギ飼いを呼び止め、履いているコンバットブーツがレジオンで支給されるものだと気づいた。戦死したか捕虜になった仲間から奪ったものとしか思えなかった。彼らは彼らなりの手段を用いてヤギ飼いを〝説き伏せ〟、彼が囚われている場所を突き止めた。

ラグランはストレッチャーに乗せられ、待機中のヘリコプターに運ばれた。ソコールがつき添い、片手を握っていた。反対側では大柄なポーランド人のミウォシュが同じことをしていた。衛生兵が打った注射が効いてきて、ラグランは痛みを感じない世界へと滑り落ちていった。回転翼(ローター)の激しい音に、言葉のやり取りはほぼかき消されていた。意識を失う間際に、彼はソコールが言っていることを必死になって聞き取ろうとした。

「クソみたいなありさまだな」ロシア人はそう言った。

15

子どもが話しかけてきて、そのささやき声に眠りを妨げられた。ラグランはフラットの隅に椅子を置き、ライトスタンドを引き寄せて本を読んでいた。光は心を鎮め、本は気を紛らわせてくれた。背中をあずけている壁が安心感をもたらしてくれた。ラグランを苦しめていたのは、拷問され、斬首の一歩手前まで来たときにおぼえた恐怖ではなかった。暴力と殺害に明け暮れた年月でもない。じっと見つめてくる、死んだ少年の茶色の眼だった。洞窟で自分が殺した少年の眼だった。死んでいても、少年は手を伸ばしてくる。どうしてぼくを殺したのと問いかけてくる。ラグランが放った銃弾で常闇の世界に連れ去られたときの眼差しが、ラグランの心を覗き込む。彼を責めている眼ではないが、ショックと驚きの光に満ちている。酒の力で少年の顔がぼやけて見える時期もあったが、声はそうならなかった。ささやき声はひと晩じゅう聞こえた。ラグランは悔恨という万力に挟まれ、少年の声に応えようとし、その名前を知ろうとし、赦しを求めようとした。しかし少年は彼が犯した罪を赦そうとはしなかった。ラグランが酒の沼から抜け出してもう何年も経つ。以来、純然たる意志の力でその化け物を寄せつけないようにしてきた。

光がフラッシュバックを引き起こすこともあった。誘拐現場を照らしていたような光が。殺伐とした現場を照らす角度が。咽喉元に当てられたテロリストのナイフが。やつらの笑い声が。彼を深淵の縁に立たせる嘲笑が。死んだ少年がやつらの腕のなかに導く。拷問はあの子の自分への復讐だと、とっくの昔に自分を納得させていた。何ヵ月も、さらには一年も少年のささやき声に悩まされることなく過ごすことがあったが、そうかと思ったらまた聞こえてくることもあった。対処法なら会得していた——眠らずに、気を紛らわせばいいのだ。フラットに置いた小さな本棚には、休暇でロンドンに戻ってくるときに空港で買った、時間潰し用のミステリ小説が何冊か並んでいた。こっちに戻ってもアマンダに伝えないことがよくあった。ラグランにとって、このフラットは砂漠のオアシスだった。死の追求に疲れた身を休める静かな隠れ家だった。

ミステリ以外にも、古典や小説、伝記、旅行記といったさまざまなジャンルの本が入り交じって背表紙を見せ並んでいるが、いま読みたいと思えるようなものは一冊もなかった。手に取ったのは雪深い北欧を舞台にしたスリラー小説だったが、あまりに冷え冷えとした雰囲気に読む気が失せてしまった。結局、下のほうの棚の元の位置に戻した。ほかの本に眼を走らせると、ぎっしりと並べてあったはずなのに一冊分の隙間があることに気づいた。ラグランは並んだ本の背に指を這わせ、そこにあったはずの本の記憶を探った。ややあって思い出した。以前よく読んでいた本だ。一九四〇年代にアラビア語で書かれた、トゥアレグ族についてのポケット版のハードカヴァー。何年も前にアルジェリアに派遣されたときに買った、遊牧民族の文化について考察した本で、砂漠が彼らの人となりに与えた影響を理解する一助となり、周囲の環境のなかに溶け込む能力に長けた敵との戦い方を示してくれた。ラグランは部屋のなかを見まわした。その本は、低めのサイドキャビネットの上にさりげなく置かれていた。ラグラン以外の誰も気づかない位置だった。誰がここに？　スティーヴンであるはずがない。何度も読み返した一節があるページを開くと、薄い栞(しおり)がはらりと落ちた。拾い上げると、栞ではなく旅客機の搭乗券だった。原油と天然ガスに恵まれたカタールの首都ドーハのハマド国際空港行きのファーストクラス。日付は二週間前。搭乗者名はジェレミー・カーター。彼は、何かまずいことが起こると予知していたのか？　そのまずいことになったらマグワイアが自分を呼び寄せることを、彼はわかっていた。ロンドンに戻ってきたら自分のフラットに行くこと、そして本来あるべきものがあるべき場所にないことに気づく人間だとわかっていた。そしてそこにメッセージを残した。

カタール。テロを支援し資金を提供していると糾弾され、中東湾岸諸国に国交断絶された国。ＭＩ６の情報部員とテロ支援国家と疑われている国とのあいだに直接的なつながりがあることがわかった。その国を訪れた二週間後にカーターは誘拐された。が、マグワイアはカーターのカタール訪問については触れず、訪問と誘拐の関係性についても取り上げていない。なぜだ？　おれがそこにかかわらないようにしたのか？　まっとうな理由のある訪問だったのか？　それともカーターはＭＩ６の任務以外で動いていたのか？　その本と、そのなかに隠されていたものは目的を果たした。ラグランは気を紛らわせていた。

フラットから車で二十分足らずのところにある元解体工場では、夜雨が廃墟を呑み込んでいた。重いゲートの向こう側にある倉庫は、暗闇のなかで黒々としたシルエットしか見えない。廃墟の内部は、マグワイアとラグランがいたウェルッジュ・ロードの待ち伏せ現場と同じぐらい強烈な光に満ちている。どぎつい光が椅子に縛りつけられている男の苦悶を際立たせている。光はカーターの顔から呼吸するたびに上下する胸に滴り落ちる汗を浮かび上がらせ、痛みのあまり流した涙を乾かした。拷問者は近くに坐り、葉巻の赤々と燃える端をしげしげと見ている。拷問者は腕時計に眼をやり、自分の獲物が痰を吐き出し、正常に近い呼吸に戻るのを辛抱強く待った。通常ならそうなるはずだ。もっとも、すべての神経終末から入ってくる苦痛が痛覚神経経路をズタズタにしていなければの話だが。

カーターは心のなかに埋没し、苦痛を無力化しようと努めていた。拷問者の言葉が心の闇に突き刺さった。

「おまえはどこかに名前を記したリストを隠した。長いリストだ。おまえたちイギリス人はこう表現するんだよな、〝自分の腕みたいにやたらと長い(アズ・ロング・アズ・マイ・アーム)〟って。どうしてそんな言い方をするんだろうな、ジェレミー？　え？　おまえが隠してるリストはおれの腕よりずっと長い。おまけに、べらぼうな金銭的価値がある。そしておれが懇意にしている客もべらぼうな金持ちだ。おまえが隠した魔法の鍵は、何百もの名前に通じている。大きな意味がある名前だ。秘密の名前でもある。銀行口座もある。人脈もある。スパイも密告者も載っている。宝の山まちがいなしだ。食通だったら垂涎(すいぜん)のメニューだ。おれはそれを何がなんでも手に入れたい。暗号化してどこかに隠しているにちがいない。USBメモリかもしれない。ああ、そうだ……」拷問者は天井を見上げた。「……クラウド上にあるのかもな。全能の神が護ってくれると思ってるのか？　天にはファイアウォールなんかないんだぞ、ジェレミー。神はおまえのこともおれのことも、下々の民の身に起こることなんか気にかけちゃいない。これはゲームなんだ。そこでだ、おれの欲しい情報がおまえの頭に入っているはずはない。おまえはそこまで頭がいいってわけじゃない。それでも、これから痛みはどんどんひどくなることがわかるほどには頭がいい。そうだろ、ジェレミー？　もっともっとひどくなる」拷問者は退屈で飽き飽きしたように紫煙をふーっと吐き出した。カーターは無意識のなかに滑り落ちていた。ＪＤはため息をつき、手下のひとりが差し出した食事を受け取った。

エディ・ローマンはあまり目立ちすぎないように離れたところでうろうろしているが、食事を口に運び始めたリーダーと話したがっていることは身振りからよくわかった。

「どうした、エディ？　話があるならこっちにこい」

エディはもじもじと歩み寄った。これまでの人生のなかで肝っ玉を見せていたこともあるが、今のエディは歳と恐怖のせいで卑屈になっていた。

「車と必要なものの準備はやると、おれは言った——言ったとおりのことはしたよな？」

「そして見事な仕事ぶりを見せてくれた」

「でも、あんなことをやるだなんて、おれは全然知らなかった。誘拐やガキを撃つとか……あの男を袋叩きにするとか、そういったことは……」

「何が言いたいんだ？」

「ボス、実を言うとおれは仮釈放中の身で、保護観察所に毎月出頭しなきゃならない。こんなことになるとは思ってなかった。普段どおりの暮らしと女房のところに帰らなかったら、おれはムショに逆戻りすることになる」

「雇ったとき、おまえは仮釈放のことはひとことも言わなかった。おれの伝手が大いに勧めていたから雇ったんだが」

「こいつはかなりヤバいヤマだ。おれが思ってた以上に」

「だからおまえの土地鑑と腕には結構な額を払ってある。だよな？」

「たしかに文句のつけようのない額はもらった。でも返す心づもりだ。それを言いたかった。全部返す。返せば家に帰れる。抜けたいんだよ。おれには荷が重すぎる仕事だ。このことは誰にも言わない。おれはサツにチクるような男じゃない。みんなに訊けばわかる。みんな同じことを言うはずだ」

JDは食事を食べ終え、紙の皿を投げ捨てた。そしてソフトドリンクの冷たい缶のプルトップを開け、口に当てた。中身を味わい、舌で歯を拭うと、どんどん居心地悪そうになっていくエディ・ローマンに眼差しを向けた。

「おまえが残ってくれたほうが、おれたち全員にとってはいいことだと思うんだがな」JDは素っ気なく言った。

これが遠まわしな脅しだということをエディは察した。彼はわかったというふうにうなずき、JDに背を向けてその場から去った。

ＪＤは葉巻にふたたび火を点け、ライターの火越しに手近にいる手下を見た。うなずきひとつで何も言わず、外に出ようとしているエディのあとを追うよう命じた。そして自分の獲物に注意を戻した。

「そろそろ起きろ、ジェレミー」

外に出たエディは雨をしのぎながら煙草を深々と吸った。震えているのは冷たい夜気のせいではなかった。彼は携帯電話を耳に当てた。

「なあ、今はなんとも言えないんだよ……」エディは声をひそめて言った。「なるたけ早く戻るから……大丈夫だ、思ってたよりちょっとばかし長くかかってるだけだから……そんなに遠くにいるわけじゃないんだから、そうカリカリすんなよ。嘘じゃない。ほんとに大丈夫だ」

手下が姿を見せた。エディは振り返り、監視されていたことに気づいた。恐怖から生じたうしろめたさに押され、エディは携帯電話の電源を切った。

16

ジェレミー・カーターの捜索については、ラグランは手詰まり状態にあった。マグワイアからの捜査の進捗報告と、カーターのカタール訪問についての下調べが終わらないうちは先には進めない。カーターはロンドンに呑み込まれてしまった。市が吐き出すまで辛抱強く待たなければならない。彼の唯一の伝手はアビーだった。こっちがとっくにつかんでいる以上のことを彼女が知っているとは思えないが、カーターの家に行ったときに何かおかしなものを見つけたり、マグワイアが言及していない書類を眼にしたりしていたら、二時間ぐらいは一緒にいてもいいかもしれない。彼はタクシーの運転手に指示し、誘拐犯たちのヴァンがたどったと警察が見ているルートを走らせた。タクシーはA4をヒースロー空港方向に向かい、途中で下道に下りて線路沿いにある工業団地に入った。傷だらけの路面があり、そこが燃え尽きたヴァンの残骸が発見され、警察が押収していった場所だとわかった。A4に戻ると、犯人たちが簡単に逃げられたことがわかった。どの方向にでも逃げることができる。チジック環状交差点(ラウンドアバウト)を二周まわり、犯人たちがいた位置とそこからのルートをある程度把握すると、運転手に空港に向かうよう指示した。

トゥールーズ発の便は定刻より五分早く降りたった。ヒースロー空港のターミナル5の到着ロビーからアビーが出てくると、ラグランはあとをつけた。あえて姿を見せると、彼女は足を止めた。しかめっ面がすべてを物語っていた。

「きみには謝らなきゃならない。だからせめて朝食をおごって、タクシーでオフィスまで送らなきゃって思ったんだが――」

アビーは脇をすり抜け、ラグランは一歩引いて彼女が引くキャリーケースを通した。

ラグランはあとについていった。

「きみがむかっ腹を立てるのも当然だが、それでも何が起こったのか自分の眼で確かめるにはああするしかなかった。お目付け役がいたらそれができなかった」

「お申し出には感謝します」アビーは冷ややかに応じた。「谷から出て圏内になったら、すぐにミスター・マグワイアに電話しました」

「サミーとディディアンヌはよくしてくれたか？」

アビーはうなずいた。

「よかった。だったら、おれの友人たちの家になりゆきで泊まらせてしまったことの埋め合わせをさせてくれ」

ふたりはタクシー乗り場まで来たが、長い列ができていた。アビーは憤懣の鼻息を漏らした。今朝はかなりの早起きだったはずなので、イライラするのも無理はない。

「タクシーで来てるんだが、メーターをまわしたまま待たせてある」

「へえ、お高い足を使っていらっしゃるんですね」

「機内で出たのはしょうもない朝食だろ。軽く食べていこう」

「オフィスには直行しません。家でシャワーを浴びて着替えてから行くつもりです」

「だったらここで立ち話してる場合じゃないだろ？　行こう。送るよ」

ラグランは返事を待たずにキャリーケースを摑み、歩きだした。彼に案内されてタクシーに乗るとアビーは態度を軟化させ、サウソールにある自宅の住所を告げた。運転手が、M4は事故で二車線が規制されて渋滞中だからバス・ロードからザ・パークウェイに迂回すると告げた。ラグランはこの地域に明るくなかったが、運転手とのやり取りから、アビーは熟知していることがうかがえた。運転手は頭をうしろにそらせ、指定された住所までの別ルートと、目的地周辺で避けるべき通りを説明するアビーに耳を向けた。そのよどみない指示に運転手は見るからに感服した様子を見せ、アビーと親しげに話し始めた。ラグランは無言の乗客を決め込んだ。アビーは、自分の父親がロンドンのタクシー運転手だったこと、運転手の試験に臨む前にスクーターに乗って街じゅうを走りまわり、数多くのルートを頭に叩き込んだこと、そのスクーターのうしろにはひとりっ子の自分を乗せていたことを語った。運転手は大声で笑い、アビーに祝福の言葉をかけた。親父さんのおかげで、仕事が必要になっても何も苦もなく試験に合格することまちがいなしだ。

ふたりの道路情報の披露合戦は、サウソールの一九三〇年代に建てられた一棟二軒(セミデタッチハウス)の家のまえにタクシーが停まるまで続いた。通りに並ぶ家の大半は前庭を舗装して駐車場にしているが、その家にはレンガで縁取られた、小さいながらも彩り豊かな花壇がしつらえてあった。ラグランはアビーにいろいろと訊いてやろうと考えていたが、そんな気はとっくに失せていた。四十分の道中のあいだ、彼はずっとわざとらしく無視されつづけていた。

アビーはハンドバッグのなかをあたふたと探したかと思うと、今度は小声で毒づきながらポケットに手を突っ込んだ。

「鍵を失くしたのか？」ラグランは声をかけた。「不法侵入ならお手のものなんだが」

アビーは冷たく無視し、タクシーの運転手に別れを告げ、タクシーから降りた。そして呼び鈴を鳴らした。つまりここは彼女の家ではないということか。ラグランは思った。ロンドンの家賃相場を考えれば、たぶんシェアハウスだろう。ドアが開き、五十代の美しい白人女性がアビーを抱きしめ、ラグランは彼女の顔立ちの理由を知った。母親の美しさが娘に遺伝したのだ。つまりアビーは今でも親と同居しているということだ。次はどこに行きますかと問いかけてくる運転手に、ラグランはそのまま待てと命じた。アビーの母親は娘に何か尋ねたが、なんと訊いたのかもなんと答えたのかもラグランには聞こえなかった。アビーはなかば振り向き、苦り切った顔をラグランに向けた。母親は笑みを浮かべ、手招きしている。シャワーだけ浴びて仕事に戻りたがっているアビーを、家庭的なもてなしが邪魔していた。ラグランは運転手に料金を払い、チップをたんまりとはずみ、そしてタクシーから降りた。

アビーは口をもごもごさせながら母親にラグランを紹介した。母親は彼の手を両手で包むように握り、頭をちょこんと下げて歓迎の意を示した。年上の女性の穏やかで気品ある物腰に、ラグランは感じ入った。陽気なスコットランド訛りが、彼女の印象をさらに温かいものにしていた。アビーは言いわけし、キャリーケースを抱えて二階に上がっていった。娘がいきなり場をはずれて母親はまごつき、とりあえずラグランをリヴィングルームに案内した。なかには、あごひげをたくわえ、黒いターバンを巻いたがっしりした体つきの男が車椅子に坐っていた。腰にはブランケットが掛けられていたが、それでも両脚が失われていることがはっきりとわかった。男は読んでいた本を下ろし、突然の来客に一礼した。

「アブナッシュの声がしたぞ」彼は自分の妻のほうを向いて甘ったるい声でそう言うと、

自分の家に初めて来た男を見て、そして妻に眼を戻した。

「あの子がお友だちを連れてきたんですよ」妻がそう答えた。

ラグランはまえに進み出て手を差し出した。

「はじめまして、ラグランといいます」

「もうおわかりだと思いますが、アブナッシュの父のジャルです。玄関でお迎えしたのは妻のジーンです」

「お邪魔するつもりはなかったんですが」ラグランは詫びるようにそう言った。どう考えてもいきなり押しかけてきたという感じだった。

アビーの父親は片手を上げ、謝罪の言葉を制した。

「とんでもない、うちにはめったに来客がないもので。ようこそ来てくれました。どうぞお掛けください」父親はラジオのスウィッチを切った。「ジーン、あの子はどこだ?」

「軽くシャワーを浴びるって言ってましたよ。そのうち下りてきますから」アビーの母親はラグランのほうを向いた。「一緒にお茶でもいかが?」

「ありがとうございます。でもお構いなく。ご面倒をかけたくはありません」

母親はニコッと笑った。

「あら、面倒でもなんでもないわ」

ふたりの男は無言のまま坐っていた。どちらも世間話を切り出そうとはしなかった。五分後、客をもてなして和ませなければならないという思いに駆られたジャル・カールサーが先に折れ、口を開いた。

「なんでこんなにかかるのかわかりませんよ」彼はため息をついた。「やかんを沸かすのに何分かけているんでしょうね？」客にはわかりようもない質問だ。「で、あなたはうちの娘のご友人ということですが」眼をラグランに向けたまま、父親はさらに続けた。「あの子と仲がよろしいんですか？」

アビーの父親のやんわりとした尋問を、ラグランは気にしなかった。探りを入れている。そりゃそうだ。年頃の娘の父親ならあたりまえのことだ。

「最近知り合ったばかりなんです。同じ職場で働いています」

ジャル・カールサーはなるほどとうなずいた。

「ということは、あなたも運輸省の管理部で？」

もちろんそれはアビーが家族に言ってある偽の職歴だ。

「ええ。結構な時間を路上で過ごしています」

「そんな重要な仕事にどうやって就いたのか、娘は言ってましたか？　私が道路交通知識試験を受ける前に、まだ幼かったあの子をうしろに乗せてスクーターで市（まち）じゅうを走りまわったからなんです。それがどういうことかおわかりですか、ラグランさん?」

「ええ、わかります。離れ業といってもいい記憶学習ですよね」

「そのとおりです。私はこの市でタクシー運転手を二十年やってきました。娘にこんなことを言ったことがあります。〝いいかい、ロンドンのブラック・キャブの運転手は高給取りだ。だから試験を受けるべきだ〟。でもあの子は女だてらに独立心が旺盛で、自分のやりたいことを仕事にしたいと考えています。もちろん、それでいいと思っています。そんな人間になるように育てたんですから。自分で考える人間になるように」彼はラグランに視線を据えた。声をひそめて話を続けた。「それに、私とは宗教も人種もちがう誰かと結婚したいと娘が言い出しても、私たちとしては何も問題はありませんからね。私のような男との結婚が難しいことは、私たち夫婦は身に染みてわかってます」彼はキッチンにいる妻のほうにあごをしゃくった。「家内と恋仲になったとき、町全体を敵にまわしました。地獄のような日々が長いあいだ続きました。殺してやると脅されたことすらありました。それでも何年か経ったら受け容れてもらえるようになりました。それに私はここから出ていくつもりはありませんでした。ここが私たちの家なんですから」

ミスター・カールサーの言葉に、ラグランは反骨の色を聞き取った。シーク教徒の男と白人の女の結婚は、三十年前は生半可なことではなかったはずだ。

「たいしたものですね、サー。でもさっき言ったとおり、私はお嬢さんのことはまだあまりよくわかっていません。私たちは職場の同僚同士なんです。それに初めて会ったのは二日前のことです」

「おや？　つまりロマンティックな関係にはないということですか？」父親はあけすけに訊いてきた。

「そんな関係ではありません」

ラグランは一抹の嘆きを感じ取った。父親としては、せめて結婚ぐらいはしてくれと願っているんだろう。

アビーはタオルで乾かした髪を目の粗いくし（バスコーム）でとかし、急いで服を着た。ラグランと父さんをいつまでもふたりきりにしてはおけない。二十分もあれば、どんなことを話していてもおかしくない。そんな不安に駆られ、アビーは身支度を急いだ。セーターを頭からかぶり、足早に階段を下りると、リヴィングルームからふたりの男の笑い声が聞こえてきた。部屋に入ると、久しぶりに同性と一緒にいることをどう見ても嬉しがっている、喜色満面の父親がいた。母親がわざと席をはずし、男たちをふたりきりにしたのは明らかだった。

「娘とはどこで？」アビーの父親はラグランに尋ねた。

そのとき、アビーがリヴィングルームに下りてきた。おかげでラグランは答えずに済んだ。自分の本当の勤め先を両親に言っていないのであれば、フランスの奥底のかなりあぶない場所を訪れて外国人部隊の退役軍人を探していたという本当のことも話していない可能性が高い。出張だと言っていましたが、どこだったんですか？　と父親がさらに訊くと、アビーはラグランを一瞥し、かろうじてわかる程度に首を横に振り、そして屈んで父親にキスをした。

「アビー、ようやくのお出ましか。ちょうどラグランさんに、おまえが役所で重要な仕事に就いた経緯を話していたところだ」

「ラグランさんにとっては退屈な話よ、父さん。もうオフィスに行かなきゃ。ラグランさんはマンチェスターからお連れしたの」

よかった、自分が先に何か言っていたらあぶないところだった。

茶を載せたトレイを持って、母親が入ってきた。ラグランはさっと腰を上げ、トレイを受け取った。母親はコーヒーテーブルに置いてもらえますかと言った。

「母さん、もう仕事に戻らなきゃならないのよ」アビーはぼやいた。

「どんなときでもお茶をするゆとりぐらいは持ちなさい」母親は娘をたしなめた。そしてラグランに笑みを向けた。「お砂糖は？」

17

エディ・ローマンは胃が飛び出しそうな気分だった。椅子に縛りつけられ拷問され、今は体をくの字に折り曲げている男の悲鳴は、隣の金属スクラップ工場の騒音がかき消していた。寒いのに汗が吹き出ている。男は息を目一杯吸って痛みを和らげ、精神を集中させた。男が頭をのけぞらせて強がりの言葉を吐くと、エディは我慢の限界に達した。彼はドアに足を向けた。手下のひとりに止められた。

「もう勘弁してくれ」エディは声をひきつらせた。「人間のやることじゃない。ひどすぎる」彼は信じられないといったふうに頭を振った。血も涙もない拷問に自分が加担していることに、エディは吐き気をおぼえた。

「落ち着け、エディ」JDが声をかけた。「じきに移動する。車は全部点検してあるか？」

エディは恐怖に震えた。拷問者はなんの感情も見せずにみずみずしいリンゴを最後にひとかじりすると、果汁まみれの両手をジーンズで拭い、芯を放り捨てた。エディはうなずいた。

「もういちどチェックしておけ」JDは命じた。「なにごともスムーズに進めたい。タイミングがすべてだ。おっつけ警察もここを突き止めるだろう。わかったか、エディ？大丈夫だよな？このいやなこともじきに終わる。わかっているだろうが、おれたちはおまえを頼りにしているんだ。今のところ、おまえは上々の仕事をしている。もうちょっと我慢してくれ。な？」

エディは、まるで頭を撫でられておやつをもらったペットになったような気分だった。JDの声は、隠そうにも隠し切れない侮蔑の色を帯びていた。エディはまたうなずいた。ほかに何ができる？悪臭に満ちた部屋から出られることに、エディはほっとした。彼は外に出て、先週入手しておいた車を点検した。ターボエンジンを搭載した旧型のサーブで、必要とあらば小型車を押しのけることができる鋼鉄のかたまりだ。

ジェレミー・カーターは頭を振り、両眼の汗を払った。

「ここに来て……どれぐらい経った？」

「何か予定でもあるのか？」JDは手を伸ばし、布切れでカーターの顔を拭ってやった。拷問の技術とその気質にたがわず、JDは自分が与えている苦痛など屁とも思っていなかった。

「どれぐらい経った？」カーターはしつこく訊いた。

「それを知ったところでどうなるのかは知らんが、二日だ」

カーターは舌をもごもごさせ、口のなかにいくらか唾がないか探った。が、凝固した血しかなかった。

「命を救ってやったこともあるのに……その恩を仇で返すのか」

ＪＤは椅子ごと身を寄せた。

「おまけに借りもある。だからおれが欲しいものを渡してくれたら、さっさと終わらせてやるつもりだ。約束する。でもおれが裏切ったって？　そんなことはないぞ。裏切ったということは信頼関係にあったということだ。おれは誰も信じたことはない。金で雇われていただけだ」ＪＤは腰を上げ、透明な瓶が吊るされた点滴用ハンガーを引き寄せた。「あんたにもうちょっと生きていてもらいたいから、これから点滴を打ってやる。今度は容赦なくやる。いや、それよりもっとひどい。中世のスタイルでやる」ＪＤはカーターの腕に静脈を見つけてカテーテルを挿し入れ、輸液チューブにつなげた。「あんたにしてはよく二日ももったよ。二十四時間だって無理だと思っていた。だから見てのとおり、おれは困ったことになっている。おれたちふたりにとって時間は敵だ。へこたれるなよ、ジェレミー。でも話すんだ」

JDはカーターの腫れあがった眼の下に飛び出しナイフをかざした。おどけた雰囲気は消えていた。

「眼の腫れを治すのは、切開して内圧を逃がしてやるのが一番だ。ジェレミー、おれの知りたいことを教えてくれ」JDがみずみずしいリンゴの芯をくり抜いて怖がらせようとしてくるなか、カーターは必死に勇気を奮い立たせようとした。

「わかったよ……わかった」か細い声で彼は言った。「場所を言う……」

アビーは巧みなハンドルさばきで超小型車(シティカー)を走らせ、脇道に入って渋滞の名所を迂回した。

「カーターの家の家宅捜索ではおかしなものは見なかったんだな?」ラグランが言った。

「何かおかしなことへの関与を匂わせるような文書とかも?」

都心部に戻るラグランを、あなたが送って差しあげなさいという両親の厚意を、娘の自分が無下にするわけにはいかなかった。

「おわかりかと思いますが、捜査のことをお話しするわけにはいきません」

「マグワイアは気にしないよ。彼がどうしてきみを送り込んだと思う? 遅かれ早かれ、どこかの段階でおれがあれこれ訊いてくることをわかっていたことが理由のひとつだ。おれを納得させる答えを事前に指示しておかなかったのなら、それはつまり、きみが何も知らないことを彼は知っているということだ。きみは本当にアナリストなのか？」

「もちろんです」やけにかたくななロ調でアビーは言い返した。

アビーの両眼が一瞬だけ狼狽の色を帯び、ハンドルを握る手から血の気が引いたことにラグランは気づいた。嘘をつき慣れていない女がやましい気分に苛まれている。どう見てもMI6の情報部員じゃない。なんらかの事務職にちがいない。MI6(サーヴィス)が必要とする天賦の才を持ち合わせた人材といったところか。コンピューターの天才か？　直感はそうではないと告げている。何ができる子なのかもっとわかれば、役に立つかもしれない。秘密のヴェールを剝がすと、そこに決まって外面以上に興味深い真実が見えてくる。彼女の持つ別の一面をくすぐってみてもいいかもしれない。

「全面的に協力してもらえないかな？」

アビーはラグランをちらりと見て、すぐに混雑した道路に眼を戻した。

「あなたは誰とも一緒に仕事はしないってサミーが言っていました。ひとりで問題に取り組んで結果を出す一匹狼のような存在だって。そんなあなたが、どうしてわたしの手を借りようとするんですか？」

「きみは命じられたとおりにフランスまで来た。今は街なかに戻るおれの足になってくれている。デスクで日がな一日、コンピューターとにらめっこしているよりましなんじゃないか？　ロンドンに戻ってきたのは二年ぶりだが、それからさらにこの市（まち）はおかしなことになっている。建設工事にしても渋滞にしても、とにかくひどいありさまだ。みんなどうやってここで生活しているのかわからないよ。おれには運転手が必要だ」

「ミスター・マグワイアがお許しにならないでしょう」

やっぱりだ。見込みがある。ボスから実戦に出てもいいという許可がもらえるかもしれないという思いが一瞬胸をよぎったのだ。彼女を引き込めるだけの自信がラグランにはあった。

「マグワイアはおれの力を必要としている。そのおれにはきみが必要だ。きみにその気があるなら、おれから頼んでみる」

少し乗ってきたな。ラグランはそう察した。ビクビクしながらも隠された罠に近づいていく仔ジカだ。

「わたしとわたしの両親について、これ以上詮索しないでいただけますか」

「もちろんだとも。おれの足になってロンドンじゅうを走りまわってほしいだけだ」

アビーはしばらくのあいだ何も言わなかった。ややあって彼女はうなずいた。

「わかりました。ミスター・マグワイアがＯＫを出してくれたら、あなたの足になります」

背後で割り込みがあり、クラクションが鳴らされた。アビーは激しい往来に気を取られていることが見てとれた。

「ご両親に神のご加護がありますように（アッラー・イフェルハム・ワリディク）」ラグランはアビーに礼を言った。

「あなたのご両親にもご加護ありますように（ワリディナ・ユ・ワリディク）」アビーは間髪いれずに応じた。

数秒経って、ようやくアビーはラグランの手にまんまとはまってアラビア語を話してしまったことに気づいた。ラグランをじろりと見た。

ラグランは笑みを返した。

「確かめてみただけだよ」

「あなたって思っていた以上にずる賢いのね」アビーは毒づくように返した。

「アビー、おれたちはある男を探している。その男には家族がいる。探しているおれたちのあいだに隠しごとがあるのはよくない。きみは言語担当だ。フランス語とアラビア語以外はどうだ？　ロシア語は話せるか？」

アビーはルームミラーに眼をやると方向指示器を出し、脇道に車を入れた。

「ロシア語は少々ってところ。そんなにはわからないけど」

「アラビア語は？」

「祖父が大戦中に北アフリカ戦線に出征していた。その祖父が父にアラビア語を教えて、わたしは父から教わった」

「フランス外国人部隊（レジオン）はアラビア語圏に派遣されることが多いから、アラビア語をよく使う。そこでマグワイアはきみを使って、おれと仲間たちのやり取りに聞き耳を立てさせたってことか。おれたちが内輪でおかしなことを言っていたら、報告することになっていた」

「そうよ」

「おれたちは外部の人間から探りを入れられることには慣れっこだからな。何かおかしなことを言っていたか？」

「わたしにはわからないと思ったのか、お誉めの言葉をいくつかいただいたわ」手の内を知られてしまったのだから、ここでばらしても気に病むことはない。「こっちの気分がよくなるようなことを言っていた。ナンパの言葉としてはぐっときたけど。イケメンも何人かいたし」

ラグランはニヤリとした。

「レジオンの元兵士とデートなんかしたら、女としての株を下げるぞ」

「デートのことなんか誰も言ってませんけど？　結婚を前提にしたおつき合いじゃなくても、恋愛は愉しめるから」アビーは真顔で言った。「わかったわ。どこにお連れしましょう？」


どう考えても疲労困憊しているはずなのに、アマンダ・リーヴ＝カーターは落ち着いた様子を見せていた。赤く泣き腫らした眼が心に負った傷と同じぐらい痛々しい。ラグランは担いでいた旅行かばんを足元に落とし、彼女を抱きしめた。アマンダはおざなりな会釈をアビーに向けた。悲しみに暮れる彼女に訊かれるより早く、ラグランはかぶりを振った。言えることは何もなかった。今はまだない。家の外にはまだ武装した公認射手（AFO）が配備され、なかにも非常ボタンが新たにいくつか取りつけられている。家族はいまだに標的にされる可能性があり、カーターを脅す材料にもなり得る。

「コーヒーならあるわよ」アマンダが言った。「マグワイアたちに家じゅうひっくり返されたあと片付けがまだ終わってないのよ」

「スティーヴンは？」

「自分の部屋にいる」アマンダはラグランとアビーそれぞれに疲れた顔を向けた。「慰めの言葉をかけに来たのなら、やめて。あなたとジェレミーの仕事には、同情する余地はあまりないから」

辛辣な言葉を向けられるのはもっともなことだが、それでもラグランは何か前向きなことで気を紛らわせてやりたかった。

「アマンダ、アビーを連れてきたから、彼女にジェレミーの書斎の片づけを手伝わせてくれ。何を探せばいいのかわからないと、それが眼のまえにあるのに見落とすことがよくあるから」

自分が投げた命綱に、アマンダの眼に希望の光が差したことにラグランは気づいた。

「何かわかったの？」

「ジェレミーが二週間前にカタールを訪れたってことだけだが」

また不安の影が落ちた。

「それはないわ、あの人は金融界の会議でヨーロッパに行ってたのよ」

ラグランはアマンダの両肩に手をかけた。これからカーターの嘘をひとつずつ暴いていくことになる。

「彼は中東に行っていたし、おれは行った理由を知りたい」

悲しみに背中を押され、アマンダは憤懣を沸騰させた。

「あなたたちは愚にもつかないエゴイストぞろいね。これは駆け引きなんかじゃないのよ！　誰もそれがわからないの？　いやらしい自己中ばかり！　あなたもそう。あのとき、あなたは何も言わずに家から出ていった。あなたには未来があったのに。光り輝く未来の星が、あの出来事のせいで逃げ出した。踏みとどまってやり抜く勇気が、あなたにはなかった」

「あの頃のおれはもう道を踏みはずしていた。忘れたのか？」

アマンダは態度を和らげ、片手をラグランの頰に当てた。

「あなたは父と母の心を打ち砕いたのよ。あなたのことで嘆き悲しんでいた」彼女は涙を拭った。「それでも、父も母もあなたが成し遂げたことを誇りに思っていた」アマンダは肩をすくめた。「必要なら、ここにいるから」

そしてラグランに背を向け、リヴィングルームに戻っていった。室内には、マグワイアの部下たちが家宅捜索したときに本棚から取り出したり、壁からはずしたりした本や写真や絵画が積み上げられたままになっていた。

ラグランは旅行かばんを取り上げ、アビーに言った。

「きみの手が必要かどうか訊いてみる。ひとりのほうがいいって言われたら、キッチンでコーヒーでも飲みながら待っててくれ。でも書斎の調べはもういちどやっておいてくれ」

彼は階段を駆け上がっていき、しばらくするとノックの音と少年の名を呼ぶ声をアビーは聞いた。

ラグランがベッドの端に腰を下ろすと、机についていたスティーヴンは振り返った。

「宿題か？」ラグランは言った。

スティーヴンはうなずいた。

「何かに集中したいんだ。学校に戻りたいな」

「それは無理だな。今はまだだめだ。武装護衛を手配したとしても、きみまでも誘拐されるリスクを冒すわけにはいかない。きみや家の誰かが捕まったら、お父さんを締め上げる材料にされてしまう」

少年はこくりとうなずき、肩を落とした。

「わかってる、そりゃ無理だよね。母さんとメリッサだけにしておくことはできないから」

「きみのお母さんは気丈な女性だがいろいろと大変だし、メリッサは状況をまったくわかっていないから、お母さんが気にかけてやる必要がある。きみだってそうだ。そのうち警察が事情聴取したいと言ってくるだろう。きみなら切り抜けることができる。もうおれに事の経緯を説明しているんだから、素直に話せばいい。連中は圧をかけてくるだろうが、放っておけばいい。何かあったら電話しろ。なんとかする」ラグランは旅行かばんを開き、きれいにしたラグビーボールを取り出した。「これ、お父さんからもらったんだろ。きみにとっては特別なものだと思ったから、現場から取り戻しておいた」

少年は黙り込んだままラグランの横に腰を下ろし、ボールを抱きかかえた。

「何かわかったの？」

「まだ何も。でも約束する、何かわかったら真っ先にきみに教える」ラグランはスティーヴンの心のなかを身振りから読み取ろうとした。スポーツ好きの少年は縮んでしまったように見え、体は不安に圧し潰されそうだった。「そのうち一緒に走りに行こう。きみとおれとで。外の新鮮な空気を吸ったほうがいい。どうかな？」

スティーヴンは顔を上げると健気にうなずいた。が、ラグランは少年の両眼に溢れる涙を見て、平静な態度は長続きしないだろうと悟った。これほどの悲しみを癒すには結構な量の〝時間薬〟が必要だし、この子の様子からすると、母親と幼い妹のために踏ん張ってきたんだろう。ラグランは一瞬だけ迷った。この子に必要なのは心の痛みを受け容れて耐え抜くことなのか、それとも心を解き放つ安全な場所なのだろうか。ラグランはスティーヴンに腕をかけ、引き寄せた。

「泣いてもいいんだぞ、相棒。大丈夫だ」

　ついにスティーヴンは鬱積(うっせき)した感情を解放させ、ラグランの肩に顔を押しつけてむせび泣いた。たくましい男の抱擁に逃げ場を求め、フランス外国人部隊(レジオン)の退役軍人に遮二無二しがみつき、身を震わせた。

18

すべてのものは移ろいゆく。テムズ川に隣接するヴィクトリア・エンバンクメント・ガーデンズの端にあるヨーク水門は、川への出入り口として十七世紀初頭にバッキンガム公によって建設された。この大河の水位は何世紀もかけて下がりつづけ、今では水門から百メートル以上離れたところを流れている。諜報活動の移り変わりはさらに早い。マグワイアはデッキチェアに坐っていた。正面にあるステージでは、救世軍のブラスバンドが死者を悼む讃美歌『日暮れて四方(よも)は暗く』を演奏している。

公園を行き交う人々は、秋のひんやりとした空気と肌寒い川風に備えた暖かい装いをしている。マグワイアはスーツにオーヴァーコートといういでたちだった。

「ずうずうしいにもほどがあるぞ、ラグラン。アビーはただの言語担当であって、きみ専属のタクシー運転手ではない」彼は言い募った。

カーターの家にいたラグランは、マグワイアに呼び出されてここに来ていた。家を出たとき、スティーヴンの様子は自分のフラットに隠れていたときよりもよくなっていた。抑えつけていた感情をきれいさっぱり吐き出したことで、少年は自分が必要としている集中力を得ていた。

「彼女は役に立つ。おれよりずっとロンドンに精通しているし、どこかに行く必要が生じた場合に最短ルートを見つけることができる」

ラグランはもっと苦情を言われるものと覚悟していた。カーターの書斎でさらなる手がかりを見つけることはなかったが、それでもラグランはアビーの効率のいい仕事ぶりをその眼で見ていた。手放すのは惜しい。

マグワイアは渋面を浮かべた。

「それができる人員ならほかにいる。彼女はきみの足手まといになる」

「彼女を貸そうが貸すまいがどうでもいいが、情報部員たちならカーターを誘拐した連中の追跡にまわしたほうがいいんじゃないか。何か手がかりは見つかったのか?」

「まだ何も。彼がかかわったすべての人間の足取りを追っているところだ。銀行と――」

「もっとさかのぼるんだ」ラグランは話をさえぎって言った。

「――それ以前の」マグワイアは苛立たしげに最後まで言い終えた。「彼が何をしていたにせよ、それはごく普通に大っぴらにやっていたか、それとも絶対に見つからないところでこっそりとやっていたかだ。それに、面倒なことがもうひとつ。欧州刑事警察機構（ユーロポール）との渉外担当官と話をしてきた。ロシア人たちが接触を求めている」

「安全保障関連か？」

「いや、モスクワの刑事警察だ」『日暮れて四方は暗く』の最後の和音が消えていった。

マグワイアは腰を上げた。「ロシアの警察関係者がヨーロッパ各国の警察当局と直接連絡を取ることは禁じられている。大半の国が在ロシア大使館に渉外担当の警察官を置いている。これは公式ルートではないから、官僚的な手続きをすっ飛ばすことができる。そういうことになっている。うまくいくこともあるが、たいていはうまくいかないものだ。在外公館駐在の警察官たちは、通常は複数の役割を担っている。広報と法務、そしてもちろん情報収集にも精通していなければならない。二〇〇六年のリトヴィネンコ毒殺事件（元KGBで英国に亡命していたリトヴィネンコが二〇〇六年に毒殺され、KGBの犯行だと断定された事件）で犯人の身柄引き渡しを要求して以来、イギリスは在ロシア大使館に警察官を置く特権を剥奪されている。しかしこれは異例なことだ。ロシアの警察当局はオランダを介して要請してきた。オランダ側が警視庁の対テロ対策司令部（SO15）に連絡してきた」

「そしてSO15があんたに連絡してきた」

「そうだ。が、ロシア人たちには制約が課せられていて、国外の警察当局と接触する場合はまず内務省(MVD)の承認を得なければならないが、MVDの事務処理は迅速とは言えない。こっちのお役所仕事が民間企業並みに思えてくるほどだ。ところがこの件は最優先で承認された」

ふたりは公園のカフェに着いた。マグワイアはテイクアウトのコーヒーをふたり分注文し、支払いを済ませると、レシートを財布にしまった。政府職員というものがよくわかる仕草だ。ウェイター役のラグランがコーヒーに砂糖を入れて紙コップを手渡すと、マグワイアは公園を行き交う人々を眺めた。

「で、それとおれたちがどんな関係があるんだ?」ラグランは訊いた。

「明らかに誘拐犯に関連することだと思っていた。ロシアの警察当局は熾烈な競争社会だからな。逮捕件数が増えれば増えるほど収入も増すから、彼らは自分たちの縄張りの維持に余念がない。でもこの件は、われわれが思っている以上のものがあるのかもしれない。ユーロポールを使って標的を狩り出すだなんてロシア人らしくないやり口だ。普通なら、もっと簡単な手に出る——誰かを重大犯罪の犯人かテロリストだと断定して、われわれの協力を受けて追跡して身柄を拘束し、本国に送還してその誰かの死を望む者に引き渡せばいい」

「ということは、彼らはJDを犯罪者として逮捕したがっているということなのか?」

「それはじきにわかる。向こうはモスクワ刑事警察の少佐を送り込んできた。さらなる安全が確保できるまで、彼らは屋外での会合を希望している。録音や録画の可能性が低い場所で」マグワイアはコーヒーに口をつけた。「むろんそれはただのジェスチャーだが」彼は木々の上にそびえ立つビル群を見上げた。「こっちがああしたビルの屋上から監視と盗聴をしていることは、向こうもわかっている」

「会うって、ここで？　そのロシアの警官と、おれは引き合わされるのか？」

「いや、きみは会わなくていい。とりあえず今のところは。何が起こっているのかわかるまでは」

「わかる前に地獄が凍りつく（ヘル・フリーゼス・オーヴァー）かもしれないぞ、マグワイア（ヘル・フリーゼス・オーヴァーとは〝絶対あり得ない〟という意味の慣用表現）」

マグワイアは心遣いを見せ、ラグランの皮肉の言葉に笑みを返した。人生の大半を軍で過ごしてきた人間にとって、侮辱の応酬は日常茶飯事だ。他人の言葉にいちいち感情をあらわにしていては軍人は務まらない。マグワイアはコーヒーの味に顔をしかめ、地面にこぼして紙コップをごみ箱に捨てた。

「そこでおとなしく坐って十分待て。私は彼女と警視庁の人間たちに会ってくる――」

「彼女？」

「エレナ・ソロキナ少佐だ」

コーヒーは濃く、そして甘かった。ラグランの好みの味だった。市場（スーク）で慣れ親しんだ味だ。五十メートル離れたベンチに坐ったマグワイアに、ふたりの男とひとりの女が近づいていく様子をラグランは見守った。男たちはふたりともジーンズにフリースパーカー、そしてレザージャケットという恰好だった。街に出る私服警官のきわめて標準的な制服だ。一方、女のほうはチャコールグレーのテーラードスーツに白いブラウスという姿で、冷たい風をものともしていない。これでもモスクワに比べたら真夏なんだろう。ラグランはそんなことを考えた。髪は真っ黒で男並みに背が高い。脚は長く、引き締まった体つきだ。女は笑みを浮かべずにマグワイアに手を差し出した。この会合は社交の場ではなく、ビジネス一本槍だ。ラグランは、女の腰にセミオートマティックの拳銃を収めた黒いクラムシェルホルスターを認めた。つまり特別承認を受けているということだ。超の上に超がつく特別な許可が。SO15の捜査官たちはうしろに下がり、MI6の高官とモスクワから来た警官をふたりきりにした。マグワイアはベンチの片端に、ロシア人はその反対に腰を下ろした。マグワイアが耳を傾けていることを、ラグランは見てとることができた。彼は聞き上手だ。情報の流れを頭に入れ、取るに足らない断片は濾（こ）し取り、政治的な煙幕をものともしない。が、このやり取りは傍目には単刀直入で要領を得たもののように見えた。数分後、モスクワから来た警官は腰を上げ、ふたたび手を差し出した。マグワイアも立ち上がり、ふたりは握手した。女はマグワイアの肩越しにラグランが坐っている方向を見た。こっちがうかがっていることに気づいていたのか。抜け目のない女だ。

マグワイアはラグランのベンチに戻った。

「それで？」ラグランが言った。「おれも一枚かむことになったのか？」

マグワイアは首に巻いたスカーフをいじくりまわした。決めかねている様子が見てとれた。

「まずは裏を取ってからだ。ロシア人は信用しないことにしている」

「おれはあんただって信用してないけどな。で、どうしてあの女は銃を持っている？」

マグワイアは侮辱の言葉を意に介さなかった。

「内務省の許可を得ているし、それに追っているのは殺人犯だ。だからSO15だけでなく、こっちの犯罪捜査局も彼女と協働して動く。きみが加わるかどうかは追って連絡する」

彼はそう言うと背を向けた。主導権はまだ自分が握っているというわけか。

ラグランはうしろから問いかけた。

「アビーはどうする？」

マグワイアは振り向いた。

「彼女には課の車を貸し出す。やらせるのは運転だけだ。運転席以外の場所には行かせるな。何が起こっても、彼女が巻き込まれないようにしろ。わかったか？」

ラグランはうなずいた。小さな勝利はいつだって嬉しいものだ。まずは一勝しておけば、それが積み重なっていずれ全勝する。

19

フラットに通じるドアが半開きになっていた。この建物の住人はほかに女がひとりいるだけで、彼女のフラットのドアはラグランの部屋の向かい側にある。そのドアを入ってすぐのところに女は転がっていた。頭は変な角度に曲がって床に横たわっている。呼び鈴が鳴って、ドアを開けた途端に殺されたにちがいない。ラグランはおそるおそるなかに足を踏み入れた。ラジオからはクラシック音楽が流れている。ティーバッグが入ったままのマグカップとチョコビスケットが二枚載せられた皿がやかんの横にあった。マグカップに触れてみた。まだ温かった。女の体と同様に。殺されてから、まだそんなに経っていない。客が来るとは思っていなかったのだろう。自分用にマグカップに茶を淹れてビスケットを出したところで、何者かに正面入り口の呼び鈴を鳴らされた。そして自分のフラットのドアを開けた。その何者かは、おおかた配達業者を装ったのだろう。そして彼女を迅速かつ手際よく殺した。部屋が荒らされている形跡はない。とうの立った女優を脅すとか金品を奪うために来たわけじゃない。向かいにあるおれのフラットに入るためだ。

ラグランはキッチンの包丁差しから七インチサイズのサバティエナイフを抜き、亡骸をまたいで自分のフラットの玄関ドアに向かった。聞き耳を立てたが、何も聞こえなかった。手を広げてドアに当て、そっと押してみた。錠はかかっていた。ドア枠を手でなぞり、隠してある鍵を探った。なくなっていた。つまり侵入者は、合い鍵の隠し場所を誰かから聞いていたということだ。ラグランはあとずさり、錠の部分を狙って蹴りを入れた。ドアは勢いよく開いた。早足でなかに入り込むと、床に落とした本の上に屈み込んでいた男がよろめきながら背を伸ばした。侵入者はバランスを取り戻すと本を投げつけ、ラグランは叩いて脇に落とした。侵入者は機敏な動きを見せた。半身を返してしゃがみ込んだかと思うと、その手にいきなりナイフが現われた。腰に差しているセミオートマティックの拳銃が見えた。ナイフの腕前には自信があり、銃声を轟かせるリスクは冒せないということか。ラグランはすぐさま攻撃に打って出た。体のまえで左腕を斜めにして急所を護った。侵入者が顔と咽喉を目がけて突きを入れてきた。ラグランは相手の切っ先を横に払い、自分のナイフで突きを入れた。侵入者は反射神経がよく、カウンターディフェンスでナイフを持つラグランの手を払いのけた。ふたりとも攻撃の手を緩めなかった。侵入者はふたたび間合いを詰め、立てつづけに三回斬りつけてきた。ラグランはブロックして身をかわし、再度突きを入れたが、そこで床に落ちていた本に足を取られた。ナイフ遣いの侵入者は、たいていの素人がやらかすミスを犯さなかった。侵入者は身を退いた。仕留めようとして腰を屈めると、倒れている相手に体をさらしてしまうことになる。ラグランは床を転がって体勢を立てなおし、相手の顔にジャブを入れつつ反撃をガードし、ナイフを繰り出してくる筋骨隆々の腕を力を込めて振り払うと、ナイフの柄頭と拳の側面を相手の耳のうしろに叩き込んだ。たいていなら相手の意識を半分飛ばせる一撃だったが、この男は痛みを受け容れたうえに振り払った。そしてさらなる攻撃を加えようとするラグランを、つま先立ちでひらひらと舞うようにかわした。ここまでの戦いは両者互角で、侵入者はラグランの眼を捉えつづけていた。

ラグランはボクサーのように小刻みなステップを素早く踏み、ジャブを次々と打ち込んだ。間髪いれずに飛んでくるジャブのすべてを、侵入者はブロックすることはできなかった。それでもラグランのガード側の腕の下にまんまと刃を滑り込ませた。ラグランは腰の肉が斬り裂かれるのを感じた。この一撃で侵入者の体重は左足に移った。ラグランは空いた手で思い切り押して間合いを作り、男の上げた腕の下に突きを入れ、腋の下に刃を突き刺した。その痛みに男は唸り声をあげ、ナイフを落とした。それでもさっと身をひるがえしてソファの上に倒れ込んだ。左手で腰の銃をしっかりと摑んだが、ラグランは攻撃の手を緩めず、男の頭に蹴りをお見舞いした。骨が折れる音がした。侵入者の体から力が抜けた。男は死んだ。ラグランは腰の横の切創を確かめると、バスルームに入って包帯を手に取った。

警察とマグワイアが駆けつけた頃には、ラグランは長さ八センチ足らずの切創に消毒液をかけ、バタフライ絆創膏で閉じ、その上に包帯を巻いてテープで留めていた。彼は男の銃を調べ、弾丸がフル装塡されていることを確認すると、フラットに置いてあった一日分の着替えと一緒に旅行かばんに押し込んだ。銃を携行してロンドン市中に出ることをマグワイアが許すとは思えなかったが、今のラグランには許可を求める必要はなかった。ポリマー樹脂と鋼鉄でできたGSh-18は十八発装弾で、ロシアの特殊部隊や警察の特別機動隊がよく使っている。

「きみが狙われた理由は？」マグワイアが尋ねた。

「カーターが生きているからだ」ラグランはそう答えた。

マグワイアは床に大の字になって転がっている死体に眼を向けた。「この男がそう言ったのか？」

ラグランはかぶりを振った。

「カーターは必要以上に長くもちこたえた。彼はスティーヴンに、ここでおれを待ち、二日経っても来なかったら家に戻れと命じた。二日あれば、おれがここに来て事にあたるはずだとカーターは踏んだ。息子がまだ隠れていると思っていたら、この場所のことは吐かなかっただろう。カーターはなんらかの情報を与えて時間稼ぎをしただけだ」

マグワイアはふたたび死体のまわりを歩き、床に散らばった本と飛び散った血をじっと見た。ソファカヴァーに黒っぽい染みができていた。

「いったいこの男は何を探していたんだろう？」

「ここには何もない。カーターは誘拐犯たちに骨を投げ与え、おれたちに見つけてもらうまで情報を小出しにしていた」

「きみがこの男を殺さなければ、われわれは彼を見つけることができた」

「こいつのせいで、殺すよりほかに仕方なかった。ここに置いてある本のなかに、飛行機の搭乗券が隠されていた。おれが来る何日も前から、カーターが仕込んでいたにちがいない」

「どこ行きの便のだ？」

「カタールだ」

マグワイアは驚いた様子を見せなかった。

「犯人たちが探していたのはそれなのか？」

「ちがうだろう。言ったように、カーターはここを教えることで時間稼ぎをしただけだ。搭乗券はおれ宛のメッセージだ。カーターがカタールに行ったことは、彼の妻もまったく知らなかった。カタールとはなんのつながりがあるんだ、マグワイア？」

「そこについては必知事項（知る必要がある、もしくは知る資格がある人間しか触れることができない機密情報）になっている」

「おれにかかわってほしいのかほしくないのか、どっちなんだ。カタールの件を教えろ。さもないと自分で調べる」

マグワイアは言葉に詰まったが、結局腹をくくった様子を見せた。

「今はだめだが、もっと材料がそろったら話す。約束しよう」

今は話すべきタイミングでも場所でもないことはラグランもわかっていた。彼はうなずいた。これでおれたちのあいだの理解は深まった。

「この男の身元を示すものは？」マグワイアはそう言い、死んだ男に眼を戻した。

「いっさいなかった。ジャケットにはドイツのブランドのラベルがついている。ブーツはアメリカ軍の支給品だ。たぶんドイツ駐屯地の売店（PX）で買ったんだろう」

「可能なかぎり調べるが、たいしたことはわからないだろう。こいつは元軍人だな」

「それも特殊部隊出身だ。ナイフ戦の心得があって、おれも一撃を喰らった」

「データベースをあたってみる。何かしらのつながりがわかるかもしれない」

「こいつは傭兵だよ。少なくともそのひとりだ」

刑事のひとりが戸口に姿を見せた。

「サー、もううちの人間を入れてもいいですか」

マグワイアはうなずいた。

「こっちの用は終わったところだ、警部補。ありがとう」彼はフラットをさっと見まわした。「住み心地はよさそうだな、ラグラン。少なくとも今までは。今はもう犯行現場だから、ここにはいられないぞ。着替えを用意しろ。どこかに部屋を用意してやる」

ラグランは苦笑した。

「安ホテルなら自分で見つけるよ」

「きみの居場所は把握しておきたい。殺人の疑いがかけられている人物が犯行現場から立ち去る許可ならなんとかしてやれるが、それがなければきみは警察の留置房送りになるかもしれない。ここはロンドンであって、どこぞの砂漠じゃない。自分のフラットで人を殺めたとなれば、それなりの説明が求められる」

「ここが自分のフラットだなんて誰が言った？　おれは向かいの部屋の昔馴染みに会いに来ただけだ。彼女は殺されていて、ここでこの男を見つけた。そしたら襲いかかってきた」ラグランはマグワイアをじっと見た。「おれがこのフラットの所有者だとする書類のたぐいはいっさいない。ここに着替えが置いてあったとしても、今はもうない。警察が調べたら、ここの持ち主がさるフランス人だってことがわかるはずだ。そいつがここを買ったってわけだ」

マグワイアの携帯電話が鳴った。彼はラグランを見た。

「医務班に傷の手当てをしてもらえ」

「必要ない。もう自分でやった」

「応急処置だけだろ、ラグラン。破傷風の予防注射が必要だ」

「もうちゃんと打ってある。いつ何時(なんどき)錆びた釘を踏みつけるかわからないからな」

マグワイアはフッとため息を漏らした。

「わかった。警察に供述を取らせてやれ。待ってやる」

そう言うと、ふたつのフラットとそのあいだで動きまわっている警察の捜査官と鑑識たちの群れを抜けていった。

マグワイアの力がものを言い、警察の聴取と供述書の作成は一時間しかかからなかった。すぐに正当防衛と判断され、捜査が進んでさらなる聴取が必要になったら出頭するようにと言われ、現場から立ち去ることを許された。ラグランは小さな旅行かばんを抱え、下の通りで待つマグワイアと合流した。あのフラットがもう使えなくなったことはふたりともわかっていた。通りは封鎖され、大渋滞を引き起こしていた。警察車輛と白バイ、そして救急車が狭い通りを行き来している。武装した初動班を乗せた二台の覆面パトカーが封鎖区域を作りあげていた。立ち入り禁止テープの内側に停めたMI6の車の横にアビーが立っていた。マグワイアはそこから二十メートル離れたところにふたりの若い男と一緒にいる。ふたりはレザージャケットにジーンズとスニーカーという、MI6の市街地用制服を身にまとっていた。ラグランも似たり寄ったりの恰好だが、足元は全天候型のトレッキングブーツだ。軽量でゴム底の市販品だが、戦いの場では最高の武器になってくれる。男のひとりはレザージャケットの下にキルト地のヴェストを着ている。野次馬は排除され、制服警官と刑事たちが通り沿いの商店主たちへの聞き込みを開始した。どこかにある監視カメラが、例の侵入者がやって来たところを捉えているだろう。だが、男が立ち去る場面を捉えることはもうない。

マグワイアはラグランに手招きした。

「手がかりが見つかった。カーターが誘拐されたウェルッジュ・ロードの年配の住民が、銃撃が始まる前にヴァンにいた男たちに話しかけた。そして運転手が数日前の新聞を読んでいることに気づいた。われらが目撃者は、読み終わったらくれないかと運転手に頼んだ。

その住民は飼いネコのトイレに古新聞を使っているそうだ。運転手は新聞を渡した」

ラグランは話のオチがつくのを待った。犯行現場にあったとはいえ、それが古新聞だったらたいした情報は得られないだろう。

「ネコのトイレにされる前に回収したのか？」

「どうやらそのようだ」

「そこに運転手の近所にある新聞販売店の住所があっただなんて、そんな単純な話があるわけがない」

「もちろんそうだが、それよりちょっとややこしいものがあった。新聞のなかには個別番号が打ってあって、愛読者懸賞やポイントプログラムに使っているところがあるが、その新聞もそうだった。その番号から印刷所と印刷日、そして販売店に運んだトラックがわかる」

「その部数はちょっとやそっとのものじゃないんだろ？」

「そうだ。当初はそれが問題で、その新聞の発行部数は四万から五万で、しかも新聞社側はいま言った以上の情報を提供するつもりがなかった。販売店までは教えてくれたが、それだけではたいした役には立たない。そこで警察は、この事件の特ダネを渡すと新聞社に約束し、ファイルを漁った。その古新聞の読者が個別番号を使って懸賞に応募したり、なんらかのキャンペーンに参加したことがあるなら、名前と住所が記録されているはずだ。つまりわれわれが求めたのは個人情報の機密保護違反だが、そんなものは圧力をかけて見返りを約束すればどうにでもなる」

「てことは、住所がわかったのか？」

「そうだ。その番号で一ダースの種が半額になるクーポンが取得されていた。ブレントフォードにある家だ」

20

エディ・ローマンの妻はふてぶてしい態度で応じた。

うちのエディは真面目にやってますよ。どこにいるのかわかりませんけど。今どこにいるのか、ってことですけど。今この瞬間にどこにいるかだなんて、わかるわけないじゃないですか。仕事中なのはわかってます。最近は配達の仕事をやってるんですよ。警察は家宅捜索をする権限を彼らに与える令状を持ち、ベッドルームが三つの慎ましやかな家にやって来た。担当の警部補が、ビニールの証拠袋に入れた、折りたたんだ新聞を彼女に渡した。

「ここのところエディは留守にしているんだろ、シェリー？　土曜の夜にパブに姿を見せないだなんてあいつらしくないが、先週の土曜日はそうだった。ここに記されているのはこの家の番号で、つまりこれはここに毎朝配達される新聞だってことだ。そうだよな？」

シェリー・ローマンの顔に落胆の色が浮かんだ。彼女はこくりとうなずき、肘掛け椅子にどっかりと腰を落とした。

警部補は、背後の戸口で待っているふたりの男に振り向いた。マグワイアはうなずいた。これからの聴取は彼が引き継ぐ。

「ありがとう、警部補。家宅捜索で何か出てくるかな。ミセス・ローマン、私は政府の人間です。われわれが捜査しているのはまちがいなく重大事件です。男性がひとり殺害され、もうひとりが誘拐されました。あなたもニュースや新聞でご存じでしょう。この新聞は、犯行現場にいたヴァンの運転手が持っていたものです」

シェリーの顔から血の気が失せた。

「ご主人から最後に連絡があったのはいつですか？」

シェリー・ローマンは、本当のことを正直に話すことと、それを話せば自分の夫がさらにまずいことになるという不安のあいだで板挟みになっていた。

「エディから？　あの人が電話してきたのは……ゆうべです。昨日の夜に電話がありました」彼女は小さくうなずいた。「何も話せないけど、もうすぐ帰るからって言ってました」

「言ったのはそれだけですか？」

シェリーはうなずきだけで答えた。そして震える手で煙草に手を伸ばし、火を点けた。

「嘘でしょエディ、あんた何やらかしたの？」

「ミセス・ローマン、あなたのご主人は仮釈放中の犯罪常習者で、過去にはさまざまな強盗事件で運転手を務めていました。ご主人が今回の仕事のことを話しそうな人物はいますか？」

「いいえ。エディは人づきあいが悪いんです。誰かにぺらぺら話したりしません。だから信用されて仕事を任されていました」

マグワイアはしばらくシェリーを見つめた。尋問中に短い間を置くと、尋問を受ける側の心にさらなる疑念が忍び込んでくる。

「ご主人が暴力的な人間ではないことは、われわれもわかっています——」

「エディはひとさまを傷つけるような人間じゃありません。うちの人はやってません。ただの運転手なんですから」シェリーは噛みつくように言った。

「ですがご主人と行動を共にしている男たちは……凶悪です」マグワイアはあえて言葉を切った。「ご主人はかなりまずい立場に陥っていると思われます」

シェリーは息を呑んだ。手がわなわなと震えていた。

「ご主人は、居場所の特定に役立ちそうなことを言っていませんでしたか？」

シェリーはうなずいた。

「ここからそんなに離れちゃいないって……それぐらいです。面倒なことになって、思ってたよりちょっとばかし長くかかってるって」

マグワイアはコーヒーテーブルに置かれていた携帯電話に手を伸ばした。

「この電話で話をしたんですか？」

シェリーはまたうなずいた。マグワイアは家宅捜索を指揮している警部補のほうを向いた。

「まちがいなく彼はプリペイド式携帯電話を使っているだろう。昨夜の通話をたどれるかどうか確かめてみよう。発信地点に一番近い基地局とその位置がわかるかもしれない」彼はエディの妻に顔を戻した。「警察もあなたから聴取を取るでしょうが、そこで話したことは証拠として採用されます」それがどういうことなのかおわかりですね？」

シェリーはまたうなずいてみせた。前科者かつ地元のワルの妻にとっては毎度お馴染みのことだ。

「ここ何カ月かのうちにやっていた堅気の仕事とはなんですか？」

シェリーは肩をすくめた。

「あれやこれやよ」

「具体的にお願いします」

「最初は新聞配達をやって、それから配送の仕事をやるようになったわ。最近は道路工事の作業員を運ぶ仕事をやってた。幹線道路の補修とかの。でも肌に合わなかったのか、病院の用務員の仕事に戻ろうかなって言ってた。ほら、冬が近づいてきたから」

「病院の用務員をやっていたのはいつのことですか？」

「去年よ」シェリーは煙草を揉み消した。「うちの人は自分の仕事のことはいっさい話してくれないの。もう何万回も真人間に戻ろうとしてきたけど、どうしようもなかった。馬鹿だよ。本当に馬鹿な人」

ラグランはマグワイアのあとについて外に出た。聴取のあいだはひとことも発さなかった。

「犯人たちが維持管理局のヴァンを手に入れた経緯がこれでわかった。それに地元の悪党なら土地鑑がある。病院を調べよう。カーターを移動させるつもりなら、エディ・ローマンの内部情報を元に救急車を盗むかもしれない」

「妙案だな」マグワイアはそう言い、部下のひとりに手招きした。

ラグランはアビーと車のほうを向いた。

「わかったことは全部まわしてくれ。おれはこのあたりを嗅ぎまわってみる。燃やされたヴァンが見つかったのは、ここから十分のところだ。犯人たちがまだ近くにいるとしたら？」

「おかしなものを見つけたら全部連絡しろ。無責任な仕事はしてほしくない」

「だったらどうしておれを巻き込んだ？　おれは記録に残らない人間だから、責任を負うことはない」

アビーは、燃やされたヴァンが発見された狭い通りに向かって車を走らせた。ラグランのフラットでの出来事を、彼女は口にしていなかった。マグワイアになかで起こったことを説明され、この任務から降りたいかと訊かれた。アビーは平気を装い、ラグランの運転手は続けると答えた。マグワイアとしては任を解く心づもりだったが、市なかでラグランをてきぱきと連れまわすことができるのはアビーしかいないことはわかっていた。

隣で静かに坐っている男は死闘を繰り広げて相手を殺した。アビーは運転しながらそんなことを考え、自分のなかのどこかが身震いするのを感じた。ラグランも手傷を負ったことは知っていたが、怪我をしている様子をまったく見せていない。横の男が見せている自制心と、ほんの二時間か三時間前に起こったことの落差に、アビーは戸惑いをおぼえていた。自ら危険に身を投じる人間が男にも女にもいる理由を、自分には絶対理解できないだろう。彼女はそう思っていた。ラグランは彼女に命じて車を停めさせ、車から降りてコンテナ置き場に歩いていった。一番手前に置かれた二十フィートコンテナの横に梱包用の木箱があった。ラグランはパレットを使って木箱に登った。彼は周囲をぐるりと見まわした。ヘリコプターで哨戒させたらもっと効率的になるだろうが、当てずっぽうの捜索でロンドンのあちこちの上空を飛ばせることだけに警察の捜索の手を割くわけにはいかない。犯人たちがどこにカーターを拘束しているのか、ラグランには見当もつかなかった。この四十八時間のあいだにあらゆることが目まぐるしい勢いで進行していて、そして根拠に基づいたしっかりとした推理ができずにいるのは、市のことがよくわかっていないからだ。だからこそJDはエディ・ローマンの腕を買った。ひとつだけ確実にわかっていることがある。カーターが囚われているのは家ではなく、付近や周辺でいかなる警備活動も行なわれていそうにない場所だ。日々の営みのなかの、ありふれた光景に溶け込んでいるんだろう。いかつい見かけの男たちがいても変な眼で見られない、荒れ放題の場所だ。自分だったらいま見ているような狭い道を逃走経路に使うだろう。どこにも通じていない道だ。車の通りはまったくといっていいほどない。犯人たちも似たような場所を選んだはずだ。ラグランは木箱から下りて車に戻った。

「スマートフォンを持ってるか？　おれのはプリペイド式の携帯電話だ」

アビーは自分のスマホを渡した。ラグランは地図アプリを起動し、現在地を入力して周辺地図を表示し、狭い道を拡大し、人気がなさそうでうらぶれた場所を探した。

「運転手が自分の家の近くにいると言ったんなら、ここをスタート地点にしよう」

アビーは車のギアを入れた。

「これって雲をつかむような話よ、ラグラン」

「だったら自分のデスクに戻ってパソコンとにらめっこして、テロリストどものソーシャルメディアの投稿を追っかけてろ。きみがこの任務を望んだのに、そうじゃないってふりをするな」叱られて不愉快になっている様子が見てとれた。「これは子どもの遊びじゃない。新聞で読んだりテレビのニュースで観たりするようなことでもない。これは現実に起こっていることで、きみもそこに足を突っ込んでいる。愚痴や不満なら終わってからこぼせばいい。おれはカーターを生きたまま見つけたいし、彼とマグワイアがやっていたことを突き止めたい。ここまで言えばちゃんとわかったか？　腹を決めろ」

アビーは憤然とすることもなく、滑らかに車を走らせた。

「みんなあなたのことを誤解しているみたいね、ラグラン。無口な男だってことだけど、だったら今ので一年分のおしゃべりをしたにちがいないわ」

ラグランはひとりでニヤニヤしつづけていた。アビーは脅しに屈するような人間じゃない。さっきの叱責は、まさしくそれを確かめるためのものだった。

アビーは、中央分離帯のあるグレート・ウェスト・ロード（A4）に接続するさまざまな狭い通りで出たり入ったりを繰り返した。ふたりが入り込んだ地域は、そんな場所にいつまでも隠れつづけることができないほど何もなさすぎた。

「ここはきみの家からそんなに離れてないな」地図を調べながらラグランは言った。ふたりはサウソールの真南にいる。「時間があったらお邪魔して、チャイをごちそうになりたいところだ」

「母が淹れたインドのお茶にびっくりしたでしょ？　飲み慣れてないと変な味よね」Ａ４に車を戻しながらアビーは言った。

「そんなことはない。前に飲んだことがある」アビーの接し方がくだけたものになってきても、ラグランは気にならなかった。むしろ、そのほうが彼女も捜査の中心にいるという思いを強くするだろう。それでも今は無駄話に花を咲かせている暇はない。今は周囲に眼を走らせ、この道の先にカーターが拘束されていそうな場所がないか探ることに集中しなければならない。「ここはどこだ？」

「ハウンズローよ」アビーは答えた。「工業施設ならあちこちにある。次はどこに行く？」

ラグランは交通量の多い道路を見つめた。エディ・ローマンが妻に言った〝近くにいる〟が単なる言葉の綾だったとしたら？　彼はまた地図を隅々まで見た。この先数百メートルほどのところに民間のサイオン病院がある。待ち伏せでカーターが負傷した場合、犯人たちが彼を担ぎ込むにはうってつけの場所だ。ＪＤが手下を病院に入り込ませたっていうことはないか？　やつらはヴァンを一台燃やして処分した。車は別に用意してあったのだろうが、もしＪＤが別のアジトへの迅速な移動を目論んでいるのなら、スピードの出る車が必要だ。ラグランは焦燥感を募らせた。自分がテロリストたちに拘束されて拷問を受けたとき、おれの部下たちは昼夜を問わずおれを何日も捜しつづけた。そして処刑される一歩手前でおれを発見してくれた。

「いま来た道を引き返す」彼はそう告げた。

アビーは怪訝な顔を向けた。

「いいから引き返せ。どうもおかしい。中央分離帯の反対側を戻るんだ。工業団地に通じる狭い道が二本ある」

ラグランの携帯電話が鳴った。マグワイアからだった。

「警察が携帯電波の発信源を追跡した。Ａ４沿いにある民間病院――」

「ちょうど今そこにいる」ラグランはそう応じ、手を掲げてアビーに車を停めさせた。

「そこが基地局で、その先にさらに二局ある。ローマンは周辺にいる。増援を送っているところだ」

ラグランは前方を指差した。

「今すぐ反対車線に入れ。急げ。車の流れを横切れ。信号は無視していい。車を出せ」

慌てたアビーはシフトミスしたが、それでもすぐさま言われたとおりにした。中央分離帯の反対側に入るなり、彼女は方向指示器を出して左折しようとした。

「そこじゃない。次の道だ」ラグランは自分の直感を信じる男だった。長い歳月をかけて第六感を研ぎ澄ましてきた。それは早期警戒システムとなり、自分を含めた多くの人間の命を救ってきた。

アビーはカーヴを曲がり、道幅が狭くなったところでブレーキを踏んだ。通るのは大型トラックだけというどうでもいい道を、ふたりは徐行して走った。周囲には雑草が生い茂り、もう長いあいだ刈り取られていない状態だった。長さ十メートルのトレーラートラックが狭い道の大半をふさぐように駐車していて、アビーは車を停めた。トラックに記された社名から、コンクリート用の砕石を運ぶトラックだとわかった。並木の向こうに、砕石工場とおぼしき波型スレート屋根の建物が見えた。道は先のほうでふた股に分かれていた。左には砕石工場、右の奥には金属スクラップ工場がある。

「ここで停めろ」

アビーは侘しい土地を見まわした。

「あそこだ」廃工場の閉じられたゲートを指差し、ラグランは言った。「調べてみる。ゲートの奥に隠れているし、A4にもすぐに出られる。ここで待ってろ」

アビーが何か言うより早く、ラグランはドアを開けて出ていった。アビーはラグランが腰のうしろから銃を取り出すところを見た。一瞬、心臓が止まりそうになった。ラグランが銃を携行しているだなんて思いもよらなかった。南仏の辺鄙なところにある村落に行ったときにおぼえたような不安はもうなかった。今のアビーが感じているのは恐怖だった。

アビーは助手席に置かれた自分のスマホを手に取り、マグワイアに電話をかけた。

21

ラグランはフェンスに沿ってぐるりとまわり、誰もいないことをしっかり確認すると、フェンスをよじ登った。そして身を屈めた姿勢で工場本体まで駆けていった。資材置き場の反対側のドアがふたつ開いていて、その先に空の車庫が見えた。つまり誘拐犯たちはとっくに逃げたということだ。逃げたといっても、後衛が残されている可能性は常にある。

ラグランは工場の壁沿いに進み、ドアを見つけ、把手を下に下げた。なかにいる人間に反応する時間を与えないよう、いきなり押し入った。セミオートマティックの拳銃を構え、人気のない部屋に銃口をめぐらせ、身を隠している射手が動くと見える光の変化を探した。そしてあとに残されたがらくたには眼もくれず、部屋のなかを歩きまわった。隣の部屋につながる戸口をチェックした。詰まっているトイレのようなにおいに導かれ、その部屋にくっついている小部屋に行くと、便器の横にバケツが置かれていた。ここにいた男たちは、裏を流れている川から汲んだ水を使って用を足していたのだろう。

ラグランは銃を下げたが、それでもまだしっかり銃把（グリップ）を握っていた。血痕が床を横切り、外まで続いていた。資材置き場を再度確認し、空の車庫を横切った。血痕は、そこに死体を転がしたかのように広がり、その先は裏手の金網フェンスまで続いていた。どこか遠くでパトカーのサイレンが鳴っていた。騎兵隊が急行中ということか。ラグランは切り開かれていた金網を引き、踏みしめられた形跡のある藪をかき分けて川岸に進んだ。水深の浅い川はがらくたに満ちていた。木の枝やショッピングカートや古い窓枠が絡み合っているなかに、全裸の男が浮かんでいた。

科学捜査サーヴィス（SCO4）の捜査官たちが死体を引き上げると、今はもう人で雑然としている資材置き場に警察の検視医たちが通された。警察車輌とマグワイアの部下たちを乗せた覆面パトカーが狭い道を封鎖していた。死体は両手を切断され、顔は後頭部から撃ち込まれた銃弾のせいで判別不能になっていた。ラグランはゲートで所在なげに待っているアビーの下に行った。

「家に帰れ、アビー。ここできみにできることは何もない」

「ここで待って、あなたを市（まち）なかに連れて戻る」男のなれの果てが引き上げられているところをラグランの肩越しに見て、アビーの両眼がちらちらと動いた。ラグランは彼女の正面に踏み出し、むごたらしいものが見えないようにさえぎった。

「なかでマグワイアがおれを待っている。さあ、帰るんだ。きみのボスにはおれから言っておく」

アビーは謝意と心残りがないまぜになった笑みを浮かべた。死体が視界に入り、彼女は顔をそむけた。

ラグランはアビーの両肩に手をかけ、顔を通りに向けさせた。

「ご両親によろしくと伝えてくれ。あんなもの、心に留めておく必要はない。忘れろ」

「明日迎えに行く。どこに泊まるの？」

「あとで連絡する」

帰っていくアビーを見届けると、ラグランはなかにいるマグワイアに合流した。捜査班が作業に取りかかっていた。ふたりは廃工場の主室にあるごみやがらくたのなかに立っていた。カーターがどこに監禁され、拷問を受けていたのかは一目瞭然だった。空になった生理食塩水の点滴用の瓶、使用済みの輸血パック。皮下注射用の針、床の乾いた血、ペットボトル入りの水と缶詰。そうしたものと一緒に、血まみれのハンドタオルと嘔吐物と血の染みがついた汚れた枕カヴァーがあった。奥のどこかで誰かが吐いていた。マグワイアは、きまり悪そうに口を拭っている捜査班の若い警官をちらりと見た。

「やつらはカーターの眼を切開した」ラグランが言った。「鑑識が証拠袋に入れた」

ふたりとも憎悪をあらわにした。

「川にあった死体は両手が斬り落とされていた。かなり稚拙なやり方だが、身元の特定を阻むことができる」ラグランは話を続けた。「やつらはホローポイント弾を使って顔を吹き飛ばした。川ががらくただらけじゃなかったら、たぶん死体は下水に行きついて、発見されることはなかっただろう」

マグワイアは部屋の悪臭に顔をしかめた。

「少なくともカーターがまだ生きていることがわかった」

「エディ・ローマンはそうじゃないことも」ラグランは言った。

運転手がいろんな道をたどってロンドン中心部に車を戻すなか、マグワイアは三カ所に電話をかけて会合を手配した。途中で何度も渋滞につかまり、マグワイアは電話をかけなおし、予定より遅れると伝えざるを得なかった。こんなことならアビーの運転で帰ればよかったとラグランは後悔した。

「ロンドン特別区はいくつある？」運転手から渡された地図を調べながらラグランが言った。

マグワイアはひと思案し、記憶のなかに答えを探した。

「金融街（シティ）を別にすれば三十二だ。あそこは厳密にいえば特別区ではない」マグワイアは肩をすくめた。「杓子定規に言えば、そうなるが」

「売りに出されている廃ビルを探し出す必要がある。真っ先に調べるのは取り壊しが予定されている物件だ。警察を動かしてくれるか？」

「今まさにそこに向かっているところなんだが」マグワイアは言った。

ヴィクトリア・エンバンクメントで車を降りると、マグワイアはついてくるようにラグランに言った。フランス外国人部隊（レジオン）の退役軍人は、こっちが望んでも与えられることがなかった情報がようやく手に入ることを悟った。MI6の高官は、大型車輛の突進から湾曲ガラス張りの正面玄関を護る、石で覆われたコンクリート柵の先にラグランを導き、ロンドン警視庁（ニュー・スコットランドヤード）本部に入っていった。マグワイアは受付デスクで自分の身分証を提示し、入館名簿にふたりして名前を記入し、案内係を待った。そして現代的な玄関の先に広がる一九三〇年代の建物の奥底に導かれていった。

ラグランとマグワイアは案内係のあとに続き、警察官たちがデスクワークにいそしんでいるオープンプランオフィスが丸見えの廊下を進んだ。ラグランが思い描いていた警視庁本部の内側とはまったくちがっていた。ガラス張りの会議室では概況説明（ブリーフィング）が行なわれていた。オープンプランオフィスで、どこに機密書類を保管しておくのだろうと、ラグランは不思議に思った——案内係がドアを開け、オープンプランでもなんでもない部屋に通されるまでは。なかにはスーツ姿のふたりの男と、制服を着た上級職の女、そして公園で見たときと同じくカチッとした服装のモスクワ刑事警察のエレナ・ソロキナ少佐がいた。

　各自の紹介が手短に行なわれた。制服を着ているのはジョーン・ボーモント総監補。ふたりの男はテロ対策司令部（SO15）のトム・ピカリング警視長と欧州刑事警察機構（ユーロポール）との渉外担当のフィル・シェリダンだった。ラグランはそれぞれに会釈で挨拶し、マグワイアの右側の席に坐った。ソロキナ少佐は会議テーブルの一番前に腰を落ち着けた。この会議を仕切るのは明らかに彼女だ。マグワイアはラグランのことを自分の課の潜入捜査官だと紹介し、ロシア側に状況報告を求められると、マグワイアはラグランにやらせた。

　ラグランは今日一日で判明したことの概要を、はっきりとした口調で単刀直入に説明した——誘拐された銀行家が監禁されていた場所がわかったこと、待ち伏せに使用した車輛の調達と運転を担当したとおぼしき小物の悪党が、体の一部が切断された状態の死体で発見されたことを。自分のフラットでの襲撃と、襲撃者を殺したことには言及しなかった。カーターのカタール訪問についても同様だった。マグワイアとカーターが何に関与していたにせよ、それは諜報活動にほかならない。最後に、ロンドン全区の廃ビルの捜索を警察に提言して、ラグランは話を終えた。誘拐されたカーターはまだ生きていて、新たな場所に移動されたと考えているマグワイアにとっては理にかなった措置だと思えた。ボーモント総監補は、廃ビルの捜索指示はすでに出してあり、チャーリー・ルイスの殺害とジェレミー・カーターの誘拐には三十名の刑事を投入済みで、今日新たにわかった被害者についての捜査もそこに含まれると言った。

状況報告のあいだじゅう、ソロキナ少佐は熱心に耳を傾け、説明するラグランをしっかりと見据えつづけていた。ラグランも彼女の様子を観察した。冷え冷えとした光を放つブルーグレーの眼で胸の奥底を覗き込まれているような気がした。何かごまかしがあるのではないか、隠された意図やあからさまな嘘が紛れているのではないかと探っているような顔だった。彼女の国の腐敗ぶりを考えると、そうしたことに日常的に対処しなければならないのだろう。ロシアの凍てつく冬も、不断の努力が求められる仕事も、黒髪に縁取られた彼女の顔にしわをもたらしてはいなかった。ラグランが腰を下ろしても、視線を彼に向けつづけていた。温かみのない眼だとラグランは感じた。ユーモアもあまり期待できないだろう。笑いじわもない。ちょっとやそっとじゃ口説けそうにない女だ。逆にとって食われそうだ。モスクワのような場所で女が職業的地位を得るのは生半可なことではなく、その地位が少佐となればなおさらだ。ガラスの天井ではなく、むしろ北極の氷冠を突き破るといった感じだろう。筋の通らないことだ。歴史を振り返れば、大戦中にロシアの女たちは男たちと肩を並べて敵と戦っていたというのに。エレナ・ソロキナもその遺伝子を受け継いでいる。タフで意志が強く真面目一徹で、愚か者には容赦ない。ラグランはそんなことをふと思った。

マグワイアは眼のまえの水差しからコップに水を注いだ。

「モスクワ刑事警察を統括するセルゲイ・イワノフ将軍は」彼はユーロポールとの渉外担当にちらりと眼を向けた。「以前からわれわれのヨーロッパの友人たちと仕事を共にしていて、ピカリング警視長のSO15を通じて情報共有していたこともあります。イワノフ将軍から連絡があった時点で、われわれはそれが急を要する事態だと認識し、そしてソロキナ少佐の目下の問題への関与も歓迎するところです」

それが益体もない外交辞令だということは、この場の誰もがわかっていた。ロシア連邦とイギリスの機関のあいだの政治的関係には疑念がつきもので、それを緩和するためにやんわりと事を運ぶ必要がある。マグワイアは補足説明を追加した。

「この会議に先立ってソロキナ少佐と会って話をお聞きしたのですが、今回の問題は純然たる警察案件だとのことです。これはとある殺人犯に対するモスクワ刑事警察の捜査活動です。警察官殺しです」彼はロシア人を見た。「少佐、今後の捜査の進め方を確認するために、事のあらましを簡潔に説明していただけますか」

JDの顔が少佐の背後の壁に映し出された。いかにも逮捕記録のものらしい写真だった。

「この男はジャン・ドゥラコートと名のっていました。フランス国籍として登録されています。対外治安総局（DGSE）の協力者（オペレーター）でした。本名はエゴール・クズネツォフ、ロシア連邦保安庁（FSB）がフリーランスの工作員（エージェント）として使っていたロシア人です」ラグランはあやうく笑みを浮かべそうになり、少佐に見とがめられた。「ミスター・ラグラン、何かおかしいところでもありましたか？」

「クズネツォフには〝鍛冶屋〟の意味がある。それすらも本名ではないような気がするが、誘拐された銀行家に〝鉄槌を加えた〟のだから、まさしくそのままの名前のように思えるんだが」

「ロシア語を解されるのですね。それにお話になることもできる」ソロキナ少佐はそう言い、氷の眼差しをまたラグランに向けた。

ラグランは肩をすくめてみせた。

「罵倒したり、されたときの返しの言葉ぐらいは」

彼はロシア語で答えた。少佐の口の片端が引きつるところを見て、ラグランはひとり悦に入った。また笑みを浮かべそうになった。あぶないあぶない。

ソロキナ少佐は眼のまえに置かれたフォルダーから書類を取り出し、全員に一枚ずつ配った。

「われわれの捜査の眼は、モスクワ警察の四名の警察官の殺害にのみ向けられています。半年前、クズネツォフの逮捕に向かった刑事と制服警察官各二名があの男に撃たれ、死に至りました。その直後、クズネツォフはモスクワから姿を消しました」少佐はためらうように言葉を切り、慎重に言葉を選んで話を続けた。「FSBが逃亡に手を貸した証拠はありません。二カ月前にドイツの警察官二名が不審死を遂げ、それがきっかけでユーロポールの協力を得ることになりました。クズネツォフはドイツ経由でユーロ圏に入った可能性が高いので、この殺人事件も関連があると、われわれは見ています」

ソロキナ少佐は質問を期待するかのようにラグランを一瞥した。彼は何も言わなかった。ゲストの身で会議をまぜっ返すわけにはいかない。カーターの関与については、誰もいっさい触れていない。カーターが標的にされた理由を説明する関連事項も、ひとつも出てきていない。カタールについても誰もひとことも言っていない。マグワイアは無表情だ。この指名手配犯のことを知っているような様子をまったく見せていない。自分がフランスから呼び寄せられ、機密会議に出席させられているということは、マグワイアは切羽詰まっているということになる。

ソロキナ少佐は先を続けた。

「モスクワ刑事警察はこの男の逮捕を望んでおり、本国に送還して裁判にかけるための司法面のうしろ盾も得ています」

トム・ピカリング率いるモスクワのギャングを追跡することなど、自分の任務遂行に影響を及ぼす可能性がないかぎり、ピカリングにとってはどうでもいいことだった。

「この逃亡犯がイギリスにいるあいだに、なんらかのテロ活動に関与もしくは引き起こす可能性は？」

「この男は武装した危険な存在です。すでにひとりを殺害し、もうひとりを誘拐して拷問しています」ソロキナ少佐はそう応じた。

「少佐、お言葉を返すようですが、これは犯罪捜査です。必要な場合はボーモント総監補が銃器専門司令部（MO19）を手配します。われわれSO15は優先度の高い案件に取り組んでおり、そのためにこの会議から退席せざるを得ません」

ピカリングは手元のメモや資料をブリーフケースに収めると部屋から出ていった。ソロキナ少佐はなんの感慨も示さなかった。とはいえ、ピカリングが作戦からはずれても、イギリスの対テロ対策部門であるSO15と国家犯罪対策庁（NCA）と保安局（MI5）とが連携して市中で活動を展開すれば、クズネッォフの捕獲に役立つかもしれない。

マグワイアがすぐさまフォローした。

「少佐、私はあなたの標的の捜索に興味があります。ＭＩ６はあなたと行動を共にします。ボーモント総監補は部下たちに適宜説明し、ユーロポールも可能な範囲で支援してくれるものと思います」マグワイアは席を立ち、コートを腕にかけた。「ロシアとヨーロッパ双方の警察当局間の協力関係の構築は、正しい方向への前向きな第一歩であり、われわれとしても大いに歓迎すべきことです。そしてわれわれＭＩ６としては、あなたのお役に立ちたいと考えております」耳あたりのいい口先だけの外交辞令にしか聞こえなかった。

ラグランはソロキナ少佐を見た。会議の結果にひどく動揺しているようでも、失望しているわけでもなかった。彼女はこの国の警察組織の主要人物たちに支援を求めたが、返ってきたのは言いたいことはわかったというようなずきだけだった。ラグランは、この会議を裏で仕切っていたのはマグワイアだと察した。これは警察と対テロ対策担当官への表敬訪問にすぎない。だからこそ自分もここにいるのだ。マグワイアは顔見世をしたかったのだ。それだけの話だ。〝この男は自分のところの人間だ〟ということを、マグワイアは言外に示していた。この会議で機密事項が話し合われることがなく、したがって自分が知るべきではないことは議題にのぼらないことをわかっていた。茶番劇は終わった。マグワイアの目的は捜査指揮権の掌握だったということだ。ソロキナが眼につかないようにマグワイアに一瞥をくれた。

公園での会合はそういうことだったのだ。

ラグランは悟った。ふたりはグルだ。

22

マグワイアは自分のオフィスを持っていないのだろうか。それとも〈ザ・ネッド〉ですべての仕事をこなしているのだろうか。ラグランはそんな疑問を抱き始めた。

「ここの会員なんだ」その考えを見透かし、マグワイアは言った。彼の案内で、ラグランとソロキナ少佐は〈ザ・ネッド〉の地下へと下りていった。直径二メートル重量二十トンという巨大でとんでもなく厚い地下金庫の扉が三人を出迎えた。円形の開口部は、このホテルの会員制クラブ〈ザ・ヴォート・バー&ラウンジ〉の入り口になっていた。エントランスの壁に何千も並んでいる貸金庫が、ここがかつて膨大な富と秘密の隠し場所だったことをことさらに印象づけている。今でもそうなのかもしれない。マグワイアが、ラグランもロシア人のソロキナもヴォクソール・クロスにあるMI6本部に連れていくつもりがないことは一目瞭然だった。その理由は機密保持違反になるからということだけではなく、これが非公式の仕事だからだ。そしてここは盗聴装置がないと思われる場所のひとつだった。

　ラグランはビールを瓶から直接飲み、ソロキナはストレートのウォッカを、そしてマグワイアはいつもどおりのウィスキーを飲んでいた。部屋には三人以外にはもうひと組しかいなかった。反対側の隅の席にいるそのカップルは、たがいにテーブルに身を乗り出して顔を突き合わせ、まるで沈みゆく大型客船で最後の瞬間を迎えているかのように手を握り合っている。

「彼に説明してくれ」マグワイアが言った。

　ソロキナは訝しげな眼差しをマグワイアに向けることなく、自分のグラスの縁越しにラグランをしっかりと見据えた。ＭＩ６の情報部員がこの粗野な感じの男の関与を望んでいるのであれば、彼は信用されているということだ。

「エゴール・クズネツォフ、もしくはあなたたちがジャン・ドゥラコート（JD）と呼んでいる男は、長年にわたってロシアの各情報機関にとって貴重な資産（アセット）だった。三十五年前の八歳のとき、あの男は両親に連れられてロシアから脱出した。一家はパリの在外ロシア人コミュニティの一員になった。あの男はフランス陸軍で兵役義務を果たし、大学を優秀な成績で卒業し、そして対外治安総局（DGSE）にスカウトされた。入局とほぼ同時に、ある重要な情報部員たちとその活動情報をロシアの情報機関に流すようになった。数年前、アルジェリアからマリへ侵入しようとするテロ組織を食い止める作戦で、あの男はフランス軍に協力した。そしてヘリの墜落事故で死亡したとされている」

マグワイアがラグランの過去と、彼がヘリの墜落を知っていることをソロキナに伝えていないのは明らかだった。知っていれば、ＪＤのアフリカの作戦への関与と死のことをわざわざ説明しなかっただろう。

「その後はフルタイムの傭兵（フリーランサー）になった」ラグランが話を継いだ。

「そう。クズネツォフは豊富な人脈を持ち、さらには国際武器密輸や抵抗勢力の虐殺などにかかわる犯罪組織ともつき合うようになった。あの男は自分を護ってくれるうしろ盾を持っている」

「ロシア連邦保安庁（FSB）と連邦軍参謀本部情報総局（GRU）だ」マグワイアが言った。

「もちろんそう」ソロキナは応じた。「プーチンが政権を取ったとき、多くの犯罪組織が厳しい取り締まりに直面すると考えた。ところがその逆に、プーチンは彼らと手を結んだ。国家そのものがロシア最大の犯罪組織になり、歯向かってこないかぎりマフィアの存続を許した。そして国家がなにごとかを要求すれば、彼らはそれに従う。マフィアはビジネスマンになり下がった。クレムリンは彼らに自分たちの裏の汚れ仕事をやらせている。それに比べたら街場のギャングなんか屁でもないことは理解しておいて。あんなのただのコソ泥よ。欧米にサイバー戦を仕掛けているのは誰だか知りたい？　犯罪組織よ。テロ組織に武器を提供しているのは誰？　それも犯罪組織。彼らは、政治家の手を汚さないための便利な道具。政治家たちが手を血で染めないための。わたしが言っていること、おわかり？」

「そしてきみは、モスクワ警察の四人の警官を殺した容疑であの男を逮捕することができると考えている」ラグランは言った。

ソロキナ少佐はグラスをそっと置いた。彼女は、この殺人犯を逮捕することはよく言っても夢の話で、ロシアの情報機関に保護されているとなれば夢のまた夢だろうということを承知していた。

「あなたが以前から信じていることを追認してあげただけ――わが国の政府は腐敗していて、世界の大半から犯罪国家だと目されていることを。それでもモスクワ刑事警察は司法のうしろ盾があり、犯罪者どもを逮捕することができる」

「どうしてなんだ？」ラグランは尋ねた。「ロシアは最大最悪のペテン師が牛耳(ぎゅうじ)っているんだぞ」

「われわれは、殺人犯と犯罪者たちを街角から排除していることを示さなければならない。そのためのかなり大きな自由裁量権を内務省から与えられている。われわれ刑事警察は、政治的干渉を可能なかぎり受けないようにしてある。なぜなら、ロシア国民は自分たちの安全を脅かす重大犯罪の解決を求めているから。人殺しや小児性愛者やレイプ魔を逮捕し、裁判にかけて有罪にすることを望んでいるから。だから不信感は捨てて。犯罪者たちを捕まえる、そのためにわれわれは存在する。そしてわたしは、この男をほかのどの犯罪者よりも捕まえたい」

「それはこの男がきみの仲間たちを殺したから」

ソロキナはうなずき、ラグランの眼差しを受け止めた。

「殺されたひとりは判事の息子だった。だからこそあの男を捕まえることができるのだとわかっている」彼女は残りのウォッカを飲み干した。「これで失礼します。今日は長い一日だったから疲れました」ソロキナは席を立ち、コートのベルトを締めた。「その判事の息子は、わたしの兄でもあった」

マグワイアが〈ザ・ネッド〉の玄関までソロキナ少佐を見送ると、ドアマンがタクシーを呼び止めた。国外出張中の警察官が泊まるホテルが豪華な五つ星であるはずがないが、それでも彼女がパディントン駅の近くの安ホテルに部屋を取ってあるとマグワイアに聞かされると、ラグランは顔をしかめた。

「ロシア人だからな」マグワイアは言った。「おそらくそれでも贅沢だと思っているんだろう」彼はウィスキーグラスに口をつけた。「でも、これで彼女の意欲のほどがわかったし、ＪＤの情報をいくらかでも引き出せれば、われわれにとってもプラスになる」マグワイアはフッと息を漏らした。「では、お次はきみが聞きたがっている寝物語をしてあげよう」

「カタールについてだ」ラグランは言った。「一切合財話してくれ」

マグワイアは椅子に深々と身を沈めると、ほんの一瞬だけ肩をすくめた。

「フランス外国人部隊のマリでの作戦で、きみは三つの情報機関と行動を共にした。ＤＧＳＥとわれわれＭＩ６、そしてＣＩＡだ。きみの襲撃部隊に情報を提供していたのは彼らだ」

「そして彼らはアルカイダの現地指導部が活動拠点にしていた洞窟を特定した。そうやっておれたちはアブデルハミド・アブ・ゼイドにたどり着いた」

「あの男にたどり着いたのはきみだ」マグワイアは指摘した。

「あいつの体臭が嗅げるほど接近したが、おれが仕留める前にあいつは自爆した」

「あの男は高価値標的だった。全体的に見て、よくやったと思う」

「あの戦闘では優秀な戦友たちが命を落とした。上から目線のくだらん世辞は必要ない。

ＪＤが欧米を売ったのなら、あの作戦でおれとおれの部下たちを売ったのはあいつだってことになる」

マグワイアが用心深い眼で周囲を見まわし、空（から）になったグラスをひとつでも見つけたらすぐさま進み出て下げようと手ぐすね引いて待っているウェイターがいないことを確認した。

「ちがう、そうじゃない。その洞窟にアブデルハミド・アブ・ゼイドがいることをＪＤはつかんでいた。ＪＤはあの男を生け捕りにしたかった。そうすれば自分と自分の雇い主の手柄になるからだ。アブ・ゼイドが生きたまま捕らえられていたら、身柄はわれわれでもアメリカでもなくロシアの手に渡っていただろう。そうじゃないんだラグラン、きみを窮地に追い込んだのはＪＤではなくわれわれだ」

「何を言っているんだ」

「われわれは洞窟の無線交信を傍受していた。アブ・ゼイドが自らを殉教者にするつもりだということもつかんでいたが、あの男をきみたちの作戦の中心とする必要があって、その情報を伝えることができなかった」

ラグランの記憶がいっきに逆戻りした。概況説明（ブリーフィング）、攻撃開始、そして襲撃する洞窟の変更。そうした情報はすべてフランスの情報機関から与えられ、それはつまりロシアの二重スパイであるJDは、アブ・ゼイド本人とあの男が持っていた情報という手柄の品をせしめることができたということだ。ラグランはじっくり考えてみた。マグワイアはまだ何かを隠している。彼らがテロリストの指導者が自爆の準備をしていることを知っていたのであれば、おれとレジオンたちが洞窟を急襲したとき、その外では何が起こっていた？

「あそこには特殊空挺部隊（SAS）の顧問団がいた。いま思い出した。彼らを利用したのか？」

「そうだ」

「なんのために？」

「作戦の本当の標的を捕らえるためだ。運び屋だ」

「金のか？」

「そうだ。カタール人だ。その男は中東の金を使って複数のテロ組織に資金提供し、国際的な麻薬密輸ネットワークを通じて、さらなる資金がテロリストたちの懐（うるお）を潤した。麻薬の大半は中東を経由してヨーロッパに流入した。その男をわれわれは拘束した。男は情報の宝庫だった」

「そしてそのあとはカーターがそいつのハンドラーになった」

「これはカーターの作戦だった。彼を銀行に送り込んで、すべての闇取引を追跡させた。それができたのは、件（くだん）のカタール人が自分が資金提供したすべての人物と金、そして秘密取引についての全情報を提供したからだ。それをコントロールしていたのがカーターだった。そしてカーターは……われわれが認めた以上のことに手を着けた。われわれは……特別な資金源を得た。そしてそれがまずいことになった」

「あんたは汚い金を貯め込んで、秘密作戦に使っていた」

マグワイアはニヤリと笑った。

「今は緊縮財政の時代だ。政府は、われわれが与えられた予算でやるべきことをやっていると考えている」

「おれは政治の話をしてるんじゃない、マグワイア。でもあんたが財務省から追加予算をちょうだいしていることは知っている」

「それだけでは足らんのだよ」

「では、カーターがカタールを訪れたとき、何があった？」

「彼が向こうで何をしていたのかはわからない。金は消え失せていた。カタール人は殺された。カーターに嫌疑がかけられた」

「彼はそんなことをする人間じゃない。それは言ったはずだ」

「密告があったんだ。彼が裏で取引しているという」

「そしてあんたはその匿名の密告者の言うことを信じた」

「われわれとしては重く受け止めるしかなかった。カーターが誘拐されるまでは。そこでようやくはめられたと気づいた」

「JDに」

「もしくは、われらが愛しの氷の女王ソロキナ少佐が言っていたように、あの男のクレムリンの友人たちに。戦略的な情報攪乱がなされた。ロシア側は、カーターがやっていたことをなんらかの手を使って知った。カタール人はナイトクラブの外で刺殺された。物取りの犯行として処理された」

「誰がそう判断した？」

マグワイアは肩をすくめてみせた。何も答えず、その先を催促するような顔のラグランに眼を戻し、彼も自分と同じ結論に達したかどうか確かめようとした。

「それがロシア人たちなら、どうしてカタール人を殺した？」ラグランは問いかけた。

「連中は彼が持っていた情報を欲しがっていた」ＪＤが誰かを使って殺させたのだとしたら、カタール人は賞味期限切れになっていたからだ。彼は持てるすべての情報をカーターに渡していた。そしてカーターは情報をさらに掘り下げ、つなぎ合わせた。

「殺したのが連中なのだとしたら、それはカーターに疑いの眼を向けさせるためだった。金が消え失せていて、おまけにカタール人はカーターの正体を知っていた人間のひとりだったからだ」ラグランは話を続けた。「カーターがカタールに行ったのは、おそらく自分の資産（アセット）が警報を鳴らしたからだろう。何かまずいことになっているという警報を。ロシア人たちはあの国に請負業者（コントラクター）を送った。それが誰だかは言うまでもない」

マグワイアはうなずき、ウィスキーを口にした。

「そして消えた金は説明のつかない金だったから、われらがカーターが証拠隠滅をはかったように見えた」

ラグランはあり得ないといった感じにかぶりを振った。

「絶対に説明がつかないからこそ裏金と呼ばれるんだ。あんたは一杯喰わされたんだよ。JDはなんらかの手を使って情報の断片をつなぎ合わせ、カーターがカタール人を資産（アセット）として使っていること、すべての情報を握っていることを突き止めた。だから彼に狙いを定めた。そしてあんたがカーターを捜査対象にしたことで、あんたたちのあいだに亀裂が生じた。それでJDの目当ては金か？　それとも麻薬取引なのか？」

「それ以上のものだ。カタール人はわれわれに、敵がこの国とヨーロッパ、そして合衆国に潜伏させた資産（アセット）のリストを少しずつ提供した。カーターが隠しているのはそれだ。何者かがカタール人に接触して資金提供を求めるたびに、われわれは連中を罠にかけて脅威を排除した。このリストをすべて手中に収めた者は、そこに載っている資産（アセット）を好きに動かすことができる。金で動くテロリストを活性化させたり、逆に抑え込んだり、さらに深く潜り込ませることができる。まったく、この情報が敵の手に渡りでもすれば、国際テロリストの大運動会になるぞ。それに裏金の存在が表沙汰になれば、それこそ身の破滅だ。私は早期退職を迫られ、余生をバラの手入れで過ごすことになる」

ラグランは残りのビールをあおった。そして空瓶でテーブルをコツコツと叩き、これから超の上に超がつくほど答えづらい質問をぶつけることを示した。

「つまりこの大事件はドラッグ絡みでもなんでもないということだ。最悪、あんたはどっちを失ってもいいと考えてるんだ？　金か、それとも秘密の資産（アセット）か？」

「金だ。潜伏中のテロリスト細胞の存在がわかれば、テロを阻止してこの国を護ることができる」

「正解だ。だったらおれたちはその情報を取り戻さなきゃならない」

「そしてカーターも。そうするだけの借りが私にはある」

23

ラグランはMI6のセーフハウスを使えというマグワイアの勧めに従い、そのフラットの玄関まで送ってもらった。マグワイアの車が見えなくなるなり、ラグランはフラットに背を向けてあと戻りし、通りを二本離れたところに日貸しの簡易宿泊所を見つけた。夜の商売に精を出す女たちがよく使う部屋だったが、ラグランにはかえって都合がよかった。三日分を現金で払った。間仕切り壁でバスルームをつけ加えた狭い部屋に入るとシャワーを浴び、ジップアップセーターの上にわりとまともな一張羅のジャケットを羽織った。非合法の拳銃は換気口のなかに隠した。街に出たときには小雨はやんでいて、肌寒い川風も弱まっていた。

ラグランはソロキナが泊まっているホテルの向かい側で待っていた。彼女にとっては忙しい一日だったのかもしれないが、疲れたと言いわけして帰るにはあまりにも夜は若すぎた。第一、疲れにあっさりと音をあげるような女だとも思えない。ホテルはターミナル駅のパディントン駅とハイドパークの中間の裏通りにあった。これといった特徴のない、典型的な低価格帯の旅行者用ホテルで、ラグランが選びそうなタイプだった。おまけに、ハイドパークや市なかに向かう抜け道がどの部屋からもよく見える。ラグランはホテルに電話をかけてソロキナの部屋につないでもらい、彼女が出たところで切った。これでまだ部屋にいることがわかった。彼はホテルから眼を離さずに一時間待った。誰にも見られないようにこっそり出られるかどうか裏手も確認してみたが、案にたがわず防火法違反があり、ごみ袋の山と古いマットレスでふさがれた裏口からは非常階段に出ることはできなくなっていた。つまり彼女が夜の街に出かけるつもりなら正面玄関を通るしかない。ラグランは通りの両側に停めてある車を調べた。車の通りがそこそこあり、おかげで通りを渡ったり戻ったりしても目立つことはなかった。彼はダブルチェックし、ホテルを監視している人間がひとりもいないことを確認した。そこかしこに車が停めてあり、通りの端から端までずらりと並んでいる小さなホテルの柱のある玄関に人気はない。エレナ・ソロキナに眼をつけているのは自分ひとりだとわかって気が済み、ラグランは元の位置に戻った。努力はすぐに報われた。ソロキナがホテルから出てきた。彼女は通りに出ると左右を見た。ラグランは物陰に身を引き、縁石まで出てきてタクシーを呼び止めようとするソロキナを監視した。やって来たタクシーは彼女のまえを通り過ぎていった。後部座席にはすでに客が乗っていた。ソロキナはさらに一分待った。夜のこの時間帯は劇場やレストランへの送迎でタクシーは大忙しだ。ソロキナはコートの襟を立て、直近の地下鉄駅に向かってつかつかと歩いていった。ラグランはあとを尾けた。それからもソロキナは二度ほどタクシーを止めようとしたが、つかまらないままハイドパークの北を走るベイズウォーター・ロードまで来てしまった。そして地下鉄のランカスターゲート駅へと下りていった。その時点で百歩と離れていない距離を取っていたラグランは、ソロキナの姿が地下に消えていくなり歩みを早めた。駅を行き来する人々に眼を走らせると、彼女は壁の全体路線図を調べていた。そして切符を買い、セントラル線に向かった。ラグランもあとを追い、プラットホームに立っているソロキナを見つけた。地下鉄は一分も待たずにホームに入ってきて、ソロキナは二両目に乗った。十分後、四駅先のトッテナム・コート・ロード駅で彼女は降りた。ラグランはあとを追って地上に出た。ソロキナの足は、まばゆい光と騒々しいバーに満ちたソーホーにまちがいなく向けられていた。

ソロキナが入っていった地下にあるクラブの入り口には、ふたりの用心棒が立っていた。クラブの用心棒といえばダークスーツに身を包んだ退役軍人かアルバイトに励む警官と相場は決まっているが、このふたりの見た目はちがった。東ヨーロッパ人のように見えた。ソロキナは止められることもなく、すんなりと地下に下りていった。着飾った美人だから、高級娼婦かクラブ関係者の知り合いだと思われたのだろう。それにひきかえ、こっちはジーンズにジャケットだ。ほぼ確実にあのふたりに止められるだろう。ラグランはそんなことを考えていた。それでもやるだけやってみよう。入り口に向かって歩いていくと、片方の男が筋肉ムキムキの腕を伸ばしてきて行く手を阻んだ。ドアマンはかぶりを振った。おれ風情が来るような店じゃないということか。

「どうした？」ラグランはそう応じた。

「今夜はだめだ」用心棒はニコリともせずに言った。

「妻がなかで待っているんだが。おれが車をあずけているあいだに、先に入っていった」

ふたりの用心棒は顔を見合わせた。

「あんたの女房はどんな感じの女だ？」ひとりが訊いてきた。

ラグランはソロキナの見た目を説明した。片方の用心棒がもう片方に向かってうなずいた。腕は下ろされた。ぞんざいなうなずきでラグランの入店許可が示された。彼は薄暗い階段を下りていった。下り切ったところにあるもうひとつのドアに近づくにつれて、小編成のジャズバンドが奏でる音と女の歌声がどんどん大きくなっていった。監視カメラの眼に追われていることにラグランは気づいた。彼はドアを押し開け、狭い戸口とは裏腹に広い店内に足を踏み入れた。二棟か三棟のビルの地下にまたがっているのではないかと思えるほどの広さだった。ラグランは暗めの照明に眼を慣れさせた。店内はさまざまな人々が入り交じっていた──女連れの金融街の若い男たちと、シティの若い男連れの女たちだ。店全体を見まわしているうちにはたと気づいた。店にいる女たちは十中八九〝エスコート〟だ。彼女たちの仕事の婉曲表現は、たしかそうだったはずだ。このクラブのオーナーが仕切っているのはまちがいない。店の片隅には、わずかばかりの年嵩の男たちが身を寄せ合っていて、長い髪とヴェルヴェットやコーデュロイのジャケットをのぞかせていた。ミュージシャンたちだろう。本物のカップルのように思える男女も何組かいた。多くの客がシャンパンを飲んでいて、ウェイトレスたちが空いたボトルを下げてまわっていた。強い酒も多く見られた。つまりシャンパンは結構値が張るということだ。ここで音楽を愉しむには、そこそこの現金が必要だ。

歌手が歌い終え、あるかなきかの拍手に頭を下げて応えると、舞台から下りた。長いブロンドの女性サックスと男三人のカルテットは演奏を続けた。感じのいい店だ。古き良き時代の酒場のようなジャズクラブ。足りないのは、かつては客を包んでいた煙草の煙だけだ。ジャズと酒はあるのに紫煙はない。過ぎし日々はもう帰ってこない。そんなことに思いをはせつつ、ラグランはカウンター席に坐り、真鍮製のフットレストに両足をあずけ、瓶ビールを注文した。ビールはグラスに注がれて出てきた。彼は飲みながら眼を凝らした。

カルテットはなかなかいい演奏をしている。ほとんどはセロニアス・モンクだ。往年のスタンダードナンバー『ルビー・マイ・ディア』。サックスの女は甘美でゆったりとした音色を奏でている。

ラグランは店の奥にあるブース席をステージ越しに見た。ソロキナが肩をすぼめてコートを脱ぎ、腰を下ろした。その下には飾り気のない黒いワンピースを着ている。スーツケースへの収まりがよく、どんな場面にも着ていける万能タイプだ。一緒に坐っている男は不細工だった。あばた面に団子鼻を載せている、不細工を絵に描いたような男だった。ソロキナの父親といってもいい歳に見えた。若く見積もってもそれぐらいだった。うしろになでつけた白髪が垂れ、肩に届いている。透明な酒が入ったグラスをずんぐりとした両手で包むようにして持っている。ソロキナはフルートグラスでシャンパンを飲んでいる。数歩離れたところでうやうやしく侍っているウェイターが護っているのはアイスバケットだけではないことが見てとれた。不細工な男がかぶりを振った。ソロキナの顔に落胆の色が浮かんだ。ふたりの様子を、ラグランは長く見つめすぎていた。演奏は穏やかなエンディングを迎えた。つまり六分半近く監視を続け、ふたりのやり取りを解そうとしていたということになる。やたらと高いビールはほとんど減っていなかった。男が近づいてきて視界をさえぎった。店内の用心棒だ。もうひとりがラグランの背後でカウンターに寄りかかっている。ふたりとも痛い眼に遭わせるだけの腕と自信を持ち合わせているように思えた。うしろの男が眼のまえの男と同じぐらいの図体だとしたら、こっちより頭ひとつ分背が高いということになる。つまり戦いようがあるということだ。汝の敵を知れ。ここは〝とっとと帰れ〟と言っているように思える。

「ビールを飲み干せ。そろそろ帰る時間だ」眼のまえの男がやたらと強い訛りで言った。

「音楽を聴きたいんだ」ラグランはそう応じた。

「もう演ってないだろ」うしろの男が言った。ニコリともせずに言ったんだろうとラグランは思った。眼のまえの男がいかめしい顔をしているところをみると。口を真一文字に結び、眼を細めている。手荒なことをやる気満々でいることの証だ。これでゴリラみたいにドラミングすれば完璧だ。

ここで騒ぎを起こしても意味はない。ラグランはグラスを口に当てた。クルミの殻でも割ろうかというほど力を込めてこっちの左腕を摑んでいるところをみると、自分のボスにいいところを見せようとしているのかもしれない。ラグランの筋肉がへこまないことがわかり、用心棒は驚いた。愚かなミスだ。このままビールを飲ませてくれたら、おれが脅されていることに誰も気づかず、こっちもおとなしく帰ったものを。でももうそういうわけにはいかない。

ラグランはうしろに向かって頭を振り、男の下あごに当てた。唇が裂け、歯が折れ、男はうしろによろめいた。男の口に血が充満するより早く、ラグランはもうひとりのほうに向き合い、その顔にビールをぶちまけた。男は顔をのけぞらせ、摑んでいた手を放して腕を上げ、ガードを固めようとした。ラグランはそうはさせなかった。左手をひねって男の腕の手首を摑むとまえに引き寄せ、つま先立ちにさせた。バランスを崩した男の鼻梁に肘がぶち当たった。返す刀でラグランは身をひるがえし、慌てて立ち上がろうとするうしろの男のあごの下に蹴りを入れた。背後のどこかで女の悲鳴と男たちの罵声とグラスの割れる音がした。ラグランはほとんど気にしなかったが、それが大騒ぎの音になったところで、近くのいくつかのテーブルをパニックに陥(おとしい)れたことに気づいた。時たま起こる騒ぎに慣れているのか、カルテットはピッチの速い曲を演奏してざわめきをかき消した。

その曲のタイトルをラグランは思い出すことができなかった。

24

クラブに下りる階段は図体のでかい用心棒ふたりが横に並ぶには狭すぎるので、縦に並んで下りていった。半分下りたところでラグランが階段を上がり始めた。

背後で声がした。

「やめろ。そのまま行かせてやれ（ナムホッド・メニャン）」

ハンガリー語だ。ラグランがなかば振り返ると、あとを追っていた店内の用心棒たちが足を止めていた。高級そうなスーツを着た、ラグランと同じ歳ぐらいのしなやかな体つきの男が背後の戸口に立っていた。ギャングには見えない男だった。

「気をつけて帰れよ。ここにはもう来ないほうが身のためだ。わかったな？」

ソロキナがこの男と話をしているところをラグランは見ていた。彼は身なりのいい男にうなずきを返すと階段を上がり、冷え冷えとする夜のなかに出た。持ち場に戻っていた用心棒たちのまえを通り過ぎ、通りを渡ってソロキナを待った。三十分後にクラブから出てきた彼女は、自分が腹を立てていることをラグランに見せつけた。階段を上がり切った彼女は、すぐさま彼に眼を向けた。ロシア人を怒らせたら、沸騰した血が冷めるまで待つのが一番の得策だということを、ラグランは経験から学んでいた。

「尾行したのね！　あなたって間抜けなでくのぼうなのね。わたしが情報を得るために行った店で、あなたは騒動を起こした。情報のために行ったのよ！　わたしたちがどれほど必死になって支援を求めているのか、あなたわかってるの？　この国の警察ができることには限りがある。何をするにも時間がかかる。かなりの時間が。ここはわたしの知り合いの店なの。なのにあなたは……」ソロキナはロシア語で罵詈雑言をまくしたて、その一部はラグランにも理解できた。罵倒の大半は、彼の人となりとその所業をかなり的確に指摘していた。マグワイアは誤解している。彼女は氷の女王なんかじゃない。ソロキナは悪罵の言葉をさらにひとつ吐くと、くるりと背を向けた。

「おれは結婚に不向きなタイプなんだが」ラグランは穏やかな声でそう言った。

ソロキナは振り返った。ラグランはポケットに手を突っ込んだまま、その場に立っていた。

「どういうこと？」

「ロシア語で求婚されたのかと思ったんだ。墓でおれに会うとかなんとか言ってたじゃないか。イギリスじゃ〝死んでからも一緒〟はプロポーズの定番だ」

まるまる五秒、ソロキナは困惑の表情を浮かべた。

「あなたって本当に馬鹿な男ね」険のある冷たい顔に戻し、彼女は言った。

「一杯おごってくれ。それでさっきの言葉はなかったことにしてやる」

ソロキナのきちんと整えられた眉が吊り上がった。

「〝死ねばいいのに〟って言っただろ。おれは寛容な人間だ」

「〝今夜殺されなくてラッキーね〟って言ったのよ。言ったのはそういう意味」

ラグランはニッと笑った。

「おれのロシア語は思っていた以上に錆びついているみたいだ。で、一杯どうだ？」

ラグランは近場のバーにソロキナを連れていき、それ以上の怒りをあらわにする隙を与えなかった。混みあって騒々しい店内で、ソロキナは沈黙に浸った。彼女に手を貸してコートを脱がしているあいだに、ラグランは腰の銃を収めたホルスターを着けているあたりに少しだけ触れてみた。何もなかった。ソロキナの椅子の背にコートをきちんと掛けてやると、バーカウンターに行って彼女のためにキンキンに冷えたウォッカを一杯買ってきた。店内でごった返す客のあいだを抜けてカウンターに戻ってまた注文するのは難しそうなのでダブルにしておいた。会話を交わすこともままならないほどの騒がしさだった。店内をじっくり見渡すソロキナを、ラグランは見ていた。ざわめきがふたりを包んでいた。ソロキナはそれが気に入っているようにラグランには思えた。そして彼女は微笑んだ。頭を下げ、口に手を当ててラグランの耳に近づけた。

「抜け目ないわね。ここじゃ喧嘩は無理だもの。口喧嘩ってことだけど」

ラグランも身を寄せた。

「口喧嘩なんかする必要はない。さっきも、おれはきみの友人の眼のまえで喧嘩を始めたわけじゃない。ふっかけてきたのは向こうだ。おれはそれを片づけただけだ。そうするしかなかった」

傍目からは、ふたりは顔を寄せて睦みあっている恋人たちにしか見えなかった。

「友人じゃなくて知人。持ったり持たれたりの関係ってこと」

「持ちつ持たれつだって言いたいのか」

「そう、それ。ハンガリー人たちよ。善良な市民じゃなくてかなり乱暴な連中だけど、わたしに借りがある。ロンドンではマグワイアより顔が広い。売春と麻薬取引で稼いだ金をカジノと不動産売買で洗浄している。クズネツォフのことは何も知らないって言っていたけど、本名を使うはずはないから、ドゥラコートもしくはそれ以外の名前の人物が古いオフィスビルを短期賃借していないか調べてくれって頼んでみた。そうしたところに、あなたの友人は拘束されている。まちがいないわ」

「まだ生きていたらの話だが」ラグランは言った。今夜もどこかでカーターが拷問を受けているという思いを、彼は躍起になって振り払おうとした。ありとあらゆる機関がカーターの捜索に尽力しているし、そして今度はソロキナが裏社会とのコネを使ってくれたことで、より早く結果が出てくるかもしれない。そう思いなおしたところで、ラグランの心が安らぐことはほとんどなかった。まちがいない、彼女は何もしないで待っているタイプじゃない。自ら狩りに出るハンターだ。しかるべきところには敬意を払うべきだ。彼はそう考えた。どう考えてもイカす女だ。ぴったりとした黒いワンピースに身を包んでいる彼女には、スリムな体型とは裏腹な力強さがある。引き締まった両腕と両脚は、きっと日頃の鍛錬の賜物なのだろう。ほっそりとした指を、彼はすでにチェックしていた。ロシアで結婚指環をはめるのは右手だが、彼女が身に着けている宝飾品は小さな十字架のネックレスだけだ。独身か離婚したか、それとも先立たれたか？

店内の暖かい空気がソロキナの顔をほんのりと紅く染めていた。両眼はきらきらと輝いている。彼女はラグランが考えていることを読んでいた。

「夫なら死んだわ」彼女は言った。「十年前に。技師で、事故に遭ったの」ソロキナはラグランの両手を握った。「あなたが生きて帰ってくるかどうか心配で夜も眠れないような女性(ひと)はいないの？」

「おれの帰りを待ってくれる女なんかいない」

ソロキナは顔をしかめた。

「これまでひとりもいなかったの？」

「ひとりだけいた」

「なるほどね」彼女は手を放した。

ラグランがソロキナの頬に唇を寄せると、ほのかに香水の香りがした。彼女はさらけ出した両腕の肘をテーブルにつき、残り少なくなったウォッカのグラスを抱えるように持った。

「腹が空いたな」ラグランは言った。

異論はなかった。ソロキナはウォッカを飲み干した。ラグランはコートをそっと掛けてやり、ドアと客たちのほうに片方の肩を向けた。反対側の腕をソロキナに差し伸べ、彼女がすぐうしろについて人混みを抜けやすくしてやった。彼女は手を取ると手のひらを握った。

いい兆しだ。

25

ふたりは小さなイタリアンレストランを見つけた。家族経営で気取らない、できたてほやほやの料理を出す店だった。ありがたいことに有線放送(ミューザク)は流れていなかった。イタリアオペラすら聞こえてこなかった。客が愉しむのは食事であって音楽ではない。ラグランはごく普通の赤ワインをボトルで頼んだ。これはあくまで仕事上の会食だ。個人的なものではいっさいない。ラグランとしてはそれで充分だった。彼はソロキナから経歴を少しずつ訊き出していった。それぞれの質問は、警察官としてのソロキナに対する仕事上の関心からくるもののように聞こえたが、彼女が着けている鉄の女の仮面の裏側を探るものでもあった。彼女が語った話から、少佐という地位を得るまでの道程は決して生易しいものではなかったことがしっかりとわかった。銃で二度撃たれ、いちど降格したのちにまた這い上がった。彼女は聡明だった。頭でっかちで杓子定規に法を適用する警察官ではなかった。頭脳明晰な彼女は、父親と同じ道をたどって司法官になるべく法律を学んだが、腐敗した司法制度のなかで昇進できる見込みを考えた結果、道を変えた。警官だったら、少なくとも街場では犯罪者たちに立ち向かうことができる。司法の険しい階段に挑んでも、その上があらかた腐っているのだから行き詰まりになる可能性が高かった。彼女の父親とひと握りの判事たちは水面下で戦いを繰り広げ、正義を貫こうとしたが、どうにもならなかった。愛する兄に説得され、警察に留まるという正しい決断を下した。彼女の兄は勇敢な警官で、多くの悪人たちを刑務所送りにしてきた。が、彼とその部下はエゴール・クズネツォフ、ラグランが呼ぶところのJDの逮捕に向かい、待ち伏せに遭った。彼があの男を捜査していたことは警察上層部も感づいていた。もしかしたら同僚の裏切りがあったのかもしれない。誰が情報を漏らしたのかはどうでもいいことだった。彼らはまんまと罠にはまった。集中銃火を受けて体はズタズタにされ、カルテとDNA鑑定でようやく身元が判明した。

ソロキナは前菜（アンティパスト）を食べていたフォークを置き、口元を拭った。思い出が彼女の食欲を減退させていた。ウェイターの驚き顔など気にせず、ラグランは食事の途中だというのにグラッパを注文した。度数六十パーセントの強い酒は、たちまちのうちにソロキナの心の痛みを和らげた。身上調査はもう終わった。第一の料理（プリモピアット）が出てくるなり、どっちが多くのスパゲティをフォークで巻くことができるか競争が始まった。ラグランが外国人部隊（レジオン）の仲間たちでも舌を巻くほどの量をほおばった。ソロキナはからからと笑い、テーブルの向かい側から手を伸ばして彼の口元についたソースを拭ってやった。そして自分の負けを認めた。

「いつだって自分が勝たなきゃ気が済まないの?」

ラグランは答えなかった。

ソロキナのホテルのまえでタクシーが停まると、ラグランは誘われたわけでもないのに一緒になかに入った。夜勤のフロント係は狭くて使い勝手の悪いフロントデスクのうしろで舟を漕いでいて、ソロキナが自分の部屋のキーを取っても眼をさまさなかった。部屋は本当に必要最低限の広さしかなく、ダブルベッド以外のスペースはほとんどなかった。スーツケースは片隅に置かれ、普段着はハンガーラックに掛けられていた。部屋の狭さが、服を脱ぐ行為そのものを前戯の一部にしていた。ふたりは慌ただしく服を脱がせ合い、身を寄せ合った。そしてソロキナはラグランの胸に飛び込み、引き寄せた。ラグランは堅いマットレスにソロキナを抱え上げ、ふたりでベッドカヴァーをかぶり、暖房がほとんど効いていない部屋の寒さをしのいだ。ソロキナに寒がっている様子は見られなかった。鳥肌は立っておらず、乳首だけが立っていた。ふたりはたがいにまさぐり合い、死と隣り合わせの日々を物語る傷痕を探した。ソロキナが体を押しつけるようにしてラグランに覆いかぶさり、引き締まった肉体を全身で堪能した。ソロキナは彼の眼を捉えたまままたがろうとしたが、ラグランは身をよじらせて振り落とし、組み伏せた。ソロキナはかたくなに抗ったが、戯れにしかすぎなかった。ラグランは時間をかけ、舌と唇と指を使ってソロキナを愛撫した。彼女は気をたかぶらせ、ついにはロシア語でじれったさをささやくように訴えた。早くきてとせがまれてもラグランは無視し、じっくりとなぶりつづけた。やがてソロキナは両脚をひきつらせ、背中を弓なりにのけぞらせ、最初の絶頂に達した。ラグランはうなじに鼻を押し当て、全身を駆けめぐる奔流を鎮めようとする彼女の浅い呼吸に耳を傾けた。しばらくするとソロキナがラグランの顔を引き寄せ、キスした。長く強引なキスだった。ラグランが両脚のあいだに身を押しつけると、ソロキナは身を震わせた。なかでゆっくりと動くと、ソロキナは眼を大きく見開き、閉ざした。顔を胸に埋めると、ソロキナは興奮をさらに高めていった。小さかったあえぎ声が大きくなり、ラグランはソロキナに締めつけられているのを感じた。彼女は口を開いたが声も息も吐き出さず、ラグランの営みがもたらす快感をまだ体内に封じ込めたままにしていた。そしてその歓びを上ずった声で引きずり出して解き放ち、炸裂させた。ふたりとも汗まみれになっていた。痙攣が収まるとソロキナはため息を漏らし、ラグランに向かって喜悦の吐息を最後にひとつ吐いた。まるで彼を初めて眼にしているかのように。ラグランはそっとキスをした。ソロキナは笑みを浮かべると彼を押しのけ、その上に乗った。

「今度はわたしの番」

ソロキナが眼をさますと、ラグランの姿はなかった。最初のうちは朝食を買いに出ていて、そのうち淹れたてのコーヒーを持って帰ってくるのではないかと考えていた。しかしシャワーを浴びて窮屈なバスルームから出てきても、ラグランはまだ戻ってきていなかった。そりゃそうよね。ソロキナは思い至った。一夜を共にしたことをマグワイアに知られてもなんの意味もないし、ラグランの運転手をここに呼びつけでもしたらばれることまちがいなしだ。髪を乾かしていると、スマートフォンの着信音が鳴った。一時間後に迎えに来るというラグランからのメッセージだった。夜は終わった。これから任務モードに戻る。運がよければ、彼らはクズネツォフを追い詰めるかもしれない。モスクワに送還されれば、あの男が法の裁きから逃れる可能性は高い。父がどんなに頑張って結果を変えようとしても、クズネツォフには大物の友人たちがついている。あの男を真っ先に見つけるのは彼であってほしい。昨夜、ぞくぞくするような快感を与えてくれたあの男であってほしい。とはいえクズネツォフも筋金入りの兵(つわもの)だ。あの男を最初に見つけてやり合うのがラグランだとしても、どちらが勝つかはわからない。一発で仕留めることができるほど接近できたら、自分が殺る。ソロキナは胸に誓った。

彼女は部屋の金庫からクラムシェルホルスターに収めたセミオートマティックの拳銃を取り出した。官給品のマカロフだが、警察には不向きな銃だった。そこでマカロフから大幅に改良された特殊部隊用のMP443が支給されることになっていた。マカロフが警察に採用されたのは彼女が生まれる三十年ほど前の一九五〇年代のことで、それはつまり何千丁も存在するということだ。大量生産ながらも頑丈で信頼性の高い銃だ。重量はあるが使い慣れているし、その重さを怒りに任せて使ってきたこともあるので、この銃の限界もわかっている。警察学校の小火器担当の教官は、マカロフの有効射程は五十メートルだが、命中率は投げたほうが高いと言っていた。まともに当たるのは二十メートルまでだ。過去に相手を射殺したとき、ソロキナはさらに接近してから撃った。念には念を入れたほうがいい。

アビーは言われた場所でラグランを拾うと、今度はテイクアウト専門のサンドウィッチ店のまえで停めてくれと言われた。そこで彼はコーヒーを三杯とサンドウィッチを二個買った。車を出すと、ラグランは片方のサンドウィッチからハムを抜き、もう片方のチーズの上に敷いた。そんなことをする理由は訊かなかった。それがラグラン流のサンドウィッチの食べ方なのかもしれないが、彼はまだ食べなかった。ふたりは、ロシアから来た警察官が泊まっているホテルの向かい側に車を停め、待った。ホテルから出てきたソロキナ少佐は、腰丈のジャケットとジーンズという昨日よりもフェミニンな装いだった。アビーはパッシングで合図した。ソロキナが後部座席に乗り込むと、ラグランは助手席から振り返ってコーヒーを渡した。

「ミルクと砂糖二杯でいいかな」ラグランは言った。ロシア人は朝に甘くしたコーヒーを飲むものだと、退役したレジオン仲間のソコールから教わっていた。「ソーセージ（カルバサー）はないけど」彼はそう言い、ハムを追加したサンドウィッチをソロキナに渡した。「イギリスではサンドウィッチにソーセージは使わないから、代わりにハムとチーズにしておいた」

アビーはルームミラーに映るソロキナをじっと見た。謝意を込めた短い笑みを浮かべ、ラグランの肩を手で触れたことがかろうじて見てとれた。湧き起こってきた感情に、アビー自身が驚いた。胃を刺すような嫉妬のうずきをおぼえた。ラグランとロシアの警官のあいだに何かあった。

アビーはギアを入れた。ハムとチーズのサンドウィッチであんなに嬉しがる人間なんかいない。

26

ジェレミー・カーターはまだ生きていた。彼がこれほどの責め苦に耐えてきたことに、ＪＤは驚いていなかった。むしろ最初から耐えられるように拷問していた。そもそものためにカーターの拘禁場所を三カ所も手配したのだから。三カ所とも工業団地内もしくは再開発を待っている立ち入り禁止の廃工場を選んだ。数カ月前にエディ・ローマンが監禁にうってつけの場所を選び、宅配便で送られてきた資金を使って現金で賃借契約を結んだ。ＪＤは数週間前にロンドン入りし、自分で偵察してカーターの日常を把握して待ち伏せ場所を決定し、逃走経路を策定した。常に時間との勝負を強いられていて、そのうちここも警察か保安局（ＭＩ５）にかぎつけられるだろう。

第一の監禁場所は待ち伏せ後に素早く姿をくらますためのものだった。それ以上遠かったら、交通監視カメラに逃走中のヴァンを捉えられていただろう。それから車を替え、第二の場所に移動したから、カーターがそれ以上持ちこたえられるなら、同じように第三の場所に移ればいい。あと二日か三日は大丈夫だろう。この作戦は絶対になりゆきまかせにするわけにはいかない。だからロンドンでの調整役のエディ・ローマンには消えてもらうしかなかった。あの男は携帯電話は使用厳禁という作戦中の行動規範を破った。これは軍隊並みの精確性を求められる作戦だ。第一の監禁場所が警察に発見されたとしても、そこに残してきたエディの死体の身元の特定はできない可能性が高く、よしんばできたとしても時間はかかるだろうし、あの小悪党と自分を結びつけるものはいっさいないので、さらに時間稼ぎができる。当局がたどることができる足跡は残していない。

現時点でJDが不安視しているのは、部下のひとりのステファンがいなくなったことだ。カーターが吐いた住所に送り込んでからこのかた、いっさい連絡がない。おそらく逮捕されたのだろう。部下たちの練度は高いので、何か問題が生じても銃を使うことはないだろう。部下たちとは、万が一捕まっても面倒はしっかりと見て、釈放する手はずを整えてやるということで話はついていた。最近はなかなか手に入らない忠誠と沈黙を、大枚をはたいて買っておいたというわけだ。スマートフォンでニュースサイトをあれこれ調べてみたが、出てくるのはステファンを行かせた建物で女が死体で発見されたという報道ばかりだった。そこで誰かが逮捕されたとはひとことも出ていない。なぜだ？　その女を殺さざるを得ない状況になったのだとしたら、そのまま戻ってくるはずだ。でも戻ってこなかった。

それはつまりステファンは殺されたか捕まったということだ。捕まったにせよ殺されたにせよ、ステファンのことはいっさい報じられていない。カーターの仲間たちがすべてを握り潰したと見てまちがいない。

ＪＤは吸っていた葉巻を弾き飛ばした。吸いさしはくるくるとまわりながら庭の水溜りに落ち、ジュッと音を立てて火が消えた。彼はカーターを監禁している三階を見上げた。敵ながらあっぱれだと言わざるを得ない。金融街の銀行家という顔の下に、あの男は時代錯誤的なしぶとさを隠していた。三日も拷問を受けたら、たいていの人間ならもう全部吐いているところだが、カーターは熟練の情報部員かくあるべしといったふうに情報を小出しにしているだけだ。ＪＤは鎖で閉じられたゲートを再度確認し、最後に建物を見まわした。夜間監視には、待ち伏せの前から配置しておいた別の部下があたっている。塀やゲートから何者かが侵入した形跡はない。ここが疑われている様子もない。ここは安全だ。この古い工場は周囲をよく見渡せるので、詮索好きが近づけばすぐにわかる。

カーターは自ら命を絶つことにした。もうこれ以上耐えられそうになかった。自分の息子の身の安全を確保してやれるだけの時間は充分稼げたし、妻と娘のほうは保護されているだろうし、運が味方してくれていればラグランがロンドンに来ていて、彼のフラットに送り込まれた殺し屋に対処しているだろう。これで相手はひとり減ったことになるが、あと何人いるのだろう？　地元の人間の運転手はここに来ていないが、この建物のゲートをくぐり、三階に運び上げられると初めて見る男が待っていた。今は監視がひとりもいない。すべてを終わらせるために与えられた時間は数分しかない。この苦痛から逃れることができるのなら死んでもかまわない。拷問を終わらせるためなら魂を売り飛ばしてもいい。カーターはパイプ椅子に縛りつけられている状態で身を揺らしてうしろ向けに倒れると、左脚に残っている力を振り絞って床を這い進んだ。木張りの床に血の筋を残しながら、ガラスがなくなった窓に向かってじりじりと近づいていった。低い窓敷居までたどり着き、そこから身を投げることができれば、それでおしまいにできる。

想像を絶する痛みを伴う苦行だった。左眼のなれの果ての血まみれの組織のかたまりから涙が溢れ、頭と首に痛みが走った。眼球をほじくり出されたとき、連中は局所麻酔を打った。ひとりが両腿にまたがり、もうひとりが頭を押さえた。メスの切っ先が眼のまえに迫るとカーターは悲鳴を上げ、拘束を振り払おうともがいたが、ふたりの力は強すぎた。最初のひと刺しが深々と切り込んでいくと、カーターは気を失った。もう限界だった。連中が必要としていることを吐く前にすべてを終わらせなければならない。カーターは絶望に打ちのめされ、むせび泣いた。コンクリートの階段を駆け上がってくる足音が聞こえてきた。誰かが近づきつつあることを示す音と、それに続くはずの拷問の恐怖に力を得て、カーターは壁際に達した。彼は椅子の背もたれを壁に当てると両脚で押しつけた。椅子のフレームがコンクリートの壁を横滑りした。ほとんど残っていない力を使ってまた押しつけると、今度はフレームが引っかかりを得て、壁をこすりながら上がっていった。敷居の高さまでほぼ達した。あと十センチほどせり上がるだけで、体の重みでうしろ向きに倒れ、宙に身を躍らせることになる。部屋が回転し、天井と壁が見えた。あとは落ちるだけだ。と、そのとき、階段を上がり切ったＪＤが彼に向かって突進してきた。カーターは頭を振って歯を食いしばったが、最後のひと押しができる力は両脚に残っていなかった。そしてＪＤはすぐそこにいた。カーターは拷問者に引っ張り上げられ、床を引きずられて部屋の真ん中に戻された。カーターはすすり泣きを漏らし、ＪＤは呼吸を整えた。

「いつ死ぬかは、おまえには決められない、ジェレミー……それはできないぞ」

部屋の奥で、トイレの水が流れるゴボゴボという音がした。部下のひとりがトイレから出てきた。カーターの横で跪（ひざまず）いているＪＤを見て、男は足を止めた。

「眼を離すなと言ったはずだ。これからはドアを開けたまま用を足せ」ＪＤが言った。

男は決まりが悪そうにうなずくと、窓辺の定位置に戻った。

「あのトイレ、壊れてるんだよ」

「だったらまたバケツを使え。今のうちに用意しておけ」

JDは毛布でカーターを包むと点滴スタンドを引き寄せ、カーターの腕にチューブをつなげた。彼は医療キットを開けて注射の準備をし、アンプルを指で弾いてなかの気泡を抜いた。

「おれたちの眼のまえでは死なないでくれよ、ジェレミー。今はまだだめだ」JDは看護師並みの丁寧さでカーターの腕を綿玉で消毒した。「乏血性ショックなんか起こされたら厄介だからな。外傷を落ち着かせてくれないし、こっちの役には立たなくなる」彼は注射器から余分な量を押し出した。「こいつはモルヒネ硫酸塩っていう、神さまがくれたちょっとした慰めの薬だ。打ったからって命が長らえるわけじゃないが、痛みに対しては効果てきめんだ。痛みを与えすぎたら思考が混乱してしまうのはわかっているが、おれはあんたが必要なんだよ、ジェレミー。少なくとももうしばらくは」注射を打たれると、カーターは顔をゆがめた。ほんの些細な傷でも、その痛みはダメージを受けた神経系のなかで跳ねまわった。「思いもよらないことが起こって生きながらえたとしても、一生中毒者(ジャンキー)でいることまちがいなしだ。まあ、そこに喜びが見いだせるはずだがな。ところで訊くが、あんたが教えてくれた住所はなんだったんだ？　誰がいたんだ？」

カーターはモルヒネ硫酸塩に支配され、意識の底に滑り落ちていくように感じた。

「そこに行かせた手下はまだ戻ってないんだろ？」

「あそこに何がある？」ＪＤは問いつめた。

カーターはうなだれていた顔を上げ、残ったほうの眼でＪＤを見据えた。ぼんやりとした顔が眼のまえにあった。

「すべてだ」彼は答えた。

27

捜査本部が置かれているシェパーズ・ブッシュ署で報告会議が開かれた。簡素で実用一点張りの三階建ての警察署で行なわれている会議は、血色のよい顔のリアム・ジェイムズ警部が精力的に仕切っていた。五十年の人生のうちの二十年を、ジェイムズ警部は北アイルランドのベルファストでテロリストの追跡と逮捕に費やしてきた。カーターの運転手とラグランの隣人の殺人事件を担当する上級捜査官（SIO）として、警部は動員可能な人員の指揮系統を一手に握っていた。が、その人員にも限りがあった。二件の殺人と一件の誘拐を中心にして世界がまわっているわけではない。

エディ・ローマンの関係者を取り調べた警察の迅速な手並みに、ラグランは感心させられた。この男についてはほとんど何もわからなかったし、JDとのかかわりについてもローマンは誰にも何も話していなかった。ところが、少なくとも一台の車を再塗装した痕跡がばっちり残っていた貸店舗が発見された。そこのハードボードの羽目板の裏に隠されていたナンバープレートをたどると、ロンドンの反対側にある中古車販売店にたどり着いた。警察に強めな言葉で言い含められると、店主はエディ・ローマンがターボエンジン搭載のサーブを二台、現金で買ったことを認めた。二台の色はシルバーとダークブルーだが、再塗装の現場の状況から、今は二台とも黒になっていると思われた。二台のサーブの情報とJDの顔写真が、街を巡邏するすべての警官に配られた。カーターの身を可能なかぎり護るため、JDに関する情報は新聞にもニュースチャンネルにも流していなかった。

満席の会議室でソロキナとアビーと一緒に坐っているラグランには、ジェイムズ警部が捜査員たちに発破をかけまくっていることがありありと見てとれた。今のところ、捜査は順調に進んでいる。突き止めなければならない重要な点がふたつあった——犯人たちの移動手段とそのアジトだ。

エディ・ローマンが病院の用務員をやっていたという線の捜査で、その病院で救急車が盗まれていたことが判明した。つまり犯人たちはカーターを生かしたまま次のアジトに運ぶ準備を整えていたということだ。盗まれた救急車は、いやでも眼につく大型のボックスワゴンのタイプではなく、緊急対応にあたる救急隊員を渋滞中でも迅速に運ぶことができる小型のステーションワゴンだった。しかし犯人たちが救急車も塗り替えているのか、それともそのままにしてサイレンと回転灯を使って渋滞を切り抜けるつもりなのかはわからない。現時点の捜査は盗難車の洗い出しと、二台のサーブの取り替えられていると思われるナンバープレートの追跡が優先されていた。捜査班は、警視庁のデータベースに保存されている過去二ヵ月分の盗難車記録を、昼夜を問わない働きぶりで調べ上げていた。ジェイムズ警部も認めているとおり、二ヵ月というのは犯人たちが誘拐と殺人の立案にかけたと思われる時間の大雑把な推量だった。この警部の読みが正しければ、盗難車輛の捜索に忙殺される警察の担当者たちは二ヵ月分いくらか楽になる。放置車輛が各警察署にレッカー移動され、ナンバープレートのない車輛はエンジン番号から所有者を突き止め、もともとついていたナンバープレートの番号を確認した。その番号は全捜査員と交通監視カメラのオペレーターに伝えられた。そうした骨の折れる作業が四十八時間足らずで完了した。

専門射手（SFO）たちがグレーター・ロンドン全域に配置されるとジェイムズ警部は言った。複数の捜査範囲がロンドン全区の内外で拡大されたり狭められたりする様子を、警部は背後のモニター上にパワーポイントで示した。そして、ロンドン滞在中のモスクワ刑事警察のSIOがSFOチームに同行することを歓迎する言葉で報告会議を締めくくった。

混雑した会議室から人が引いていくと、ラグランはうしろにマグワイアが立っていることに気づいた。ラグランが子供の頃、頭のなかで雷鳴が轟（とどろ）き、今にも世界が終わってしまうんじゃないかとびびっていると、母親に〝雷にうたれたみたいな顔をしてるわよ〟と言われたことを今でも憶えている。今のマグワイアはまさしくそんな顔だった。彼はソロキナとアビーには眼もくれずにラグランに向かってあごをしゃくり、ついてこいと指示した。まだ捜査員たちが残っている会議室から出ると、マグワイアはラグランに向きなおった。

「きみはロシア人と寝ているのか？」

マグワイアに知られていても、ラグランは気にしなかった。

「どうしておれを尾(つ)けた？」

「セーフハウスにいないからだ。あそこはきみの身の安全を確保する場所だ」

「そんなものは必要ない。自分の身は自分で護る」

マグワイアが自分の尾行にＭＩ６の人間を使うはずがないことをラグランはわかっていた。おおかたＭＩ５の〝物理的監視チーム(ウォッチャーズ)〟でも使ったのだろう。ウォッチャーズは世界最高の監視チームだ。彼らがひと部屋に五十人いても、全員が一般市民と区別がつかないだろう。

「ロシア人たちは、われわれの向こうを張るためならなんでも利用する。きみが籠絡(ろうらく)されたのだとしたら、この作戦全体が水泡に帰しかねない」

「おれは記録に残らない人間だ、忘れたのか？　おれがどうやってロシア語に磨きをかけていようが、あんたには関係ないことだ。じゃあな、マグワイア。いい一日を」

ラグランはMI6の男に背を向け、苛立ちを抑え込んだ。マグワイアにはどうすることもできないのに。部外者を使うことはリスクを伴うが、それを冒すだけの価値がおれにはある。ラグランはジェイムズ警部と銃を携行したふたりの私服警官、そしてソロキナ少佐がいるところにつかつかと歩いていった。マグワイアは苦虫を嚙み潰したような顔をした。情欲は簡単に無視できるようなものではない。これがソロキナの仕組んだ罠なのだとしたら、彼女のハニートラップは見事に決まった。が、ハニートラップであろうがなかろうが、ラグランは実にうまくやった。それは認めざるを得ない。自分もまだ現役だったらよかったのだが。マグワイアはそんなことを考えていた。彼女にその気があれば、自分だってベッドに連れ込んだだろう。彼は深く息をついた。そしてスパイならではの無表情の仮面をまた着け、会話に加わった。

パトカーで巡回するすべての警官は、各自が担当する区域を中心から外に向かってらせん状にめぐっていくルートを取ることになっていた。このやり方だとそれぞれのルートが交差する部分が生じ、廃墟や廃ビルのチェックがしやすくなる。問題は、そうした場所がやたらとあるところだ。なかには二十年以上も放置しているにもかかわらず、今なお上昇しつづける地価のせいで所有者が手放そうとしない物件もある。助手席に坐るラグランは腿の上に地図を載せ、事前に把握しておいた廃墟や廃ビルを指差し、アビーは頭に叩き込んでいる道路情報を駆使して裏道を行き来し、定番の渋滞スポットを回避して目的地に向かった。アビーの運転は素晴らしかった。いや、それ以上だった。ある通りでは、大型の建設用車輛が道をふさいでいると見るや慣れた手つきでバックし、別のルートを見つけてラグランが指定した場所にたどり着いた。ふたりは二時間で四カ所をチェックした。交通状況を考えると上々の成果で、それもこれもアビーの手腕のおかげだった。

「時間的にはよくやっている。食事は取れるときに取っておこう。何かテイクアウトできる店を見つけたら停めてくれ。おれが買ってくる」

アビーは道路から眼を離さなかった。ロシアの刑事が別の班にまわされたことを、彼女は内心喜んでいた。アビーとラグランは警視庁ではなくマグワイアの指示で動いていた。隣に坐る男の助手に任じられた満足感に胸が高まっていた。ラグランは数日分の無精ひげを生やし着たきりスズメで相変わらず口数は少ないが、彼がかけてくれた控えめな賛辞の言葉に、アビーは自信を膨らませていた。ラグランが銃を携行しているという事実にすら恐怖を感じなくなった。犯人の第一のアジトを発見したとマグワイアに報告したとき、アビーは銃のことは伝えなかった。伝えなかった理由は彼女にもわからなかった。それどころか、自分がこの男に向けている感情がなんなのかも、まったくと言っていいほどわかっていなかった。自分は当惑しているのだ。アビーはそう判断した。ラグランのような男にも、彼がやったようなことをする男にも、彼女はこれまで会ったことがなかった。

「あった」アビーは小さな店の張り出し屋根を見つけ、言った。「さっさと買ってきて。ここは駐車禁止だから」

ぶっきらぼうな指示に笑みが返ってきた。

「かしこまりました、奥さま」

アビーはため息をついた。

「殺人犯を追跡していて、ちょっと腹ごしらえしているところですだなんて、交通取締官に言えるわけないでしょ」

「最近はそう呼ばれてるのか？　駐車違反監視員じゃなくて？」

「立派なのは肩書ばかりで給料はスズメの涙よ」彼女は肩をすくめてみせた。「同情するわ」

「何がいい？」

「食べものと水」

ラグランには常に前方を確認する習慣が身に染みついていた。混じりっけなしの生存本能は決して失わなかった。テイクアウトカウンターに潜んでいる脅威は食中毒ぐらいのものだが、ここは危険なのか安全なのかわからない場所で、おまけに現時点では犯人たちが優位に立っている。ここは不測の事態を想定しておいたほうが賢明だ。

ロンドンのサンドウィッチの価格は想定の埒外だった。

28

ハマースミスの渋滞は忍耐を求めていた。女の他殺体が発見された住所に向かって運転手がサーブをじりじりと進めるなか、ＪＤは文句も言わずに坐っていた。どうしてそんなに気になる？　カーターが隠した情報を入手できる可能性がまだあるのなら、リスクを背負わなければならない。だからこそ、そのビルを自分の眼で確認しておく必要がある。

「そのまま進め」ＪＤは運転手に命じた。

「ほとんど動いてませんよ」そんな答えが返ってきた。西行き一方通行の通りは詰まっている。

「もういい」ＪＤは運転手に言い放った。「でも、この通りから急いで出る必要が生じた場合は歩道を使う」ＪＤが通りに並ぶ小さな商店や建物をとくと眺めているうちに、彼を乗せた車は目当てのビルに少しずつ近づいていった。玄関の警備にあたっている警官が見えてきた。ドア枠に青いテープがジグザグに張られている。警官はあごひげをたくわえ、高々としたヘルメットが長身をさらに高く見せている。両手を防刃ヴェストのポケットに突っ込んでいるが、腰の片側には銃を収めたホルスターが見える。銃の存在は、一般市民なら頼もしく思えるか、もしくは威嚇されていると感じるのだろうが、ＪＤのような人間にはほとんど気にならない。「とにかく先に進め」ＪＤは言った。

「ボス、渋滞がさらにひどくなってます」

「次の角を曲がれ。川の方向に戻ろう」

五十メートル前方で、渋滞中のハマースミスの商店街から車がどんどん抜けていく。助手席にＪＤを乗せたサーブは、青いテープが張られたドアまで四メートルのところまで来た。ＪＤは上を見た。通りに面したフラットはふたつあるようだ。境界壁を挟んで、花柄のカーテンがかけられた窓とブラインドが下ろされた窓がふたつずつ並んでいる。ステファンはカーターにだまされたということなのだろうか、それとも隣のフラットに移るときになんらかのトラブルに見舞われたのだろうか？　カーターがでたらめな住所を伝えたわけがない。そんなことをすれば、さらにひどい目に遭わされるのだから。ステファンがフラットに行ったときに何が起こったにせよ、死んだ女以外の何者かが絡んでいたにちがいない。ＪＤは確信した。警官はＪＤのほうさえ見ていなかった。黒いサーブはそのまま進み、退屈極まりない立哨警備を何時間も続けているせいで、ぼんやりしているのだろう。

カーヴの先に消えていった。

ジミー・ノリス巡査はどこからどう見ても退屈し切っている様子だったが、十七年にわたって街頭を見張りつづけてきたその眼から逃れることができるものはほとんどない。ノリス巡査は警察無線に顔を寄せて通話ボタンを押すと、車輛の特徴と登録ナンバーを胸のなかで再確認したのちに通報した。

慌ただしく食事を済ませたラグランとアビーは、テムズ川に向かって南下していた。と、そのとき無線から警報が入ってきた。

〈入電、入電。指名手配車輛のサーブを発見との報告あり。当該車輛はハマースミスのキング・ストリートからそれ、ウェスト・クロムウェル・ロード（A4）に向かっている模様〉

「近いぞ」ラグランが言った。「サーブが向かっている先に行ってくれ。まちがいない、JDはおれのフラットを確認しに行ったんだ。つまり目当てのものをまだ手に入れていないということだ」

三分後、アビーは南にハンドルを切った。

「サーブは東に向かってるんだぞ」ラグランは声をかけた。

アビーは、対向車線の通行量が少ない道を必死になって探していた。

「突っ切ります」

ラグランが拳銃を抜いた。アビーは不安げな眼を向けたが、ラグランは眼のまえの道に集中している。突如として両の手のひらがじとついてきた。アビーは片手をハンドルから離してジーンズで拭き、もう片方も同じことをした。ラグランは顔を向けなかったが、それでも彼女の緊張は見てとれた。

「とにかく集中しろ。おれたちより先にパトカーが発見するだろう。やばいことになんかならないはずだ。追いつくことだけを考えてくれ」ラグランは穏やかでゆっくりとした、焦りをまったく見せない声で言った。

「ヘリコプターの支援は受けられないかしら？」

ラグランはかぶりを振った。

「雲が低すぎる」

アビーはこまめにシフトチェンジし、何本かの脇道で出たり入ったりを繰り返した。また姿なき声が入ってきた――サーブが進行方向を変えた。発見した警官によれば、工事渋滞に巻き込まれていたという。警察の熱のこもった捜索態勢に感づき、ＪＤが逃げ出さないことをラグランは祈った。標的に気づかれないように静かに接近したのちに動きを封じ、武装警官のチームがサーブを包囲する指示が出されていた。

ラグランは口を閉ざしつづけていた。速度を上げて先に進むことは不可能だった。アビーがアクセルペダルを踏み込むのは車間距離が開いたときだけだった。自分たちが今どこを走っているのかラグランには皆目見当がつかなかったが、アビーはすでに頭のなかに現在地より先の通りを見ていて、そこまでの道順をつぶやいていた。

また渋滞にぶつかった。アビーは毒づいた。苛つく運転者のまえに割り込み、交差点を突っ切った。そのときに縁石に乗り上げた。パニックにも似た苛立ちが彼女の声を険のあるものにした。

「ごめんなさい、すみません……」

「大丈夫だ。きみはよくやっている」ラグランはそんな声をかけてやったが、それでも自分ならもっと速く、もっと荒っぽい運転で先に進んでいるだろうと思っていた。席を替わり、彼女の指示で自分が走らせようかと考えたが、目的地までのさまざまな道順が頭に入っている人間がそのルートを運転手に伝える場合、本人が運転するとき以上のタイムラグが生じる。

〈対象はエディス・グローヴを走行中〉通信指令係の声がそう教えてくれた。

「テムズ川に向かってる」アビーが言った。「別の道を行かなきゃ。ドジった」

アビーは車をいったん停めると右折し、脇道に入ると停車した。彼女は眼を閉じた。ラグランは待った。アビーは口をほとんど動かさずにささやいていた。頭のなかでルートをチェックしているのだ。アビーの眼が開いた。「わかった」

そしてアクセルを踏み込んだ。

白バイ隊員が接触事故現場の交通整理にあたっていた。パトカーが道を半分ふさぐようにして停まっていて、警官のひとりがへしゃげた自転車を引きずって路上から排除し、その持ち主の少年は縁石に腰を下ろしていた。車が一台停まっていて、もうひとりの警官が不安顔の運転者を聴取している。

サーブは減速した。ＪＤは窓を下げて確認した。

「なんてことはない」彼はホルスターから銃を抜き、座面と腿のあいだに差し込んだ。本当に事故が起こったみたいだが、今は思い込みは避けるべきだ。まえに並んでいる車に前進するよう合図していた白バイ隊員が、サーブが来たところで手で制した。

「止まって！」白バイ隊員は大声で命じ、運転手を見た。運転手は身をこわばらせ、ギアを一速に入れて突破する準備を整えた。

ＪＤはそっと声をかけた。

「やめろ」

サーブを止めた白バイ隊員が対向車を通してやった。その車が通り過ぎていくと、白バイ隊員はＪＤたちに進むよう手で合図した。渋滞に対応する警官に、ＪＤは通り過ぎざまに笑みを向けると、シガーライターソケットを電源にしたカーナビの画面を見た。ナビが提示してきたルートと周囲を見比べると、そのまま直進するよう運転手に手で指示した。

「百八十メートル先で右折だ」

ラグランは前方を見まわした。助手席で前のめりになり、通り過ぎる脇道すべてに眼を走らせた。ふたりを乗せた車は交差点で停まった。進みたい方向の信号が変わるのを待っていると矢印信号が点灯し、その方向に進みたい車が通過していった。その列の四台目は古いタイプの黒いサーブだった。

「あいつだ」ラグランは声を荒らげることなく言った。ここでアビーを慌てさせたくはない。「いま通り過ぎていった。Ｕターンしろ。反対車線に入るんだ」

問いただしている時間はアビーにはなく、すぐさま言われたとおりにした。ハンドルを急回転させて信号待ちの車列から抜け、対向車のあいだに割り込んだ。クラクションの怒号が鳴り響いたが、それでもアビーは黒いサーブと同じ方向に車を向けた。

「見えないけど」

「それでいい。十台ぐらい先にいる。乗っているのはふたりだ」

アビーは眼のまえに連なる車に眼を凝らし、先にある緩やかなカーヴを曲がっていく黒い車を見つけた。

「見えた！」

「向こうから見られないようにしろ。絶対にまえには出るな」ＪＤまでの距離は百五十メートルほどだとラグランは見ていた。なんらかの理由で向こうが停まれば、車から降りて全力疾走すれば追いつける。ウサイン・ボルト並みとまではいかないが、二十秒もかからないだろう。が、万が一撃ち合いにでもなれば、ＪＤはどんな手を使ってでも捕まらないようにするだろう。周囲にいる無関係な人々をなんのためらいもなく標的にして、騒動を起こすだろう。あの男を封じ込めるにはしかるべき場所が必要で、そのあとでおれが片をつける。ラグランは頭のなかでこれからの展開を想定した。運転手を撃ち殺して逃走を阻止し、それからＪＤを殺さない程度に撃つ。前段はいいとして、後段は無理だろう。こっちが銃を撃った時点で、ＪＤも撃ち始めているだろう。結局のところ、あいつを素早く仕留めなければならない。

張りつめた顔でハンドルを握るアビーの気を静めようと、ラグランは落ち着いた声で言った。

「大丈夫だ。この速度を維持すればいい。まだ仕掛けるタイミングじゃない」

「どこかの橋を渡るつもりよ」アビーは言った。隠そうにも隠せない動揺の色を帯びた声だった。

「あの男の車を見失わなければそれでいい」ラグランはさらに言い聞かせた。

ポルシェがクラクションを鳴らしながらふたりの車を追い越し、無理やりまえに割り込んだ。運転者はアビーに中指を突き立てた。

「この馬鹿！」彼女はそうわめき、ブレーキペダルを目一杯踏み込んだ。

黒いサーブの運転手は背後で聞こえたクラクションに何かを察し、ルームミラーで確認した。助手席のJDは坐ったまま振り返った。ポルシェがルール無用の追い越しを繰り返し、ふたりの車の横を爆音をあげて通過していった。JDは走り去っていくポルシェを見送った。何もおかしなところはなかったが、それでもいざというときは必ず本能が働いて命拾いしてきた。JDは再度振り返り、そしてサイドミラーを見て、背後に連なる車の列をチェックした。四台うしろの車が列から鼻先を出したかと思うと、また元の位置に戻った。

「どう思います？」その車の動きをバックミラーで確認していた運転手が言った。

「確かめろ」

運転手はうなずくと、前方の隙間を見つけてアクセルを踏み込んだ。

「動きを見せたぞ」ラグランは言った。「落ち着くんだ。可能ならそのままついていけ。引き離そうとしているのかもしれない」

「それはないと思う。こっちに気づいたはずがない」アビーは自信ありげに言った。

ラグランがこの位置をキープしろと指示するより早く、アビーは車の列からはずれてアクセルを踏み込み、また一台追い越した。またクラクションで怒鳴られた。ミスを犯したことに気づき、アビーは小声で毒づいた。

JDはサイドミラーから眼を離さずにいた。

「どうだろう、難しいところだな……ここは安全策でいく。引き離せ」彼は淡々と命じた。

運転手はギアを二速落としてアクセルを目一杯踏み込むと、前方とバックミラーを交互に見ながら、対向車が避けざるを得ない速度で反対車線を疾走した。

今度は切迫した声でラグランは言った。

「気づかれたぞ。追え！」

アビーの運転技術では犯人の運転手に太刀打ちできなかった。彼女もシフトダウンして追い越せるスペースを見つけようとし、クラクションが鳴りまくる対向車線に突っ込んでいった。

「レッドゾーンまでまわせ！」ラグランが言った。

アビーはパニックに陥っていた。

「なんて言ったの？」

「二速に落としてアクセルを踏み込んで、エンジンをレッドゾーンまでまわせ！　限界まで吹かすんだ！　やれ！」

アビーは言われたとおりにした。エンジンが抗議の悲鳴をあげた。

「その調子だ！　レッドゾーンでまわしつづけろ！　今は馬力が必要だ！」

前の車が左に大きくそれた。いきなりの急ハンドルで、その車はスピンした。

「離されるな！　別の橋に向かっているぞ！」

アビーは左折しようとしたが、大型トラックに阻まれた。

「直進しろ！　チェルシー・エンバンクメントで追いつくぞ！」ＪＤのサーブから眼を離さずにラグランは言った。

アビーはなかなかの運転をしていたが、無理が目立ちつつあった。ふたりが追跡している車はこまめにシフトチェンジしながら橋に向かっていく。アビーは頑張ってあとを追おうとしたが、渋滞に阻まれた。ラグランは車から勢いよく飛び出し、ウェストバンドに拳銃を押し込むと、橋に向かって全力で駆けていった。すぐに渋滞の元凶が見えてきた。橋のたもとで一台の車がエンストし、エンジンがかからない状態になっていた。JDの車はすでに渋滞を切り抜け、橋の向こう側にいた。ラグランは橋の欄干によじ登ってあぶなっかしくバランスを取り、向こう岸に眼を注いだ。黒いサーブは遠くの車の流れに呑み込まれていった。

ラグランはゆっくり走って車に戻り、助手席に腰を下ろした。アビーは汗ばんだ顔でハンドルをぎゅっと握りしめたままでいた。

「JDはもう行方をくらました」

「ごめんなさい」

「謝らなくていい。きみはよくやった。なみたいていのことじゃない」ラグランはそうアビーに言い聞かせた。

アビーはうなずきで謝意を示した。普通ならこっぴどく叱りつけられてもおかしくないところだが、それでもラグランはとがめなかった。むしろその正反対だった。ほめてもらって気は楽になったが、それでも自分ではなくエレナ・ソロキナが運転していたら犯人たちを捕らえていたかもしれないという思いを振り払うことができずにいた。

「運転できるか？」ラグランが訊いてきた。

「大丈夫」アビーは車をゆっくりと出し、車の流れに乗っていった。

ラグランは情報をマグワイアに伝えた。

「捜索範囲を狭めろ。あいつはテムズ川の南にいる」

29

雨粒が路面に踊り、車の屋根をスネアドラムのように叩いていた。街灯を覆い隠すほどの土砂降りの雨のなか、ラグランとマグワイアはビルの入り口あたりで身を屈め、通りの向かい側にある、捜査本部が置かれているシェパーズ・ブッシュ署から出てきて、玄関先で同格の警官たちと握手するソロキナを見ていた。

「惜しかったな」マグワイアはそう言い、ラグランがJDを捕らえる一歩手前だったことを考え、頭を振った。

「これがアビーじゃなかったら、まだ渋滞のただなかにいるところだ。それにおれたちはついていた。まだ運に見放されるわけにはいかない。とにかく突破口が必要だ」

「ラグラン、われわれに必要なのはカーターがすべてを隠した場所と隠した理由を突き止めることだ」

「理由はどうでもいい。腕利きの情報部員だって身の危険を感じることがある。カタールを訪れたあとで、カーターはＪＤとあいつの雇い主たちに狙われていることに気づいていたのかもしれない。なんとも言えないが。向こうが手の内をさらけ出すように仕向けたのかもしれない。連中は行動に出て、カーターはその備えができていなかった」ラグランは署の玄関で待っているソロキナを見た。「この一件におれを引き込んだとき、あんたは必要なものはなんでも提供するって言ったよな」彼はマグワイアがさしていた傘をひったくった。

「こいつが要る」

マグワイアが文句を言うより早くラグランは雨のなかを署の玄関まで駆けていき、ソロキナに傘をかざして通りまでエスコートした。マグワイアは彼をしばらく見つめ、そしてフッと笑った。そこまでの関係に持ち込んだか。意外と、言い寄ったのはソロキナのほうかもしれない。水溜りをはね散らしながら待たせてある車に戻りながら、マグワイアはふとそんなことを考えた。動き出した車のなかから、マグワイアはアビーを見つけた。彼女は署を見渡せる位置に駐車していて、ラグランとソロキナは傘の下で腕を組んでいる。アビーの心を読むことができたら、マグワイアは驚いただろう——彼女がこれほどまでに嫉妬深いとは……

ラグランはソロキナが泊まっているホテルに行くようタクシーの運転手に告げ、彼女にはこっちの伝手を使って廃墟探しをテムズ川の南側に絞り込むようにうながした。彼はハマースミス駅に向かい、地下鉄に十分弱乗ってターンハム・グリーン駅で降りた。そこからベッドフォード・パークのカーターの家まで歩いた。まだ配置されている公認射手は、ラグランだとわかるなり道路に設置されつづけている警戒線を通した。

「何かわかった？」ラグランを迎え入れるなり、アマンダは訊いた。

「捜索範囲は狭まっている」

彼はアマンダを抱きしめたが、最初は拒まれているように感じられた。慰められると、いちど決めた覚悟が砕かれると思っているかのように。それでもラグランの力強い抱擁に屈すると、彼の肩に顔を埋めた。ラグランはしばらく抱きしめたのちに、彼女の髪に口づけした。数秒後、アマンダはそっと身を離した。両眼は涙で光っていた。

「夕食は食べていくでしょ？」

「もちろんいただくよ。子どもたちは？」

「ふたりとももう食べたわ。スティーヴンはそこにメリッサと一緒にいる」アマンダはそう言い、娯楽室をあごで示した。そしてためらいがちに言った。「普段なら、ジェレミーがあの子をお風呂に入れている頃合いなの。それはわたしがやるから、あなたはあとで読み聞かせをやってくれないかしら？」

「いいよ」

礼は必要なかった。アマンダの感謝の言葉は笑顔に書かれていた。ラグランは子どもたちがテレビを観ているデイルームに向かった。スティーヴンは顔を上げ、なんでもいいからわかったことを教えてほしいと眼でせがんだ。ラグランはさっとかぶりを振って応えた。

メリッサがソファから飛び下りて駆け寄ってきた。

「やあ、元気にしてたか？　何を観てるんだ？」ラグランはそう言いながらメリッサを抱え上げ、くるくるとまわった。

「つまんない番組よ。パパは一緒なの？」

「ちがうよ、おちびちゃん。でももうすぐ帰ってくる」

「よかった。だってパパの絵を描いたんだから」

「見てもいいかな？」

「いいわよ、でもパパには内緒よ。サプライズプレゼントなんだから」

「約束するよ」ラグランはそう言い、五歳児に導かれていった。「お母さんがメリッサをお風呂に入れてくれるって言ってたぞ」彼はしょんぼり顔のティーンエイジャーに声をかけた。「おれたちは走りにいかないか？」

「そんな用意してないじゃないか」少年はそう応じた。一緒にはいられないとラグランに言われることを見越して言ったのだろう。

「お父さんのを使えるぞ。足のサイズは大体同じだ」

スティーヴンはソファから飛び起き、ちょっと前よりも大きな笑みを浮かべた。

「ぼくが用意する」


ゲストルームに置かれた年代物の衣装箪笥の上にセミオートマティックの拳銃を隠すと、ラグランはカーターのトラックスーツに着替えた。スティーヴンは以前より元気になっている。そろそろ家を支配している圧し潰されるような空気から解放させてやらなければ。外出には当直の警官たちから許可を得なければならなかった。近所の通りで一時間ほどジョギングする程度なら、何か危険なことが起こる可能性はほとんどないというのに。ラグランは走るルートと帰ってくる時間を警官たちに伝えた。警官たちは捜査本部に指示を仰いだ。数分後、上層部がスティーヴン・カーターを連れ出そうとする男の身元を確認すると、外出許可が出た。

ふたりはランニングを開始した。出だしこそゆっくりのんびりのジョギングだったが、しばらくするとラグランはペースを上げ、少年に無理をさせようとした。激しい運動は集中力を高めてくれる。二十分後に肺が空気を求めてずきずきと痛むようになるとラグランは走りを緩め、カーターが血のつながらない息子にほかに何か話していないか、やんわりと探りを入れていった。その問いかけに、スティーヴンはふたたびペースを上げることで答えた。記憶から走って逃げているように見えた。ラグランは難なくついていった。

「落ち着け、スティーヴン。おれが言ってるのは、まだ何かあるかもしれないってことだけだ。単語でもなんでもいい、お父さんが車のなかで言って、きみが忘れてしまっているものはないかってことだ」

少年は突然足を止め、怒りを顔に浮かべた。

「ぼくを苦しめて何がしたいの？」スティーヴンは声を張りあげた。「思い出したくないんだよ！」

ラグランはスティーヴンの両肩を摑んだが、あっさりと振り払われた。

「あなたは味方だって思ってたのに」少年は訴えるように言った。

「おれはきみの味方だ。それはまちがいない。でも今のところは何もわかっていないし、手遅れになる前にお父さんを見つけなきゃならない。それが現実だ。だからおれは厳しくいくことにした。ひどいと思われてもかまわない。なぜなら、お父さんと最後に一緒にいたのはきみだからだ。お父さんは、ほんの数秒のあいだにものすごくたくさんの情報をきみに伝えようとした。どうしてお父さんが怒鳴るように言ったと思う？　きみの心に刻みつけたかったからだ。〝サーヴァル〟という言葉とか〝JD〟というイニシャルネームとかおれのフラットの住所と鍵の隠し場所とか、全部きみに無理やり憶えさせた」ここでラグランはなだめるような口調に切り替えた。「スティーヴン、待ち伏せのような攻撃は、たぶん開始から撤収まで三十秒もかからない。お父さんは指示と名前、それとひとつかふたつ、もしかしたら三つの言葉ぐらいしか伝えられなかった。それを全部、お父さんはきみの頭に叩き込んで、そしてきみは生存本能のなせるわざで脳に詰め込んだ」

スティーヴンはその場にしゃがみ込み、両手で頭を抱えた。そして頭を左右に振った。

「何も言われていない。父さんはほかには何も言わなかった。言われたことは全部あなたに話した」

「銃撃が始まったときのことを思い出してみろ。お父さんはきみの体を摑んだ。そしてきみの眼を自分に向けさせた。さぞかし怖かったことだろう。きみは銃を持つ男たちを見ていたかったんだろうが、お父さんは自分の言うことを聞かせた。無理やり顔を向けさせられたんだろ?」ラグランは言った。カーターの長年の諜報活動が、そのわずか数秒のなかに凝縮されていたのだろう。この子が憶えている以上のことを言ったにちがいない。

スティーヴンはこくりとうなずいた。

「どこに逃げればいいか、父さんは言った。あなたのフラットにどれくらい居つづけるかも。JDっていう、あのイニシャルネームも口にした。父さんは怒鳴ってた。あんなに怖がってる父さん、これまで見たこともなかった……」そこでスティーヴンの声は途切れた。

ラグランは苦悩するティーンエイジャーの横にしゃがんだ。

「眼を閉じてみろ。あのときのお父さんの顔を思い浮かべるんだ」彼は優しく言った。「思い出せ。お父さんはきみに指示を出した。今度はお父さんの口元を思い出せ。何か言ってないか？　お父さんはほかに何かしたり言ったりしてないか？」

スティーヴンは顔を上げた。両眼には涙があった。車のなかでの恐怖の瞬間の最後の部分を思い出そうとしていることが見てとれた。

「父さんは……ぼくの顔を引き寄せて……愛してるって言った……そうだ、父さんは自分の口をぼくの耳に近づけて……それから……ぼくのことを愛してるって言った。そしてぼくを車から押し出した。それから走って逃げた」

少年の心の眼は、意識のなかに組み込まれた映像記録装置のなかを探った。そして法医考古学者が埋葬された亡骸からブラシを使って土粒を払うように、埋もれていた記憶をそっと掘り起こした。スティーヴンは一瞬だけ驚いた顔をした。

「ほかにも何か言ってた……愛してるって言ったあとに……父さんは……」それから戸惑い顔になった。「〈星〉って言ってた……」

家に戻り、スティーヴンがシャワーを浴びているあいだに、ラグランはマグワイアに電話を入れた。カーターは最後の最後に謎の言葉を自分の息子に託した。ふたりは数分にわたって〈星〉という言葉についてやり取りした。パブの店名？　プラネタリウム絡みの何か？　どれも意味をなさなかった。マグワイアとしては部下たちを使って調べさせるしか手がなかった。次にラグランはソロキナに電話をかけ、ハンガリー人の〝知人〟に調べてもらうよう頼んだ。ラグランもゲストルームのバスルームでシャワーを浴び、それからアマンダに〈星〉という言葉に何か思い当たる節はないか訊いた。彼女もわからなかった。ラグランはカーターの書斎に入り、馴染みの部屋を再度調べてみた。ＭＩ６の家宅捜索班はデスクトップパソコンもノートパソコンも、おまけに携帯電話も何もかも押収していて、まだひとつも返却していなかった。アマンダが使えるのは固定電話だけで、それもＭＩ６がいまだに傍受しているにちがいなかった。いくら探しても何も手がかりは見つからず、ラグランは負けを認めた。ラグランはアマンダが用意した夕食をふたりで食べたが、彼女は料理をフォークでいじくるばかりでほとんど口に運ばなかった。どうしようもないほどの無力感が家に充満していた。結局アマンダは皿の中身をごみ箱に捨てた。

「メリッサはわたしのベッドで寝ているの。読み聞かせしてあげる時間はある？」

「もちろんある」

アマンダはうなだれ、流し台にもたれかかっていた。一瞬ラグランは、彼女を支えていた気力の細い糸が限界を迎えてしまったと悟った。

「アマンダ？」ラグランは穏やかな声でそう言い。早足で彼女に駆け寄った。

抱きしめられるより早く、アマンダはかぶりを振った。

「やめて」苦しみの色がありありと見える声で、彼女は小さく言った。振り返り、ラグランを見た。「今のわたしは、優しくされすぎると崩れちゃいそう。わかってくれる？」

ラグランは了解した。

30

メリッサにせがまれて絵本の読み聞かせを二回したせいで、ラグランは思っていた以上に長居してしまった。もちろんスティーヴンにもランニング以外の時間を割いてやらなければならなかったので、彼の父親の役割を買って出た男のことを話してやることができた。子どもたちと共に過ごしながら、心のなかではカーターが息子に託したヒントの意味を探し求めていた。一体全体、〈星〉が意味するものとはなんだ？　あまりにも漠然としていて、ラグランはいまだに何もわかっていなかった。すぐにわかるはずだとカーターが考えていたのだとしたら、彼は自分で自分の首を絞めてしまったことになる。そしてこの言葉の意味を解き明かすことができなければ、カーターはついには拷問に屈してしまうだろう。つまり悪党どもが勝利を収めるということだ。彼は義理の息子にすらほんのわずかな情報しか与えていなかった。いかなる状況下でも情報部員に徹するカーターは、ＪＤがスティーヴンを捕らえても、怯え切ったあの子の心に植えつけた必要最低限の手がかりしか得られないようにしたというわけだ。カーターは待ち伏せ攻撃を受けた時点で死を覚悟し、そして愛する息子に秘密を受け継がせた。

スティーヴンの気を落ち着けさせ終えた頃には、タクシーは通りからいなくなっていた。ラグランは地下鉄の駅ではなく自分が借りた部屋の方向に足を向けた。なおも降りつづく霧雨で街明かりがやわらかく見えた。バスが水溜りをはね散らして通り過ぎていった。曇った窓に頭をあずけて寝ている乗客の姿が三つか四つ見えた。数時間の安全と温もりを求める路上生活者たちだ。部屋を借りた建物の周囲をまわって、マグワイアの部下が見張っているかどうか再確認する必要はなかった。彼らはこっちの居場所をわかっているし、この監視よりも重要なことがある。夜の街を歩きながら、ラグランは考えつづけた。そしてある考えに至った。彼はソロキナに電話した。

「思いちがいをしていた」ラグランは言った。「JDはアルバート橋を通って南に渡った。おれたちは渋滞に巻き込まれた。全員の眼はテムズ川の南に向いている。おれだったら、あの橋を渡って公園をぐるりとまわる」ラグランの心の眼は、アビーと一緒に街を走りまわっていたときに腿の上に広げていた地図のバタシー・パークに注がれていた。「それからチェルシー橋を渡って戻る。まちがいない、JDは川の北側にいる。あいつのやったことは全部北側で起こっている。待ち伏せも、最初のアジトも、そしてエディ・ローマンも北側の人間で、地元を知り尽くしていた。あいつらはまだこっち側にいる。時間を無駄にしてしまった。ハンガリー人たちの眼をこっちに戻してくれ」

ラグランはマグワイアにも電話し、同じことを伝えた。カーターの命を左右しかねない貴重な数時間を無駄にしてしまった。その鬱憤をここでぶちまけても仕方がない。

部屋にたどり着いたとき、ラグランはびしょ濡れになっていた。旅行かばんに入れておいた服に着替えると古びたベッドに寝転がり、自分のフラットから一冊だけ持ち出していた本を開いた。このアラビア語の本を使って、カーターは自分がカタールを訪れていたことを伝えた。それ以外にも何かあるのだろうか？　搭乗券が挟まれていたのは十世紀のアラビア天文学についての章のページで、星と星座の名前が記されていた。カーターが最後の瞬間に必死になって息子に伝えた言葉の手がかりがあるとすれば、まちがいなくここだ。ラグランは砂漠で長い時間を過ごしてきた。砂漠での位置確認には全地球測位システムだけでなく天測法も使っていた。そんな彼がこの本にじっと眼を走らせても、カーターの言わんとすることはまったくわからなかった。表には二百の星と星座が載っていた。彼はページに記されたさまざまなアラビア語と、それにあたる英語を書き出していった。数時間後、朝になって街灯が消える頃までに得たものといえば首の凝りと、カーターが残した足跡がなんであれ、それをたどってもどこにも着かなかったことへの苛立ちだけだった。

窓の下の広い道路の左右に眼を走らせると、朝のラッシュがもう始まっていた。アビーが左車線の縁石に車を寄せ、待っていた。マグワイアはこっちの居場所を彼女に伝えたということだ。ここのことは誰にも言わずにいてくれたほうがよかったんだが。アビーは混雑した街なかを走りまわる足としては便利だがマグワイアの部下だ。こっちが話したことは全部ボスに伝わっているとみてまちがいない。ラグランはウェストバンドにセミオートマティックを差し、心に決めた。今日の索敵が終わったら、また部屋を移ろう。本に栞(しおり)を挟んで閉じようとしたそのとき、窓から射し込んできた鈍い光が、ごくごくかすかな鉛筆の印を浮かび上がらせた。平らに置いた本に真横から光が当たったことでなんとか見えた印だった。それだけで充分だった。ラグランは携帯電話を耳に当てながら階段を駆けおりていった。

「マグワイア、カーターは〈アルニラム〉（オリオン座の三連星の中央にあるイプシロンのこと）というアラビア語の星のところに印をつけていた。直訳すると〝真珠の帯(ストリングス・オブ・パールズ)〟だ」

「それにいったいどんな意味があるというんだ？」苛立たしげな声が問いかけてきた。

ラグランは待っているアビーの下に急いだ。

「おれに訊かないでくれ。この市(まち)はあんたの縄張りだ。あんたが考えろ」彼は車に乗り込むと、携帯電話の送話口を手で覆い、アビーに尋ねた。「〝ストリングス・オブ・パールズ〟という言葉を聞いたことがないか？　場所でもなんでもいい」

　アビーはかぶりを振った。

「パブの名前みたいだけど」

「マグワイア、あんたの部下たちに調べさせてくれ。それから――」

　アビーがラグランの腕に手をかけた。

「待って。〝ストリングス・オブ・パールズ〟って千年紀(ミレニアム)祝典の何かのことよ。あのとき、普段は非公開のいろんな建物が一般公開されたの。父がそんなことを言ってたけど……」

　自分の情報の薄さに気づき、肩を落とした。

「いまアビーが教えてくれたんだが、二十年近く前の千年紀の祝典で一般公開された建造物に関することらしい」

「そのことは憶えている。しかしラグラン、そんな昔のことをいったいどうやって掘り返すというんだ？　あのときは何十もの施設が公開されたんだぞ」

「そのなかのひとつに、カーターとのなんらかの関連のある施設が……」送話口を手で覆って指示を出しているマグワイアの大声が聞こえてきたかと思うと、また元に戻った。

「彼が軍に入る前にやっていた何かとのかかわりかもしれない」ラグランは話を続けた。

「学生の頃のことかもしれない。法廷弁護士(バリスター)をやっていた頃かも？　彼は陸軍で何年も過ごした。そうしたつながりだ。廃墟と廃ビルの調査は進めるが、施設のリストをあとで送ってくれ」

マグワイアは電話を切った。

「どこに行く?」アビーが言った。ラグランに命じられたら世界の果てまで車を走らせてもいいと考えているような、愉しそうな顔で。

ラグランは地図をいったん広げ、目的の地域が見えるようにしてから四角くたたんだ。

「テムズ川の北側を調べつづける」

わたしたちが追っている男は南側に逃げたじゃないの。思わずアビーはそう言い返しそうになったが、何も言わずにおいた。ラグランがそう判断したのなら従うしかない。彼女はハンドルを切り、朝のラッシュのなかに車を入れた。それから十五分にわたって、アビーは渋滞ポイントや道路工事を切り抜けつづけた。のんびりと言っていいぐらいの市中ドライヴだった。彼女はひとつ息を吐き、胃のあたりの落ち着きのなさを抑えた。

「あのね、両親があなたを夕食に招きたいって……」

ラグランはアビーをちらりと見た。

アビーは肩をすくめてみせた。

「あなたのことが気に入っちゃったみたいなの。父がそんなこと言ったのはこれが初めてで、それで……」

「それは光栄だな」

アビーは気恥ずかしさで顔を赤らめ、うなずいた。

「先に言っておいたほうがいいわね――その夕食は父特製の辛いカレーよ。彼は忙しい人だからって言っておいたから、無理しなくていいわよ。本当にいいから。どうせたいしたことじゃないし」

「そこまで気を遣わなくてもいいよ、アビー。今日の捜査の進み具合次第だが、招待はありがたくお受けする」

アビーは顔をパッと明るくさせた。

ラグランの携帯電話が鳴った。ロシア人の女の声がアビーの耳に届いた。

「面白そうなものが見つかった」ソロキナは言った。「警察の車でイースト・ロンドンのある場所に向かっているところ。廃工場よ」

ラグランは携帯電話を胸に押し当て、アビーに行き先を指示した。

「イースト・ロンドンだ」

アビーはうなずいた。「聞こえた」

ソロキナとふたりの警官のやり取りが聞こえてきたが、しばらくするとまた電話に戻った。ラグランはスピーカーフォンにして、アビーにもソロキナの指示が聞こえるようにした。

「そこはコマーシャル・ロードにあって、あなたたちが一番近いところにいる。わたしの知人の話では映画のロケに使われることがあるらしいの。四週間前にも現金払いで貸し出されたけど、わたしが問い合わせるまで誰も貸した相手のことは調べなかった。その映画会社は存在しなかった」

ラグランはアビーを見た。彼女はかぶりを振った。

「そこまでは一時間かかる。よその区の武装対応車輛(ARV)を送ることはできないの？」

「おれがじかに行きたい」ラグランはそう応じた。ハンターの本能が獲物を察知していた。

「でも警察が先に行って現場を確保しなかったら、あなたが追っている犯人たちがそこにいた場合は逃げられてしまうかもしれない」アビーは言い募った。

ラグランはうなずいた。彼女の言うとおりだ。指をパチンと鳴らしたら現場に瞬間移動できればいいんだが。もちろんそんな魔法が使えるはずもない。彼は携帯電話を口に近づけた。

「近くの署のARVを派遣しろ。厳重な警戒線を敷いて、ネズミ一匹逃がさないようにしろ。周辺の通りを封鎖するんだ。サイレンは厳禁だ。現場に警察が到着したら今の指示を伝えてくれ。おれたちも急行する。エレナ、きみも来るんだ」

アビーはもう渋滞の切れ目を見つけていたが、得体の知れない嫉妬がまた襲ってきた。ラグランがロシアの女刑事のことを姓ではなく名前で呼んだ。アビーはシフトダウンしてアクセルペダルを踏み込んだ。黒いサーブを追跡していた昨日より自信に満ちていた。

ラグランは先の道路を見つめつづけていたが、頭のなかではさまざまな考えが錯綜していた。銃器を使った凶悪犯罪に対応する公認射手たち（AFO）は腕っこきぞろいだが、その廃工場にJDが潜んでいるとすれば武装した手下たちもいるだろうし、それが何人いるのかは知りようもない。銃撃戦になれば、あの男に囚われているカーターは巻き込まれてあっさりと死んでしまうだろう。廃工場への突入は、こうした状況に備えて訓練を積んでいる襲撃部隊か、もしくは警視庁銃器専門司令部の対テロ専門射手班（MO19CTSFO）が必要だ。彼らがいればまさしく鬼に金棒だが、JDが誘拐と殺人で指名手配されたことで捜査本部主導の単なる武装した男たちの追跡になってしまったから、指揮系統からははずされている。

アビーがブレーキペダルを強く踏み、ノロノロと走る車を回避した。

「安全第一でいけ」ラグランはそう指示した。「最短ルートを探せ。でも無事に到着しなければ意味がないからな」アビーの気をいくらかでも楽にしてやろうと、彼は笑みを向けた。「ご両親をがっかりさせるわけにはいかない。こっちはロンドンに戻ってからこのかた、まだカレーを食べてないんだから」

31

現地に近づくと、通りの手前と奥に、ストライプ模様の警察車輛が斜めに停められているのが見えた。フロントウィンドウに二枚張られた丸く黄色いステッカーが、その二台が武装対応車輛（ARV）だということを示していた。公認射手（AFO）のひとりが手を振ってラグランたちの車を停止させ、その相棒が小火器を肩に当てていた。ラグランは助手席の窓を下ろした。

「ミスター・ラグランですか？」

「そうだ」

「あなたが来ると連絡がありました。われわれは二十分前に到着しました。通りの両端は封鎖済みです」

マグワイアが話を通してくれていたことに感謝しつつ、ラグランは車から降りた。

「きみはここにいろ」彼はアビーにそう指示すると、もうひとりのAFOに向きなおった。

「彼女を見張っておいてくれ。誰もまだ先に進むんじゃない」誰かが立てたやたらと大きな看板にラグランは眼をやり、ニヤリとした。

「副署長が陣頭指揮を執っています」ＡＦＯはそう言い、もう一台の警察車輛のところにいる制服姿の上級職を示した。ラグランはうなずくと女性副署長に向かってつかつかと歩いていった。

「あなたがラグラン？」やって来た彼に向かって副署長が言った。ラグランはそうだとうなずいた。この女はシェパーズ・ブッシュ署での捜査会議にはいなかった。「全面的に支援するよう言われています」そこで副署長は言いよどんだ。「あなたがどこの誰だかは知らないけど」

プライドを傷つけられた上級職をとりなしている暇なんかない。嘘をつくほうが手っ取り早い。

「私は人質解放交渉官です。あなたの部下たちを下げてください。われわれがつかんでいる情報の精度と、なかにいる人数はまだわかっていません」

副署長はタブレットを立ち上げ、廃工場の空撮写真を表示した。

「ここの裏は曳舟道のある運河になっています。建物の両端にＡＦＯを一名ずつ配置してあります。正面の窓は右上のもの以外は板張りされています。右上の窓からは通りを見渡せますが、こっちの人員は仮囲いの陰にいます」副署長はそう言い、隣の敷地をぐるりと囲む高い木製の塀を示した。「だから向こうの眼に留まることはありません。ここへの進入路はすべて封鎖済みです。周辺住民には運河の油槽船から有害な化学物質が漏れたと説明してあります。見つかる恐れがあるのでドローンは飛ばせませんが、ポールカメラを裏庭の塀から突き出して敷地内を調べました。黒いサーブと、ビニールシートに覆われた小型車を確認しました」

「短時間のうちによくやってくれました。感謝します」

副署長はうなずいた。

「侵入するなら裏手の運河側からです。正面の板張り窓やドアからだと、なかにいる何者かに察知されます。部下たちを建物内に侵入させるわけにはいかないし、対テロ専門射手（CTSFO）を要請できるのはテロの脅威が確認された場合のみです」

「わかっています」ソロキナを乗せた警察車輌が到着し、ラグランは振り返った。彼は手を上げ、ソロキナを呼び寄せた。「きみはここに残れ」

アビーはロシア人が女性警官と握手する様子を見つめていた。ラグランが彼女に何かを見せ、そして建物を指差した。三人はタブレットに身を屈めた。アビーのスマートフォンが鳴った。マグワイアからだった。

「現在の状況は？」

「まだ何も。ライムハウスのコマーシャル・ロード側にある廃工場にいます。ＡＲＶが二台来ていますが、内部に何者かが隠れている様子はまだ見られません」

「アビー、きみは充分下がった位置に控えておくように。自分がそこにいる理由をわきまえたまえ。わかったな？」

「はい、わかりました」

「よろしい。私もそちらに向かっている。こっちでは〝真珠の帯(ストリングス・オブ・パールズ)〟についての情報を絞り込んだ。きみにはじきに本部に戻ってもらうことになるかもしれない」

「でも、ここの捜査はまだ終わっていませんし、ラグランもまだわたしを必要としているかもしれません」

「きみの上司はラグランではない」マグワイアは厳しい口調で言った。

アビーは何も言い返さなかった。

マグワイアはため息をついた。

「わかった。きみはよくやっている。こんなことはこれで最後にしよう。私が行くまでそこで待っているようラグランに伝えてくれ。あの男は携帯電話の電源を切っている」

アビーは車から出たが、大柄なＡＦＯに押しとどめられた。

「車から出ないでください」

「ラグランへの指令をことづかったんです。あなたの上司のところに行くだけですから」

ＡＦＯは通りの反対側で肩を寄せ合っている三人のほうを見た。

「じゃあ来てください」そう言うとアビーを連れていった。ラグランたちがいるところまで来ると、ＡＦＯは自分の上司から離れたところで立ち止まった。「副署長、こちらのかたがミスター・ラグランにお伝えしたいことがあるとのことです」

ラグランはアビーを見た。彼女はばつの悪そうな笑みを浮かべたが、心のなかではラグランの世界に引き戻されたことを喜んでいた。マグワイアから言われたことを伝えようとしたそのとき、ラグランがすっと寄ってきて腕を取り、ほかのふたりから引き離した。

「車で待ってろと言ったはずだぞ」小声だが毅然とした口調でラグランは言った。

ほかに聞かれたくないのだろうと察し、アビーは声を落として言った。

「マグワイアからよ。あなたが携帯電話の電源を切っていると怒ってたわ。あの人、カーターが情報を隠した場所はもうすぐわかると考えている。でも自分がここに来るまでは行動に出るなと言っていた」

「ここがＪＤたちの隠れ家かどうかもまだわかってない。これは時間との勝負なんだ。まだカーターが生きているのなら救出しなきゃならない。さあ、車に戻るんだ」

「マグワイアにはなんて言えばいいの？」

「おれが言ったままを伝えればいい」

ソロキナがタブレットの画面をスワイプし、建物の見取り図を拡大した。

「過去最高の標的判断だとは言い難いな」それを見てラグランは言った。

「ハンガリー人たちもこれしか入手できなかった」

「それでも何もないよりはましだ」ラグランはそう言い、見取り図を指で示した。「かなり広いな。ＪＤたちがいるとすれば、見晴らしのいい最上階だろう。この廊下は真下から奥の階段まで続いている。ここから侵入する」

「あなたひとりではやらせない。あの男はわたしが逮捕する。だから一緒に行く」

「こうしたシチュエーションで行動したことはあるのか？」

ソロキナは言葉に詰まり、そしてかぶりを振った。

「訓練でならある。でも怖くはない。銃撃戦なら経験したことがあるから。危険は承知のうえよ」

「訓練をいくら積んだところで実戦がわかるわけじゃない。それが初めての経験となればなおさらだ。ここにいろ」

「なかに何人いるのかわからないじゃないの。わたしがいれば役に立つ」ソロキナはジャケットを脱ぎ捨てると拳銃をチェックした。

初対面以来、エレナ・ソロキナに警察官としての能力と自信を感じてきたラグランだったが、一夜を共にしたことで彼女が率直で主導権を握りたがる人間だということがわかっていた。

「おれの指示なしでは動くな。わかったか？　言われたとおりに行動しろ」

ソロキナはうなずいた。

「ミスター・マグワイアはどうするの？」

「あの男に一挙手一投足を監視されたいのか？」

「彼は怒るでしょうね」

「そんなこと、おれたちの世界では日常茶飯事だ」ラグランは副署長のほうを向いた。

「あなたのところのAFOをふたりお借りして、進入地点を確保してもらいます。それ以上のことは求めませんが、援護は必要です」

副署長はうなずくと、ARVのトランクを開けて抗弾ヴェストを二着取り出した。ラグランとソロキナはジャケットを脱いで抗弾ヴェストを着装した。

「うちのAFOはふたりとも空挺部隊出身です。ラグラン、わたしはふたりの命を危険にさらすつもりはありません。それでもふたりは、いざとなれば各部屋の確認とあなたの援護ができるぐらいの経験は積んでいます。でも、やるのは侵入地点までです。それでいいですか?」

「充分すぎるほどです。感謝します」

大柄のAFOとアビーの車を停めさせたその相棒はラグランとソロキナの背後についた。ラグランはこれからの手順を説明した。ふたりはうなずいて了解したことを示し、何も訊かなかった。ラグランが求めているのは、元空挺兵たちにとってはごくあたりまえのことだった。ふたりとも〝おれたちにもちょっとやらせてくれよ〟と言わんばかりにニヤリと笑った。ラグランは、廃工場の正面に立てられた巨大な四角い看板の下に空いたフェンスの穴に三人を導いた。どこかの教会か狂信的な団体が立てたと思われるその看板には大胆なメッセージが書かれていた――神の裁きの日は近い。

正面同様、建物の裏側も荒れ果てていた。長い年月のうちに藪や雑草が自生し、一階の窓を覆い尽くさんばかりに生い茂っている。壁の九メートルほど上に並んでいる十数個の窓のガラスがほとんど割れていないのは、下の運河沿いの曳舟道からは角度がありすぎて石を投げても届かないからだ。それはつまり、最上階が使える状態にあり、そこにJDたちがいたとして、真下を覗(のぞ)き込んでもこっちの動きが見える可能性は少ないということだ。

ラグランは身を屈め、垂れ下がったドア枠をくぐり抜けた。

アーチ形天井の工場内部には、各階の通路になっている構台（ガントリー）が壁に沿って設置され、それを鋼鉄製の桁が支えている。錆びついた機械がそこかしこにあり、ラグランが頭上にある一番下のガントリーを見上げると、青かびだらけの木製の床材が見えた。人間の体重を支えられるとは思えないほど朽ち果てている。じりじりと進んで上を仰ぎ見ると、アーチ形の天井にある窓のガラスはまだ残っていた。そこから見える低く垂れこめた雲が、暗い内部をより陰鬱（いんうつ）に見せていた。高いところに張られた梁の上でハトが舞い、どこか遠くにある水溜りに滴り落ちる水の穏やかな音が、大聖堂のような工場内にこだましている。そのふたつ以外に音は聞こえなかった。殺風景な空間に声はなかった。しかしここのどこかに人間がいる。割れた窓から吹き込んでくる風からは、まぎれもない排泄物のにおいがした。

ラグランは振り返り、ＡＦＯたちに左右にあるレンガ壁の部屋を調べるよう手で指示した。ふたりともなかなかの動きを見せている。ハンドシグナルを使い、どちらの部屋も安全だと返してきた。ラグランはうなずき返すと人差し指で自分の眼を示し、それから自分たちが侵入してきたドアと通路を指した。ひとりが残って見張りをすることになった。ラグランはもうひとりにハンドシグナルを送り、別の見晴らしの利く窓から見張るよう指示した。コンクリートの床にがらくたや瓦礫はほとんどなく、AFOはなんの造作もなく周到な足取りでゆっくりと進んでいった。新たについた位置からは、地上と上の階をしっかり見渡すことができた。何者かがラグランとソロキナの背後に姿を見せた場合、ふたりのAFOはしっかりと射界に捉えることができる。

ラグランは手すりのある階段の一段目に体重をかけてみた。上階に上がるにはここを通るしかないだろう。厚い踏み板はほとんどたわむことはなく、踊り場までのぼると、今度は踏み板に足をべったりかけて見上げ、頭上のガントリーを調べた。ソロキナの速い息遣いが背後に聞こえる。ふたりとも銃を射撃姿勢で構え、チェックする方向に銃口を向けた。厚い木製の踏み板にふたりの体重を支えるだけの強度があることがはっきりわかると、ラグランはオープン階段をさっさとのぼりきろうと足を早めた。あと十五段。身を隠せるところまではさらに五歩。常に不測の事態に備えろ。

上の階のドアが開き、男が出てきた。男は何か言っている。出てきた部屋にいる何者かに振り返って話しかけているので、何を言っているのかよくわからなかった。不満を口にしているみたいだ。男は欄干の端まで行くと、バケツの中身の排泄物を虚空にぶちまけた。兵士にとって動きは、追うか追われるかの立場によって最良の友にも最悪の敵にもなり得る。ラグランはその場に凍りつき、本能的に身を隠そうとするソロキナを腕で制した。ラグランは両眼と銃口を男に向けつづけた。男がバケツをひっくり返したとき、オープン階段で身をさらしているラグランとソロキナが見えるかどうかは五分五分だった。右を向けば、下に眼を向けたときに見つけるだろう。左を向けば、相手に背中をさらしてしまう。ラグランはあえて下を見た。大柄のＡＦＯが銃を肩に当てて構えていた。彼は状況を読んでいた。そして待っていた。

男はまだ不満の言葉をぶつぶつと吐きながら左を向いた。

ラグランは一段飛ばしで階段を上がった。

ふたりはガントリーに上がりきるとじりじりと前進した。三方の壁が崩れ落ちてむき出しになった部屋があり、木箱や機械類が置かれていた。下の階から物資を引き上げるための巨大なチェーンブロックがある。密閉タイプの両開きの扉は、裏の運河につながる搬出・搬入口に使われていたのだろう。ラグランが室内に眼を走らせつつ銃口をぐるりとめぐらせていると、背後でまったく同じことをやっているソロキナを見た。うまくやっている。ほとんど気づかない程度だが、ある割れた窓から射し込んでくる光がかすかに変化した。と、一羽のハトがバタバタと舞い飛び、木製パレットが動いた。ラグランはさっと向きなおり、引き鉄に指をかけた。少年が大きく見開いた眼で見つめ返してきた。恐怖に咽喉を絞めつけられ、口をパクパクさせている。

ラグランはソロキナの銃を持つ手を咄嗟に掴み、銃口を無理やり下げさせた。少年は身をぶるぶると震わせていた。一瞬の直感的判断で撃とうとしていたソロキナがはっと息を呑んだ。パレットの動きと少年の出現を数秒かけて切り離して考えているうちに、ラグランは数年前に洞窟で少年を射殺した瞬間に引き戻された。鼓動が速くなり、思わず息が詰まった。ラグランは頭を振ってあの場面を振り払い、自分の手をじっと見た。そして指を口に当てて何もしゃべるなと指示すると、怯えの元凶である銃を下ろして数歩もない間を詰め、船員に見つかった密航者のようにびくついている少年に近づいた。

パレットを見るともうひとり少年がいて、しゃがんで縮こまっていた。ふたりとも十歳程度にしか見えなかった。恐怖で眼を丸くし、身震いしている少年のトラックパンツはぐっしょりと濡れ、足元の床には尿が広がっていた。ラグランは微笑んだ。

「大丈夫だ。誰もきみたちを傷つけたりはしない。わかったかい?」彼は小声でそう話しかけた。少年はこくりとうなずいた。「友だちにも静かにしててって言ってくれ。ここに悪者たちがいるんだろ? どうなんだ?」

また少年はうなずいた。

「先週はいなかったのに……ここで遊んでたら……そしたら……そしたら男の人たちの声がして、隠れたんだ……」

もうひとりの少年は膝を抱えてしゃがんだまま、立っている少年を見上げていた。たぶんふたりは兄弟なんだろう。兄が危険な遊び場に弟を連れてきたということか。ラグランは振り返ってソロキナを見た。膝をつき、部屋の入り口に銃を向けていた。

「聞いてくれ、あのおねえさんはお巡りさんだ。お巡りさんは下にもふたりいる。おねえさんが下に連れていってあげるけど、ひとこともしゃべっちゃだめだし、絶対に走っちゃだめだ。わかったかな？」

「ぼくたち、大変なことになっちゃったの？」

「ちがうよ、大丈夫だから。きみたちがここに来ていたことは、お父さんにもお母さんにも絶対に言わない。約束するよ」

少年たちは安堵の表情を見せた。ラグランにはそれだけで充分だった。年下の子が立ち上がり、か細い声で言った。

「男の人の声が聞こえたよ。なんか痛がってるみたいだった」

「どこから聞こえてきた？」

ふたりは同時に指差した。荒れ果てた部屋のひとつに階段があり、上階(うえ)の別の部屋につながっているということか。

「わかった。おじさんの言ったことを忘れるんじゃないぞ。走ったりしゃべったりしたらだめだ。わかったな?」

ふたりはうなずいた。

ラグランは子どもたちを連れてガントリーまで戻ると階下を覗き込んだ。彼の一挙手一投足をAFOが見守っていた。ラグランは子どもたちを指差した。AFOはうなずいた。

「この子たちを下に連れていってくれ」ラグランは小声でソロキナにそう言った。

一瞬ラグランは拒否されると思ったが、ソロキナは状況の深刻さを呑み込み、子どもたちを連れて階段に向かい、下りていった。元空挺兵のAFOは上階に銃口を向けつつ前進し、巨大な機械の陰で片膝をついた。そこは恰好の射撃位置で、入り口の警備にあたっている相棒に子どもたちを渡すまでのあいだの安全な隠れ場所としてもうってつけだ。

階段を下りていくソロキナを、ラグランは見守った。彼女と子どもたちが階下の近くまで下りると、ラグランはガントリーを戻り、ふたつ先の部屋のドアを開けた。上階に続く、幅のある鉄階段があった。彼は少しずつ前進し、足を止め、呼吸を落ち着けた。暗い部屋だった。こうした脇の部屋には光が入ってこない。階段を見上げると、ガスランタンのほのかな明かりが見えた。そして話し声も聞こえてきた。窓がほとんど板張りにされているらしく、上階は真っ暗だ。

ラグランは一段目に足をかけた。

神の裁きの日は近い。

32

その屋根裏の元物置部屋は、廃工場の建築面積の半分ほどの広さがあった。屋根のガラス窓から射し込んでくる日光が、部屋のなかばにある壁でさえぎられている。窓はすべて板張りにされているが、ひとつだけ板が切り抜かれ、そこから銃を持った男が古い梱包ケースに坐って外を監視していた。男が坐っている位置からは、車と救急車を停めてある塀で囲まれた敷地と、脇道に出る両開きのゲートが見えた。男たちの雇い主は、そのゲートを通って戻ってくることになっていた。この角度からだと通りを封鎖している警察の姿は見えない。そして見張りの男は飽き飽きしていた。何日も働きづめだった作戦が、ようやく終わろうとしていた。この部屋にいるほかのふたりと一緒に、今夜撤収することになっている。逃走用のヘリは手配済みだし、あとは結構な額の報酬を受け取るだけだ。それから家に戻り、ボスからの次の電話を待つ。その前に、今日の夕方までに椅子に縛りつけてある男を殺す。この男がこんなにしぶといとは、誰も予想していなかった。おれたちは全員特殊任務部隊出身だが、果たしてあんな苦痛に耐えられるだろうか。一瞬、見張りの男はそんなことを考えた。誰だっていつかは限界に達する。まあ、どうでもいいことだが。

男はサンドウィッチを食べ、ぱさついたパンを水で咽喉に流し込んだ。

「ピョートル、茶を淹れてくれ」

見張りの男は仲間のひとりに向かってロシア語で言った。男たちはできるだけ快適に過ごせるよう工夫していた。工夫といっても寝袋の下に使い古しの麻袋を敷いた程度だが、それでもアウトドア用の小さなガスコンロで湯を沸かすことはできた。においが外に漏れるとまずいので料理は厳禁だが、心の慰めとなる甘い茶ならいつでも淹れることができる。男たちは必要最低限のものしか使っていなかった。明かりは短くなったロウソクだけで、トイレは部屋の隅に置いたバケツだった。それまでたいていは袋のなかに用を足して外に捨てていたのだが、この荒れ果てた工場ではその必要はなかった。じきにここにあるものに紛れてわからなくなるだろう。捕まえている男の死体は、ここの解体工事が始まるまでは十中八九見つからないはずだ。ピョートルと呼びかけられた男は文句を言わずに立ち上がり、ガスコンロで沸騰している湯を見た。数歩離れたところにあるガスコンロに行くときですら、ピョートルはアサルトライフルを携行していた。そうした行動が身に染みついていた。

かろうじて意識を保っていたカーターは、人影が眼のまえを通り過ぎると顔を上げた。

「あの男は戻ってこない……おまえたちと会うこともない……おまえたちとどんな話になっているかは知らないが……全部あいつがかっさらっていく……あいつとは二度と会うことはない。それがあいつのやり口だ。本当に……私にはわかるんだ……」

ピョートルはカーターの言うことを聞き流し、茶を淹れた。窓で見張りについていた男が仲間たちのほうを向いた。

「こいつの言ってることが本当だとしたらどうする？」

もうひとりが見張りの男を見た。漠然とした不安はすべてをあやうくする。

「ボスは戻ってくる」ピョートルが言った。「耳を貸すんじゃない。どうせ殺すんだ。それからおれたちは逃げる。真に受けるな」

「おまえたちは救いようのない馬鹿だな」カーターはなおも続けた。どうにかこうにか頭を上げている状態だったが、それでも気力を振り絞って正面に浮かぶぼんやりとした人影に顔を向けた。「ざまはないな、ピョートル。わざわざここまで来て……あの男に見捨てられるんだ。あいつがいなければ……おまえはなすすべもない……仲間が助けてくれるとでも思ってるのか？」彼は苦しげなうめき声をあげた。「おまえはひとりっきりだ」

ピョートルは禍々（まがまが）しい見た目のナイフをカーターの咽喉に当てた。「もう聞き飽きた。

うんざりなんだよ、おまえには。黙らせてやる」

寝袋の上に横になっていた三人目の男が身を転がしてピョートルに近づき、腕を握った。「まだ殺るな。もう少しの我慢だ」三人目はニタリと笑った。「そろそろここを出る頃合いだ——もうすぐ砂糖が切れる」

ラグランは、かつては跳ね上げ戸になっていたとおぼしき頭上の開口部に向かって、慎重な足取りで上がっていった。揺らめく光が天井を照らしていた。何者かが歩き、床板が軋んだ。ラグランは足を止めて呼吸を整え、ドクドクと耳にこだまする鼓動を抑えようとした。カーターの声と、男たちの話し声が聞こえる。

「あいつは……おまえたちをだましたんだ。もうここには戻ってこないぞ。おまえたちはあいつのことを……私ほどに知ってるわけじゃない」

ラグランは身を屈め、なおも階段を上がっていった。そして開口部から少しずつ顔を突き出していった。室内は暗く、火の点いたロウソクの影が壁に映っている。カーターは椅子に拘束されている。銃を携行する男が三人。ひとりは窓際にいる。別のひとりはスプーンを手にしている。

もうひとりの男が両手にマグカップを持ち、ラグランの視線を横切って窓際の男のほうに向かった。カーターは渾身の力を振り絞り、自分を捕らえている男たちを必死になって苛立たせようとしていた。

「あいつは逃げたんだ！　情報を持ったまま。私にはわかるんだ！　あいつのハンドラーだったからな！　**おまえたちは——愚かな——クソ野郎どもだ！**」

ひどいありさまの友人がスプーンを手にした男にひっぱたかれ、ラグランは動揺を抑え込んだ。

「黙れ！　黙らないと今すぐ殺す！」

カーターはがくりとうなだれた。

窓際の男がたしなめた。

「馬鹿なまねはよせ。まだ必要かもしれない」

スプーンの男は言い返した。

「こいつを見てみろよ。もうだめだよ。あと一時間ももたないだろう。だったらかまうもんか。このくそったれをさっさと殺っちまおう。おれはもう何もかもうんざりだ」

あとのふたりは顔を見合わせた。窓際の男がリーダーみたいだ。その男がうなずいた。

「殺るならナイフを使え。音は出したくない」

ラグランは部屋に飛び出す覚悟で身構えた。彼は状況を判断した——窓際に坐っている男は腿の上の銃に両手を置いている。こいつはすぐさま反応するだろう。最初にこいつを始末する。ナイフを持つ男の銃は、間に合わせのテーブルの上のガスコンロの横に置いてある。次にこいつ。マグカップを持つ男は最後でいい。部屋の真ん中あたりで両手にマグカップを持っているから、脅威は三人のなかで一番小さい。ラグランは身を押し上げ、部屋に飛び出した。

暗闇のなかに浮かび上がり、左右に揺れながら突っ込んでくる人影を三人の男たちは見た。男たちが見せた一瞬のためらいこそ、ラグランが求めていたものだった。窓際の男に拳銃を向けると、あとのふたりは床を転がって回避した。素早い二連射（ダブルタップ）にこだわっている場合ではなかった。ラグランは引き鉄を絞りまくった。窓際の男の胸と頭はズタズタになった。ナイフの男は銃に手を伸ばしたが、首と頭と胸に一発ずつ喰らって倒れた。密閉空間に銃声が轟（とどろ）いた。最後の男は両手のマグカップを落とし、ショルダーリグから拳銃を抜いた。男はダブルタップしたが大きくそれ、ラグランは回避しつつ一発撃ち、半回転してまた撃った。弾丸（たま）は首とあごに命中し、その勢いで吹き飛ばされるようにして倒れた。そして床に崩れ落ちるより早くこと切れた。眼が焦点を取り戻し、高い集中力がもたらしたぼやけた視界がクリアになると、ラグランはその場にしっかりと立ち、ほかに何か動きがないか部屋のなかを素早く見まわした。耳はガンガン鳴っていた。

ラグランは自分の名前を呼ぶソロキナの声は聞こえなかったが、それでも彼女が背後の階段の開口部から頭を出すと、動きを察知した。彼は即座に反応し、振り返って素早く二回引き鉄を引こうとした。が、そのコンマ数秒のうちにソロキナの姿を確認すると、訓練と戦闘経験のなせる業で銃口を上にあげた。

「エレナ！」ラグランは開口部に駆け寄り、下を覗き込んだ。ソロキナはうしろ向きで階段から転げ落ちていたが、落とした銃を取り戻しつつ立ち上がろうとしていた。彼女はロシア語で罵声を浴びせた。謝っている時間は今はない。「救急車を呼べ！」ラグランはそう叫ぶとカーターのところに駆け戻り、近くに倒れたナイフの男を蹴りのけた。そして寝袋を引き寄せ、死んだ男のナイフを使ってカーターの両手両足を縛っている拘束バンドを切った。ラグランは拷問で無残な姿になった友人を椅子から抱え上げると寝袋の上に寝かせ、手首の拘束バンドが食い込んだ部分をそっと撫で、名前を呼んだ。

「ジェレミー？　しっかりしろ。もうちょっとの辛抱だ」

階下から大声と命令の怒鳴り声が聞こえてきた。カーターが意識を取り戻し、ラグランの手に触れ、今にも消え入りそうな声で言った。

「お……遅かったじゃないか」

そこで言葉は途切れた。カーターは死を迎えつつある。ラグランは悟った。切り裂かれた顔と体じゅうの傷が、カーターが口にするのもおぞましい残酷な拷問を受けていたことを物語っていた。血がこびりついた唇を、ラグランはボトルの水で洗ってやった。

「渋滞がひどかったんだ」穏やかな声でラグランは言った。

カーターは唇を舐めた。そしてフッと息を漏らしてうなずくと、わずかばかりの笑顔を作ろうとした。

「おまえなら来てくれると思ってた」体の芯から力が消え失せつつあり、カーターは身震いした。短くなったロウソクの火がちらちらと揺れ、そして消えた。部屋は闇に包まれた。

「すまない……も……もう耐えられなくなったんだ……」

片方の眼から涙がこぼれた。ラグランは頬をそっと拭いてやった。

「話すんじゃない、ジェレミー。じきに救急車が来る。即行で救急隊員に診させる」

ラグランは床に落ちていた布切れに水をかけ、カーターの顔にこびりついた血を優しく洗い落としてやった。

カーターは自分の過ちをラグランに聞かせようとした。

「私はそんなにタフな人間じゃない……ラグラン、あの苦痛はもう……情けないもんだよ……すまない」彼の命の灯は消えつつある。

ソロキナが開口部から頭を突き出した。

「マグワイアが着いた」

「あと少しだけふたりきりにさせてくれ」

ラグランは命の灯が消えつつある友人を膝に抱え、子どもにやるようになだめていた。その様子を見たソロキナは、何も言わずに階段を下りていった。ラグランは友人の口にさらに水を垂らした。カーターは意識を取り戻した。

「吐いてしまったんだ……JDに、あれの在り処を。昔使っていた……貸金庫だ……あの男は暗号と金を手に入れた。暗号と……金の在り処を吐いてしまった」彼は繰り言を漏らした。「おまえは……気づいたのか……あの本に残したメッセージを……わかってくれたのか？」

「星のことか？　〝ストリングス・オブ・パールズ〟だろ？　ああ、気づいたさ。今頃はもうマグワイアが探し当てていると思う」

カーターは歯を見せて笑った。

「よかった……さすがおまえだ、よくやった……おまえならわかるはずだと思っていた……あれは〝Aチーム〟のリストの在り処だ……主役たちだ……あらんかぎりを尽くして耐えたんだが……JDに金を持っていかれた……それと〝Bチーム〟のリストも……」カーターは頭を左右に振った。「Bチームは大当たりじゃない……しかし……そのことを連中がわかるはずがない」

「ジェレミー、聞いてくれ。どこだ？　JDにどこに行くように言った？」

「今となってはどうでもいいことだろ？　あいつは手下をもっと抱えている……あちこちに配置していた……何人いるのかわからないが……たぶん……あとふたり……なんとも言えないが」

「おれはあいつを捕まえて、報いを受けさせなきゃならない——たとえあいつの手に渡るのが主役たちのリストじゃないとしても。だから教えてくれ、JDをどこに導いた？」

カーターは意識がはっきりとしてきた。可能なかぎり生きながらえ、犯人たちの目論見をくじくという任務を完遂した。これからはもう自分の家族のことだけを思えばいい。

「スティーヴンは……無事か？」

「おれのフラットに隠れていた。ジェレミー……？」

「あの子はいい子だ……ああ、ラグラン……私のベイビー……メリッサ……ああ……」また涙が頬を伝い落ちていった。

「大丈夫だ。大特急でここから出してやる。JDはどこに行った？」ラグランはさらに尋ねた。「それがパズルの最後のピースなんだ。あいつを捕まえて、情報をどっさり吐かせてやる。ロシア側もあいつを捕まえたがっているんだ、ジェレミー。JDは犯罪組織を介してクレムリンと手を結んでいる」

カーターは頭を振った。

「秘密作戦のための金も紛争（ブラッド）ダイヤモンドも……放っておけ……誰にも知られることはない……私たちは安全だ……ＭＩ６（サーヴィス）も大丈夫だ……私たちは全員……」彼は精一杯の笑みを浮かべた。「イギリスは女王陛下の血塗られた国だよ、ラグラン。こんな国は私と一緒に滅びる……ＪＤは姿を消した。知っているんだ……あいつらが話しているのを……ヘリ……アイル・オブ・ドッグス……そこのどこかだ……だめだ……怖いんだ……スティーヴンには言わないでくれ……最後まで耐えられなかったことを」

「連中がおまえにやったことは誰も耐えることなんかできない。おれだって無理だ」

「これは……臨終の告解なのか？」カーターはラグランの顔をじっと見た。ラグランはうなずいた。

「マリでの作戦で捕虜になったとき、拷問を何日も受けつづけてきたおれは、連中が求めている情報を吐いた。部下たちがテロリストどもを皆殺しにした時点で、その情報の鮮度は落ちてはいたが。おれがゲロしたことは誰も知らない。おれだけが知っている」

カーターがなにごとかつぶやいたが、ラグランには聞き取れなかった。彼はカーターの潰れた唇に耳を寄せた。カーターは笑みを浮かべ、そして言った。

「そのおまえの秘密は、私が墓場に持っていってやる」

カーターの最後の吐息がラグランの顔にかかった。

33

警察車輛の回転灯が点滅するなか、ラグランは小雨のなかを駆けていった。彼は副署長とその部下の警官たちに、なかに入っても大丈夫だと合図した。ラグランの背後を護っていた公認射手（AFO）たちは救急隊員たちを案内した。マグワイアはソロキナと一緒にいた。

「カーターは？」マグワイアが訊いた。

「死んだ」ラグランは答えた。

「何か言っていなかったか？」

「それは〝家族のことは頼む〟以外でってことか？」

「ふざけるなラグラン、カーターの死を悼むのはあとでいい」

「カタール人の雇い主たちの名簿は手に入れたのか？」

マグワイアはうなずいた。

「〝ストリングス・オブ・パールズ〟の祝典で一般公開された施設のなかで、カーターとの関連が深そうな場所を三ヵ所あたってみた。正解は法曹学院だった。法廷弁護士時代に彼が使っていた事務室の金庫のなかにあった」

「ＪＤは金と別の名簿を手に入れた」ラグランは言った。

「名簿がほかにあるのか？」マグワイアは顔をこわばらせた。

「カーターは金と一緒に〝Ｂチーム〟のリストを仕込んでおいた。あんたは一等賞を引き当てたんだ——そっちのリストは〝Ａチーム〟だ。彼は最後までＭＩ６の人間だったよ、マグワイア。カーターは横領なんかしていなかった」

「いずれわかることだ」マグワイアはそう応じた。

「あんたにはもったいない男だったんだよ、カーターは。ＭＩ６の汚れた一面を隠しとおしたんだ。彼はあんたの裏金をＪＤにくれてやった。おかげで首がつながったな」

マグワイアは自責の念に駆られた。

「あの男はどこにいる？」

「アイル・オブ・ドッグスからヘリで逃げる」ラグランはそう答え、空を見上げた。「まあ、この雲の低さじゃ無理だろうが」

「しかし上がりつつある」マグワイアは言った。「捜索用のヘリを警察に要請したんだが、あと一時間かそこらしたら雲の高度は上がり始めると言われた。もっとも、上がってもなんとか飛行できる程度だが。ＪＤが凄腕のパイロットをどこかに待機させていたら、逃げることは可能だ」

ソロキナが眼を上げ、険しい表情を浮かべた。

「くそっ！（ブリャーチ）」そう吐き捨てるように言うとふたりに背を向け、携帯電話の短縮ダイヤルを押した。

ラグランの口角に微笑とも取れるしわができた。ロシア語の罵倒表現は独特で豊富にあり、簡単に翻訳することのできないものばかりだが、ソロキナの悪罵の言葉は訳す必要がないものだった。

「彼女はやたらと汚い言葉を吐くが、ロンドンに頼りになる伝手（つて）を持っている」ラグランが説明した。「この場所もそうやって突き止めた。マグワイア、聞いてくれ。ＪＤはカーターが教えた場所に行ったにちがいない。それなりに時間がかかるだろう。それから最終地点のアイル・オブ・ドッグスに行かなきゃならない。さらに時間がかかる。そこから雲の高度が上がるまで待たなきゃならない。あいつを捕らえるチャンスはまだある」

マグワイアはうなずき、運転手に合図した。

「運がわれわれに味方すれば、たぶんそうだろう。アイル・オブ・ドッグスにはヘリポートがある。カナリー・ワーフやクィーン・エリザベス・オリンピックパークに客を呼び込むために作ったんだ」運転手は車を出す準備をして待っていた。「警察に通報して、こっちの人間も送り込む。ヘリポートは封鎖させる」

マグワイアの眼が、まっすぐ向かってくる副署長を捉えた。

「まずいぞラグラン、銃撃の件で捜査が始まりそうだ」

「犯人たちのひとりから奪った銃を使ったと言っておいてくれ」

「われわれは超法規的な存在ではない。警察はきみへの事情聴取を求めるだろうし、そうなれば足止めされる。ここでおしまいだ」

「いや、まだまだ終わるわけにはいかないぞ、マグワイア。おれたちはカーターへの借りを返さなきゃならない」ラグランはそう言うとMI6の高官に一歩詰め寄り、上司の数歩うしろでうやうやしく控えているアビーを見た。彼女の階級では、上司本人が伝えないかぎりその考えや発言を知ることはない。「ここから逃がしてくれ」ラグランはマグワイアにそう言ったが、眼はアビーに向けていた。またラグランの仕事を手伝える喜びを隠し切れず、彼女はニヤリとした。

マグワイアは、部下のひとりに説明か何かを求められて足を止めていた副署長に背を向けた。

「アビー、彼を連れて帰って、一緒に何かやっていろ。ただし、私が時間を稼ぐまでは街に連れ出すんじゃないぞ」

「はい、わかりました」

ラグランはアビーのあとについて車に向かった。自分を見つめるソロキナの視線を捉えた。彼はうなずきを返した。ソロキナは了解した。彼女もラグランも、同じぐらいJDを捕らえたがっている。


無駄に眼を惹いて現場から逃げ出したことを感づかれないよう、アビーがいたって普通の速度で車を出した。ラグランは腿の上にたたんだ地図を置き、注視した。そして室内灯でJD捜索を開始する場所を照らした。

「あいつは移動するたびに極力東に向かっていった。川を逃走経路に使うつもりだろう。アイル・オブ・ドッグスまであとどのぐらいだ？」

「運がよければ十五分ってところね。でもあそこのどこに行くの？　ヘリポートなら川沿いにあるけど」

ラグランは自分ならどう逃げるか想像してみた。おれが作戦を立てるとすれば、民間のヘリポートなんか使って逃げない。そんなもの、天下のＭＩ６なら電話一本で閉鎖できる。わかり切ったことだ。

「そのまま進め。ヘリポートは無視する」そう命じるとラグランはソロキナに電話をかけた。

「まだ何もわかってない」訊かれるより早くソロキナは言った。

ラグランは電話を切り、地図に意識を戻した。見ても何も思いつかなかった。

「ここからヘリで離陸すれば、テムズ川の上を低空飛行することになる。市街地上空の飛行は航空管制局(ATC)が厳しく監視しているし、航空機が墜落する場合、川に落ちれば安全だ。だからJDは川沿いのどこかにいる。素早くヘリに乗って川に沿って海に出たら、海峡を渡って行方をくらますつもりだ」

ラグランの携帯電話が鳴った。ソロキナからだった。

「ハンガリー人たちは市(まち)のそんな東のことまではわからないって言っている。お手上げよ、ラグラン」

ラグランは地図を食い入るように見た。と、そのときどこに向かうべきなのかわかった。

「ロンドンの一流企業の重役たちが、戦いに明け暮れる役員会議でのストレスとそれを癒(いや)すこってりとした料理のせいで心臓発作を起こしたら、どこに担ぎ込まれると思う?」

「まあ病院でしょうね」ソロキナが答えた。

「船渠(ドック)のすぐ横にキーサイド・プライヴェート・クリニックがある。あそこなら高層ビル群のなかをかなり安全に飛行することができる。そしてクリニックの屋上にはヘリポートがある」

ラグランは電話を切った。

すでにアビーは、ロンドンの新たな金融センターであるアイル・オブ・ドッグスに向かって道を縫うようにして車を走らせていた。

「五分で着く」彼女はそう告げた。

ふたりは水深の深いドック沿いを走る道に入った。次の角にあるガラスと鋼材でできた建物は七階建てで、世界各国の金融センターにある大柄な兄たちの足元にも及ばない。どこでも巨根願望はあるものだ。七階建てなのも無理はない。何しろ小ぶりな民間病院なのだから。手術室と研究室がふたつずつ、四つのフロアにスイートの病室が十二室。リッツよりもリッチだ。豪華に死ぬというオプションプランもあるということだ。

ラグランは窓を下げ、空を見上げた。高層ビルの屋上は雲のなかに隠れているが、クリニックはそうではない。ここが当たりなのだとしたら、天気ですらJDの思う壺になっているということだ。クリニックの最上階は暗かった。ラグランは地下に下りるスロープを示した。アビーは車を駐車場に向けた。ラグランは駐車券を手に取った。面会は二十四時問いつでもOKということか。車の数より空きスペースのほうが多い。携帯電話が鳴った。マグワイアからだ。

「川沿いのヘリポートに来ている。夜間でこの天候では、やはり離発着の予定はひとつも入っていない。ロンドン・ヘリポートにも確認したが、やはり予定は入っていない。ロンドン上空を飛行する航空機の動きはすべてATCに監視させている。きみのいるクリニックまでは十分かかる。一番近くにいるのはソロキナ少佐とAFO二名のチームだ。ラグラン、そこは民間の病院だ。制服警官が立ち会わなければ捜査はできない」

ラグランは電話を切り、コンクリート柱の隣の空きスペースを指差した。アビーは車を前進させた。

「あそこ」彼女が言った。

五十メートル前方の影のなかに、旧型の黒いサーブが停められていた。誰も乗っていなかった。

ラグランは携帯電話をアビーの腿の上に放った。電源を切ったとしても、いたずらに邪魔されるようなことにはなりたくない。窮地に陥ったら、このくだらない代物で応援を呼びたい誘惑に駆られるかもしれない。

「マグワイアは近くまで来たらまた連絡してくる。待ってる時間はないと伝えてくれ。駐車場から出ろ。マグワイアか警察が来るまで車で待っていろ。きみにウロチョロされたら困るんだ。わかったか？」

不安で眼を大きく見開き、アビーはうなずいた。

「ちゃんと言葉で答えてくれ」

「言われたとおりにする」

「ありがとう。きみは本当によくやってくれた。最高の運転手だよ、きみは。この仕事はもうすぐ終わる。じきにマグワイアのお出ましだ。彼が来たら家に帰るんだ」

ラグランは助手席のドアをそっと閉じた。そして影のなかに駆けていくのを見届けると、アビーはイグニッションキーに手を伸ばした。ラグランがピンチになったらどうする？ここから逃げなきゃならないようなことになったら？　彼女は伸ばした手を下ろした。ここで待とう。あと少しだけ。

地下駐車場から屋上に上がるエレヴェーターは、受付のある一階に必ず停まるようになっていた。ラグランは内階段を使ってヘリポートまで上がろうとしたが、一階で曲がったところで一方通行のドアに阻まれた。向こう側に解除バーがあって、火災発生時には開けて逃げることができるが、その先が燃えている場合は進めなくしてあるのだ。ラグランは左にあるふたつ目のドアを押し開け、大理石張りの床の受付ロビーに入った。受付には誰もいなかった。夜間受付係が襲われた可能性もあるので、カウンターから身を乗り出して内側を調べてみた。争ったような形跡はなかった。薄暗い大廊下を思い切って行けるところまで行ってみたが、やはり無駄に終わった。ガラス張りの両開きのドアは暗証番号キーパッドとカードスロットでロックされ、その先にあるのも待合室と問診室だけだった。どこもかしこも鍵がかかっている。二十四時間年中無休の救急対応はしていないということだ。

　ラグランは受付ロビーに戻り、玄関の大きなガラス張りの両開きのドアを調べてみた。ドアは固定されて開かなかった。ドアの上部と下部にある錠の鍵穴に、何者かが釘を打ち込んでいた。ここから入ることは不可能だ。看板には診療は日中のみという旨が記されていた。玄関の脇にドアがあった。そっと開けてみると、床にある何かに当たった。看護師が大の字でうつ伏せになっていた。ラグランはひっくり返してみた。名札にはマージョリー・チェンバースとあった。受付係だ。受付係が殺されている。細く鋭利な何かを刺し込んだ傷痕がぼんのくぼにあり、そこから血が垂れていた。刺創（しそう）の様子から、殺されてからまだそんなに経っていない。死体はそれだけではなかった。丸腰の警備員が片腕を体の下に敷いた状態で倒れていて、周囲には血が広がっていた。

ラグランはまた受付ロビーに戻った。外の非常階段に出る別のドアがあった。吹きさらしの階段は上からの銃撃にもさらされる。エレヴェーターのボタンを押してみたが、七階から下りてこなかった。ストレッチャーや台車を運ぶ大型エレヴェーターも七階に停まったままだった。JDはこのクリニックを封鎖していた。受付ロビーの片隅におしゃれなガラス張りの螺旋階段があった。ラグランは二段飛ばしで上がっていった。二階に入るドアにも暗証番号キーパッドがあった。上階(うえ)に上がるしかない。

七階まで続く螺旋階段の最後のカーヴにさしかかると、ラグランは足を緩めた。そして身を屈めて銃を構え、上を見た。そこまでの各階にはまっさらで煌々(こうこう)と明るい廊下が伸び、病室を巡回する夜勤の看護師が時折見えた。しかし七階は未完成で暗く、広い倉庫のように見え、明かりも窓から入ってくる光しかなかった。病床や各種設備や椅子や机、マットレス、ストレッチャー、台車つき薬品棚が壁際に押しやられ、暗い防空壕で身を寄せ合うみなし子たちのように見えた。横方向に間仕切り壁が立てられ、個室病室を作る準備がなされていた。

ラグランはじりじりと足を進めた。さまざまな備品が二基のエレヴェーターに突っ込まれ、扉が閉じないようにしてあった。彼は正面の暗い空間に眼を走らせ、壁に沿って少しずつ進んだ。窓から、建物の裏手のコンクリート敷きの屋上が見えた。屋上の奥の二メートル高くなったところがヘリポートで、搬送されてきた患者をストレッチャーに乗せてエレヴェーターまで移動させる亜鉛メッキの手すりつきスロープがあった。ラグランは耳をすました。ヘリコプターの音は聞こえなかった。ＪＤを追い詰める時間はまだあるのかもしれない。受付ロビーの看護師と警備員は殺されたばかりだった。ふたりを殺した連中はまだこのなかにいる。廊下の端で光の断片が見えた。横の通路のドアが開いていた。ラグランはがらくたのあいだを縫うようにして進むと、背後でシュッという音がした。彼はさっと振り返った。階段を上がり切ったところでソロキナが身を屈めていて、手のひらを下げる合図を向けていた。階下(した)にＡＦＯがふたりいることを示していた。ラグランはうなずいた。ソロキナが彼のほうにやってきた。すぐそばまで近づいたところで、彼女は薬品台車にぶつかり、ガチャガチャと音を立ててしまった。ソロキナは息を呑んだ。ラグランははっとして半身を返し、思わず壁に身を押しつけた。視界の隅の、光の断片が見えたあたりに人の動きが見えた。素早い二連射(ダブルタップ)がそれに続いた。ソロキナが胸に一発喰らい、くずおれた。ラグランは半身を隠した男に向けて応射した。速射の銃声が空を裂いた。コンクリートが砕け、ラグランは裂けるような痛みを腿に感じた。かすり傷だ。弾倉(マガジン)を再装塡する音が聞こえた。焼けつくような痛みと腿から滴り落ちる血を無視し、ラグランは足早に前進した。撃ちつづける気満々の相手は、思い切って角の先を覗(のぞ)き込んだ。突き出された頭に、ラグランは二発撃った。そして広い廊下の反対側に向かった。間仕切り壁はたいした遮蔽物にはならなかったが、それでも横の通路からはしっかり身を隠すことができた。なんの音も聞こえず、動きも見えなかった。ラグランは振り返った。ふたりのAFOが銃を構えながら階段を上がってきた。廃工場で援護にあたってくれたふたりだ。

「ひとりはおれについてこい！　もうひとりは彼女を連れ出せ！」

さらなる指示は必要なかった。ふたりは迅速に動いた。ひとりがソロキナの手首を摑み、安全な位置に引きずっていった。そしてエレヴェーターの扉をふさいでいたストレッチャーを蹴飛ばし、なかに彼女を引き入れた。今の状況におよそ似つかわしくない、女性の甘ったるい声が〝ドアから離れてください〟と告げた。もうひとりのAFOは廊下の反対側、ラグランの後方三メートルの位置につき、集中射撃で援護する態勢を取った。ラグランは、こうした状況下で必ず囚われる不安と興奮がないまぜになった気分になり、身震いした。覚悟を決めてキルゾーンに向かう元空挺兵のAFOを見て、直感的にうまくいきそうな気がした。ここでソロキナの身を案じたところでどうなるわけでもない。

自分が撃ち殺した男が倒れている位置に眼を向けながら、ラグランは前進していった。AFOはラグランと完全に歩調を合わせてあとをついてくる。銃撃戦のあとの静寂のなかで、警察無線の静かな空電雑音が警報のようにやたらと大きく聞こえたが、実際には部屋の外には聞こえないほど小さかった。ラグランは足を止めて振り返り、耳を傾けた。ＡＦＯは小声で応答して手短に状況報告し、イヤフォンを通して向こうの話を聞いた。ＡＦＯはラグランの肩元に近づき、耳に口を寄せた。

「ロシア人は無事です。四台の武装対応車輌（ＡＲＶ）と八名のＡＦＯが到着しました。周辺道路は押さえてあります。川沿いのヘリポートはあなたのボスが封鎖済みです。こっちに向かっています。待機せよとのことですが」

ラグランはニッと笑った。ＡＦＯは肩をすくめてみせた。今のふたりの作戦行動はうまくいっていて、このノリを維持したまま先に進めばこっちに有利になるのは明白だった。敵をひとり倒した。勝ち目は少しだけ上がった。しかし時間は迫りつつある。新たな相棒を肩のうしろに従え、ラグランは廊下の角をまわって少しずつ向かっていった。彼は片手を上げた。ふたりは死んだ男が倒れているところまで来た。廊下は広く、間仕切り壁はなかった。左側の一枚ガラスの窓から高層ビル群の明かりが射し込んでいる。そのガラスに、角の先で待ち構えている敵の姿が映っていた。ラグランは銃を左手に持ち替え、ガラスに映った姿に眼を据えつつ角の先を撃った。弾丸（たま）が人体に命中した鈍い音に続いて、ドアに倒れ込む音がした。ラグランとＡＦＯは角を曲がった。これで倒した敵の数はふたつ。さらに進むと、ツインエンジンのヘリコプターが立てる、聞きまちがえようのない音が遠くから聞こえてきた。運がこっちの味方なら、逃亡するJDを援護する人員はさらに少なくなったことになる。ラグランは床に転がる二体目の死体をまたぐと、その先に何があるのかわからないドアを押し開けた。

アビーはラグランに言われたとおりにしなかった――停めた車のなかにまだいた。ソロキナがクリニックに駆けつけると、警察車輛が地下駐車場に下りるスロープの出入り口を封鎖するかたちで停まった。警察は正面玄関からの侵入を試みたが、ドアの錠が開かないようにされていることを確認すると戻ってきた。モスクワ警察の少佐と護衛のAFO二名が地下駐車場の暗闇に消えていった。アビーは三人に呼びかけ、ラグランが向かった方向を教えた。十分後、AFOのひとりに引きずられてエレヴェーターから出てくるソロキナを見て、アビーは駆け寄って手伝った。残酷な現実に、心臓が咽喉までせり上がってくるように感じられた。意識を失ってぐったりしたソロキナの体重をいくらか支えたが、装着している抗弾ヴェストのへこみがいやでも眼に入った。ソロキナは死んでしまったのかと一瞬思ったが、あえぐような息遣いが聞こえた。

「彼女は死んでない」AFOが声をかけた。「ラバに蹴られたようなもんだ。大丈夫だよ。外に救急車が来ている」

「医者ならここにいるじゃないの」アビーは強く言った。「だって病院でしょ！」

「ここはなかから封鎖されているんだよ、お嬢さん。心配するな。彼女ならすぐによくなる」

アビーはスロープの上まで運ぶのを手伝った。二台の警察車輛と一緒に救急車が来ていて、リヤハッチを開けて負傷者を待ち構えていた。青い回転灯はまわっていなかった。とにかく静かだった。ブロックの先のクリニックから離れた角に、レストランに入る客たちの姿が見えた。ここの上階で修羅場が繰り広げられていることなど頭の隅にも考えていないのだろう。よしんばそのなかのひとりが警察車輛と救急車に眼を留めたとしても、よくあることだと気には留めないかもしれない。民間病院のすぐ外にいるのだから仕方のないことだけど。

車の座席にラグランの携帯電話と自分のスマホを置いてきていたことを、アビーはふと思い出した。走って戻り、身を屈めて手を伸ばしたとき、フロントウィンドウの先の、奥の壁際に黒いサーブが停まっているところの影のなかに動きが見えた。黒いキャンヴァス地のジャケットにジーンズとブーツという恰好のいかつい感じの男が、携帯電話を耳に当てながらサーブのトランクを開け、アサルトライフルを取り出した。アビーは胃が締めつけられているように感じた。ここのなかには、ラグランの予想を超える数の銃を持つ男がいる。そんな恐ろしいことがアビーの頭をよぎったそのとき、男が彼女を見た。ドアを開けていたので室内灯が点きっぱなしになっていることに気づいたが、あとの祭りだった。男に眼を向けたまま車からさっと離れたが、男は動いていなかった。険しい顔だったが、それ以外は平然としていた。おかしい。と、男はニヤリと笑い、うなずいた。ごつごつとした手がアビーの顔と口を覆った。たくましい腕にしっかりと押さえ込まれた。男には仲間がいた。

34

ラグランと公認射手（AFO）は銃を構え、死体の先にある両開きのスウィングドアを押し開けてみた。抜けた先には明かりが点いていない通路があり、端は屋上のヘリポートに乗降できるスロープにつながっていた。主要空港の搭乗ブリッジを改造したような通路で、滑り止め加工の床がスウィングドアからスロープまで続いている。トンネルのような通路のスロープの反対側は見えるかぎり下へと続き、カーヴを描いて下の階につながっていた。ヘリで搬送された患者はストレッチャーに乗せられ、ここを通って階下（した）に運ばれるのだろう。

七階はまだ仕上がっていないのだから。ＪＤが病院として稼働している階に手下を配置していたら、誰かが気づいて警戒するだろう。全階を制圧するのは、時間外受付の係と警備員を始末するのとはわけがちがう。ラグランは感覚を研ぎ澄ました。敵を甘く見るな。相手が元情報部員となればなおさらだ。

ＪＤはカーターを監禁していた廃工場に三人配していた。さまざまな場所にも別の人員を置いていた。エディ・ローマンを始末したのはなんらかの理由で邪魔になったからだ。こっちは今のところ六人倒している。フラットでひとり、廃工場で三人、そしてこのクリニックでふたり。ここにまだ何人残っている？　ここまでやって来て、ヘリポートを確実に制圧するには、少なくとも四人必要だ。見張りと後方からの援護、そして着陸するヘリの援護だ。残りはどこにいる？

ラグランとＡＦＯは無人の通路の左側に足を踏み入れた。遠くに聞こえるヘリのエンジン音が変化し、小さくなったりしているところをみると、旋回しているのだろう。スウィングドアに肩を当てると、冷たく湿った空気が肌を刺すように感じられた。

「壁際を右に進め。右に行けば屋上が見渡せるし、集中射撃を受けても身を隠すことができる。おれはこっち側の壁に沿って冷却ダクトに向かう。あのヘリが着陸したら、誰が乗るにせよ開けた場所に出ていかなきゃならない」

百戦錬磨のＡＦＯにそれ以上の説明は必要なかった。彼は身を屈めた姿勢で建物の端を目指してその場から去った。こうしておけば、どちらかが銃撃を受けても応射できる見込みが大きくなる。ヘリはまだ目視で捕捉できず、雲もなかなか高度を上げようとはせず、まるで食べ尽くすかのように高層ビルを包み、明かりをさえぎっていた。ヒースロー空港に向かって降下していく旅客機が見えた。航空灯が霧雨を通してかろうじて見えた程度だったが、その轟音(ごうおん)は着陸を急ぐヘリのエンジン音を圧倒した——冷却ダクトの近くで発せられた銃声も弱めた。ラグランの頭の横のモルタルが砕け、欠片が頬と首筋を切り裂いた。身をひるがえすと、AFOが片膝をつき、ダブルタップを三回繰り返して応射していた。おかげでラグランは撃たれずに済んだ。彼は壁に肩を押しつけたまま走った。と、意表を突く轟音に襲われ、サーチライトの光に眼がくらんだ。旋回したヘリがヘリパッドの先に機首を向け、強力なサーチライトでラグランとAFOを照らし出していた。

ラグランが片眼をつむって夜眼が利かなくならないようにしたそのとき、銃を構えた人影が角を曲がって迫ってきた。ラグランは倒れ込み、屋上の濡れた床に肩を打ちつけ、横に転がった。速射された弾丸(たま)が頭上をかすめた。彼はまえに身を投げ出して相手を踵(かかと)で蹴りつけ、簡単に撃たせないようにした。ラグランは相手の脚を蹴り飛ばした。パイロットが衝突を恐れ、ヘリはまた屋上から離れていった。機首がそれてサーチライトも闇に向けられると、ラグランは夜眼を取り戻した。肩をぶち当てると、相手は唸り声をあげた。そんな程度ではたいして効かないとわかると、ラグランは空いた手で相手の銃を持つ手を摑み、股間めがけて膝を打ち込んだ。相手は身をよじり、その一撃を腿で受けた。そしてラグランの鼻梁に頭突きした。鼻骨が折れる音が聞こえ、ラグランは咽喉の奥に血の味を感じた。それでも相手の銃を持つ手は離さずにいた。

いきなり始まった近接戦闘のおかげで相手の顔がはっきりと見えた。JDは雄叫びをあげ、また頭突きを叩き込もうとしたが、ラグランは相手の腕を曲げるかへし折るかするべく体当たりしていた。JDが体勢を立てなおそうとしたそのとき、銃声が轟いた。屋上の反対側にいるAFOが、黒いキャンヴァス地のジャケットを着た男を撃った。ほんの一瞬、男は頭をのけぞらせ、腕を上げてアサルトライフルを放り投げ、固まった。ロバート・キャパが捉えた歴史的な瞬間の姿勢で。そしてAFOはよろよろとあとずさった。彼も撃たれたのだ。AFOは床に倒れて転がったが、それでも戦いつづけようと左腕で銃創をかばうようにして立ち上がろうとした。しかし弾丸を受けた衝撃に力を奪われ、意気込みもむなしく受けたダメージに屈し、横に転がることしかできなかった。

JDは体勢を立てなおし、両肘と両足を使ってラグランを押しのけようとした。ラグランの握力に手首が屈し、JDは銃から手を離した。ラグランは床に落ちた銃を蹴り飛ばしつつJDを壁に叩きつけ、頭をのけぞらせた。情け容赦ない拳を腹に二発叩き込み、JDがまえかがみになると今度はあご先に掌底を打ち込んだ。歯が粉々になるような一撃だった。またJDの頭が壁にぶち当たった。ラグランは両手でJDの首を掴み、直立させた。

JDは眼を白黒させた。ヘリがまた屋上の上でホヴァリングし、サーチライトでふたりを照らし出した。自分を締め上げているのが何年も前に戦場で出会ったフランス外国人部隊の特殊部隊の兵士だとわかり、ＪＤは眼を見開いた。

「こいつは驚いた。おまえか。砂漠からずいぶん離れたところにいるんだな。てっきりアラブ人どもに殺されたと思ってたよ」

「こっちこそ、おまえはヘリの墜落で焼け死んだものと全員思ってた」

　ＪＤは残忍な笑みを浮かべた。「あれは演技賞ものだっただろ」

「エゴール・クズネツォフ。〝鍛冶屋〟。またの名を名無しの権兵衛。おまえは頭のいかれた凶暴なクソ野郎だ。そろそろ故郷に帰れ。できることなら遺体袋に入れて送り返してやる」ラグランはＪＤをねじりあげ、アームロックしてまえかがみにさせた。

　ＪＤは声をあげて笑い、血まじりのつばを吐いた。

「そんなことは絶対にできない。おまえはおれには手が出せない。どうやっておれを見つけた？　カーターに教えてもらったのか？　てことはあいつを見つけたのか。いや、ちがうな。あいつはおれがどこに行くのか知らなかった」

「おまえは自分で思ってるほど頭はよくない。カーターは死んだよ」

　ＪＤはため息を漏らした。

「馬鹿なカーターがおれに無駄骨を折らせた場合に備えて、あいつはまだ殺すんじゃないと言っておいたんだが」そしてフンと鼻を鳴らした。「最近はいい人材がめっきり減ったな」

「おまえのむごい拷問に耐えられなくなったんだよ」

「あいつは、おまえらが言うところの剝ぎ取りゲームをやった。全部剝ぎ取って、皮も筋肉も引き剝がす。骨の髄までしゃぶりつくす。面と向かい合う殺しだ。痛みをこらえて任務をまっとうする」ＪＤはまた鼻を鳴らした。「金と名前と住所と口座番号が載ったリストを手に入れた――カーターは相当な腕っこきだよ。おれはすべてを手に入れたし、それについてはおまえができることはクソひとつもない」

　ＪＤはとにかく自信満々だ。手下はまだいるにちがいない。おれの背後に。

「銃を置け！」ヘリポートに着陸したヘリのエンジン音にも負けないほどの大声が聞こえた。パイロットが事のなりゆきを見守っていた。下降気流(ローターウォッシュ)がふたりを打ちつけ、回転翼(ローター)が屋根にできた水溜りに雨粒をばら撒いた。

　ラグランは振り返った。胃が飛び出しそうになった。大柄な男が片手でアビーを抱え、もう片方の手に拳銃を握っていた。アビーは怯えていた。顔は涙に染まっていた。美しい黒髪に降りかかった霧雨が、妖精のようなきらめきを放っている。万事休す。男だけを撃つことは不可能だ。ラグランは手から銃を落とし、両手を体から離した状態で上げた。急な動きは禁物だ。最後にＪＤに摑みかかるという必死の試みも無駄だ。ＪＤはラグランが落とした銃を蹴り飛ばし、壁に立てかけてあったブリーフケースを手にした。そしてラグランを押しのけてスロープに向かって走り、大柄な手下に女を連れてくるように合図した。

そのあとをラグランは追おうと足を踏み出したが、男がアビーの頭に銃を突きつけた。恐怖に見開いた彼女の眼がラグランの胸を締めつけた。彼は手を上げてアビーを安心させ、「彼女から手を放せ！」と怒鳴り、できるだけ端に向かって突進した。

「ラグラン！　助けて！　お願い助けて！」アビーが叫んだ。

ＪＤはヘリの開かれたドアに達した。彼は振り返り、ラグランを見た。険しく冷たい人殺しの眼差しで。穢れた魂がうかがえる眼で。ＪＤはブリーフケースをヘリのなかに置くとアビーを摑み、手下を先にヘリに乗せた。そして一瞬だけその場で勝ち誇った顔をした。揺れるヘリのなかに放り込まれ、アビーはいま起こっていることが信じられないという顔でラグランを見た。ＪＤは彼女をドアの縁に坐らせ、狙撃手が配置されている場合に備えて自分の盾にした。ラグランはあらんかぎりを尽くしてヘリに近づいた。あと十歩ほど走れば、開いたドアに突っ込むことができる。しかしそんなことをすればアビーの死刑執行令状にサインすることになる。

ラグランはＪＤに指を突きつけた。「必ず見つけ出してやるからな！」

ＪＤは血まみれの歯を見せてニヤリと笑った。「おまえの負けだ。戦闘でも戦争でも」

ラグランが罵声を浴びせるなか、ヘリは離陸を開始した。

「彼女を傷つけるな！」彼は怒鳴りながらも懇願した。

JDの怒鳴り返す声が聞こえた。「もちろんだとも」

銃声が、ローターが空を切り裂く音を貫いた。

アビーがくずおれた。JDは彼女をそのままヘリから落とした。命が抜けた体は建物の向こう側に落ちていった。ラグランが屋上の縁に駆け寄ると、ドックの水面に水しぶきが見えた。

ヘリは高度を下げつつ離れていき、しばらくすると視界から消えた。

35

直後にマグワイアが現場に到着した。

すでに警察が一帯を封鎖していて、レストランの客と近隣のビルで残業していた人々を誘導して地域外に出していた。クリニックの夜勤スタッフたちは最上階と屋上の銃声に気づいておらず、建物の直上で行ったり来たりを繰り返すヘリコプターの轟音（ごうおん）にしても、ヘリならしょっちゅうクリニック間近を通過しているので気にも留めていなかった。武装した警官が各階に姿を見せ、クリニックを封鎖したと説明すると、そこで初めてパニックに陥った。スタッフと移動が可能な患者たちは安全な場所に移され、警察は各階を捜索した。しても無駄だった。犯人たちはすでに逃亡したか殺されていた。

ロンドン航空管制局（ATC）は正体不明のヘリコプターの飛行経路を割り出そうとしたものの、ヘリのパイロットは曲がりくねったテムズ川に沿って高速で低空飛行して逃げていった。

警察の潜水士たちが船渠（ドック）の水中を捜索するなか、マグワイアは血まみれのラグランと一緒に待っていた。夜で、しかも冷たい雨が降るなかで誰もが難儀するなか、ラグランはまったく気にしていなかった。彼の怒りは、アビーを助けることができなかった無力感がもたらす鈍い痛みに変化していた。

風でさざ波立つドックの水面を警察の投光器が照らし出している。アビーは漆黒の水底に沈んでいった。あれほどの高さから水上に落ちることはコンクリートの上に落ちるようなもので、亡骸はあちこちにダメージを受けているだろうし、底流に持っていかれたら回収できないかもしれない。水面に当たる前にこと切れていたのだろうが、そんなことがわかったところでラグランにもマグワイアにもなんの慰めにもならなかった。ラグランは咽喉の奥から血まじりのつばを吐き出した。

「おれと一緒に屋上で戦っていた警官はどうなんだ？」潜水士たちのボートから眼を離さずにラグランは尋ねた。

「命に別条はない」

「彼のおかげで命拾いした。ＪＤたちは外の非常階段から上がってきた。目端の利く警官だ」ラグランはマグワイアに顔を向けた。「おれは銃を向けることもできずにアビーを死なせてしまったというのに」

雨粒がマグワイアの首筋を伝い落ちていった。彼はかぶりを振った。

「アビーは私の部下だ。彼女が殺されたのは私の落ち度だ」

「おれだってアビーを車に置き去りにしてしまった。帰れとは言ったんだが」

「ラグラン、彼女はきみのために帰らなかったんだろう」そこでマグワイアは一瞬言いよどんだ。「なんらかの理由で」

　検視局のヴァンが下の通りの物陰に停車した。

「ソロキナは肋骨を二本折っただけで済んだ。抗弾ヴェストのおかげだ」マグワイアは言った。「この一件で内務省は大わらわだ。欧州刑事警察機構(ユーロポール)と独立警察行為局(IOPC)が、流れた血も乾かないうちに捜査に着手する。MＩ5は手を引いた。なんでもかんでも否定という最強の防衛線を張るだろう。無理もない。そもそも彼らがかかわるようなことではなかったのだから。明朝、首相を交えての会議に出る」

「どんな話になりそうなんだ？」

「穏便なものになる。会議と同じ時間に警視総監が記者会見を開く。武装した男が、なんらかの理由で民間病院に押し入った。公認射手(AFO)のチームが現場に急行し、ひとりが職務遂行中に負傷した。容疑者はチームに射殺された。それで話はおしまいだ」

「ほかの死体は？」

「それはなんの死体のことだ？」マグワイアは言った。ふたりは黙りこくった。筋書きはとっくに書き上がっているということだ。

「アビーの両親にはなんて説明するつもりなんだ？」彼女が自慢のひとつぶ種だったことを思い出し、ラグランは言った。

「交通事故で亡くなったことにするのが一番だと思うが、どうだろう？」

「どうして本当のことを話さないんだ？」

「これも必知事項だということだ。本当のところを知ったところで彼女が戻ってくるわけでもない」

「知らせなきゃならないのは、ふたりの娘の身に実際に起こったことだ。アビーはこの件にかかわっていた。彼女は撃ち殺されたんだぞ、マグワイア。ここは規則を曲げてちゃんと話してやってくれ」

「アビーの検視報告に〝銃創〟という記述が載ることはない。建前としては、当て逃げ犯の捜索がすでに始まっている」

「いつ説明するつもりだ？」

マグワイアは頭を振った。「今夜にでも」

「今夜ぐらいぐっすり寝かせてやれ。これからはあまり眠れない夜が延々と続くんだから」ラグランは袖で顔を拭った。鼻から血が流れつづけている。「おれは彼女の両親と会っている。明日の朝一番で会いに行ってくる。あんたはあとで補足説明をして、いつもどおりの公式見解とやらを伝えろ」

マグワイアはうなずいた。

「わかった。言っておくが、簡単なことではない。おまけにきみはカーターの妻とも会わなければならない……今となっては未亡人だが。それに子どもたちとも」

潜水士たちはさらに離れたところで潜り、投光器の光が深いドックに突き刺さった。ドックは冷たく暗い墓場だった。

「これが初めてってわけじゃない。おれなりの罪の償い方だ」ラグランは言った。

マグワイアは口調を和らげた。これから数時間のうちに、ふたつの家族がそれぞれ思い描く地獄に突き落とされる。

「顔の血を落として、折れた鼻骨と脚の傷の手当てをしてもらえ」

「必要ない。鼻骨を元の位置に戻せばアイスパックと鎮痛剤で大丈夫だ。二週間で新品同様になる。脚の傷は自分で縫う。カルテなんかの公式記録は残したくない」

「警察には話をつけてあるから面倒なことにはならない」

「わかった。でも自分の面倒は自分で見るから、マグワイア」

「もう終わりだ、ラグラン。これ以上得るものはない。もうフランスに戻れ」

潜水士がひとり浮上し、親指を掲げた。見つかった。投光照明が水中の白いものを一瞬だけ捉えた。ふたりの潜水士がぬいぐるみ人形のような体を水面まで引き上げた。白いブラウスは血に染まっていた。アビーの頭は片側に傾いでいた。回収ボートに乗せられると、投光器の光が遺体をくっきりと浮かび上がらせた。彼女の両眼はラグランに向けられていた。

ラグランの頭から離れない眼差しがまたひとつ増えた。

アマンダとスティーヴンとメリッサにカーターの死を伝える義務がラグランにはあった。彼はアビーが殺された場所から歩き去っていった。が、警察の外側警戒線に来るまでのあいだに思いなおし、先にアビーの両親と話をすることにした。アマンダは夫との死別に耐えた経験があるし、スティーヴンは恐怖から脱していて、メリッサは父親が帰ってくることを望んでばかりいる。三人はたがいに慰め合い、たがいに悲しみ、そして今はどんな痛みを感じていたとしても、アマンダには子どもたちという未来がある。未来という共通の希望がある。アビーの両親にとっては娘がすべてだった。

朝を迎え、現場検証が終了し、死体が運び出され、警戒線のテープがはずされた頃、ラグランはサウソールの家のまえに停めたタクシーのなかに坐っていた。シャワーを浴びて着替えてはいたが、顔にはまだ屋上での戦闘の痕跡が残っていた。これが車の衝突事故によるものだと信じてもらえるだろうか？　運転していた彼らの娘が命を奪われたほどの事故だというのに？　しかも当て逃げ事故だ。ラグランはカーテンが開かれるのを待った。アビーの母親が今日最初の茶を淹れているところを頭に描いた。

ラグランは運転手に充分な金を渡してそのまま待つよう指示すると、玄関に向かった。眼のまえに立つ男のひどいありさまを見て、アビーの母親はぎょっとした。ラグランを招き入れた母親の両手は部屋着を握りしめていた。彼は申しわけなさそうな笑みを浮かべた。さっきの驚いた表情は否定と不信がないまぜになったものだった。彼女は察している――あたりまえの話だ。眼のまえにいる男が自分たち夫婦の人生を引き裂こうとしていることを。生きる力がこれまで以上に必要になることを。夫が衝撃を受けることを。鉛のように重い足取りで一歩また一歩となんとか進んでいくうちに、母親の両眼に涙が溢れてきた。

ラグランはアビーの母親と父親と一緒に坐った。ふたりの心は痛みでぱっくりと割れていた。娘の死を聞かされると、母親は涙で濡れた顔に手を当て、父親は車椅子の上でゆっくりと力を失っていった。ラグランはまえに出て、父親の肩に手をかけた。ジャル・カールサーは深く息を吸い、心の痛みを落ち着かせた。彼はうなずきでラグランを下がらせると、落ち着きと威厳を取り戻した。

「私のことはお構いなく、ラグランさん。あなただって事故で怪我なさっているじゃありませんか。それなのに娘の死を伝えに来ていただいて、本当にありがとうございます。軽々に買って出ることができる役目ではないのに」静かな、そして堅苦しい口調でアビーの父親は言った。

ラグランは暇乞いのつもりで言った。

「まもなくある人物が訪ねてくると思います。アビーの上司です」

「運輸省の方ですか？」

ラグランはうなずいた。本当のことを教えるくらいなら、嘘をついておいたほうがましだ。マグワイアの言ったとおりだ。アビーは自分のついた嘘を貫きとおした――それを今になってばらす理由なんかない。

「娘を死に追いやった人間はどうなるのですか？」アビーの父親は言った。

「私が見つけます」ラグランは答えた。「お約束します」

36

官僚機構が即座に起動し、こんな話を手際よく紡ぎ出した――とある情報屋からのタレ込みを元に刑事たちが動き、誘拐された銀行家ジェレミー・カーターの監禁場所を突き止めた。カーター氏は公認射手のチームに救出されたが、監禁中に誘拐犯たちから受けた暴行により死亡した。AFOとの銃撃戦で死亡した犯人たちは東欧系だった。ロシア人だと思われるとは誰も言わなかった。それとは別の無関係な事件がアイル・オブ・ドッグスのカナリー・ワーフで発生し、精神衛生上の問題を抱えていたとされる氏名不詳の男が民間病院に単独で押し入り、受付係のマージョリー・チェンバース（四十五歳）と警備員のアラン・ジェサップ（三十六歳）を殺害した。ふたりの家族はそう知らされた。ここでもまた容疑者は対応にあたったAFOを銃撃したが、結局射殺された。独立警察行為局(IOPC)による全面的な調査が行なわれることになる。

マグワイアと内務大臣、そして警視総監は夜明け前に事実を否認する策を話し合い、そこで詰めた内容を首相に報告した。〈ロシアの国家支援による組織犯罪（RBOC）〉というマグワイアがつけた報告書の見出しは、世間一般およびメディアの眼に留まらないようにするという決定がなされた。エゴール・クズネツォフに出された国際逮捕状はそのままにされた。この男がフランスの情報機関で働いていたという過去と、モスクワで警官四人を殺害した容疑で指名手配されていることは言及されていなかった。クズネツォフと過去にかかわりがあったことから、カーターの誘拐および殺害と彼が保持していた情報から恩恵を受けるのはロシア政府だとされた。しかしながら、いずれも証拠に欠くことから、その公表は公共の利益につながらないという判断が下された。いずれこのロシアの殺し屋はまた姿を見せる。そのときに最初に察知するのはＭＩ６であるべきだ。マグワイアはそう考えていた。

　ラグランとエレナ・ソロキナは空港にいた。ロシア大使館の職員が空港の警備担当と話をしている。ソロキナがあずけた拳銃は不正開封できない箱に収められ、操縦室（コックピット）でパイロットたちが保管することになる。アイル・オブ・ドッグスのクリニックで抗弾ヴェスト越しに撃たれたあと、ソロキナは安ホテルに戻り、折れた肋骨の痛みに耐えながらモスクワからの最終指示を待った。

「あのインド系の彼女は？」ソロキナはラグランに尋ねた。

「死んだ。あいつに殺された」

ソロキナの顔に憎悪のしわが寄った。

「わたしは任務に失敗したってことね、ラグラン。あなたはこれからどうするの？」

「何週間かはカーターの家族につき添って、悲しみに向き合えるようにしてやる」

「愛する人の死に向き合える人間なんかいない」

「そうだな」

大使館職員がソロキナを呼んでいる。ソロキナは最後に手を差し出した。

「わたしたちは一夜を共にしただけ。それ以上のものがあったということにするのはやめましょう」

氷の女王の顔に戻ったのを見て、ラグランは彼女が警察官の殻のなかに引きこもってしまったことを察した。それでかまわないと思ったが、ソロキナの手は必要以上に長く握りつづけている。

「旅の無事を祈ってる」

それからの三週間、ラグランはアマンダと子どもたちと一緒に過ごした。彼の存在は、ジェレミー・カーターの死がもたらした空白を一時的とはいえ埋めた。ラグランは友人がやっていた家事をこなし、その一方で残された家族は、浮かび上がってきたさまざまな段階の悲しみにゆっくりと囚われていった。涙と激しい怒りをともなう悲しみだった。カーターが自分たちを置き去りにして死んだことに怒った。最後の抱擁も、優しい言葉もなく逝ってしまったことに憤った。家は悲嘆の沈黙で満たされた。ラグランはスティーヴンとのランニングと、ベッドに入ったメリッサへの読み聞かせと父親についての質問を受けることを日課とした。調査の結果、マグワイアはジェレミー・カーターが資金を横領するような男ではないというラグランの主張が正しかったという結論に達した。遺族はカーターの公務員年金に加えて、殉職した現役佐官に支給される加算金を受け取ることになった。アマンダ・リーヴ＝カーターの二番目の夫の葬儀は、彼の誘拐から四週間後に執り行なわれた。十月の、寒々として霧がたち込める日のことだった。アマンダは子どもたちを抱き寄せて寒さを防いでやり、その肩をラグランは摑み、震えを抑えてやった。喪服姿のマグワイアと数人のMI6の人間たちも参列し、アマンダと子どもたちのあいだに丁重に距離を取って墓の脇に立っていた。カーターの本当の顔を知らない銀行の役員たちは、慰めと彼の死を悼む言葉をアマンダたちにかけた。無表情で自分たちを見つめる特徴のない男たちの存在に不安をおぼえている様子だった。じきに厳しい取り調べを受けることを自覚しているにちがいなかった。

マグワイアがアマンダに歩み寄った。彼女の口角が上がり、嘲りの笑みが浮かぶところをラグランは見た。勇敢なアマンダは、家族に害を及ぼした人間たちに向かって自分の感情を臆することなくさらけ出した。マグワイアが差し出した手を平手ではねのけるのではないかと、ラグランはなんとなく察した。その予想ははずれた。挨拶の握手を無視しただけだった。

「ジェレミーはむごい拷問を一週間近くも耐え抜いたのに、あろうことかあなたはあの人の忠節を疑った」アマンダはマグワイアにそう言い放った。

「アマンダ——」

片眉を吊り上げた彼女を見て、マグワイアは親近感を見せる戦術を撤回した。

「ミセス・リーヴ゠カーター、あなたの苦悩を和らげるような申し開きをすることは私にはできません。捜査の初期段階でご説明したように、われわれには遵守しなければならない規則があるのです。私は首相と話をして、カーター氏の傑出した勇気と称賛に値する軍務に対してしかるべき栄誉が下賜されるよう強く推奨しました」

「殉職したらもらえる勲章なんかもう要らない」アマンダは言った。そして子どもたちを連れて立ち去っていった。と、彼女は振り返り、MI6の高官に最後の戒めの言葉を向けた。「どういうからくりになっているのかはわかってる。あなたがマスコミに提供したものとは別のことを求めているのよ、わたしは。こんなことをしたクソ野郎を見つけて、そして殺して」

アマンダにつき添ってその場から去ろうとするラグランの腕をマグワイアは摑んだ。

「話がある」

「二日ほどしたらフランスに戻る。あんたはそうしてほしかったんだよな。あんたがこの一件にこれ以上かかわらせたくない人間がいるとすれば、それはおれのはずだ。この期に及んで何を話したいんだ？」

「きみのロシア人のガールフレンドが戻ってきた」

37

ラグランは百メートルもない距離をゆっくりと歩いていった。ソロキナはヴィクトリア・エンバンクメントの古めかしい街灯の下で待っていた。テムズ川は普段以上に灰色に濁って見える。マグワイアからは時間と場所を聞かされていた。やはりソロキナは屋内で会うほどまでにはこっちを信用していないらしい。ヴィクトリア・エンバンクメントを行き交う車の騒音と川風が吹きすさぶ音で、ここでの会話の録音は難しい。ソロキナは膝丈のブーツにジーンズ、そして襟を立てて寒さをしのいでいる七分丈のベルトつきコートという服装だった。帽子はかぶっておらず、風に向かって立っているせいで黒髪はうしろになびき、顔にはかかっていない。ラグランは彼女の背後に眼をやった。護衛の姿も、故障のふりをして停まっている車もない。ソロキナはひとりで来ている。

ソロキナは近づいてくるラグランを見た。その顔に挨拶代わりの笑みはなかった。

「遅いじゃないの」彼女は冷ややかに言った。「あなたの業界の人間は絶対に遅刻しないと思っていたけど。あなたたちの世界では、正確な時間に正しい場所にいることが生死を分けることがあるって」

「おれを殺すつもりなのか？」ラグランはそう訊き、あえて笑みを浮かべた。「もしそうなら、自分の葬儀も遅刻したいところだからね」

「それって笑うところなの？　わたしにはオチがわからない。もちろんあなたを殺すつもりなんかないけど。どうしてそう思うの？」

「無理してウケを狙い過ぎただけだ。忘れてくれ」

「そういうことね。ウケを狙ってる場合じゃないわ。わたしをベッドに連れ込みたいわけ？」

その誘いの言葉（プロポジション）に乗るかどうか、ラグランは少しだけ考えてみた。

「おれと寝るために遠路はるばるやって来たのか？　モスクワの男どもはどうしちまったんだ？　あの噂は本当だったのか？」

ソロキナは怪訝な顔をした。「噂って？」

「プーチン大統領はゲイで、モスクワの男どもは大統領のあとに続いた」

今度は顔をしかめた。「酔ってるの？」

「酔っていたほうがいいと思い始めたところだ。なんのためにここに来たんだ、エレナ？」

「あなたに提案（プロポーズ）するため」

「おれと結婚したいのか？」

「そんなわけないじゃない」ソロキナは噛みつくように返した。「どうしてそんな話になるわけ？」

「だっておれにプロポーズしたいって言ったじゃないか」

「ああ、使う言葉をまちがえた」ソロキナは少しだけ考え込んだ。「あなたに提案（プロポジション）があるって言いたいのよ」

「なんだ。まあ、どうせおれは終身独身刑を宣告された身だからな。わかった、その話は受けよう」

「どういう提案なのか、まだ説明してないけど」

「愉快な提案なのはわかってる」

どうしちゃったの？　そんなことを言いたげな眼でソロキナはラグランをじっと見た。

「馬鹿じゃないの、ラグラン。誤解がこれ以上生じないようにロシア語で話をしましょう。ここには仕事で来ているけど、愉しんじゃいけないっていう理由もない」

「空港できみは最後にこう言った。〝わたしたちは一夜を共にしただけ。それ以上のものがあったということにするのはやめましょう〟」

ようやくソロキナは笑みを浮かべた。

「愉快なものではあったけどね」

ソロキナは前回よりもましな観光ホテルに部屋を取っていた。ベッドはより大きく、よりがっしりとしていて、そして軋みはより少なかった。室温は暖かかった――裸でも快適なほどに。ルームサーヴィスは質が高く、部屋から出たくない客にとっては便利だった。ふたりは部屋から一歩も出なかった。

ソロキナのほっそりとした上半身には、肋骨が折れた痕跡はいっさい残っていなかった。ラグランの脚の傷は狭い筋になり、縫合した跡が黒い点になって二個か三個残っている程度だった。折れた鼻の痣は消えていた。ソロキナの肢体は、ラグランを求める強い欲情と同じぐらい強固だった。それでも数週間前に肋骨を折ったばかりとあってラグランは控えめに接したが、彼女のほうは積極果敢だった。激しく体を押しつけられると、ソロキナは痛みに顔をゆがめた。悪態をつき、違和感を無視し、彼をリードしてもっと楽な姿勢になった。まだくっついていないラグランの鼻骨に自分のあご先が当たり、彼が眼を丸くして涙ぐむと、声をあげて笑った。ふたりはたがいの怪我に気を遣ってもじもじと身をよじっていたが、すぐに誘惑に負けてしまった。

ふたりは何時間もベッドにいたあとでバスタブにも一緒に入り、気が向いたときにルームサーヴィスを食べた。ソロキナが目を覚ますと、ラグランは窓際の小さなテーブルの椅子に坐っていた。Tシャツにボクサーショーツという姿で彼女を見つめていた。ソロキナはショルダーバッグと小さなスーツケースに眼をやった。どちらも無断で開けられた様子はなかった。それでも彼女は疑心暗鬼だった。クローゼットの扉は開かれていたが、なかに置かれている金庫の扉は閉じられていた。さすがのラグランも設定した暗証番号はわからないはずだ。

「何をしているの？」

「誰が、どうしてきみをロンドンに寄越したのか考えているところだ。お愉しみはもう終わった。そろそろ面倒事に向き合う頃合いかもしれない」ラグランはそう言うと、茶封筒をベッドに放った。ソロキナは眼を瞠(みは)り、クローゼットをまた見た。ラグランは肩をすくめるとフッと顔を緩ませ、笑みを浮かべた。「おれは詮索好きな、転ばぬ先の杖を旨とする男なんだ」

ソロキナは思っていたほど怒っていなかった。「どうやって金庫を開けたの？」

ラグランは彼女の小さなショルダーバッグを手に取ると革財布を取り出して開き、ＩＤ

カードを抜き取った。

「ＩＤ番号は四桁の数字三つの組み合わせだ。ふたつ目の数字が大当たりだった」

「信じて、ラグラン。あなたを危険な目には遭わせたくない」

「あと数時間したら、おれは嘘つくなって言わなきゃならないかもしれない」彼はまた微笑んだ。「中身はまだ見てない。今回のきみは銃を携行していない。このホテルを予約したのも支払いをしたのもきみだ。調べたんだ。つまりこのロンドン訪問の目的がなんであれ、おれとの旧交を温めること以外は非公式なんだな」

「ある意味ではそういうことになるわね」ソロキナは半身を起こし、シーツを巻いて裸体を覆った。茶封筒はベッドに置かれたままだった。ラグランはコーヒーマシンに歩み寄り、コーヒーを飲むかと身振りで訊いた。ソロキナはうなずいた。彼はカプセルをマシンに入れた。

「まずいことになっているのか？　向こうに戻ったら上司から叱責を受けたとか？」

「そんなことはない。むしろ中佐に昇進するかもしれない」

ラグランはマシンをあれこれいじりながらコーヒーを作った。

「ここで敬礼するべきかな？」

「昇進してからでいい」ソロキナは笑顔になっていた。

ラグランはコーヒーカップを手渡した。

「きみは笑顔になると別の印象の女性になるよ、エレナ。もっと微笑んだほうがいい」

「モスクワ刑事警察であんまりニコニコしていたら腹に大きな一物を抱えていると見なされて、凍てつく北の警察署で野良犬狩りをする羽目になる。それとも痴れ者だと思われるか。わたしは笑顔を振りまいて少佐の地位を得たわけじゃない。あなたを危険な目に遭わせたくないって言ったけど、その封筒にはあなたに死さえもたらしかねないものが入っている」

「つまり処刑前最後のセックスだったってことか」

ソロキナは笑わなかった。「そうかもね」

ラグランは何も言わなかった。軽口はここまで。ソロキナの真顔がそう告げていた。彼女がいきなりロンドンにやって来た本当の理由を聞き出すときが来た。

「九日前、モスクワで見せしめ裁判が開かれた。警察の知らないところで、内務省の別の治安部署がエゴール・クズネツォフを拘束した。まやかしの逮捕だった。わたしの上司のイワノフ将軍すら知らされていなかった。兄を含めた四人の警官を殺害した容疑で、あなたたちがJDと呼んでいる男を訴追しているんだから、将軍に抗議できる筋合いはなかった。逮捕されたことで、あの男への国際逮捕状の効力はもうなくなった」

ソロキナは身を乗り出してきた。シーツがずり落ちて胸をさらけ出しても気にしていなかった。彼女は茶封筒の封を開け、折りたたまれた新聞の切り抜きを取り出し、ラグランに渡した。開いてみると、法廷に護送されるJDの写真が載っていた。ラグランは新聞の見出し程度ならロシア語の文章を読むことができる。切り抜きの見出しには、警官殺しの指名手配犯が逮捕され、ただちに裁判にかけられたとあった。

「これは……」ソロキナは適切な言いまわしを探した。「……仕組まれたものよ。ロンドンから戻ってきたクズネツォフがどうしてこんなに早く発見されたのかについては、イワノフ将軍にもわからない。どう見ても腐敗した官僚たちがお膳立てしたとしか思えない。つまりもうわたしたちはあの男を追っていないということ。捜査は終了」

「そういう取引が成立したのなら、あいつはどこにいる?」

「ロシア連邦では、もう長いあいだ死刑は執行されていない。クズネツォフは終身刑を宣告され、人里離れた刑務所に送られた。あなたたちが言うところのJDが犯罪組織の一員だったことは突き止めている。ロシアン・マフィアのね。刑務所内でも、あの男はマフィアの庇護を受けることになる」

パトロンたちに重要な情報をもたらした大事な資産(アセット)を護るためのまやかしの裁判だったということだ。犯罪組織はロシア政府の犬になり下がった。そして官僚たちはJDのように使い勝手のいい人間を捨て駒にすることはないだろう。連中にとっては手放すにはあまりにも惜しい人材だ。

「切り抜きはもっとあるけど、持ってくる必要はなかった。マスコミは、イワノフ将軍とモスクワ刑事警察の大手柄だと称賛した。クズネツォフのうしろ盾たちは、わたしたちがあの男の逮捕に異議を唱えられないようにしたってわけ。あの男は僻地の刑務所に収監されるけど、それも見せしめ裁判の一部。すべては司法制度に対する国民の信頼を回復するための欺瞞よ。そこでお勧めするのは二カ月程度でしょうね。特別待遇なのはまちがいない。そしてそのあとは——わかるでしょ?」

「健康上の理由という名目で別の刑務所に移送したことにして、どこかで新たな人生を歩ませる。そしてまた必要なときに利用する」

ソロキナはうなずいた。

「で、きみのところのイワノフ将軍はこのことをマグワイアに伝えたのか?」

「ええ。でも彼は、イギリスの情報機関にそんなことはできないと突っぱねた」

「そんなことって?」

「あの男を殺害する人間を送り込むこと」

38

ウェストエンドのセシル・コートという狭い路地にあるその書店は、サイン入り初版本を求める人々が足しげく通う店だ。静かな店内では、愛書家たちが誰にも邪魔されることなく本漁りに没頭することができる。地下階もあることから内緒話ができる静かな場所が常にあり、しかも壁一面に並ぶ本が防音材となってくれる。

マグワイアは百年戦争について書かれたハードカヴァーを書棚に戻した。

「この国の歴史のなかで血塗られた時代だな。人を殺すことは今よりもずっと簡単だった。パスポートだって必要なかった」

「どうしておれに会いたいと思ったんだ？　機内で読む本でも買ってくれるのか？」

「ラグラン、モスクワ刑事警察から話は来ているが、私はきっぱりと答えておいた。MI6としてはこの賭けに乗るつもりはない。われわれはロンドンでの役割を果たした。これはもう終わった話だ。きみがカーターの遺族に対する個人的な思いからやるというのなら、私はいかなる支援も行なえる立場にない。運よく殺されずに捕まったとしても、救いの手を差し伸べることができる見込みはない」

「そしてあんたは、おれが捕まったら関係が疑われるかもしれないと、死ぬほど恐れている」

「まあ、そういうことだ。女王陛下の政府に泥を塗るわけにはいかない」

「あんたがおれをフランスから呼び寄せたことを、彼女は気にしていなかったみたいだけどな。おれが国内にいたって彼女に言ってあったんだよな？」

「やめろラグラン、今はくだらんジョークを言っている場合じゃない。きみはあの男を殺してくれと頼まれたんだぞ」

「あいつは殺さなきゃならない」

「きみ以外の人間の手でだ。もういちどイワノフと話をさせてくれ。ほかに使える資産(アセット)はいないのか確かめる」

「モスクワ刑事警察は身動きが取れなくなっている。だから外部の人間が必要なんだ。どうして彼女がおれのところに来たと思う？」

マグワイアはカウンターにいる店主に別れを告げ、書店が並ぶ路地に足を踏み出した。彼は手袋をはめ、通りを吹き抜ける風にコートの襟を立てた。

「おれを止めるつもりなんだろ？　つまり、あんたのところの連中に見つからないように空港に行かなきゃならないってことだ」ラグランは言った。

マグワイアはかぶりを振った。

「好きにすればいい。そもそも――きみの外国人部隊の人脈がどれほどのものかは知らないが、あの男を始末することは不可能だ。どこにいるにせよ、近づくことすらできない。支援者たちの力を借りて身を隠すだろう。ロシアに観光に行くのと、殺人犯を探しに行くことは別物だ……」また頭を振った。「ラグラン、きみの助力には感謝している。止めようとするのは、私個人の思いからだ。もう終わったことなんだ。今後ＪＤは必ず表に出てくる。ここかヨーロッパか、それとも合衆国かもしれないが、ふたたび姿を見せたらわれわれが捕まえる」

「せいぜい頑張ってくれ、マグワイア」

ラグランは背を向け、通りから去っていった。時間は限られている。じきにロシアは冬を迎え、雪に埋もれる。その寒さは無慈悲で厳しいものだろうが、そんなものはあの二重スパイに対するおれの思いに比べたらどうということはない。むごたらしい拷問でカーターを死に至らしめ、アビーを殺した冷酷な男に裁きを下さなければならない。ＪＤを見つけ出して殺すのは今しかない。

ラグランは旅行かばんに荷物を詰めた。モスクワに戻る前にソロキナは言った。腐敗した官僚たちは書類を偽造してJDを見せしめ裁判にかけてまやかしの判決を下したが、それでも自分を助けてくれる人間たちがいる、と。警官は仲間が殺されたことを絶対に忘れない——それは万国共通だ。父親は判事で兄は殉職した刑事とあって、彼女には頼りになる腕の立つ友人たちがいる。そして最終決着をつけることができる助っ人もいる。

ラグランは、ソロキナが用意してくれた偽造パスポートをしげしげと見つめた。手持ちの偽造パスポートと同じぐらい本物そっくりで、ご丁寧にウクライナの入国スタンプすら押してあった。しかるべくぼろぼろなうえに手垢で汚れていた。五年前に発給され有効期限がまだ五年残っているこのパスポートの持ち主であるダニール・レグネフとなったラグランが、本人を見つめ返してきた。ソロキナ以外にこの作戦にかかわっているのは上司のイワノフ将軍だけだった。一方で彼女の父親は、愛する祖国の腐敗を食い止めようとしている警察当局の人間たちに接触していた。ラグランがモスクワに到着するなり、彼を標的のもとに送り届けるからくりの歯車がまわりだす。

カーター邸で、ラグランはアマンダに彼女の夫を死なせた男についての極秘情報を話した。ふたりはキッチンテーブルで向かい合って坐っていた。悲しみも涙も失せてしまったたアマンダは石のように無表情だった。ラグランはマグカップのコーヒーを飲んでいた。

「葬儀のときにあんなことをマグワイアに言ったけど……言うべきじゃなかった。あなたの身に何かあったら、わたしは自分を許せない」

「これはもうジェレミーのことだけに留まらない話なんだ。その男は、事件発生当日にこの家に来ていた若い女性も殺した。彼女はおれをいろいろと手伝ってくれていた」

アマンダは記憶のなかを探った。「あの子ね」

「ふたりも殺されて、ここで引き下がるわけにはいかないんだ、アマンダ。きみはもう大丈夫だ。スティーヴンは強い子だし、メリッサはまだ幼いから、きみがついていれば問題ない。みんな立ちなおることができる」

アマンダはうなずき、両手を伸ばしてラグランの手を取った。「あなたとは子どもの頃からの仲よ。過去の恋人やふたりの夫たちよりも、ほかの誰よりもつき合いは長い。もっともっと長く一緒にいてほしい」

ラグランは微笑んだ。「これはおれが決めたことなんだ」

「スティーヴンにはいつ話すつもりなの？」

「もう話してある。彼は大丈夫だから心配しなくていい」

アマンダは、やにわにはっとした表情を浮かべた。

「いつ発つの？」

「今すぐ」

ラグランはセント・パンクラス国際駅の上層階のバーカウンターに坐り、眼下のコンコースを足早に行き交う遅い買い物客や通勤者を見つめていた。セシル・コートでは空路で向かうようなことを言っておいたが、それはマグワイアが心変わりしてモスクワ行きを止めようとした場合に備えてついた嘘だった。その一方で、マグワイアはロンドンの各空港の海外便だけでなく、セント・パンクラス駅にも部下を送って国際列車を調べさせるだろうとラグランは踏んでいた。彼らが止め立てしないことがわかれば面倒なことにはならない。そうでなければ対処することになる。パリ行きのユーロスターの乗車手続きは発車の三十分前に締め切られるが、それまでまだ十分あった。とはいえラグランの頭のなかにあるモスクワにたどり着くまでの計画は、まだ半分しか固まっていなかった。

ラグランは携帯電話を耳に当て、元戦友のだみ声を聞いていた。

「ラグラン、おまえは頭がいかれてるな」

自分がこれから向かう場所と向かう理由を説明すると、ソコールはそう言った。ラグランが長々と説明するＪＤとの大立ちまわりを、フランス外国人部隊（レジオン）のロシア人元兵士は黙って耳を傾けていた。エレナ・ソロキナと過ごした時間については触れずにおいた。

「鳥(ロワゾー)、ロシアン・マフィアについて何を知っている?」ラグランは訊いた。

「連中とはかかわり合うべきじゃないということぐらいは知っている」

「もうかかわってしまった。連中になりすまさなきゃならない。どうやってなりすませばいいのかはまだわからないが」

「ガチムチ筋肉のマフィアになりすますなら、タトゥーを入れるしかない。テーブルの上座に坐るボスならスーツが必要だ。それと馬鹿高い高級車と見せびらかし用の美人とロンドンの屋敷だな。最上層と最下層、どっちにするんだ?」

ロシアン・マフィアの顔役を騙(かた)ろうとしても仕方がないことはラグランもわかっていた。騙ろうにも、テーラーメイドのスーツを誂(あつら)える金も高級車をレンタルする金もない。おまけにそんなものを用意しても、ロシアの荒野のただなかにある刑務所でJDを見つけるためにはなんの役にも立たない。

「おれは労働者階級だからな。筋肉タイプでいく。マフィアの証(あかし)のタトゥーが必要だ」

「一朝一夕にというわけにはいかないぞ。連隊のダンスパーティーで化粧して着飾るみたいに目立つやつにしなきゃならない。ちょっと待て……」ソコールはそう言った。

本のページをめくっているようなパラパラという音が受話口から聞こえてきた。

「これかもしれない……いや、ちがうかな。あった。マフィアのタトゥーをスキャンして送ってやる。それぞれのタトゥーには全部意味がある。識別章や階級章みたいなもんだ」

「今は送らなくていい。いま使っているプリペイド式携帯はもうすぐ捨てる。パリに着いたら新しいのを買って連絡する。スキャンしたデータをどこかで受け取らなきゃならない。今からユーロスターに乗る。向こうには二時間ぐらいで着く。そのあいだにやれることをやってくれ」

ラグランは通話を切ると携帯電話をばらばらにし、ごみ箱に捨てた。バーカウンターの奥に目鼻立ちの整った女と一緒に坐っていた、スーツにコートという姿の男が席を立ち、ブリーフケースを取り上げて店を出る準備をした。男は女の頬に軽くキスしたが、女の視線が男の肩越しに自分に向けられていることにラグランは気づいた。ふたりは少し前までコンコースを歩きまわっていて、それからバーに上がってきてカウンターの端に坐った。どこからどう見ても、これからどこかに向かう若いビジネスマンと見送りに来た女だ。女は手ぶらで、カジュアルでしゃれた服装だが、履いている靴がそれを台無しにしている。ファッション性はともかく、みすぼらしいジョギングシューズはそれ以外の装いとマッチしていない。これが思いちがいで、都市通勤者が快適性を求めて履いているだけだったとしても、すぐに答えは出る。走って追跡する場合に備えて履いているんだ。ラグランはそう見ていた。

ふたりは監視チームだ。ラグランの直感はそう告げていたが、それを確かめる手はひとつしかなかった。彼はバーのメインフロアを通ってトイレに向かった。なかに入ると、ビジネスマンが二歩か三歩うしろにいた。ラグランはスウィングドアを男にぶつけた。男はなすすべもなかった。ラグランは一発殴って気絶させると個室に引きずり入れ、便座に抱え上げた。男は身分証を持っていた。マグワイアの部下たちの質はどんどん落ちている。

ラグランは個室をロックし、ドアをよじ登って上から出た。彼がトイレから出たとき、若い女は心配顔をすぐには取り繕えなかった。ラグランは女にウィンクするとユーロスターのプラットホームに向かって駆けだした。女は一瞬逡巡し、そして相棒を探しにトイレに急いだ。その耳にはすでに携帯電話が当てられていた。セント・パンクラス駅に来た段階で、ラグランは駅の偵察を済ませていて、予約した座席に一番近いゲートは28bで、上層階からゲートまではあらゆる邪魔を考慮に入れて四分で行けると目星をつけていた。彼はエレヴェーターを使わずに階段を駆けおり、人混みをかき分けてゲートにたどり着いた。

駅の時計が発車まであと三分四十八秒だと告げていた。

39

列車内は安全だった。パリに着けば状況は変わるかもしれないが、とりあえずラグランは気を楽にした。ユーロスターはイギリス南部の田園地帯をゆったりと走り、大陸に入るなり速度を上げた。暗闇を走る列車の車窓に映る自分の姿を、ラグランはじっと見つめた。ソロキナの言ったことが頭のなかを駆け抜けていった——いかにしてJDを見つけることができるようにするのか、彼女の味方たちが書類をでっち上げてあの男に近づけるようにしてくれるのかを。JDが匿（かくま）われている刑務所の副所長とは話がついていた。その副所長は人生の半分を荒野で過ごしてきたが、すべてが計画どおりに進めば、文明社会に近いところにある、ましな刑務所に異動することになる。お膳立ては整っていた。ラグランがJDを殺害すると、ただちに現地の治安警察が動く。連邦捜査委員会が副所長を拘束して尋問することになるが、それはあくまで手続き上のことであって、しかるべき力が働いて副所長は無罪放免になり、約束の見返りを得ることになる。問題は、JDが余所（よそ）に移送される前にあの男に近づくことができるかどうかにあった。ラグランは単独で行動しなければならないし、これほどまでに過酷な環境下にある刑務所から脱走した人間はひとりもいない。最悪の場合は死も想定しておかなければならない。何か手を考えなければ。自分の生き死にがかかってくると精神が研ぎ澄まされる。吊り縄を眼のまえにした死刑囚のように。

兵士は誰でも寝られるときに寝ておくものだ。ラグランもうたた寝をし、まもなく到着するというアナウンスで目をさました。コンコースの売店で新しい携帯電話を買ってからパリ北駅を出ると、ダンケルク通りの入り口で足を止め、モスクワまでの行き方をとくと考えた。ソロキナとは二日以内にモスクワ入りすることで話がついていた。ソロキナのほうで何かまずいことになったら、空港で待ち構えているはずの彼女の敵たちのなかに飛び込むことになるし、今もマグワイアがフランス当局を動かして警官（フリック）たちに監視させていることも充分あり得る。彼らはみんな昔から仲間だ。

「なんとか手を見つけたぞ」ラグランが電話をするとソコールはそう言った。「ミウォシュを憶えてるか？」

「あいつはおれの三年あとにレジオンから去った」

「そのとおりだ。今は警備業界にいる。小さな会社を立ち上げて企業警備やそこらへんのことを請け負っている」

「あいつが何をしてくれるんだ？」

「まだはっきりとはわからないが、あいつの弟がワルシャワにいる。弟は映画界で特殊効果か何かの仕事をしている。名前は思い出せない。ミウォシュと連絡を取ろうとしてみたんだが——留守電は残しておいた」

モスクワに向かう途中で寄り道をすれば、貴重な時間を失ってしまいかねない。

「一時間待つ。ミウォシュの弟がなんとかしてくれるなら、ワルシャワ行きの航空券を買う」

「それからモスクワか？」

「それはまだわからん」

「わかった、じゃあ聞いてくれ。モスクワから二時間か三時間ぐらい離れたところにおれの遠縁の女がいる。小さな村だ。おれは彼女のところに行ってみる。退路を作っておいてやる。やっておいて損はない」

「なんだかおれたち、まだ戦っているみたいだな」ラグランは言った。

「ずっと戦ってるじゃないか」ソコールはそう応じた。

ラグランもミウォシュの電話に留守電を残した。

四十二分後、ハムとチーズのバゲットサンドウィッチ（カスクルート）をほおばってコーヒーで咽喉に流し込んでいる最中に携帯電話が鳴った。

「仕事か、ダン？」しわがれ声がそう言った。その声を聞いたのは何年かぶりだったが、何年経とうが同じ声に聞こえる。まるで今朝言葉を交わしたみたいに。挨拶も世間話も必要なかった。

「ミウォシュ、力を貸してくれ」

「どこで、いつ借りたい？　今はイスラエルにいるんだが」

ラグランはソコールにも言ったことをあらためて説明し、ロシアン・マフィアになりすまして敵地に潜入する準備をしていると伝えた。

「やめておけ。ドアをノックする前に見つかっちまうぞ」

「チャンスは一回しかない。やってくれるか？」

ミウォシュはため息を漏らした。

「おまえの命がかかってるんならやるしかない。弟なら力になれるはずだ。あいつはゲイで、もう何年も前に家族から縁を切られているが、おれはちがう。あいつをいじめるやつらはおれが叩きのめしてやっていた。だからおれが言えば必ず手を貸してくれる。弟は映画界でメイクアップの仕事をしている。そっちの腕はかなりのものだ。おれにとって家族と呼べるのは弟だけだ。あいつはワルシャワにいる。あっちに行けるか？」

「ああ、今パリにいる」

「鳥（ロワゾー）から聞いてる。金はあるのか？」

「ワルシャワに飛べるぐらいはある。そのあとに行く場所では金はそんなに必要じゃない。足りなければロワゾーが電子送金してくれる」

「だめだ、それだと足がつく。必要なものは弟に用意させる。おれがそっちのほうで凄腕なのは弟もわかってる。これからあいつに連絡する。弟が働いている映画スタジオは、ワルシャワから百キロぐらい離れたウッチにある。パリからウッチへの直行便はないが、今のあいつは仕事の合間にある。ワルシャワで会う手はずを整えてやる。あいつならなんとかしてくれるはずだ。自宅で個人でメイクの仕事を請け負っていて、セレブ女たちに大人気だ。女どもを丸裸にさせて、魔法の腕を発揮するって寸法だ。泣きたくならないか？もったいない話だよ。おまえも行ったほうがいいぞ。シャルル・ド・ゴール（CDG）で次の便に乗れ」

「わかった。ロワゾーに電話してくれないか。あいつがスキャンしたタトゥーの画像を弟さんに送ってもらう必要がある。できるか？」

「お安いご用だ。相変わらずおまえはいかれた野郎だな、まったく。生きて帰ってきたら戦友会を開かなきゃな。もちろんおまえのおごりで」

ラグランは駅に走り、三十分でCDGに着いた。計画の要素がようやくそろってきた。期待感がどんどん高まってきた。狩りの獲物との距離は縮まりつつある。

ワルシャワ・フレデリック・ショパン空港の到着ロビーで、瘦身で背の高い男が待っていた。仕立てのいいグレーのオーヴァーコートと流行りのスタイルに整えられたあごひげという姿のその男は、傍目には現代ポーランドが大量生産している羽振りのいい若手起業家に見える。体格的には、共に戦ったフランス外国人部隊の筋金入りの兵士とは似ても似つかない。この男がミウォシュの弟だとわかったのは、ひとえにさりげなくたたまれたレジオンのベレー帽を小脇に抱えていたからだった。ネームボードを掲げて待っているよりも目立たなくていい。

ラグランは男に歩み寄った。「ラグランだ」

男は手を差し出した。指の長い、ピアノ協奏曲が弾けそうな繊細な手だった。

「存じています」男はニコリと笑い、余計なことは何も言わなかった。「トマシュといいます」英語のアクセントに若干の抑揚をつけて男は話した。「ワルシャワで暮らしているから、ぼく自身が運転することはありませんが、近くにタクシーを待たせてあります。家には食事が用意済みです。伝統的なポーランド料理がお口に合えばいいんですが」

ラグランは笑みを浮かべた。

「ご親切にありがとう。おれはきみの兄さんと長いあいだ一緒にやってきた。あの頃は食いものについてはとやかく言えなかったが、きみが教えたらあいつの料理の腕も上がるんじゃないかな」

「兄からは、あなたが必要としているのは食事どころのものじゃないと聞いています。ぼくが力になれればいいんですが。幸い、次の映画の撮影まで間があります。ウッチのスタジオまで行っていたら、到着はもっと遅くなっていたところです」冷気のなかを早足で歩きながらトマシュは言った。

東ヨーロッパの冬は目前に迫っていて、その寒気はここでの長居は無用だとラグランを戒めていた。

「でも兄の話を聞いたら、ワルシャワでは必要な資材が手に入らないんじゃないかって不安になりました。だから友人に頼んで、スタジオから必要なものを持ってきてもらいました。彼は百キロ以上離れたウッチまで、四時間で行って帰ってきます——スピード狂なんですよ。食事が終わるまでに必要なものをそろえて、それからあなたのほうの準備をします。あなたが入れたいタトゥーは時間がかかります」

二十分後、タクシーは空港から十キロ離れた旧市街に入った。色とりどりに塗られた連棟住宅が並ぶ細い通りを曲がり、雨に濡れた石畳の道をゴトゴトと音を立てながら進んだ。広々とした広場の先にワルシャワ王宮を望む街角でタクシーは停まった。

「おれが払う」ラグランはそう言い、財布を取り出して運転手に料金を払おうとした。

「ぼくがまとめて後払いすることになっています。タクシーはしょっちゅう使っているものですから」トマシュはそう応じ、運転手を名前で呼んでおやすみと告げた。彼は四階建ての連棟住宅の装飾が施された古い扉の先にラグランを通し、三階と四階を占める自分のアパートメントに案内した。ドアの先には磨き上げられた木張りの床が広がり、東洋調の絨毯がいくつか敷かれ、キッチンから食欲をそそるにおいが漂っていた。天井の高い部屋には大理石の暖炉があり、アンティークとモダンを取り交ぜた調度品が置かれていた。マントルピースの片側には、アカデミー賞授賞式の公式写真とトマシュが獲得した金色のオスカー像が飾られていた。ラグランは足を止め、敬意の眼差しで見つめた。銘板には、ある有名な映画のメイクアップ賞とあった。

壁には現代アートとおぼしきものが何点か掛けられていた。暖炉脇のサイドボードには銀のフレームに入った写真が数枚並んでいた。トマシュが同世代の男を抱きしめている写真を見て、ラグランは彼がトマシュのパートナーなのだろうと思った。別の写真には、トマシュと一緒に笑うミウォシュが写っていた。レジオンの礼装に身を包んだミウォシュの写真が一番目立つ位置に置かれていた。戦闘服を着て、いささか疲れ顔のソコールとミウォシュ、サミー、そしてラグランの集合写真もあった。これでトマシュが空港でラグランを見つけることができた理由がわかった。トマシュが兄を英雄視していることもありありとわかった。

「あなたの部屋はこの先です」トマシュはそう言うと着ていたコートをソファに落とし、広々としたアパートメントを案内した。ダイニングテーブルの横を通り過ぎたとき、彼は上に置かれた封筒を手に取った。「ドルとルーブルで現金が必要だと兄が言っていました。でも多くは要らない、数日分あれば充分だと。これで足りなかったら言ってください。銀行でおろしてきます」トマシュはそう言い、ふたつ折りにした札束をラグランに渡した。「モスクワ行きの列車の切符はここに入っています。明日の午後発で明後日の午前十一時着です。いい席じゃなくていい、シャワーもトイレもない二等客室にしろと兄は言っていましたが。ほかのふたりと相席になりますが、それでいいんですか？　十八時間もかかるんですよ」

ラグランはフッと笑った。

「きみの兄さんは楽をするなっておれに言いたいんだろう」

「パスポートのような公的機関が発行するものは用意できませんし、ご存じかと思いますが、モスクワ行きの列車はベラルーシを通るので通過ヴィザが必要です……」トマシュは話の途中ではたと気づいた。このラグランという人については兄からいやというほど聞かされてきた。その彼が、こんな旅路になんの準備もなく出ることはないだろう。「……ロシアのパスポートを持っている人間なら別ですが」

「そこは問題ない」ラグランは彼にそう言った。

トマシュはうなずいた。この人を甘く見てはならない。

「それはよかった。じゃあ、ゆっくりくつろいでください。でもまだシャワーは浴びないで。食事が終わってからにしてください。理由はあとで説明します。食事の用意をしてきますね」

ラグランはトマシュに礼を言った。用意された部屋は五つ星ホテルと遜色なかった。

トマシュは笑みを浮かべた。

「あなたと兄がしてきたことは、ほんの少しだけですが聞いています。お手伝いできて光栄です。じゃあ食事にしましょう。終わったら着ているものを全部脱いでください」

40

言われたとおり、ラグランは着ているものを脱いだ。食事を終えるとシャワーを浴び、体を乾かしてボクサーショーツを穿くと部屋に戻った。

「こっちに来て」トマシュの呼ぶ声が聞こえた。

ラグランが部屋の奥までペタペタと歩いていくとドアがあり、その先は小さな美容室みたいになっていて、タオルが掛けられた腰高の施術台が置かれていた。その横の小さなテーブルには美容液とスキントリートメントの容器が並び、拡大レンズのついた強力ランプが置かれていた。自動車修理工場のメイクアップアーティスト版といった趣きの部屋だった。商売道具はすべてそろっていた。トマシュは白い術着を着て首までボタンを留め、指が長い繊細な手に手術用のラテックス製手袋をはめていた。部屋に入ってきたラグランの体を、トマシュはじっくり観察した。

「ここに立って」彼はそう言った。

ラグランは恥ずかしがることもなく言われたとおりにし、このアパートメントの主（あるじ）は彼のまわりをゆっくりとまわった。銃弾とナイフと砲弾の破片、そして拷問を受けた傷痕を見て、トマシュはかろうじて聞き取れる程度の音を立てて息を呑んだ。

「おれも歳だからな。それなりの傷はある」ラグランは言った。「ここでまっさらにしてもらってもいいかもしれない」

トマシュは正面で足を止めて顔を寄せ、ラグランの顔を前後左右にそっと倒し、骨格と首から肩にかけての筋肉を調べた。

「ぼくはワルシャワで医師登録しているんです。あなたよりもずっとひどい怪我や傷を負った人たちを助けてきました。これぐらいならなんとかできますけど」彼はニヤリと笑った。「これはあなたの友だちが送ってくれた、あなたに入れるタトゥーのスキャンデータです」トマシュはそう言い、ドアの陰にさりげなく隠してあったコンピューターを示した。モニターにはロシアン・マフィアのさまざまなタトゥーが表示されていた。「スタジオに送られてきた画像データの大半を転送してあります。これより小さいものは特別な素材を使って手描きして、肌に定着させます。針は使いません」彼は言い足した。「今夜中に全部済ませるつもりでいます。そうすれば明日の朝にあなたが発つ前に、全部ちゃんと定着しているかどうか確認できますから」

画像にあるタトゥーを入れた男たちは、見るに堪えないほど打ちひしがれた顔をしている。頭髪もあまり残っていない。ろくな歯の治療を受けていないように見える。そして全員が全員、人間の肝臓を嬉々として切り取って食べそうな顔だ。なかには本当にそうしたことがあるやつもいるにちがいない。

トマシュはさまざまなタトゥーの意味を説明していった。どう見ても刑務所で入れたとしか思えない、雑なデザインのものもいくつかあった。

「こうしたタトゥーは一番大きな意味を持つもので、言ってみればマフィアの世界での階級章みたいなものです。殺した人数とか、権力に対する不信と憎悪を表しています」

彼はラグランの背中と胸、腕、首筋、そして両手に入ることになるタトゥーのデザインを次々と指差した。

「そんなこと、どうして知っているんだ？」ラグランは尋ねた。

「画像データを送ってくれたソコールって人が、解説のリストもつけてくれました。彼は掟ある盗人（ヴォールィ・ヴ・ザコーニェ）（法に縛られず名誉を重んじるロシアのギャングの尊称）についてかなり詳しいですね。ぼくがいるスタジオでもロシアン・マフィアを描いたテレビドラマを作ったことがあるから、連中のことは聞いたことがあります。じゃあ、ここにうつ伏せになってください」トマシュは言った。

「まずは肌の準備をします。皮脂が残っていると転写フィルムがちゃんと定着しないので、まずは除去します」

施術台に上がってうつ伏せになると、不意にランプの温かみを背中に感じた。背筋にトマシュの手が触れた。

「いいでしょう。これからやることを説明します。わからないことや疑問があったらなんでも訊いてください。痛みは全然ありませんから」

ラグランは背中にひんやりとする液体が塗られるのを感じた。液体でJDとの近接戦闘で負った擦り傷がしみ、筋肉がピクピクした。

「ごめんなさい。この純度九十九パーセントのアルコールじゃないと皮脂を拭き取れないんです」

「大丈夫、どうってことはない。剝がれないようにするにはどうすればいいのか教えてくれ」

「ご心配なく、転写フィルムが剝がれることはありません。薄くなっていくだけです。全部貼り終えたらその上に別のフィルムを貼って、そのなかに含まれるアルコールの作用で模様が肌に染み込んで、年季の入ったタトゥーみたいになります」

「入れてからかなりの年月が経ったように見えるのは都合がいい。ものによってはほかのタトゥーより薄くなっているとか。そういうのがあると一目置かれるからな。本当に剝がれないのか？」

「転写フィルムの裏に塗ってある粘着剤は水性なので、肌を刺激しません。ぼくが医療用補装具に使っている粘着剤です。今は映画に出てくるタトゥーにも使われています。刑務所で入れたタトゥーだらけの俳優が出てくるでしょ？　ああしたタトゥーは偽物です。広場の向こう側にあるワルシャワ王宮みたいにね。本物の王宮は大戦中に破壊されて、戦後にそっくりそのまま再建されました。偽物でも本物のように作ることができるんです。まあ、これから貼るタトゥーが本物に見えるのはほんのしばらくのあいだだけですが」

「どれぐらいもつんだ？」

「汗っかきだったり毎日シャワーを浴びたりしたら八日か九日ですね。そのあとは急速に薄れていきます。目立つぐらいに」

「もっと長くもたせたいんだが」

「あまりシャワーを浴びないようにしてくれたら、ぼくのほうでなんとかできるかもしれません。どうなるか見てみましょう」

ラグランは施術台に空いた穴に顔を埋めたままでいた。両腕と両肩が特殊メイクのアーティストのまっさらなキャンヴァスとなり、筋肉が収縮した。ミウォシュの弟が期待どおりの腕前だったら、数時間後にはロシアン・マフィアの一員と見られてもおかしくない姿に変わるだろう。これから入れるタトゥーはダニール・レグネフのすべてを伝える符牒となり、その真の意味を知る者たちに仲間として受け容れてもらえる手形となる。

ラグランの肌が転写可能な状態になったことを確認すると、トマシュはタトゥーの模様が印刷された、裏にプラスティックのシートが貼られた紙を持ち上げた。彼は透明な保護シートをタトゥーのかたちに沿って切り抜くと、裏返しにしてラグランの背中に置き、慎重に紙を剝がしていった。それはもっとも大きくもっとも細かく描かれたタトゥーで、背中の筋肉の輪郭にぴったりと平らになるように正確に貼らなければならない。複雑な図柄は絵物語風になっていた。今のラグランの背中には、両肩にかけては十字軍の城郭風の砦が、肩甲骨の下には敵を屠る十字軍の騎士のどぎつい姿が、そしてそこから腰にかけては血まみれの死体の山がある。

「これから水で拭きます。動かないでくださいね」

ラグランは水を含んだスポンジが背中に押し当てられるのを感じた。水が細い筋になって背中から脇腹を伝い落ち、施術台に敷かれたタオルを濡らした。

「水道の水には塩素が入っているから、ボトル入りのミネラルウォーターしか使いません」プロの誇りを少しだけ込めた感じにトマシュは言い添えた。「体のほかの部分に取りかかるときにタオルで拭き取りますから」

ラグランは粉を振りかけられているような微細な感触を背中におぼえた。

「このパウダーで粘り気を全部払拭(ふっしょく)します」トマシュはそう言い、施術を変えた。「そして水を含ませたスポンジをまた使って保護膜を作ります」

転写フィルムの貼りつけと定着は、トマシュが繊細な手さばきで細心の注意を払い、決して慌てることなく進められた。

「いいでしょう、最後にヘアドライヤーの冷風モードで全部乾かして、粘着剤を肌にしっかり定着させます」メイクアップのスペシャリストは転写フィルムがしっかり定着したことがわかるまで待った。「仰向けになってください。次の大きなやつに取りかかります」

トマシュはランプを調節し、ラグランの筋骨隆々の胸をためつすがめつした。そしてニヤリとした。

「これだと山脈全体に濡れたシートをかぶせるようなことになりますね」彼は少しすまなそうな声で言った。「すみません、痛みは伴わないと言いましたが、そのとおりじゃないみたいです」トマシュはそこで言葉を切った。「まずは胸毛を剃りましょう」

トマシュは芸術品を完成させた。何年も前にラグランの体に彫られたように見えるフェイクタトゥーの出来栄えに満足顔の彼は、天井から円形に吊るされたビニールカーテンを閉じ、施術台から下りて両腕を広げて立っているラグランを囲った。医療用フェイスマスクをつけて眼を閉じるように指示すると、ラグランの肌の色に合った水性ファンデーションをエアブラシで吹きつけた。それからパウダーを振りかけて乾かし、ようやく施術は終わった。

「さあ、自分がどんな男になったのか見るべきだと思いますよ」トマシュはそう言うとカーテンを引き、収納棚を開けた。扉のなかには照明つきの全身鏡があった。

自分の上半身と両腕と両手、そして両脚を飾るタトゥーをラグランは見た。一番眼を惹いたのは胸一面にある、心臓から血を滴らせた、ロシアの国章である双頭のワシだった。軍服の肩章のような両肩のタトゥーは地位を示すものだ。首筋の片側では身をくねらせたヘビが、反対側にはそこに突き立てられたように見える、血の滴る短剣が描かれている。両手には、刑務所でインクと針を使って入れたような、薄くなった雑なデザインの小さなタトゥーがある。片方の腿にはドクロ、もう片方には歯をむいて吠えるトラの頭がある。トマシュがうしろで見ているなか、ラグランは自分の変身ぶりをとくと眺めた。トマシュは血が滴る短剣を指で示した。

「どうやらそれは、金で動く殺し屋の印みたいですよ」

ラグランは怪訝そうな顔をした。メイクアップアーティストはサイドテーブルにあった一枚の紙を手に取った。

「あなたのロシア人の友だちが送ってくれた、すべてのタトゥーが意味することを記したリストにはそうあります」ラグランはリストを受け取ったが、それよりも自分の身を覆う装飾のほうが気になった。

トマシュは主室に戻ると手袋をはずした。彼は、鏡に映る自分の姿をニコリともせずに見つめる長身の男の筋肉質の引き締まった上半身に眼をやった。吊り上がった黒い眉毛が獰猛な見た目を際立たせていた。

「兄が教えてくれた英語の表現の意味が、ようやくわかりましたよ」

「どの表現だ？」

「あなたの見た目は〝小便をちびるほど怖い（スケア・ザ・シット・アウト・オブ・ミー）〟」

第三部　ロシア連邦

41

二〇一九年十月　ロシア連邦

　ポーランドからベラルーシを経てロシアに至る長旅は、ふたりの旅仲間と酌み交わしたウォッカの盃の数以外はこれといっておかしなところはなかった。三人ひと部屋の二等客室で、ラグランは三段ベッドの一番下で寝た。列車の長旅では友誼(ゆうぎ)が結ばれることはよくあり、ラグランはそれに乗じて頭のなかで眠っていたロシア語を呼び覚まし、いざというときにすらすらとしゃべれるようにした。ラグランはふたりにモスクワのことをあれこれ訊いた。自分のことはベラルーシ人で、ポーランド人と結婚した妹を訪ね、それから仕事を斡旋してくれた有名な実業家に会うためにモスクワに行くという嘘をついておいた。モスクワに着いたらどうすればいいのかはソロキナから説明されていたが、あの市（まち）の有名な地下鉄網についてはあまり詳しくなかった。路線図ならワルシャワを発つ前にトマシュのパソコンで調べて頭に入れてあったが、ここで生粋のモスクワっ子（モスクヴィチ）の話を聞いておかないという手はなかった。ふたりはモスクワこそ世界一素晴らしい市（まち）だと嬉々として語ったが、年にいちどの鉄道員大会が開かれるワルシャワより遠いところには行ったことがなかった。モスクワはサンクトペテルブルクよりもいい市（まち）だよ。みんな知ってることだ。あっちは皇帝（ツァーリ）がいた旧都で金ぴか宮殿があるじゃないかって？　いやいや、サンクトペテルブルクにいるのは観光客だけだ。モスクワには本当の人の営みがある。ふたりはそう言い募った。この時期、運がよければモスクワは〝婦人の夏（バビエ・レタ）〟かもしれない。冬が眼のまえに迫っているというのに、小春日和を愉しまないって手はないだろ？　季節はずれの暖かさはふたりの気分を盛り上げていた。ラグランは、肌を刺す寒さのなか狭いアパートメントに閉じこもっているふたりが、カエデが黄色と赤に色づく晩秋に新鮮な空気を求めて戸外に出る姿を想像した。四季それぞれに郷愁があるものだ。

　ラグランの旅の道連れたちは年配で、ソヴィエト連邦時代のことをいろいろと語ってくれた。ふたりが最初に客室に入って来たとき、ラグランは頬ひげを生やした年嵩とおぼしきほうに下のベッドを譲ろうとしたが、頬ひげの男は彼の善意にすぐさま怒鳴り声で応じた。おれが老いぼれだっていうのか？　男はきつい口調でそう言った。が、ラグランの両手のタトゥーと、襟から耳のうしろに向かって頭をのぞかせているヘビの頭に眼を留めると態度を和らげた。ロシア人のご多分に漏れず、ふたりはすぐに好意と友誼を発露させ、食べものと酒を気軽に分けてくれた。狭い客室でギャングと相席になってしまった恐怖をウォッカが和らげた。

　ふたりのうちで年下の、若い頃はレスリング選手だったのではと思わせる、もじゃもじゃ巻き毛で浅黒い顔と黒々とした無精ひげの男が、大胆にもこの客室は刑務所の監房並みに狭いと言ってのけた。男は見知らぬ旅仲間との共通の話題を見つけようとし、昔逮捕されたことがあると言った。ある夜に酔っ払って帰宅したら女房にガミガミ言われた。黙らせようとひっぱたいたら警察を呼ばれ、今度は警官を殴った。そのせいで市(まち)の留置所に二週間ぶち込まれたが、そこと比べたらこの客車は豪華だよ。男はイーゴリ・ヴォロニンだと名乗り、年上の友人はヨシフ・ナウモフだと紹介した。ふたりとも退職した元鉄道員だった。ラグランは食堂車で食べものと酒のお代わりを買ってくると言ったが、掟ある盗人(ヴォールィ・ヴ・ザコーニェ)なら自分の財布を開くことはまずない。権力に楯突き、国家の犬になり下がることをよしとせず、自分たちの掟に――市民社会で比類のない地位を与えてくれる行動規範に――従って生きるギャングたちが広く一般から集めている不承不承ながらの敬意を、このふたりも抱いていた。

モスクワのベラルースキー駅に到着する頃には、ふたりの元鉄道員はそれぞれの人生の物語を語り尽くしていた――ロシアは近代国家になり、人を押しのけて前に出ようとする人間たちのための国になった。老兵は消え去るのみだ。失われてしまった共産主義体制下のかつての暮らしへの郷愁と、新体制下で強いられている苦難に、ふたりは涙した。しかし共に旅をする口数の少ない男のことは何もわからなかった。重いスーツケースをプラットホームに運ぶふたりは、知らないほうがいいということで意見が一致していた。

駅のホームの端に向かうふたりを、ラグランはじっと見ていた。ジーンズにシープスキンのジャケットという姿の若い男が客車から降りてきて、うっかりといった感じにふたりにぶつかり、すぐさま謝った。ただ謝っているにしてはやけに長かった。イーゴリもヨシフもかぶりを振った。ふたりは事情聴取されていた。ヨシフが振り返ってラグランがまだ降りずに残っている客車のほうを見ようとすると、若い男はやんわりと腕を取って引き戻し、自分のほうを向かせた。しばらくすると男は何も言わずに立ち去っていった。イーゴリとヨシフはその場にじっとしていた。深入りしないようにしたのだろうとラグランは踏んだ。スーツケースを引きずりながら去っていくふたりを彼は見守った。ふたりを聴取した男は耳に携帯電話を当てて半分振り返り、プラットホームから出ていく人の流れを見ていた。ラグランは旅行かばんを持って客車から降りた。

まちがいない。シープスキンジャケットの男は警官だ。ワルシャワからずっと尾けてきたということか。エレナの部下たちは仕事熱心だ。

地下鉄の駅は歩いて数分のところにあった。ラグランは建造物にはあまり興味はなく、敵を一掃する手段を把握する場合以外は建物の構造やデザインを気にすることはない。そんな彼でもモスクワの地下鉄駅の途方もない美しさと、それを造った職工たちの腕前にしばし眼を奪われた。彼はアール・デコ様式の天井に見とれているふりをしてわざと足を滑らせて旅行かばんを落とし、拾い上げようとして背後に眼をやった。シープスキンジャケットの男は少し離れたところにいて、すぐに下を向き、スマートフォンに眼を落としながら歩く何百人もの通勤客のなかに紛れ込んだ。

ラグランは二号線に乗り、七分後にマヤコフスカ駅で降り、どう考えても小春日和とは言い難い天気のなかに出た。鉛色の空から雨を降らせそうな勢いで冷たい風が吹いていた。どこへ行けばいいのかわかっているラグランはトヴェルスカヤ通りを進んだ。クレムリンから二キロ半ほどのところにいたが、舗装状態のいい広い目抜き通りから脇に入った、あまりぱっとしない場所に向かっていた。トヴェルスカヤ通りは規模こそ小さいものの、パリのシャンゼリゼ通りやロンドンのリージェント・ストリートを彷彿とさせた。クラシカルな建物がよりモダンな建物を引き立てている。広い車道を走っている高級車の数からわかるように、通りに並ぶ高級ブティックやレストランはモスクヴィチにやたらといる富裕層たちが贔屓にしている。ラグランは通りをひっきりなしに流している黄色いタクシーには眼もくれず十分ほど歩きつづけ、脇道にそれてから路地に入り、十室しかない小体なホテルにたどり着いた。彼はなかに入って部屋を取った。せいぜいがひとつ星の、客の選り好みなんかしていられない家族経営のホテルだった。〈全室二十パーセントオフ〉というネオンサインが掲げられていた。オーナーの娘とおぼしき女がカウンターについていたが、フロント係としての挨拶は千五百ルーブルを現金とクレジットカードのどちらで払うのか訊くだけに留まった。ラグランは現金で払い、パスポートをあずけた。

頑張ってこじゃれた雰囲気を出そうとしたのか、狭い部屋はけばけばしかった。金色に塗られたパイン材のベッドと赤いベッドカヴァーが、グレー地に黒いダイヤモンド柄のカーペットにまったく合っていなかった。ラグランは気にしなかった。このまますぐに街角に戻るので、その前にシャワーを浴びておきたかった。これから行くのはシャワーが贅沢だとされる場所だ。が、結局浴びないことにした。タトゥーが早く薄くなるリスクを取るぐらいなら、臭くなってもかまわない。

42

トヴェルスコイ地区ペトロフカ三十八番地
モスクワ刑事警察本部六号棟

ダニール・レグネフは、モスクワに到着してわずか二時間後にマモノフスキー・ペレウロウク通りで逮捕された。モスクワ刑事警察のエレナ・ソロキナ少佐がロンドンで説明したとおりに。その年初めての冷たいみぞれを襟を立てて戸口でしのいでいたレグネフを、警官たちが取り押さえた。警察は彼の居場所を正確に把握していた。逮捕は手際よく遂行され、なかんずく警官たちは痛めつける加減を心得ていて、大怪我を負わせることなく殴打を雨あられとお見舞いした。二十四時間の拘束のあいだに、レグネフはロシア警察の手荒な尋問技術をふたたび体感した。

モスクワの中央行政区に七つある捜査部署のひとつから、この逮捕者を刑事警察に連行せよという指示が出された。威圧感のある刑事警察本部ビルは十九世紀に建てられ、兵舎や警察署として使われてきた。護送車の窓越しに、ラグランは建物の正面に置かれた台座から往来の多い通りを睥睨（へいげい）するフェリックス・ジェルジンスキーの胸像を見た。旧ソ連の秘密警察（チェーカー）の父であり国家保安委員会（KGB）の礎（いしずえ）を築いた、スターリン時代の恐怖を体現する男の胸像を。かつてはルビヤンカのKGB本部に巨大な銅像があったが、三十年近く前に共産主義体制が崩壊したときに引きずり倒された。現在、この古い銅像を復活させようという動きが出てきた。一世紀前、モスクワの人々はスターリンによる粛清の恐怖を味わった。当時、国家の敵の処刑は堅牢な造りで銃声が外に漏れない地下室のある教会や銀行で執行されることが多かった。処刑された遺体はトラックでモスクワ郊外のブトヴォに運ばれ、共同墓地に埋められた。ジェルジンスキーの銅像は抑圧と恐怖の象徴だった。それと同じ恐怖が、現在のモスクワに暮らす人々にまとわりついている。まるでクレムリン宮殿のドームを覆う冬霧のように。

ラグランは本部ビルの裏口から放り込まれ、四階に上げられ、何十も並んだドアが閉じられた部屋のまえを連れていかれた。悪の手に落ちていないことを祈るばかりだった。くすんだ色の壁は銀行のそれ並みに厚く、銃声が外に聞こえないほどがっしりしていた。建物の端から端まで走る廊下の天井は高く、古い寄せ木張りの床を歩く足音が響いた。取調室に入ってソロキナの向かい側に腰を下ろした頃には、顔と唇にこしらえた切り傷からの出血は止まっていた。ラグランは四方の壁に眼を走らせた。監視カメラはなかった。

マジックミラーの窓を背にして坐るソロキナはしばらく彼を見つめ、そして眼を伏せた。

「あなたは逮捕時に抵抗した」ソロキナはそう言い、テーブルに開かれて置かれたフォルダーに用意されていた書類をじっくりと読んだ。ラグランは古びたテーブルの擦り傷やひっかき傷を見た。今どきフォーマイカの天板だ。フォーマイカのテーブルが姿を消してからどれぐらい経つ？　留置房の落書きから、そこに据えつけられていた備品類は旧ソ連時代からあるものだとわかった。ロシアの警察署の内装は時代の流れについていけずにいる。

「そりゃ抵抗するさ」ラグランはそう言い、切れた唇で笑みを作った。実際のところ、断固とした自制心を奮い立てて自分の身を護らないようにしたぐらいだ。あのときそうしていなかったら今頃はまだ街を闊歩していて、ふたりの警官は打ちのめされて血まみれになった状態であの戸口に倒れていただろう。

ソロキナは、ラグランの記憶にある彼女にさらに輪をかけて冷たくドライだった。ほんの数日前にベッドを共にしたロシア人刑事には温かみと激しい欲情が感じられたが、今の彼女は新たな役どころを演じていて、どこをどう見てもモスクワ刑事警察の少佐になり切っていた。ラグランは緑色の汚れた壁を見まわした。がらんとした部屋で、ペンキがはげ落ちた部分だけが色彩的なアクセントになっていた。乾いた血が時を経て黄土色になっている。監視カメラはないと判断していたが、隠しマイクは絶対にどこかにあって、ここでのやり取りを録音しているにちがいない。ソロキナは少し時間をかけてラグランをじっと眺め、両手と両腕のタトゥーと、襟の下から首を這いのぼっているように見えるヘビに気づいた。ラグランが怪訝そうな顔をすると、ソロキナはふたりのヘヴィー級の警官に向かってうなずいた。ふたりはラグランを無理やり立たせると乱暴にシャツを引き剝がし、上半身をあらわにさせた。そこには犯罪者にありがちなクモのタトゥーではなくロシアの暗黒街のシンボル、〈オスカル〉があった──権力に歯向かう存在だということを世に知らしめる、吸血鬼のような歯をむき出しにしたドクロだ。棺桶の上を漂うふたつのドクロというタトゥーは、彼女の眼のまえに坐っている男が殺し屋だということを告げている。ラグランの筋肉質な体のあまりの変わりように、一瞬ソロキナはショックを隠すことができなかった。そしてふたたびうなずくと、警官たちはラグランを椅子に押し戻し、手錠がしっかりかかっていて動きを制限していることを確認すると退室し、上官と指名手配の殺人犯だとされる男をふたりきりにした。ソロキナは開いたフォルダーに眼を落とし、捏造された記録を見た。

「あなたが二年前に拘置所から脱走したさいに発行された公開指名手配状が、いま執行されました。量刑はそのまま。懲役二十五年」ソロキナは厳かな口調でそう言った。ロンドンのホテルで彼女が説明したとおりの罪状と量刑だった。ＪＤを追い詰めて殺害する機会をラグランに与えるためにでっち上げられたものだ。

ソロキナは一枚の書類を机の上に滑らせ、ラグランに見せた。

「これは裁判所発行の収監状です」

ラグランはタイプ打ちされた書類に眼を落とした。驚いた様子はいっさい見せなかった。そこには彼が放り込まれる場所、つまり標的がいる刑務所が記されていた。ソロキナはすべての手はずを整えていた。しかもＪＤの雇い主であるロシア連邦保安庁（ＦＳＢ）の鼻先で。ＫＧＢの衣鉢を継ぐＦＳＢが彼女のやったことを知ったら、喜び勇んでモスクワ刑事警察ごと強制収容所にぶち込むだろう。ラグランは荒野のまっただなかにある最高警備刑務所に送られることになる。そこは連続殺人犯（シリアルキラー）とレイプ魔、子ども殺し、そして犯罪組織の殺し屋（ヒットマン）たちが収監される刑務所だ。そこのトップスターは、生きて出ることを許されない終身刑の受刑者たちだ。ソロキナは手を伸ばして書類を裏返し、人差し指を押し当てた。こっちも読みなさいと彼女は言った。ぶっきらぼうな言い方で。余計なことはいっさい言わなかった。収監理由と収監される刑務所。原因と結果。ラグランが殺そうとしている男を利用する人間たちは、彼を罰する名目を示すと同時に、実際には彼を護らなければならない。

JDは見えないところに隠されている。ラグランの場合と同様にお役所仕事の書類の山に深く埋もれ、ごまかしの痕跡は見事に隠されている。JDが釈放されるか開放型刑務所に移され、そしてシャバに戻ってくるまでどれぐらいかかる？　時間はどれぐらい残されている？

「あなたがこの刑務所に収監される理由が記されています」このやり取りを録音している人間たちのために言葉を選び、ソロキナは言った。

最終段落を読むとはっきりわかった。モスクワ刑事警察と、それと志を同じくする判事は――ソロキナの父親とはかぎらないが、国家機構内で進行している腐敗と陰謀にうんざりしている司法界の誰かは――まんまと書類をでっち上げ、クズネツォフの名で知られる男を自分たちが選んだ刑務所に、なんらかの懲罰を加えることができるだけの期間、収監することにしたのだ。あの殺し屋を操っている人間たちは、その刑務所はほとぼりが冷めるまでの一時的な隠し場所で、出所させたらまた権力者たちの仕事をさせることができると信じ込んでいる。地獄のような場所だが、そこにあの男がいるのはせいぜい数カ月だ。こっちが刑務所から生きて出るには仲間が少なくともひとりは必要で、どうやらそれが副所長のようだ。同房になる受刑者たちが友情の手を差し伸べてくれるとは思えない。

ソロキナ少佐は書類を手に取った。そのとき、一瞬ラグランの手に触れた。少佐は書類を官給品のフォルダーに戻すと、机に寄せていた椅子を押し戻した。ラグランはソロキナの感情の揺れを見たような気がした。

「あなたとはもう二度と会うことはないでしょう」少佐は言った。本気でそう言っていることがラグランにはわかった。ソロキナはドアに向かった。「あなたが送られる場所は過酷なところです。そこで生き延びること自体が奇跡です」

誰かが聞き耳を立てていることを考えて、少佐は曖昧な物言いでそう告げた。

その瞬間、ラグランはソロキナの両眼に後悔の色をしかと認めた。

43

モスクワの東方千八百三十七キロメートル
ウラル連邦管区スヴェルドロフスク州第七十四刑務所
〈白ワシ(ビェリィ・アリョール)〉

ヴォルガの旧型で窓のない受刑者護送用バスに置かれた、錠のかかった鋼板製の檻にラグランは押し込まれた。感覚を遮断して道中の方向感覚を失わせ、脱走しようという魂胆をくじくためのものだ。受刑者たちの心をくじくための措置でもある。奥行きが五歩で幅が二歩、明かりが二十四時間点きっ放しの終身刑用の独居房を事前に体験させるのだ。そこにあるのは鉄枠のベッドとトイレ用のバケツだけだ。バスの檻にはバケツしかないが。鉄格子と錠、檻、そして犬を連れた看守にさっさと慣れろ。この檻のほうが、おまえが入ることになる棺桶に入れられるよりもましだろうが。そう言いたいわけだ。頭をうしろから撃たれて処刑されるほうがましだと思わせたいのだ。死は一瞬、地獄の責め苦は一生ということだ。だからロシア当局は死刑を休止したのかもしれない。死よりもひどい一生を歩ませるために。

　バスは整備が行き届いていない悪路をガタガタと進み、錆びた床板から排ガスが入ってくる。ラグランは床にうずくまり、鎖（くさり）でつながれた両腕で胸を抱えると、自分自身の奥底に閉じこもった。この長旅はフランス外国人部隊（レジオン）の空挺コマンドーグループ（GCP）に志願したときに強制的に受けさせられた対尋問訓練のロングヴァージョンにすぎない。心理戦は主導権を奪われたら負けだ。シャットアウトしろ。心のなかに空間を見つけて、そこに立てこもれ。刑務所に着くまでは二十四時間近くかかるとエレナから言われていた。寒さで手足がかじかんでくると、もっと長く感じるようになるだろう。

　バスは数時間ごとに停車した。護送員と運転手が用を足すために停まっているのだろう。ラグランはそう察した。鋼板で囲まれているから眼で確認することはできないが、バスのドアが開けられるたびに吹き込んでくる冷たい風がラグランを現実に引き戻した。凍りついた雪を踏みしめる音が聞こえ、煙草の煙のきついにおいが漂ってきた。ラグランは新鮮な空気を吸い込み、鎖で動きづらくてもなんとか立ち上がって伸びをした。護送員たちは車内に戻ってくると檻の覗き窓の覆いを開け、そこから蓋つきのコッヘルを入れてきた。中身はさらさらした熱いスープで、脂っぽい液体にジャガイモとキャベツの切れ端が浮いていた。ほかの兵士たちと同様に、ラグランも熱すぎる食事を気にせずに食べることができる。熱々の液体を飲むと、筋肉の隅々まで温かみが染みていくように感じられた。彼はコッヘルの底に残っていたものを指で掻き出し、口のなかに押し込んだ。スープはバスが停まるたびに与えられたが、旅が進むにつれて冷たく、脂っぽくなっていった。体内時計では五時間に一回の決まったペースで食事は与えられているように思え、四杯目のスープを飲む頃には寒さで体が震えるようになっていた。刑務所まであともう少しということだ。ようやく目的地に到着し、荒涼とした光景が眼に飛び込んできたとき、ラグランはソロキナが最後に言った言葉は予言だったのかもしれないと思った。ここから生きて出るには奇跡が必要だ。

ラグランは護送員と運転手にはさまれ、足枷が許すかぎり素早く足を引きずって進んだ。すでに積もっている雪が、上に有刺鉄線を巻きつけた金網フェンス越しに吹きつけてくる風に舞っている。刺すように冷たい風で、次々と飛んでくる矢の錆びた矢じりが顔をかすめているように感じる。護送員がブザーを鳴らすと、木製のがっしりした門が開いた。そこをぐるぐると厳しい風は少し弱まった。さっと背後を見ると、ここまで乗ってきたバスは強化金網フェンスと高い木柵のあいだに停まっていた。石灰塗りの塀に穴があき、筋が刻まれているのは、こんな容赦ない風に長年さらされつづけているからだろう。フェンスと木柵のあいだに張られている電話線と電線があぶなっかしく揺れている。ラグランは暴力的な寒さに潤んだ眼を走らせ、刑務所はフェンスと木柵で四重に取り込まれていると判断した。門の次の哨所までは引きずる足で八十九歩の距離だった。さらに次の哨所までは五十歩。ここまでの推算では、眼のまえにある最初の建物からバスが停まっている開けた場所までは百五十メートルほどというところか。乗り越えなければならない障害はあるが、それを越えてバスが停まっている空き地まで達することができれば、あとは刑務所の外周を取り囲む木柵があるだけで、その先には道路という自由な空間がある。空き地から木柵までの距離は短い。しかしその短い距離は、敷地内のこちら側にそびえ立つ監視塔の銃の下をくぐり抜けなければならない。そこで最初に考えついた逃走経路をあきらめた。どうやって逃げるかは、建物のなかに入ってから決めることにした。ラグランたちはさらに多くの看守たちとすれちがいながら、建物群の奥へと続くドアを次々とくぐっていった。ドアが開閉するたびに響く、鍵束がジャラジャラと鳴る音とガチャガチャという金属音が嘲笑のように聞こえた。

ラグランからは見えないが、第七十四刑務所で勤務しつづけてきた二十年という歳月の重みに屈したかのように背を丸めたアナトリー・ワシリーエフ副所長が、自分のオフィスの汚れまみれの窓越しに彼を見ていた。副所長は煙草の煙を肺の奥底まで吸い込んだ。もとより信心深く、共産主義政権の崩壊によりロシア正教会が復権したことでますます信仰を深めたワシリーエフは、これからの数週間を無事に過ごせるよう神に祈っていた。新たに収監されるこの受刑者は、何かまずいことになった場合はワシリーエフ個人にとてつもなく大きな危険をもたらす存在だった。この男と、それより先にここにやって来た別の男の収監はモスクワの人間たちが画策したことだった。ふたりとも連続殺人犯(シリアルキラー)でもレイプ魔でもなく、ワシリーエフの知るかぎりでは子どもをなぶり殺しにした人間のクズでもなかった。ふたりは、ワシリーエフが知りたくもない人間たちのために働く、どこにも属さないプロだ。それでもこの企みに一枚噛むことにしたのは、家族にこの凍てつく不毛の地よりもいい土地を見せてやりたかったからだった。きつい煙草の煙が肺にしみ、ワシリーエフはロープにつながれて肉食獣の餌にされようとしているヒツジを思い浮かべた。クズネツォフは、すんなりと殺されてしまうおとなしい動物とは異なる存在だ。むしろほかのどの凶暴な受刑者よりも危険な、ヒツジの皮をかぶったオオカミだ。あの男は酒や狂気に負けて人を殺したわけではない。クズネツォフはてきぱきと、そして感情を見せることなく人を殺す。手枷足枷をつけられて足を引きずりながら歩いている男がクズネツォフを殺すためにここにやって来たのだとしたら、雪の上に飛び散るのはふたりの血だけで、まちがっても自分の血は流れないようにしなければならない。望みどおりの結果にするべく、あらゆる手を使って便宜をはかってやるつもりだが、モスクワでの権力闘争に巻き込まれてしまった自分の身も確実に護らなければならない。クズネツォフの暗殺に成功したら、このレグネフという男にも死んでもらうことになる。

刑務所の管理棟に入ると、看守たちはラグランの手枷足枷をはずし、副所長室に押し込んだ。贅の極みにはほど遠い部屋だった。擦り傷だらけの床にはラグが敷かれ、薪ストーヴが暖を与えていた。書棚の高いところから、額縁に入ったロシア大統領が冷たい眼差しで〝くたばれ、クズども〟と語りかけている。ラグランは、自分のケースファイルをじっくり読んでいる男の禿頭(とくとう)越しに壁を見て、そこから眼をそらさなかった。いいと言われるまで相手の眼を見るな。上官に出頭を命じられ叱責を受けたことがある兵士なら、誰でも同じことを言うだろう。どんな思いを込めて見たとしても幼稚で横柄な態度とみなされ、まちがいなく反感を買う。自分の命をあずけている男を怒らせている場合ではない。

ラグランの両脇に立つ看守たちと同様に、副所長もがっしりとしたブーツを履き、迷彩柄の戦闘服に身を包んでいた。副所長は煙草で満杯の灰皿の縁をトントンと叩き、グラスに注がれた澄んだ茶を飲んだ。小さな鉢に盛られた角砂糖が、この男が紅茶のあるなしにかかわらず実は甘党だということを暗示している。この神に見捨てられた土地での唯一の愉しみなのかもしれない。

「ダニール・レグネフ、現在リチェフスキー所長が年次家族休暇で四週間不在のため、代わって副所長の私がおまえの面接を行なう」ワシリーエフはそう告げた。

その言葉の裏にある本当の意味をラグランは読み取った。副所長はこう言いたかったのだ——JDを殺害する策略に所長はかかわっていない。だからこのタイミングでおまえは送り込まれた。

「罪を犯したおまえへの非難を私が差し控えるなどとは思うな。私に情けや理解を求めるな。おまえは人殺しだ。おまえはここで刑期をまっとうする。脱走しようなどと考えるな。どこにも行けやしない。直近の町までは八時間かかる。市だと十四時間だ。ここはドイツの国土よりも広い森林のただなかにある」

副所長が言いたかったこと——自分は中立の立場にある。ここの位置と周囲の環境は説明のとおりだ。

副所長は安物のペンでデスクを叩いた。コツコツコツ——〝自分を見ろ〟という合図だ。

ラグランは眼線を下げた。

「おまえは六号棟に入ることになる。作業にも従事してもらうことになる」副所長は言葉を切り、いわくありげな眼でラグランを見た。「作業中は、森林警備隊を兼ねる看守が常時監視にあたる。天候は、もうしばらく晴れの日が続きそうだ。近くの湖にはすでに氷が張っていて、数日のうちに本格的な雪の季節に入る。二週間後には、ここは外界から遮断される。今年は冬の到来が例年より早い。おまえには伐採した丸太を敷地内に搬送する作業に就いてもらう。作業監督は長期受刑者のエフィモフだ」

所長が言いたかったこと——冬はじきにやってくる。冬になるとＪＤを殺害してここから脱走することができなくなる。エフィモフが便宜をはかってくれるかもしれない。

副所長がうなずきで合図すると、ふたりの看守がラグランの両腕を摑んで無理やり屈ませ、両手に手錠をかけた。うしろ手に手錠をかけられ腰をくの字に曲げられた状態で、ラグランは廊下を歩かされた。無理のある姿勢にさせられ、抵抗などいっさいできなかった。看守たちは一番広い部屋にラグランを連れ込んだ。なかには立ち入り禁止用の格子とむき出しの垂木、そしてきちんと折りたたまれたダークグレーの受刑者用制服を収めた棚があった。隅に薪ストーヴが置かれ、その銑鉄（せんてつ）の表面はラグランの首を押さえつけている看守の顔と同じくあばただらけだった。薪ストーヴが細々と放つ熱は、冷え冷えとする室内にまったくと言っていいほど影響を及ぼしていなかった。外の気温は零下二十度ぐらいにちがいない。

看守のひとりが腹に拳(こぶし)を打ち込んできた。ラグランはあえぎ声をあげ、両膝を落とした。ふたりがかりで引き上げられ、もうひとりに脇腹を強打された。いきなりの連打に、ラグランはまた体をくの字に折り曲げた。彼はあらんかぎりを尽くして倒れ込まないようにした。倒れてしまったら、今度はがっしりとした冬用のブーツで頭蓋骨を踏み潰されるか片眼を潰されるだろう。看守たちはこんな運動で体を温めているにちがいない。ふたりの魂胆は、手錠をはずす前にこっちを打ちのめしておくことにある。ひとりが首をむんずと摑み、無理やり頭をカウンターに押しつけた。ラグランは抗うこともなくされるがままにした。ふたたびまっすぐに立つことを許されると、小さな戸口から別の看守が出てきて、折りたたまれた制服の束を無言で手渡した。ラグランは束を胸に押し当てて腹筋を引き締め、直立姿勢をたもった。今のが歓迎会だとしたら、メインの見世物はごめんこうむりたいところだ。

44

筋肉が肋骨を護ってくれたが、それでも痣につきもののひりひりとした痛みがもうしていた。それでも肋骨が折れたときの痛みほどひどいものではない。この程度なら以前にも味わわされたことがある——受刑者に深刻なダメージを負わせることなく惨めな思いをさせるコツを心得ている看守に、ちょっと手荒に扱われただけだ。

ラグランは刑務所の床屋に引き渡されて髪を無精ひげ程度に刈られ、それが終わると着ているものを脱いでダークグレーの制服を着た。そして丸刈り頭に黒い帽子(フェスカ)をぴっちりとかぶった。看守のひとりがラグランの新しい名前と罪状と刑期を記したカードを、制服の上着に縫いつけられたプラスティック製のカードホルダーに差し込んだ。自分たちが対峙している相手が何者で、どんな凶悪犯罪でここに収監されているのかを看守たちに示すカードだった。ここにいる人殺しやレイプ魔には敬意も同情も抱かずに接しろ。連中はここで減刑されることなく刑期をまっとうするのだ。

看守につき添われ、ラグランは二階建ての建物を通り過ぎた。そこにはロシアで死刑が停止されてから無期刑に処された受刑者たちが、両腕を伸ばした程度の幅しかない独房に収監されている。彼らは、敷地内の戸外でほかの受刑者たちと一緒に新鮮な空気を愉しむことはできない。空にしても、二十歩四方の塀で囲まれた庭で鉄格子の屋根越しにしか拝むことはできない。この充分すぎるほど過酷な生き地獄である刑務所で無期受刑者たちが朽ち果てることを、国家は望んでいる。

刑期が二十五年の男たちもいる六号棟にラグランを押し込むと、看守たちはドアを閉じた。なかには誰もいなかった。空いている鉄枠のベッドはひとつしかなく、巻かれたマットレスと毛布が置かれていた。ラグランは室内に眼を走らせた。窓の木枠は腐り、ガラスは副所長室と同じように汚れまみれだった。寝具を広げてみると、じとついていた。ストーヴに火が入れられ、マットレスが乾くまでは服を着たまま寝ることになるだろう。それでも、フランス政府の手で地獄の掃き溜めに戦友たちと一緒に放り込まれ、そこで何年も過ごしてきた人間にとって、こんな苦境は屁でもなかった。ラグランは部屋の真ん中に立ち、並んでいるベッドをひとつひとつ見ていった。どのベッドの脇にも、抽斗がふたつある雑な造りの木製ロッカーが置かれていた。窓敷居のひとつに、電球のソケットから電源を引いたラジオが置かれていた。すでに終身刑を終えているようなラジオだった。ベッド脇のロッカーに武器になるものを探しても無駄だろう。看守たちが棟内を定期的に点検しているはずだ。ナイフや刺すものを隠すにしても、マットレスのなかか緩んだレンガや床板の裏にするだろう。誰かを殺したいなら、棟内よりも外の運動場や作業場のほうがチャンスはある。

新たな住環境についてもっと調べようとしたそのときドアが開き、六十代とおぼしき長身の男が入ってきた。潰れた鼻から察するに、若かりし頃は筋骨隆々のボクサーだったのかもしれない。それが今では重労働と過酷な日々のせいで体重は落ち、肌には使い込まれた鞍の革（サドルレザー）のような艶がある。男はフェスカを脱ぎ、刈り込んだごま塩頭を搔いた。ラグランを一瞥すると、自分のベッド脇のロッカーから一通の手紙を取り出した。そのベッドはストーヴに一番近いところにあり、男が棟内で特権的な地位にあることを示していた。ラグランは一歩も動かずにそこにいた。男の名札にはエフィモフと記されていた。長期受刑者は手紙をポケットにしまうとラグランを見た。

「おまえ、ロシア人じゃないな。見かけからしてそうじゃないし、賭けてもいいが話し方もロシア人らしくないはずだ」

ラグランは何も言わなかった。

エフィモフは舌打ちし、一歩近づいてきた。

「おれたちはどこの誰だかわからない男に入ってこられるのを好まない。みんなピリピリする。お上が送り込んできたスパイじゃないかって」

「どうしてピリピリする？　サプライズのバースデーパーティーをやろうってわけじゃないんだろ？」

「面白いことを言う男だな。結構なことだ。おれたちはジョーク好きだからな」年嵩の男は笑みを漏らすこともなく言った。

ラグランはエフィモフをじっと見下ろした。こいつは自分から歩み寄るようなタイプじゃない――男としての長年の経験から、ふたりはたがいにそう判断した。年嵩のエフィモフはひるまなかった。ここにやって来た屈強な男ならごまんと見てきた。そんな男たちも、受刑者たちを苛むドモヴォーイ（ロシア神話の家の精霊で、家人に死が近づくと泣き叫ぶ）の泣き声のような風の音を二晩か三晩聞けば、これでもう二度と愛する者たちに会えなくなると言い出すようになり、じきにタフガイぶりは影をひそめてしまう。そして群れの一員となり、所内の階級社会に自分の居場所を見つけ、そこでようやく友情の手が差し伸べられる。そこに至るまで時間がかかることもある。しかしこのレグネフという男はちがう。この男の面倒を見ろと副所長に言われている。ではそうしてやろう。そうすれば余禄にあずかることができる。娘と孫たちに電話できる回数が増えるかもしれない。それ以外はどうでもいい。

「ここにぶち込まれているのはたかだか二百人ぐらいだ。このような小さな刑務所は、余所にはない利点がある。全員のことがわかるようになるんだ。おれはここに三十七年前からいる。ソヴィエト時代とロシアの時代をここで過ごしている。どっちもやることは同じだ。連中はおれに終身刑二回の判決を下した。失敗から学ぶのに時間がかかりすぎた。おれはここで死を迎えることになる。連中が死刑を停止していなければ、こんな地獄を味わうことはなかっただろう。おれの言ってることがわかるか、若造？」

ラグランがエフィモフのカードを見ると、そこには〈大量殺人〉という罪状が記されていた。その落ち着いた物腰から、エフィモフは危険な受刑者のひとりだとラグランは察した。この男の人生はもう終わっている。この棟のほかの男たちは、長くても二十五年お勤めすれば出所していく。エフィモフがまた殺人を犯したとしても失うのは特権だけだ。「おれは迷惑をかけるためにここに来たわけじゃない」ラグランは言った。「あんたにも、ほかの誰にも」

年嵩の男はうなずいた。このレグネフという男は呑み込みが早い。誰がここを仕切っているのかわかっている。金属がけたたましく鳴り響く音が外から聞こえてきた。

「食事の時間だ。食べ終わったら作業場を見せてやる。さっさとここに慣れることだな、レグネフ。それができないと正気を失うこともある」

ラグランはエフィモフのあとについて雪の積もった中庭を横切り、食堂棟へと向かった。距離は七十四歩。彼は頭のなかに刑務所の地図を描きつづけていた。

「家族に電話することが許されることもある。そんな特別待遇はまれだが。まあ場合によりけりだ」

そうした特別待遇がどんな場合に与えられるのかラグランが訊くことはなく、エフィモフもこの話題を広げなかった。おおかた素行良好に対する褒美か、どこかの誰かに鼻薬を嗅がせたかしたときだろう。

「シャバからの差し入れは年に三回までだ。必要なものを差し入れてくれる相手はいるのか？」

「いない」

「なら配給品と物々交換するか、誰かの頼みを聞いてやるしかない」

「頼みって？」

「相手が求めるものならなんでも。おまえはホモか？」

「ちがう」

「よかったな。ホモは爪弾きにされる。ホモども同士で食事をして、やつらからは誰も何も受け取らない。わかったか？　やつらの頼みを聞くことはできない。煙草も食いものも、なんでもだめだ。ホモどもと子ども殺しどもとはだめだ。やつらとは握手すらしない。おれたちとはちがう存在なんだ。やつらのことは〈伏し眼〉と呼んでいる。大目に見てやってるのは、ここで揉め事を起こしたくはないからだ」エフィモフは左右を指し示しながら歩いた。「おれたちが所内で作業を受け持つのは丸のこ盤と木工所だ。エンジンの扱いには慣れてるか？　ガレージでの仕事もあるが」

「機械類の修理なら得意だ」

「そいつはいい」エフィモフは囲いのある庭の先をざっくりと示した。「雪解けになったら、あそこらへんは野菜畑になる。だからここの食事はいいものが出る。材木置き場の先の小屋が見えるか？　あれはブタ小屋だ。もしかしたらブタを絞めることもできるか？　たいていのやつは尻込みするがな。あのキーキーっていう鳴き声がだめなんだ。ナイフで咽喉を切り裂いたら叫びやがる。あんな悲鳴を何度も聞きたいやつなんかほとんどいない。ほら、ここが食堂だ」

エフィモフに続いてラグランも食堂に入った。シチューが入った大鍋から立ち昇る湯気が窓を曇らせている。男たちが列を作り、厨房の開かれた戸口の向こうに立つコックたちからレードル二杯分の水っぽいシチューと厚切りのパンをひと切れ受け取っている。四人もしくは六人掛けのテーブルが部屋一面に並んでいる。三台並んだ細長いテーブルが受刑者たちだけの空間を分けている。どのテーブルにも退色したオイルスキンのテーブルクロスが掛けられている。並んでいる男たちが列を分け、エフィモフを先頭に行かせた。それに対してエフィモフは礼も言わずに先頭に出ると、テーブルに積み重ねてあった金属製の皿とスプーンを手に取り、ラグランに渡した。これは自分が〝牢名主〟の庇護の下にあることを全員に示すサインだということにラグランは気づいた。エフィモフは食堂の一番奥のテーブルにあごをしゃくった。

「〈伏し眼〉どもだ」エフィモフが言った。「やつらの顔を憶えておけ。しゃぶってほしいとき以外は何も渡さず、何も受け取るな。しゃぶらせたら煙草を二本くれてやれ。それだけでいい。皿とスプーンだってあいつらとは同じものは使わない。レグネフ、おれたちは咎人(とがにん)で、魂の救済なんか望むべくもないんだろうが、でもやつらは……おれたちより長く地獄の業火に焙(あぶ)られる羽目になる」

さらさらしたシチューがラグランの皿ではね散った。食欲が湧きそうな見た目ではないが熱々で、濁った汁には肉片らしきものがひとつと刻まれた野菜が数個浮いていた。これよりひどい食事ならレジオン時代にも取っていたこともある。

「あんたが言っていたとおりだな」ラグランは言った。「ここの食事はいいものが出る」

エフィモフはニヤリとした。

「呑み込みが早いな、レグネフ。おまえならなんの苦も無くここに馴染めるだろう」

45

二週間のうちにＪＤを見つけ出して殺す計画を立てるのは時間的にきつい。まだ湿っているベッドに身を落ち着け、ラグランはそう考えた。ＪＤはどこにいる？　食堂にあの男の姿はなかったし、作業から各棟に戻る受刑者たちの列のなかにもいなかった。第七十四刑務所には二百七十三名が収監されていて、この計画にエフィモフがかかわっているのだとしたら、殺人犯たちのなかに殺し屋が紛れていることを口に出さないはずだ。ＪＤが無期受刑者の独房のどこかに入っているとすれば手出しはできない。

ラグランはなかば眠りながら周囲の耳慣れない音に耳をすましていた。頭のなかでその音の源を探り、何かしらの不審な動きがないか警戒した。するはずのない床板の軋みや、凍える夜気のなかでの襲撃者の息遣いといった、不意打ちを警告する音に聞き耳を立てていた。老いさらばえ、くたびれ果てた木造の建物はギシギシと鳴り、うめき声をあげている。風が羽目板の隙間を見つけて忍び込み、顔のまわりにずっと冷気が漂っている。エフィモフからは、朝には晴れるだろうから明日は森での作業に加わることになると言われていた。ここの長期受刑者たちは、季節ごとの天候の変化を森の動物たち並みに知り抜いている。部屋はむっとする汗と放屁のにおいに満ちていた。時たま誰かが夢に苛まれ、胸の奥底からうめき声を放つ。今のところ、この六号棟で眠る男たちにおかしなところは何もない。今はまだ粗末な毛布でもいくらかの暖を取ることはできるが、冬が降りてきて外気温が零下四十五度になると、朝になってストーヴで薪がガンガン焚かれるまで部屋は寒いままになるだろう。

まだ暗い午前五時にサイレンで叩き起こされ、ラグランは同棟の男たちについて入浴所に向かった。

「あんた、ついてるな」ひとりが恨めしげに言った。「ここでは週に一回しか湯は浴びられない。でもあんたは、ここに来た次の日にめぐり合わせた。おれたちは一週間の伐採と運び出しで汗くさくなってるっていうのに」

挨拶もなければ自己紹介もなかった。同棟の男たちがラグランのほうをちらちら見ている。品定めの眼を向けてくる。どんなタトゥーを入れているのか、そこからこの男の何がわかるのか待っている。横の部屋には、脱いだ服を掛けておく木製の間仕切り壁のブースが並んでいた。間仕切り壁に塗られたペンキの艶のある緑色は、ここに入ってから初めて眼にする色彩だった。裸になると、ラグランたちは隣の部屋に入った。なかには六つのシャワーブースがあり、それぞれに湯気の立つ湯が入ったバケツと中綿入りの布、そして石鹸が置かれていた。各ブースの脇には貯水タンクが吊り下げられ、ロープを引っ張ると出てくる水で泡まみれの体を洗い流す。ラグランもほかの男たちにならって中綿入りの布を湯に浸し、石鹸をこすりつけて体を洗った。トマシュが入れてくれたフェイクタトゥーが熱い湯と石鹸の猛攻に耐えてくれるよう、ラグランは無言の祈りの言葉を唱えた。首筋に入れた、殺し屋を示す短剣のタトゥーが落ちて流れてしまったら、その日のうちに殺されてしまうだろう。ちんぽこを片手で押さえた状態では、どこに逃げることもできない。

ラグランは逆を向き、屈んで脚を洗いながらほかの男たちを見まわした。マフィアのシンボルや刑務所のタトゥーを入れている者はほとんどいなかった。彼のほうを見ていたものがいたとしても、ひとりを除いてすぐに眼をそらした。その男はスタミナと力がありそうな筋肉質な男で、ラグランに伍するほどのタトゥーを入れていた。こいつは常習犯罪者だ。つまりはロシアン・マフィアのメンバーだということだ。しかもヒットマン。そしてやはり組織の幹部だということを示す肩章的なタトゥーもある。背中一面にロシア正教会の尖塔が描かれていて、首筋と両腕にはナイフが突き立てられたドクロがある。そして右肩には牙をむいて吠えるトラの〝オスカル〟が、両の脇腹には騎士の盾が彫られている。

こうしたシンボルと肉体にちりばめられたさまざまな星のタトゥーは、自分は人を殺すことも、逆に自分が殺されることもいっさい恐れていない男だと宣言するものだ。暴力を織り上げたタペストリー。男はずっとラグランを見ていた。ラグランは眼をそらし、貯水タンクの下で体を洗い流した。

陽の光に染まった空は眼に痛いほど青く、地上では積もった雪がむき出しの陽射しを浴びて輝いていた。受刑者たちは着替えを済ませるなり点呼場に集まり、点呼官の怒鳴り声の点呼が始まるより早く四列に整列した。ヴェテラン受刑者たちは点呼場でも優先的な地位が与えられていた。長期受刑者たちは真っ先に名前を呼ばれチェックを受け、列から離れていった。朝食を先に食べることができるのも彼らだ。エフィモフが真っ先に点呼からはずれた。一番最後はラグランだった。彼は整列中の受刑者たちを見まわしたが、自分が殺しに来た男の姿はやはりなかった。一抹の恐怖がラグランを貫いた。そもそもJDはここにいないとしたら？　そうだとしたら、思っていたより長くここに収監されることになるかもしれない。そんな不安をラグランは振り払うと、自分に言い聞かせた。ここのどこかにいるJDの居場所をつかむために必要な手がかりは、副所長が全部与えてくれたはずだ。ようやく食堂に入ると、朝食の時間はわずかしか残っていなかった。ラグランはブリキのマグカップを手に取ると、まだ角砂糖が残っているテーブルを見つけ、マーガリンとジャムが塗られた厚切りのパンをかっこんだ。

またサイレンが鳴った。作業班は集合せよ。ラグランは食堂から走って出て、男たちの一団に向かってつかつかと歩いていくエフィモフを見つけた。大半は同棟の男たちで、すでに斧やノコギリや鎖を渡されていた。

「レグネフ、おまえはおれの班に入れ。あれを持っていけ」エフィモフはそう言い、柄の長い斧を示した。「おれたちは切り倒した丸太に鎖をかけるから、おまえは下生えを刈り取ってくれ」

看守たちが笛を鳴らし、ゲートが開けられると、受刑者たちは隊列を組んで雪の上をとぼとぼと歩いていった。凍りついた雪をブーツで踏み砕く音が静寂を破った。警備犬のなかの一匹が吠えた。隊列が木柵を抜け、刑務所を圧迫するように囲む寒帯林のなかに入っていくあいだ、音はそのふたつしか聞こえなかった。金網フェンスを突破して木柵を乗り越えたとしても、陽射しが届かず獣道以外に道なんかない森のなかで緩やかな死を迎えるのは必定だ。そもそも木柵を作る必要もなかったんじゃないか。ラグランはそんなことを考えた。

建物群から作業場を通って一番外の門まで七百十四歩かかった。この刑務所の構造を、今のところラグランはこう判断していた――最外周を木柵で取り囲み、そこから順に有刺鉄線を上に巻いた二重金網フェンス、木製の塀、そしてまた有刺鉄線と二重金網フェンスの組み合わせ、そして最後に建物群の最終防衛線になる木柵が、官僚的かつ全体主義的な規則どおりに等間隔に設けられている。左右に眼を走らせると、六基の監視塔が要所要所に配置され、武装した看守がひとりずつ配されている。

門を通過すると、今度は左右に向かう道を渡った。右側を見ると、道は荒涼とした虚無のなかに消えていた。どこまでも続く一本道で、両側には除雪された雪がうずたかく積み上がり、凍りついて汚れていた。起伏のある道だった。最外周の木柵の向こう側、左の一キロ少々先に小さな集落があり、家々の高い煙突から煙が立ち昇っているのが見えた。刑務所の事務職員と看守、そしてその家族たちの住居だとラグランは察した。ここからは見えないが、どこかに氷の張った湖があるはずだ。そこがこの深い森のなかの唯一の開けた場所なのだろう。脱走に成功したら、湖を使えば追手を引き離すことができるかもしれない。冬に入ったばかりだから湖の氷はまだ薄く、人ひとりなら渡ることはできても車輛は無理なはずだ。そして見事渡り切ることができれば看守なんか取るに足らない。まちがいなく振り切ることはできる。でもその先は？　ラグランには何も策がなかった。今のところは。そこからは絶望的な時間が続き、絶望的な決断を下すことになるだろう。

作業班は森の伐採地を横断していった。段ボール箱をかじるネズミのように、受刑者たちは何年もかけてカラマツとマツを切り倒しながら森の奥へと進んでいた。皆伐(かいばつ)された跡を三十分ほど歩いたところで、看守は積み上げられた丸太の上に腰を下ろし、サブマシンガンを脇に置いてあくびをすると煙草に火を点け、それからの作業の仕切りをエフィモフに任せた。すでに作業班の大半はふたり組に分かれていた。

「レグネフ、おまえはあの男と組め」エフィモフはそう言い、ラグランと同世代の男を指差した。エフィモフは男から顔をそむけ、当人についての話を聞かれないようにした。

「あいつの友人の女房と娘が誘拐され、レイプされた挙句にふたりとも殺された。犯人はある家の息子だった。その家は裏で大儲けしていた共産主義者で、当局を買収して事件をなかったことにした。よくある話だよ、レグネフ。あいつは激怒し、ある夜に友人になり代わって復讐した。七人家族の全員を殺した。ゆっくりと時間をかけて殺していった。家に押し入って全員を縛りあげ、ひと晩かけてひとりずつ、残りの家族の眼のまえで殺していった。父親は最後にして、自分の家族がナイフで殺されるところを全部見せた——警察の話では肉切り用の大包丁を使ったらしい。あいつなら大丈夫だ。おまえに面倒をかけることはない。それどころかおまえの力になってくれるだろう。おまえがこっち側についているいることをもう知っているんだから」

その男をラグランは一瞥した。痩せぎすで髪の生え際が後退していて、スーパーマーケットの事務員でもおかしくない金縁メガネの男だった。斧で下生えを刈り取るどころか、ペンを振るう力すらなさそうに見えた。タトゥーはひとつも入れていない。なんの裏もない、ただの大量殺人者だ。

「まちがっても共産主義者の話なんか振るんじゃないぞ。連中に対しては信仰さながらの憎しみを抱いているからな。名前はキリルだ。話すことといえば聖書とロシアとプーチンのことばかりだ。話し出したら好きに話させてやれ。言い返したら厄介なことになる。ここにいる連中はあらかた神もプーチンも信じちゃいないが、それでも信じてるやつもわずかながらいる。面倒くさい連中だよ。おまえはキリルへの人身御供ってわけだ。おまえが相手をしてやれば、みんなひと息つける」エフィモフは歯を見せて笑った。

ラグランは鼻水をかんだ。もう冷気で顔の筋肉がこわばっている。彼はうなずいた。

「大丈夫だ。軍にいたとき、仲間のひとりにヴェトナム人の仏教徒がいたから」ラグランは斧で下生えを刈っていくキリルを見た。「ロシア正教会の別の一面を教えてやろう」

エフィモフは顔をしかめた。

「馬鹿なことを言うな。宗教戦争でもおっぱじめるつもりか？」

彼はラグランの無表情な顔をしげしげと眺め、そしてはたと気づいた。

「わけのわからない野郎だな、レグネフ。一杯喰わされたよ」

ラグランは肩をすくめてみせた。「ただの暇潰しだ」

「潰せる暇なんかここにはない。さっさとケツを上げて下生え刈りを始めろ。切り倒した丸太は馬に曳かせて運ぶから、その通り道を作ってくれ。休憩は四時間後だ」

「そのあとは？」

エフィモフは受刑者たちに背を向けて坐っている看守に眼を向けた。

「おまえが引き起こしたかもしれないクソみたいな大騒ぎと、今日のうちにおまえの咽喉を掻っ切りたくてうずうずしている男のことを教えてやる」

46

キリルは仕事仲間としてはいたってまっとうな男だった。二十五年の刑期のうち、まだ十年しか勤めていなかった。彼はノンストップでべらべらとしゃべりつづけていた。正教会をロシアをロシアたらしめる象徴にせんとするウラジーミル・プーチンの野望について細かいところまで議論できるだけのロシア語の語彙力がないラグランにとっては、かえってそのほうが都合はよかった。プーチンは立派な男だ。キリルは何度もそう言った。今にわかるよ。息も継がずにそう言い立てた。プーチンはロシアをまた偉大な国にしてくれる。キリルは斧を振るう手を止め、どこまでも広がる空を仰ぎ見て、帽子(フェスカ)を脱いで十字を切り、そして言った。今や教会とクレムリンは蜜月関係にある。母なるロシアは全能の神の祝福を授かり、欧米の質(たち)の悪い価値観が蔓延する退廃したこの世界で偉業を成し遂げるだろう。テレビは堕落している。売春も増えている。ロシアの女たちのなかには身売りして余所(よそ)の国の男の女房になる者すらいる。自尊心と愛国心は病に冒されてしまった。こうした宿痾(しゅくあ)

は、外科医が腫瘍を切除するように排除する必要がある。そんなことを一気呵成にまくしたてると、キリルはまた斧を手に取り、若木に向かって振り下ろした。温厚そうな男の顔が一瞬にして怒りに染まるところをラグランは見た。殺された家族が最後に眼にしたのは、この憤怒の表情だったのかもしれない。キリルは唾を吐いた。あんた、旧ソ連時代に司祭と信者たちが迫害されたことを知っているのか？ 神を信じない共産主義者たちが権力を握っていた当時、あの罰当たりどもは救世主ハリストス大聖堂を爆破して、その跡にモスクワ水泳場を造った。キリルは信じられないといったふうにかぶりを振った。彼は話を切り、額の汗を拭った。「おれは共産主義者どもを殺しただけだ」彼は自分の犯した罪の言いわけをするかのようにキリルは言った。

「おれは共産主義者じゃないって言ってやった」湯気の立つコーヒーとおぼしきものが注がれたマグカップが配られる列の先頭に立ち、ラグランはエフィモフにそう言った。「ホモじゃないとも言ってやった。キリルはそうしたことを確かめたくて仕方がないって感じだった。ここで誰かを殺ったことがあるのか？」

ラグランとエフィモフはほかの男たちから離れたところに歩いていった。

「ここで殺しをやっていたら、あいつは〈地獄の家〉にいるだろう。一日二十三時間独房に閉じ込められ、日中はベッドに坐ることも許されない。まったく、あそこは生き地獄だ。キリルが暴力を振るったことはない。だからおれたちはあいつの長話を許しているんだ。ああした怒りは、ひびの入ったパイプから漏れる水のようにちょろちょろと小出しにさせてやったほうがいい」

「つまり、キリルはおれの咽喉を掻っ切りたいやつじゃないってことか？」

エフィモフはほくそ笑んだ。

「疑心暗鬼になると思ってたんだがな。おまえが気を緩めないようにしてやったまでだ。いいか、おれはおまえから眼を離すなって言われているんだ。ここでおまえに害が及ぶようなことがあってはならないってな。そうする理由は知りたくもないが、先週アナトリー・ワシリーエフに部屋に呼びつけられて、おまえがここに送られてくると言われただけだ。何も訊かずに言われたとおりにしろってな。副所長は、おまえの背中を護れと仰せだ」

「自分の身は自分で護ることができる」ラグランはそう応じた。

「だろうな。おれもそう思ってる。でもここじゃ……誰かの咽喉を掻っ切っても、そいつが雪のなかで転んで古びた有刺鉄線に引っかかって咽喉が裂けたように簡単に見せかけることができる。眼玉に鉛筆を突き立てたら？　小便まみれの靴下を口のなかに突っ込んで窒息させたら？　自殺に見せかけることができる。どうだ、簡単だろ？　そうなったらおれたちは徹底的に身体検査されて、誰かが何週間か懲罰房に放り込まれるだろう。よくあることだ。おまえはそんなに長くはいないとワシリーエフは言っていた。それがどういうことなのかは知らんが、そう言われたら、おれだったら自分が狙われていると思うだろう。ここでおれを殺すつもりだと」

ラグランは情報を整理した。ＪＤを殺して、ここから脱走する。そんな作戦だったはずだ。しかし当局があの男の早期の殺害を画策しているのだとしたら、この作戦は目的を失う。そしてソロキナは蚊帳（かや）の外に置かれたということになる。しかし所長不在中の留守をあずかる人物が短期間だけ作戦に深くかかわることは知らされている。その人物が自分の関与を不安視しているのだとすれば、脅威の背後にいるのはそいつの可能性が高い。ＪＤを始末したら、その証拠である自分は消される。副所長の手が汚れることはない。

「あんたはそうなると思ってるのか？」

エフィモフはさあねと肩をすくめた。

「見つけることができるかもしれない人間がいるのか？」

「キリルは役に立つ人間だ。ひょっとしたら人間じゃないのかもしれない。亡霊か何かで、あいつの言う神とやらがなんらかの理由があっておれたちに遣わしたのかもしれない。かく言うおれもそんな与太話は信じちゃいないが、それでもあらゆる可能性を考えてみるのも悪くない。キリルはいろいろと見聞きするが、そこにいても人目につくことはない。キリルと組ませた理由を教えてやろう。週に一回、あいつは職員集落のある家で掃除夫を務めている。そして受刑者じゃない男の着ているものを持って帰ってきて洗濯して、次のお勤めのときに戻す。その男は看守でもないし事務員でもない。いったい誰だ？　ダニール・レグネフ、おまえに言ったとおり、おれたちはどこの誰だかわからない男に入ってこられるのを好まない」

ようやくJDの居場所がわかった。ラグランは安堵をおぼえた。

「そしておれが死ぬことを望んでいるのはその男なんだろ？」

訊くまでもない質問だった。もしかしたらJDは刑務所におれが来たことを知っているのかもしれない。

しばらくのあいだ、エフィモフはラグランをじっと見つめていた。ラグランは質問攻めにしないようにつとめた。情報過多は命取りになり得る。

「今朝、入浴所でキリルを見たか？」エフィモフが訊いた。

ラグランは入浴所の光景を頭に浮かべ、そこにいた男たちを心の眼でひとりずつ見ていった。いろんな男たちが出入りしていたが、今はキリルだとわかっている男には気づかなかった。

「床の水をモップで流していた男がいた」

「言っただろ、キリルは掃除夫だ。おれたちの隣の棟の男がひとりいた。そいつは〝鉄砲玉〟だ。どういうことかわかるか？」

ラグランはうなずいた。鉄砲玉。犯罪組織のヒットマンだ。

「つまりキリルは体を洗っているおまえとタトゥーを見て、そしてそのスパルタク・マトヴェーエフという鉄砲玉がおまえをじっと見ていることに気づいた。キリルは目ざとい男だ。そんなキリルを、あいつの十八番の話のネタを口をはさまずにじっくり聞いてやったおかげで、おまえは味方につけた。これで優位に立ったわけだが、向こうもおまえに用心するだろう」

「おれに眼を向けていた男には気づいていた。そいつがスパルタク・マトヴェーエフなのか？」

「そのとおりだ」エフィモフはラグランの二の腕に人差し指を押しつけた。その指応えに驚くことはなかった。たしかに筋骨隆々だが、その筋肉でも合わせ釘を削って尖らせたものは防げない。「おまえはここにオオカミのタトゥーを入れている。マトヴェーエフは木工所で働いている。今朝おまえを見ていた男は同じところにクマを入れている。マトヴェーエフにとっておまえは敵対組織のヒットマンだ。数年前、別の組織の幹部だったゲンナジー・ドラシュという男がさらわれて拷問を受け、まだ息があるうちに両腕両脚をちょん切られた。やったのはおまえの組織の連中だ」エフィモフはフッと息を漏らし、マグカップのなかの何かの滓を捨てた。「おまえはここに縄張り争いを持ち込んだ。そこで教えてくれ、おまえを殺そうとしているヒットマンがここにいるのなら、どうやって副所長の指示どおりにおまえの背中を護ればいい？」

「そんな面倒を起こすほど、ここに長居するつもりはない」

「マトヴェーエフが仕掛けてくるのは今夜かもしれないし明日かもしれないし来週かもしれない。本格的な雪になるのを待っているのかもしれない。いずれにせよそんなに長いことじゃないよ、レグネフ。雪が積もれば死体を隠すことなんか造作もない。脱走したとみなされるだけだ」エフィモフは広大な森のほうにあごをしゃくった。「おまえが森のなかに逃げ出しても、誰もなんとも思わない。事務処理と看守への叱責。それでおしまいだ」

ラグランには時間が必要だった。JDが身を潜めていると思われる家に向かってあの男を殺し、それから逃げるにしても、その準備に少なくとも二日は必要だ。最短でもそれぐらいはかかる。好天に恵まれ、雪に足を取られないようにしなければならない。

「マトヴェーエフと話をつける。そいつが望むものをなんでも約束してやる。ここから出たら、必ず最高の仕送りをしてやるとか」

エフィモフは苦笑し、頭を振った。

「やっぱりおまえは外国人だな。今わかったよ。おまえはときどき言葉に詰まる。たいていのやつはスラム育ちで学校に行かせてもらえなかった無学者だと思い込むだろうが。それともベラルーシ人で、モスクワのギャングに仲間入りして名を上げた男とか。どこまでがでたらめなのかはわからんし、知ったことじゃない。カムフラージュにはうってつけだが、そのせいでおまえは長くは生きられない。鉄砲玉と話をつける？　あいつに失うものはない。〈地獄の家〉にぶち込まれてもかまわないって思ってるだろう。あいつの評判はあそこを飛んでるタカより高くなる」エフィモフはそう言い、空の高いところを旋回する黒い影を見上げた。「おまえを殺すことは、マトヴェーエフにとっては名誉殺人だ」

47

それからの二日間、ラグランはエフィモフたちと一緒に伐採地で作業していたが、マトヴェーエフへの警戒を怠ることはなかった。あの男が脅しをかけようとしているのであれば、かなりひっそりとやっているにちがいない。いかつい男たちの脅しのかけ方なら以前見てわかっている。相手の眼をずっと見つづけ、向こうが手を出してくるまで挑発するのだ。先に手を出すのは悪手だ。そんなことをすれば脅してきたほうが有利になる。脅す側は超然とした態度で、冷静に先制攻撃を待っている。が、マトヴェーエフがそんな手に出ることはないだろう。刑務所の男たちはサーカスの動物たちのように飼い慣らされてはいない。刑期はまだたっぷりと残っているのかもしれないが、だからといって自分たちに大きな害をもたらす人間をそのままにしておくわけにはいかない。マトヴェーエフが大立ちまわりを演じてラグランを殺そうとすれば、ほかの男たちも騒ぎ出して、それが発展して暴動が起きかねない。鉄砲玉が何かしでかそうとしているという噂はいっさい流れていないので、奇襲を仕掛けてくる可能性もある。どこか人目につかない場所で。看守の眼が届かない場所で。

ラグランは点呼場でマトヴェーエフに眼を向けたが、向こうは眼を合わそうとしなかった。二日目の夜、ラグランは食堂の向こう側のテーブルで若手の受刑者たちと一緒にいるマトヴェーエフを見た。おそらく刑期の半分も勤めていない男たちで、街場の凄みをまだ失っていない顔つきだった。マトヴェーエフとは一瞬眼が合ったが、鉄砲玉は同じテーブルを囲む仲間たちと語らいつつ食事を続けていた。エフィモフがいるテーブルに向かいながら、ラグランは自分をじっと見ているヒットマンの姿を視界の隅に捉えた。マトヴェーエフは好機を待っている。あいつと鉢合わせする瞬間が、おそらくふとした拍子にやってくる。そしてそのとき決着がつくだろう。

エフィモフは上座で壁に背中を向けて坐っているので、いきおいテーブルを共にするラグランたちはヒットマンに背を向けることになる。マトヴェーエフと向かい合っておきたいところだ。このままだとあの男はテーブルのあいだをさりげなく抜けてきて、背後から飛びかかることができる。刃物が手に入らない刑務所内での必殺の武器、柄の端を尖らせたスプーンを耳に突き立てて。その一方で、このままマトヴェーエフに屈めた背を向けてスープを飲んでいれば、こっちはおまえの地位なんか屁ほども気にかけていないという意思表示にもなる。

ラグランはパンをちぎって熱い液体に浸し、エフィモフをちらりと見た。食事に余念がないという感じだが、その無関心ぶりは歳月をかけて培ってきたものだとラグランは見抜いた。食堂内を支配しているのはこの老受刑者だ。彼は自分の棟の男たちをテーブルの前面に坐らせている。マトヴェーエフが襲ってきたら、取り巻き連中が邪魔をさせないようにブロックに走るだろう。そんなことになれば六号棟の男たちが立ちふさがる。そのなかにはラグランと同い年ぐらいの男もいるかもしれない。自分で自分の身を護れば、彼らが罰を受けることはない。

不安要素はほかにもいろいろとあった、時間はどんどん過ぎていくというのに、標的評価をいっさいやれていない。行動計画もまだ立てていない。マトヴェーエフが襲ってくる前に、ＪＤの隠れ家まで行って殺害し、脱走する手立てを見つけなければならない。あの男が仕掛けてくるとすれば、こっちの人数が食堂にいるときより少なくなるタイミングだろう。計画を立て、何があっても生き抜く。とにかくそれしかない。が、どちらも生易しいことではない。

明くる朝、点呼が終わるとエフィモフは作業班を引き連れて伐採地に向かった。誰もがあと数日で天候が変わることをわかっていた。本格的な雪になれば屋外作業が少なくなる。男たちは口々に不満を漏らした。伐採地の男たちは、晴れの日には普段の倍働くつもりでいることをラグランは知っていた。切り倒した丸太は馬に曳かれて所内の作業場に搬送され、適切な長さに切断されたのちに割られて、ボイラーとストーヴ用の薪として積み上げられる。新雪が作業をより困難にしていたが、それでも狭い棟内に閉じ込められるよりましだった。

男たちはいつもどおりのふたりひと組になり、作業に取りかかった。キリルとラグランは下生えをさらに刈り進み、若木を切り、去年落ちた枝を引きずり出した。馬たちが昨日切り倒した丸太をもう曳いている。キリルが語る右翼から見た共産主義、女の性的堕落、ロシア連邦を弱体化させる欧米の陰謀を二時間聞かされているうちに、ラグランたちは暗い森のさらに奥まですすみ、一時的に看守の視界からはずれた。キリルが旧ソ連の衛星国を母なるロシアの胸に戻すという御託を謳い始めたところで、ラグランは彼にすっと詰め寄り、数歩先のカラマツの木陰に引っ張っていった。

「別の話を聞かせてくれ、キリル。あんたが掃除をしている家の男のことを」

狂信者は金縁メガネの奥の眼を細めた。

「あの男のことを話せって？　どうしてだ？」

「面白い話だろうし、おれはぜひとも聞きたい」

「知ってるだろうが、あれは私が手に入れた特権なんだよ。あの家で週に一回働いてる。行儀よくして、余計なことに首を突っ込まないようにしている。あそこで私が何をして何を眼にしているかは誰にも教えない」

「おれには教えてほしい」ラグランはそう言い、歩哨中の看守がもうすぐ通りかかるあたりを、小柄な男の肩越しに注意深くうかがった。

キリルはかぶりを振った。

「私はあんたとエフィモフにマトヴェーエフのことを教えた。それだけで充分だろ」

「マトヴェーエフがおまえにスパイされていると思っているとしたら――」

「そんなことはしてない！」

「それはわかってる。でもな、あの日の朝にマトヴェーエフは入浴所にいるおまえを見た。そしてあいつは、おまえがエフィモフに護られていることを知っている。あいつがおれを襲うなら、おまえにもやるかもしれない。マトヴェーエフには失うものは何もないんだろ？」

「でも襲ってきたら、あんたはあいつを殺すんだろ？　そうなんだろ？」

「もちろん返り討ちにしてやるつもりだが、あいつのほうが上手（うわて）かもしれない」

「そうなったらあんたにあの家の男のことを教えてもなんの意味もないし、それにどのみち私も殺される。このことはこれ以上話し合っても無駄だな」

キリルは背を向けたが、ラグランは押しとどめた。

「あの男について話したいことがある。おれの考えが正しいなら、あの男はおれが求めている情報を持っている。そしてあの男の本性を知れば、あんたも憎しみをおぼえるはずだ」

「あの男の本性？　あの家に滞在している男。私にとってはただそれだけだ。それ以上知っておくことがあるって？　どうでもいい」

しかしキリルは迷いの色を見せた。ラグランは狂信者の心に疑念の種をまいた。

「あの男の見た目を言ってみろ」

キリルは何も言わなかった。

「わかった、じゃあおれが言ってやる」ラグランはＪＤの容貌と体つきを的確に、そして口早に説明した。「こんな男だろ？」

キリルはうなずき、さらにむっつりとした顔になった。

ラグランは話しつづけた。

「聞いたあんたがまずい素振りを見せたら困るし、次にやつに会ったときに突っかからないようにするのは難しいだろうから、あまり多くは教えない。そんなことになれば、せっかく手に入れた特権より大きなものを失いかねない。あの男は危険だ、ここにいる荒くれどもよりもずっと。だからその家の場所となかの様子を教えてくれ。これまであんたが聞かせてくれたことは全部わかっているし、その意味もちゃんとわかっている。でもあの家にいる男は、あんたの信じていることすべてに反することをしてきた」

「どうしてそんなことを知ってるんだ?」

「あの男はおれの知り合いの女を殺した」

キリルは聞かされたことをじっくり考えた。

「女殺しならここには大勢いる。別に珍しいことじゃない。私だって女とその娘を殺した。私は自分が犯した罪を贖って(あがな)いるし、悔い改めている私を見て、神は赦してくださるだろう」

「でもあんたは正義の鉄槌を下したって話だが」

自分が共感しているとキリルに思わせるような接点を探しつつ、ラグランは言った。

キリルはこくりとうなずいた。

「そうだ。誰かがやらなきゃならないことだった」

「おれがあの男にやろうとしていることも誰かがやらなきゃならないことだ」すかさずラ

グランはキリルを味方に引き込む簡単な嘘をついた。「あの男はパリ在住の亡命共産主義者だ……」

ラグランはロシアの一般大衆を食いものにして金持ちになった男という人物像を描いた。キリルは憎悪もあらわに唾を吐いた。裏で金儲けしていた共産主義者だな。ロシア人の面汚しだ。

看守が伐採地の先のほうに姿を見せ、受刑者たちがさぼっていないかチェックした。ラグランは慌てて屈んで刈り取った下生えを抱え、キリルは次の若木の茂みに斧を振るった。看守が眼をそらすと、キリルは首に鎖で吊っている十字架を引っぱり出して口づけした。

「言ってくれ、何が知りたい？」

48

その家は刑務所の正門から一キロほどのところにある、四方がすっきり見渡せる約千五百平方メートルの土地に建っている。二階建てで、小さな台所と食堂、居間、寝室が三室で、トイレと風呂は屋内にあって、一メートル四方で高さが二メートルの増築部分があり、食料を貯えておく棚が置かれている——うってつけの屋外冷蔵庫だ。築五十年ぐらいの古い家で、ある看守とその家族が暮らしていたが、去年にどこかに転属になった。ラグランは家の造りを訊いた。壁も床も木張りで、コンクリートの基礎の上に立っているから地下室はない。歩くと床板は軋むかと尋ねると、キリルは歩くと音はするが、足元の暖を取るためにあちこちにラグが敷かれ、それぞれの四隅にはフェルトのような滑り止めが貼られていると答えた。なんで知っているかというと、掃除に行くと必ずラグをのかして床を手磨きしなきゃならないからだ。きつい作業か？　棒の先にある重い金属のかたまりに柔らかい布切れをつけたやつで磨くから、そりゃあね。おれもやったことがあるからわかるよ。

陸軍で新兵だった頃に同じことをやらされていた。ＪＤの家がフランス外国人部隊での床磨きの合格レヴェルに達しているとは思えない。ラグランはそんなことを考えた。

二階に上がる階段は居間にある。上がると風呂とトイレ、狭い寝室が三つ並んでいる。男はどの寝室で寝ているんだ？　手前の部屋だ。家の南側の外壁にはひさしのついた薪置き場がある。キリルの話からラグランは、家の門から玄関まで八十歩、家の裏手はフェンスから四十歩、両側の壁は二十歩だと見積もった。キリルは毎回裏の小さな門を通って食料庫の横にある、いつも錠がかかっている勝手口から入る。鎖につながれた鈴を鳴らして、なかにいる男を呼び出す。電力供給は安定しているとは言い難く、とくに補助用の発電機がうまく動かないときはキャンプ用のプロパンガスランタンを使うことも珍しくない。

家まではどうやって行っているんだ？　歩きか、それとも看守が車で送り迎えしてくれるのか？　天気がよければ歩きだが、悪ければ車で送ってもらう。家のまえで降りて、仕事が終わると迎えに来る。午前八時に家に行って、午後五時に帰る。作業は床掃除と洗濯とアイロンがけ、そして窓拭きだ。床は全室箒で掃いて手拭きする。食事時になるとキッチンの小さなテーブルに料理が並ぶ。そこで暮らしている男の様子？　ひとこともしゃべらない。ずっとテレビを観てる。煙草を吸ってウォッカをかなり飲むが、酔っ払ったところはいちども見たことない。透明だけど水で割ったら黄色くなる、アニスのにおいがする酒も飲む。それはペルノっていうフランスの酒だ。ラグランはそう教えた。ここじゃ贅沢品だ。つまりあの家にいる男は、犯した罪のわりにはいい扱いを受けてるってことだ。キリルは憤懣を隠さなかった。JDについて悪いことをひとつ言うごとに、キリルはますますラグラン寄りになっていった。

家の周辺地図を頭のなかに描き終えたラグランは、除雪されて路肩に積み上げられた雪の山と低いフェンスのあいだという眼につかないところから侵入するのが一番よさそうだと判断した。ほかに留意しておくべき点はあるか？ 今は雪に覆われてわからないが、家庭菜園がある。秋の終わりに耕されていたら、雪の下はでこぼこになってる。おまけに凍りついてコンクリート並みに硬くなってるから、あっさりと足首をひねるぞ。キリルは家の説明を繰り返したが、ラグランはそのまま言わせた。心のなかでその家のイメージがまとまり、鮮明になっていけばいくほど、そのぶん家に接近して侵入する計画が立てやすくなる。

通りから玄関までまっすぐの私道がある。誰か近づいてきたら、正面にある窓からばっちり見える。左隣の家で放し飼いにしている犬が防犯ベル代わりになってる。警備員はいない。そんなものは必要ない。そうそう、あの男は拳銃を持ってる。種類まではわからないが、サイドテーブルについたビールの輪染みを拭いたときに動かしたことがあるけど、重かった。看守が携行している銃に似ているような気がする。だったらＭＰ４４３（グラッチ）だ。ラグランはわかった。欧米の法執行機関が使っている軽量タイプの拳銃とはちがい、グラッチはほとんどが金属でできている。昔ながらの頑丈第一のロシアの工業製品で、スライドとグリップフレームは炭素鋼、銃身はステンレス鋼のがっしりした銃だ。装弾数は弾倉（マガジン）の十七発プラス薬室（チャンバー）の一発で、徹甲弾を使用することもできる。ロンドンでＪＤがアビーを殺したときに使ったのもこの銃だった。

「次にいつ掃除に行くんだ？」

「あさってだ」

「もしそこに泥棒に入るとしたら、どうやって入る？」ラグランは訊いた。

「どうやって入るだって？　そんな間抜けなことをする泥棒なんかいないよ。家の左と表と裏には家がある。裏は田舎道、正面には車道が走っている。隣の家の犬が壁越しに吠えるし、木は一本もない。赤ん坊の尻のように何もない。そんな家に泥棒が入るか？」

キリルは咳払いすると唾を吐いた。

ラグランは同じ質問を繰り返した。そして待った。

「どうした？　生まれたときに頭から落っこちたのか？」キリルはわかったよと言わんばかりに肩をすくめた。「裏の門から少し走って食料庫に行く。そこに窓がある。窓をぐって食料庫に潜り込めば、裏口につながる網戸がある。裏の玄関広間みたいなもんだよ。勝手口は網戸の右側にある。頑丈なドアだ。でも食料庫のなかに入ってしまえば、もうそこは家のなかだ」

「窓の下には何がある？」

「食器棚だ」

「足をかけることができるだけの高さがあるのか？」

キリルはうなずいた。

「しまってあるのはガラスの保存瓶が何個かだけだ。それだけしかない」

キリルの哀れみの表情がすべてを物語っていた。彼は頭を振って背を向けた。ここで正気を失った男なら何人も見てきたが、失ってからここにやって来た男はひとりも見たことがない。あのギャングどもときたら。頭の悪いクソ野郎どもだ。

ほかの男たちと同様に、ラグランも作業から戻る頃には体が臭くなっていた。制服は作業中にかいて染み込んだ汗が乾いて悪臭を放ち、むっとする暑さの棟内でさらににおいはきつくなった。今すぐ体を洗うことができなくてもラグランは気にならなかった。また熱い湯でこすってもタトゥーが落ちないかどうかわからなかった。

「あとどれぐらいで天気は変わるんだ?」棟に戻ると、ラグランはエフィモフに訊いた。

「それどころじゃない」エフィモフはそう言うと、ベッドのラグランの横に腰を下ろした。「マトヴェーエフは今夜仕掛けてくるつもりだ」

早すぎる。このままだと、あの鉄砲玉のせいで全部おじゃんになる。残された時間は少ないというのに、ここにきてさらなる問題を抱え込む余裕はない。ラグランはとりあえずエフィモフが言ったことを受け流した。

「天気はいつ変わる?」

「聞いてなかったのか? マトヴェーエフはおまえを殺そうとしている」

「いつ変わるんだ?」ラグランは言い募った。

エフィモフはため息をつき、温和な声で言った。

「明日から雪が降りだして、明後日はもっと降る。一日晴れたと思ったら、さらにまたどかっと降る」

マトヴェーエフとの決着をつけ、さらに一日無事に過ごし、キリルが掃除に行く明後日に家に行ってJDを殺さなければならない。そして逃げる。

「あんたがおれの背中を護ることになっていたはずだが。副所長に状況を伝えてくれ。彼があいつを止めてくれる」

エフィモフはかぶりを振った。

「レグネフ、それはできない。おれはタレ込み屋じゃない。タレ込んだら必ずばれる。ばれたら、おれが何者であっても入浴所で手首を切られて死ぬことになる。自殺はよくあることだからな。たしかにおまえが言ったとおり、おれはおまえの背中を護れと言われ、そして言われたとおりにした。おれはおまえに警告した」

エフィモフは腰を上げて立ち去ろうとしたが、ラグランに引き戻された。

「あいつはどこで仕掛けてくる？」

「それはわからないし、今から探ってもわかりそうにない。この情報にしても、いろいろと貸しを返してもらってようやくつかんだんだ」

「あんただったらどこを選ぶ？」

エフィモフはまたベッドに腰を落ち着けた。

「おれだったら材木置き場でやる。あそこには帯のこ（バンドソー）やらチッパーマシン（木材をチップ状に粉砕する機械）やらがあるから、簡単に事故を装うことができる。でも夜だと無理だ。だからやるとなると屋内のどこかだ」彼はしばらく考え込んだ。「ボイラー室だな」

たしかにあそこならうってつけだ。収監されてすぐに、ボイラー室で炉の給炭を手伝わされたことがある。あそこは夜になると無人になるだけでなく、そこまでの通路は幅が二メートルあるかないかぐらいで、天井は低いうえに金属の配管が通っているから狭苦しい。明かりといえば強化ガラス製の裸電球のぼんやりとした光だけだ。通路の先の空間に、戦前に作られたボイラーと炉が鎮座している。ボイラーは管理棟に暖房と、入浴所とキッチンに湯を提供している。刑務所内でパン焼き室に次いで暖かい部屋だが、ボイラー係は楽な仕事ではない。シフト中は暑さに体力を削られ、外の寒さでさらにやられてしまう。

「誰が段取りをつけるんだ？」

「マトヴェーエフの仲間から呼び出しがくる」エフィモフはラグランを見た。「わかってるだろうが、拒むことはできない。掟ある盗人（ヴォールィ・ヴ・ザコーニェ）は絶対に引き下がらない」

「だったらもういちど現場を見ておきたい」

エフィモフはうなずいた。

「夕食後がいい」彼は立ち上がり、ラグランを見下ろした。「おまえにとっては最後の食事になるかもしれない」

「おれがあいつに殺されたら、あんたはえらくまずいことになる」

エフィモフは肩をすくめてみせた。

「特別待遇がなくなるだけだ。言っておくが、あいつをぶちのめすのはかまわんが、殺すのはだめだ。殺せば刑務所が封鎖されて捜査が始まる。医務室送りにするだけに留めておけ。おまえは天気のことを訊いてきた。キリルに、あいつが掃除している家のことを訊いた。何を企んでいるにせよ、マトヴェーエフを殺したら一巻の終わりだ」

49

ボイラー室への出入り口はひとつしかない。ラグランは通路をじりじりと進んだ。両腕を伸ばして岩肌がむき出しの壁とパイプに触れ、触覚で通路を記憶していった。古いボイラーから送り出される蒸気の圧力でパイプは軋み、換気のよくない地下にあるせいで湿気がこもり、壁は結露でてらてらと光っている。ボイラーの音とパイプから漏れ落ちる水滴の音に耳をすまし、頭に叩き込み、相手が立てるあらゆる物音と識別できるようにした。

二十四歩で通路が広がって空間になるところに出た。広さは幅六メートル、奥行きは十メートルほどだ。天井から吊り下げられた配管の錆びた継ぎ手から水がぽとぽと落ちている。水に含まれる石灰分が緑色のネックレスのように固まり、水漏れを防いでいる箇所もある。満杯の石炭庫の上には落とし樋(シュート)があり、さらにその上の金属製の落とし戸の隙間から光が射し込み、溶けた雪が滴り落ち、黒い石炭が光沢があるように見える。石炭庫の横には薪が積み上げられている。おんぼろのボイラーと炉は部屋の中央にあり、近づけば近づくほど熱で息苦しくなる。マトヴェーエフは刃物を持ってくるだろう。ラグランは武器になりそうなものを探した。長さといい太さといい古風な警棒そっくりの鉛管の切れ端が、片端が壁に押し当てられた状態で床に転がっていた。彼は拾い上げ、手にしたときのバランスと重さを確かめてみた。石炭庫の横には柄の長いシャベルが立てかけてあった。マトヴェーエフにやられて気を失おうものなら、あいつはシャベルを使って炉の扉を開けて、おれを白熱する炉内に押し込むだろう。まずまちがいない。

ラグランは入り口まで戻り、振り返って通路をうかがった。電灯のスウィッチはすぐ左側にあった。廃品のスチーム暖房機が置かれていた。そのラジエーターの裏に鉛管を立てかけてキャンヴァス地のシートで半分隠すと、ラグランは少しずつ下がり、作戦立案に集中した。満足のいく作戦を思いつくと振り返り、階段を上がってエフィモフが見張りをしている地上に出た。老受刑者がドアを開けると冷気がいっきに流れ込み、汗をかいているラグランの顔を冷やした。

「これからどうする？」エフィモフが訊いた。

「寝る」

ラグランはぐっすりと眠った。マトヴェーエフとの決闘のことは頭のなかのフォルダーにしまい込み、体を目一杯休ませた。レジオン時代に迫りくる戦闘で余計に気を揉まないように編み出したやり方で、二年かけて身につけた。準備こそがすべてだ。標的評価で判断がつかなかった部分は出たとこ勝負でやればいい。

棟のドアが軋みながら開いた。ラグランはパッと眼を開けた。刑務所の周囲を照らす常夜灯が汚れまみれの窓に影を落とすなか、人影が入ってきてエフィモフのベッドの脇に跪いた。老受刑者がなにごとか小声で伝えると、人影は去っていった。エフィモフはぎくしゃくとした動きでベッドから下りると、ラグランのベッドに歩み寄った。そして彼の肩に手を伸ばして触れた。

「起きてるよ」ラグランはぼそっと言った。

エフィモフは何も言わず一歩下がった。厚手の毛糸の靴下が床板の上でささやくような音をたてた。掟ある盗人の仁義が思っていたほど立派なものではなかった場合に備えて、ラグランは寝間着に着替えずに寝ていた。最近はどこでも人材の質が落ちてきている。プロの殺し屋たるもの、常に優位に立たなければならない。マトヴェーエフは夜中に忍び込んできて、こっちの寝首を掻こうとするかもしれない。ラグランはなんとなくそう思っていた。が、そんなことをすれば、マトヴェーエフはこの先を生き延びることはできないだろう。自分の評判を上げるには、おれを一対一の対決で殺さなければならない。

エフィモフに導かれるようにして、ラグランは棟を出た。男たちが寝返りを打ち、そのなかのひとりかふたりが頑張れと声をかけた。ラグランはもはやここにぶち込まれた新参者ではなかった。苦難と寝食を共にする仲間として受け容れられていた。ラグランは今は午前二時頃だと当たりをつけた。棟からそっと出ると、ブーツの下で凍った雪が音をたてた。電球の丸い光がフェンスに沿って見える。監視塔の夜勤の看守の影がダークブルーの夜空に浮かんでいる。星明かりが雪をきらきらと輝かせている。ラグランは寒さに背を丸めていたが、あえてキャンヴァス地の上着しか着てこなかった。じきにしっかりと温かい場所に行くわけだし、それに厚着だと機敏に動けない。ボイラー室のある建物に入ると、エフィモフはラグランを待たせておいて自分は階段を下り、暗がりのなかで待っているのがマトヴェーエフだけなのを確認した。重い足音がしてエフィモフが戻ってきた。老受刑者はうなずいた。

ラグランは上着を脱ぎ、エフィモフに渡した。

「あんたは棟に戻るのか？」

「あいつの仲間が姿を見せた場合に備えて、ここで待つ。マトヴェーエフはナイフを持っている」エフィモフは小声でそう言った。

ラグランはうなずくと背を向け、階段を下りていった。洞窟に潜入したときと同じように期待に胸を膨らませながら。あれからもう何年も経った。

ラグランは母指球に体重をかけながら階段を下り、心臓の鼓動が落ち着くまで待った。血が全身を駆けめぐるドクドクという音は聴覚の妨げになる。薄暗がりに眼が慣れると、頭に叩き込んでおいた音に耳をそばだてた。通路の端の壁を影が横切った。ラグランは隠しておいた鉛管を手探りで見つけた。そして手を伸ばして電灯のスウィッチを切った。途端にボイラー室のどこかで驚いたようなうめき声がした。ラグランは足を踏み出し、数歩進むたびに立ち止まり、人が動く物音に聞き耳をたてた。ブーツの靴底がコンクリートの床をこする音を軽減させるべく、両の足首を内側に曲げて足を丸めて歩いた。十四歩進んだところで足を止めた。あと十歩でボイラー室だ。ラグランはまた聞き耳をたてた。七歩進んで、また足を止めた。さらに三歩。ボイラー室の入り口に達すると、ラグランは歩幅を大きく取った。

マトヴェーエフのにおいを嗅ぎ取ったかと思うと、闇のなかで空気がさっと動いた。ラグランは半回転し、壁に体を押しつけてバランスを取ると、鉛管を低く構えてから素早くアッパーカットを繰り出した。鉛管はマトヴェーエフの腕に当たった。鉄砲玉はわめき声をあげ、痛みに鼻息を荒くしたが、ラグランが母指球を中心にして身をひるがえしながら振り下ろした鉛管は空を切った。体勢を立てなおし、バランスを崩さないようにした。マトヴェーエフはハアハア言いながらボイラーに向かってよろよろとあとずさっていった。

ラグランは身を低くし、シュートの落とし戸の隙間から射し込む地上の明かりがかろうじて当たっているところをじっと見た。そこを横切る大男の黒い影がしっかりと見えた。ラグランが待ち構えている位置から石炭庫までは六歩の距離がある。素早く突進して鉛管を振るうと、肩に当たった感触がした。が、その一撃を受け止めるだけの力がマトヴェーエフにはあった。ラグランは相手が身をよじるのを感じ、右手に持つナイフを自分の腹に突き立てようとしていることを察知した。彼はマトヴェーエフの胸に背を向けた。自分より大柄な男に身を押さえられる危険はあったが、さっきの一撃で痺れているはずの肩と片手にナイフを握っている状態ではそんなことはできないと判断した。ラグランは鉛管の端を両手で握って前腕をガードした。すると相手の手首が鉛管に激しく当たるのを感じた。マトヴェーエフは叫んだ。ラグランは立ちなおる隙を与えなかった。頭と腕を一緒にさっと上げると、鉛管が相手の顔に当たるのを感じた。マトヴェーエフは悪態をつき、痺れた肩に力を入れて肘を思い切り叩き込んだ。肘はラグランの首のつけ根から肩につながる筋肉に命中した。強烈な一撃だった。マトヴェーエフに、痛みをこうむってもなお必殺の一撃を繰り出せるだけの力があることをラグランは思い知らされた。

ラグランはさっと身を離した。寸前までいた場所でナイフが空を切った。腕を振り上げてから空きになったところを刃に捉えられ、脇腹がかっと熱くなった。彼は一秒かそこらのあいだで腕を下ろして肩から転がり、立ち上がって低く構えた。鼻を潰され、口で呼吸するマトヴェーエフの湿った荒い吐息が聞こえた。その刹那、吐息が一瞬だけ止まった。マトヴェーエフは感覚でラグランの位置を察知し、闇のなかに突っ込んでいった。ラグランが低く構えているところまでは察知していなかった。両脚がラグランにぶち当たり、片方の膝頭がラグランのこめかみに突き刺さった。闇がぐるぐるとまわっているように感じられた。マトヴェーエフは壁に頭から突っ込み、罵声を吐いた。ラグランはぎくしゃくとした動きで身を引き、眼をまわしつつも自分の位置を確認しようとした。マトヴェーエフはさっさと体勢を立てなおし、さかんに蹴りを繰り出した。ブーツの踵がラグランの腿にヒットし、脚全体が痺れた。刺すような痛みをものともせず立ち上がると、鉛管を体の正面で前後に振りまわした。骨が折れる音が聞こえた。マトヴェーエフがギャッと叫び、よたよたとあとずさった。すかさずラグランは飛びかかった。マトヴェーエフの汗が鼻のなかに入った。ふたりとも唸り声をあげ、相手を倒すことのみに全精力を注いだ。

格闘するうちに闇のなかに戻っていくと、炉の熱がさらに一層強く感じられた。ラグランは空いた手でマトヴェーエフのナイフを持つ手首を摑み、熱を強く感じるほうに力を込めて押しつけた。切り裂かれた脇腹がひりついたが、その痛みをうまく使って肺に空気を流し込んだ。ラグランはマトヴェーエフの両脚のあいだに膝を突き立てた。マトヴェーエフはガハッと息を吐き出して呼吸ができなくなり、ラグランも口臭で窒息しそうになった。不意に襲ってきた七転八倒ものの激痛で力を失ったマトヴェーエフにラグランは追い打ちをかけ、ナイフを持つ手の甲を炉に押しつけた。肌がジュッと音をたて、マトヴェーエフは吠えたて、ナイフを落とした。それでも火傷の激痛で力を取り戻し、ラグランの額に頭突きを喰らわせた。ハンマーでぶん殴られたような一撃だった。膝ががくりと崩れてうしろ重心になり、せっかく手に入れたわずかな優位を失ってしまった。マトヴェーエフが体重をかけてきたが、ツキはラグランのほうにあった。身をひねってかわすと、頭突きを繰り出したせいでバランスを崩していたマトヴェーエフは石炭の山に突っ込んだ。ラグランは脇によけ、背中にボイラーの熱を感じながら鉛管を低い位置で振りかぶり、全体重をかけて素早く振り下ろした。鉛管は脚に当たった。腓骨が折れる音がした。大柄なロシア人が嘔吐し、吐き出した胆汁の方向からラグランはマトヴェーエフがどこに顔を向けているのかわかった。ラグランは間合いを詰め、また鉛管を振り下ろした。今度は顔の骨が砕ける音がした。

ラグランはすっと息を吸い、まだ痺れている脚が上げている悲鳴を無視して体重をかけてみた。彼は息を整え、半分振り返ってマトヴェーエフの荒い息遣いに耳を傾けた。

勝敗は決した。

ラグランは鉛管を落として腕の下に手を伸ばし、血で濡れたシャツに触れてみた。どれくらい深く切られたかはわからなかったが、シャツとズボンの腰のあたりが血まみれになっている。刺創ではなく切創だから、命にかかわるような傷ではない。今いるのは通路の入り口から四歩か五歩といったところだろう。三歩行ったところで、路地裏の酔っ払いのように壁にぶつかった。ラグランは毒づくと左を向き、二十四歩で通路の端までたどり着くと壁をまさぐって電灯のスウィッチを探した。仄暗い電球が放つくぐもった光のなかをボイラー室に戻ると、マトヴェーエフは気を失っていた。顔は血だらけで、折れた肺骨が突き出ていることがズボン越しに確認できた。ラグランは屈んで脈を取ってみた。死んではいない。あたりを探し、ナイフを見つけた。研いで尖らせた金属に滑り止めのテープを巻いた柄を溶接した、長さ十八センチの自家製ナイフだった。作業所で作られたものにちがいない。看守たちがマトヴェーエフとの対決を察知し警戒していないともかぎらないし、このナイフを持っているところを見つかるだなんてとんでもない。ラグランはボイラー室の奥の暗がりにナイフを放った。そして足を引きずりながら通路を戻り、階段を上がった。エフィモフが廊下で待っていて、その向かい側に別の男がいた。

「こいつはマトヴェーエフの仲間だ」エフィモフは言った。「おれと同じことを考えて来た。一対一かどうか確かめに」

「殺したのか？」男が尋ねた？

「かなり痛めつけただけだ。医務室に連れていけ」

男はうなずいた。「殺さないでくれてよかった。おれたち全員にとって」そう言うと階段の下に眼を向けた。

「殺すなと言われていたからな」ラグランはそう言い、雪のなかに足を踏み出した。彼はしゃがんで雪を掴み、脇腹に当てた。一握の雪はみるみるうちに朱（あけ）に染まっていった。

50

ラグランが脇腹に負った長さ十センチの切創は縫わなければならなかったが、医務室に駆け込めるはずもなかった。幸い同じ棟に陸軍の元衛生兵がいて、傷の洗浄と縫合はお手のものだった。元衛生兵は水で傷口を洗い流し、針をラグランの肌に突き刺した。麻酔など望むべくもなかった。ラグランが横たわるベッドのそばに男たちが寄ってきた。殺し屋のタトゥーを入れた男がどれほどタフなのか見定めたいだけなのだろう。ひりつく肌に針が刺さるとラグランは顔をしかめたが、根性無しだと思われないように息を浅く吸った。マトヴェーエフとの決闘に勝ったことでラグランの勇名は高まり、集まってきた男たちは称賛や庇護を求めるしるしとして煙草や配給の茶を差し出してきた。

ラグランは男たちに顔と背を向け、水を含ませた綿球で傷口を拭っても腹から脇腹にかけて貼ってあるタトゥーがにじまないように祈った。末梢神経を刺す痛みにラグランは涙ぐみ、男たちはわがことのように沈痛な面持ちになり、顔をゆがめた。元衛生兵はロウソクを持つエフィモフの手を摑み、傷口に近づけた。消灯のサイレンが鳴った時点で、その言葉どおりに電気は切られていた。元衛生兵はアフガニスタンの戦場でソ連兵たちの治療にあたった経験をつぶやくように語り、この切創はなんの問題もないとラグランに言って聞かせた。かすり傷のようなもんだよ。元衛生兵が厨房からくすねてきたきつい消毒液でまた傷を拭うと、ラグランは痛みに身をよじらせた。元衛生兵はニヤリとした。レグネフのような暗黒街の荒くれ者が戦争に行ったことがあるなら、負傷のなんたるかをわかっているだろう。ラグランは悲鳴もうめき声もあげなかった。元衛生兵は縫合の出来栄えに満足すると、医務室から盗んできた幅広の包帯を傷口に当て、ラグランの胴体にきつく巻きつけた。

手当てが終わると男たちは散っていき、エフィモフがラグランの横に腰を下ろした。「おまえは作業に出なければならない。今夜の決闘が表沙汰になることはない。さすがにマトヴェーエフの大怪我は気づかれるだろうが、おそらく木工所での事故として処理されるだろう。所内で騒ぎがあっただなんて報告したがるやつはいないからな。受刑者同士のいざこざはあって当然だと見なされている」エフィモフはラグランをじっくり眺めまわすと、上着のポケットから薬瓶を取り出した。「抗生剤だ。物々交換で手に入れておいた。これを飲んで傷が化膿しないようにしろ」彼は薬瓶を振って二錠取り出し、水が入ったブリキのコップと一緒にラグランに渡した。「二日か三日はかなり痛むだろうが、飲んでおけば少なくとも敗血症や感染症で死ぬことはない」ラグランが抗生剤を飲むと、エフィモフは薬瓶をベッド脇のテーブルに置いた。「毎日飲むんだぞ、同志(タヴァーリシチ)。おれは今でもおまえの背中を護る義務を負っているし、それにおまえが敗血症で死んだら、おれはちんぽこを切り取られてしまう」

ラグランはうなずきで謝意を示すと、頭をおずおずと枕にあずけた。体内からアドレナリンが消え失せてしまい、傷が痛みだした。殴られた部分の筋肉は硬直し、動きが鈍くなるだろう。脱走するまでにやるべきことはまだまだたくさんあり、ここから生きて出ることができる可能性はますます低くなったように感じられた。

「ここにぶち込まれている人殺しどもですら恐れていた男を、おまえはぶちのめした」お目付け役のエフィモフは言った。「これからは頼れる存在になり、大事に扱われる。食いものや配給品の貢ぎ物も入ってくる」

「そんなに長居するつもりはない。あんただってわかってるんだろ?」

「おまえは馬鹿者だ、ダニール・レグネフ。ここから抜け出せる人間なんていやしない。追跡用の犬も人員もいるんだぞ。雪をものともしない車輌だってある。雪は週末までに腰の高さまで積もる。脱走できる見込みはどれだけある?」

「そんなにない」ラグランはそう応じた。そして眼を閉じ、眠りに落ちた。点呼まであと三時間もない。

ラグランが呼吸を落ち着けていく様子をエフィモフは見つめていた。今夜の一件をどこまで副所長に報告するのか決めなければならない。この男と副所長のあいだにどんな関係があるのかは知らないが、そんなものにはいっさい巻き込まれたくはない。エフィモフは自分の残りの刑期をつらつらと考えた。と、何年も前に自分のなかから消え失せてしまったものが一瞬見えたような気がした。この男が脱走に成功してまんまと逃げおおせたら、ここにいる全員に意欲と希望が芽生える。エフィモフは眠ってしまった男に父親がやるように手をかけ、そして毛布を掛けてやった。

点呼はいつもの朝と変わらなかったが、点呼官がマトヴェーエフの名前を呼ぶと、彼の棟の担当看守が木工所での事故により医務室で治療中だと報告した。点呼官は即座に了承した。誰も異議を唱えなかった。各作業班は隊列を組み、門からぞろぞろと出ていった。ラグランの脇腹の傷はひりひりとし、皮膚がつっぱるように感じられた。痛みに屈しろと言わんばかりに。屈してしまったら眼を萎いてしまう。ラグランは無理やり背筋を伸ばし、末梢神経の責め苦に耐えた。

キリルは斧を振るい始めたが、その手を止めて下生えの奥のほうに分け入った。彼は倒木の周辺に積もった雪を払うと、ここで休むようラグランに示した。

「おれが休むのはいいが、ノルマはどうやってこなすんだ？」ラグランは尋ねた。

キリルはニッと笑った。

「ゆっくり休んでくれ。ノルマをごまかす手ならいろいろある。いいから坐れって。今日は働いたらだめだ、縫ったところが裂けちまう」

ラグランは看守の定位置に眼をやったが、今は藪と若木に半分さえぎられている。倒木に背をあずけて腰を下ろすと、脇腹の痛みが和らいだように感じられた。キリルは刈り取った藪を蹴散らし、枝をさらに振り払い、その下に隠してあった曳き出しを待つ数本の丸太をあらわにした。

「おれたちは日によっては余計に頑張って働いて、ノルマ以上の木を伐採するんだ。それをサボるときに備えて隠しておくって寸法だよ。具合が悪くなったり、こんなのやってられるかって憤ったりして、作業が思うように進まないときもあるからな。何時間かサボれるぐらいの量はある。おれは藪を刈っておく」

ラグランはうなずいた。刑務所にも抜け道があるだなんて嬉しいかぎりだ。彼は空を見上げた。雲が低く垂れ込め、シベリアからごっそりと運んできた雪を周辺に降らせる気満々でいる。

「今日も少し降るけど明日はもっと降る。それから晴れの日がまたやってくる。青空はおれたちの生きがいだ」キリルはラグランの考えを読み取り、斧をテンポよく振るいながらそう言った。「ほとんど真っ暗闇なところに何カ月も閉じ込められると、人間は死んじまうんだ。あんたもそのうちわかるよ。ここの男たちはタフガイぞろいだから自殺するやつはあまりいないが、それでもするやつもいる。私としては、雪に閉じ込められることも悪くないと思っている。むしろ雪を美しいと考えている。雪はこの世とその罪を覆い隠してくれるからね。雪が降ったあとの青空は大天使のように輝くし、世界は浄化されたように見える。明日は作業場でこの丸太を板に切り出してくれ。まだ初冬だから、帯のこ（バンドソー）に腕を突っ込むやつもいないし」キリルは肩をすくめてみせた。「よくあることだ。たいていはショック死するけどね」

「明日はあの家の掃除なんだろ？」

ラグランの問いかけに、キリルが斧を振るうペースにほんの一瞬だけ間ができた。彼は手を止め、袖で額を拭った。

「そうだけど」

「おれのためにやってほしいことがある」ラグランは言った。

キリルはこれから銃殺刑に処されるような表情を浮かべた。

「やるって、何を？」

「明日の夕方にあの家を出るとき、食料庫の窓の掛け金をはずしておいてくれ」

51

伐採地での作業を終えて刑務所内に戻ると、ラグランは廊下の突き当たりのブースにいる看守のところに行った。看守は、鋳鉄製のラジエーターに近いところに置かれた木製のテーブルについていた。ラグランは電話の使用許可を申請した。看守は誰に、なんのために電話するのか問いただし、その返答を書式どおりに書類に記入した——レグネフ受刑者は母親が急病でただちに入院することになり、弟と連絡を取る必要あり。母親の容体が気がかりで、弟はここから遠く離れた土地に暮らしているので面会訪問はほぼ不可能である。

看守は、この人殺しが弟と電話で話をしなければならない理由など気にもせず、さらには〝おまえのような人間にも母親がいるんだな〟という疑問の言葉を投げかけることもなかった。看守は奥行きのない抽斗を開けてゴム印とスタンプ台を取り出し、公式印の代わりに書類に念入りに押すと、ふたつとも抽斗に戻した。そしてメモ用紙を引きちぎり、鉛筆で押し出した。鉛筆はちびて短くなっていた。暇潰しが必要なんだろう。ラグランはそんなことを考えた。

「電話番号を書け」

ラグランが言われたとおりにすると、看守は受話器を取り上げ、番号を電話の向こう側に告げた。看守は何度かうなずいた。刑務所の電話交換手が復唱する番号を確認したにちがいない。看守は受話器を戻すと小部屋を指差した。ラグランはなかに入った。なかにはブースに近い側にベンチがあり、そこに坐った場合に頭がくる高さに厚いガラス窓があった。エフィモフに刑務所内を案内されたとき、面会者はそこに坐ることになると教えられた。受刑者はブースのなかに入り、電話を介して面会者と話をする。面会には必ず看守がひとり立ち会う。プライヴァシーはなく、たがいに触れ合うこともできない。そして受刑者の親族がどんなに遠くから訪ねてこようとも、面会は一時間しか許されない。

「そこだ」ラグランのあとについて小部屋に入ってきた看守が、壁に掛けられた電話機を指差した。「つながるまで待て」

ラグランは電話機の横で立ったまま待った。看守は小部屋のドアの脇に置かれた椅子に腰を落ち着け、折りたたんだ新聞を取り出して読み始めた。おとなしく待つこと十分、電話が一回だけ鳴った。受話器を取り上げると回線がつながる音がした。

「コンスタンティン、おまえか……そう……そうだ、おれだ、ダニールだ……ああ、おれならうまくやってる……きつい場所だが待遇は悪くない……」その言葉に看守が片眉を吊り上げるところを眼の端に見た。暴力を振るう無知野郎どもは褒めちぎっておくに越したことはない。「コンスタンティン、お袋の容体はどうなんだ……うん……うん……そうか……こっちも雪が降ってきた。それどころか明日は大雪になりそうなんだが、明後日は晴れるって話だ……おまえのところもそうなのか？……そう、そのとおりだ。その晴れが終わったら雪で閉じ込められちまう……」

話せる時間はあまりないことはわかっていた。ラグランは看守に背を向け、電話越しに言われる言葉に耳を傾け、うなずいた。看守が新聞をたたみなおした。ラグランは早口でまくしたて、言いたいことをぼやかした。看守が近づいてきた。

「そう、おまえの言うとおりだ、コンスタンティン。天気がまだいいうちにお袋を湖に連れていってくれ。いつもお袋のことを想っている、いつか手に手を取って青空を見ようって伝えてくれ」

看守が折りたたんだ新聞でラグランの肩をポンと叩いた。時間切れだ。

「コンスタンティン、もう切らなきゃ。お袋に愛してるって伝えてくれ。おまえとすぐに会えるように祈っている。じゃあな」

エフィモフは床に膝をつき、棟の薪ストーヴに木屑を放り込んでマッチで火を点けると、木工所から取ってきた乾いた木端をくべ、じっくりと火を育てて薪に燃え移らせた。外はもう暗く、刑務所の屋外灯の丸い明かりの下では羽毛のような雪が音もなく舞っている。

ラグランはベッドに腰かけ、アフガン帰りの元衛生兵が包帯を解き、縫合した切創を調べた。

「大雪になったら、明日は作業場で何をやらされるんだ？」

エフィモフは丹念に準備して点けた火をしばらく見つめていた。

「薪を割って薪小屋に貯える。冬用の薪はあればあるほどいい。充分な量まであとちょっとというところだな。毎年のことだが、雪で作業が減るぶん肉の配給量は減らされる」

元衛生兵は青黒くなった傷口のにおいを嗅ぎ、指で突いた。

「もっと力を入れて突いてみてくれないか？」ラグランは言った。

「いいよ。でも痛いぞ。傷口はくっつきつつある。無理をしなけりゃ大丈夫だ」元衛生兵はそう言うと、まるで手品のように新しい包帯と滅菌ガーゼをポケットから取り出した。彼は滅菌ガーゼの包装を破ると傷口に当てた。「押さえててくれ」

ラグランは腕のうしろに手をまわしてガーゼを自分で押さえ、元衛生兵は包帯を巻いていった。

「きつく巻いてくれ」

「締め過ぎはよくない。縫合を圧迫しちまう」

「きつく巻いたほうがよく動ける」ラグランは食い下がった。

元衛生兵は肩をすくめ、言われたとおりにした。

「クリスマスのダンスパーティーまでまだふた月もあるんだがな」

「明日はちょっとばかし骨の折れる仕事をしなきゃならないんだ」ラグランはそう言い返した。

元衛生兵はベッドから腰を上げ、火を入れたばかりで申しわけ程度の熱しか放っていない薪ストーヴに近づいて両手を温めた。

「あまり力を入れすぎると出血するんだけどな。そうなると看守が気づかないとも言えないだろ？」元衛生兵は年嵩の男にそう言った。

エフィモフは顔を上げた。彼はストーヴから離れてベッドに坐り、靴下を履き替えていた。

「あいつが決めたことだ。おれはあいつの子守りじゃないんだぞ、この野郎」

「ただ言ってみただけだよ」

「おれも余計なお世話だと言ってるだけだがな」エフィモフはそうやり返した。

元衛生兵は降参とばかりに両手を上げると棟から出ていった。

「おれたちも夕食を食べないとな」ブーツの紐を結び終えるとエフィモフは言った。

ラグランはシャツのボタンをはめて上着を手に取った。エフィモフのベッドのまえを通り過ぎようとしたそのとき、彼は片脚を上げてラグランを制した。

「キリルから聞いた。あいつに何かやらせるようだな」

「あいつは口の堅い男だと思ってたが」

「キリルは口の軽いやつじゃない。おれに敬意を払って教えてくれたまでだ」

「あんたにバレないようにしたつもりだったんだが、だめだったな。あんたを巻き込みたくなかった」

年老いたエフィモフは脚を下ろした。

「レグネフ、おまえが何を企んでいるのかは知らんが、おれは手を貸せない。明日はほかの連中と一緒に働いてもらう。依怙贔屓（えこひいき）はしない」

翌朝、まさしく予想どおりに雪が降り始めた。点呼が終わると、受刑者たちは制服の襟を立てて湿った雪片に抗い、すぐさま点呼場を離れて食堂に向かった。まだ雪はそれほど激しく降っておらず、伐採地での作業を中止するほどではなかった。それでも朝食を終えると、エフィモフは相棒のキリルがあの家の家事に出かけていなくなったラグランに作業場での仕事を割り当てた。作業場では、少人数の男たちが伐採された丸太をふたりで一本運んだ。ひとりが丸太の先を、もうひとりがうしろを持ち、鋼鉄製のリフターが並んでいるところに運んだ。そこではふたりの受刑者が移動ベルトの横で待ち構えていた。丸太の先を持っている男がフットペダルを踏むと、油圧リフターがシューッと音をたてて動いて丸太を持ち上げ、移動ベルトの上に転がした。待ち構えていたふたりは転がる丸太を腿で受け止め、回転する丸のこに向けて送った。丸太から板材が切り出されると、丸太を運んできたふたりは残りの丸太を回収してまた油圧リフターに載せ、全部板材になるまでこの作業を繰り返す。それが終わると新たな丸太を運んでくる。エフィモフの監視の下、男たちはゆっくりとした単調な作業を一定のペースでこなしていった。監視塔の看守たちは、金網フェンスの内側にいる受刑者たちには時折眼を向けるだけで、もっぱら森の端で作業する男たちに注意を向けていた。

「レグネフとおまえ」もうひとりの受刑者を指差し、エフィモフは言った。「板材をあそこに運べ。それぐらいはできるだろ、タフガイ？」

ラグランは板材のうしろ端を持ち上げ、まえを持った男についていった。長い板材は持ちやすく、脇腹の傷もほとんど痛まなかった。ふたりは一番内側の金網フェンスに接する、扉のない薪小屋のなかに板材を置いた。一時間運びつづけているうちに、かなり粘り気のある樹脂でラグランの両手はべとべとになった。ラグランの仕事仲間はエフィモフの〝そこまででいい〟といううなずきを眼に留めるとその場から離れ、建物の壁に向かって用を足した。

「こっちに来い」年老いた殺人犯は薪小屋に入ってきて、ラグランに声をかけた。エフィモフは煙草に火を点け、漂って流れていく紫煙をじっと見つめた。「風向きが東から変わった。今夜はドカ雪になるぞ。それにもっと冷え込む」彼は監視塔に眼を向けた。「ここは死角になっている」

ラグランは確認してみた。たしかに建物の角と薪小屋の低い屋根のせいで、監視塔の看守はここからは見えない。

エフィモフは煙草を口にくわえるとしゃがみ、奥の壁の羽目板を一枚持ち上げてはずした。ラグランたちが積み上げた板材ほどの幅がある羽目板だった。一枚はずすと、その下の羽目板もすっとはずれた。ラグランは薪小屋から出てみたが、羽目板がなくなっていることは外から見たらわからなかった。死角はほかにもあったということだ。なかに戻ったラグランは何も言われなくともしゃがみ、できた隙間に身を押し込んでみた。薪小屋の裏から五十センチ離れたところにある金網フェンスの下が、充分くぐり抜けることができそうなほど緩んでいた。ラグランがなかに這い戻ると、エフィモフは羽目板を元に戻した。

「次のフェンスとのあいだには七十メートルの開けた場所がある。木工所が見えたか？」

ラグランはうなずいた。

「誰かが木工所の脇に置いてあるドラム缶の上に乗って屋根に登れば、そこから次のフェンスを跳び越えることができる。高さ三メートルのフェンスに巻かれている有刺鉄線には毛布を投げておく必要があるだろう。怪我している誰かには無理かもしれんが」

「その誰かにはできると思うが」ラグランはそう応じた。「それより厄介なのは、次のフェンスを越えたところに放されている犬だ。ここに連れてこられたときに見た」

エフィモフはうなずいた。

「あの犬どもは音もなく襲ってくる攻撃犬だ。声帯を切除されているから吠えないんだ。犬どもがその誰かをズタズタにしても、聞こえるのはその誰かの悲鳴だけだ」

「ナイフが要る」

「攻撃犬を殺せるとでも思ってるのか？」エフィモフは返答を待たずに話を続けた。「そうだな、もちろんできるだろう。おまえら殺し屋は、自分たちの得になるなら母親だって手にかけるからな。でもレグネフ、ここの犬どもを殺す必要はない。あのエリアにいるのは一匹だけだが。看守が真っ先に眼にするのは血に染まった雪と、死骸をめぐって争うカラスどもだ。点呼までの時間をできるだけ稼いで脱走する機会を得たいなら、肉をくれてやる。犬どもは四六時中腹を空かせているからな。それに人間の肉より生肉のほうが好みだ。それでも稼げるのは数分ってところだが」

エフィモフは煙草の最後の煙を肺に吸い込み、吸い殻をブーツで踏みつけた。数秒が過ぎ、ラグランは待った。

「肉なら手に入れることができる。看守たちの厨房で働いているやつに貸しを作ってある」

「どうしてあんたはおれに手を貸してくれるんだ？」

「理由ならいろいろとある」

「どんな理由だ？」

エフィモフは眼をそらした。ふたりはまだ薪小屋のなかにいるが、それでもエフィモフは見えざる地平線のその先を見つめていた。

「ひとりが脱走すれば、おれたちは全員自由になる」彼はラグランに眼を戻し、自分の胸をトントンと叩いてみせた。「少なくともここは」

52

ラグランは午前二時に眼をさました。フランス外国人部隊(レジオン)で過ごした年月のうちに、決めておいた時間に目覚める技を身につけた。ほぼ真っ暗闇のなかで服を着て、包帯がきっちり巻かれているかどうか確認した。薪ストーヴが放つ熱で棟内全体が暖まっていて、ほとんどの男たちは貧相な毛布の下で半裸の状態で寝ている。その夜はラグランも下着姿で寝た。そうすることで、ＪＤが安穏と過ごしている家までの寒く厳しい道のりに乗り出したときに服のありがたみを実感したかった。

薄暗がりのなかで動く人影がひとつだけ見えた。エフィモフだった。彼は毛布の下から抜け出し、履き古したスリッパに両足を突っ込んだ。そして木の床をすり足で横切り、ラグランのベッドに寄ってきた。

ラグランは、真夜中の寒さに対抗するべくエフィモフが渡してくれたシャツと靴下を重ね着した。上着のボタンを留めて両肩をまわし、厚着の状態で腕がちゃんと自由に動かせるかどうか確かめてみた。靴下を重ね履きしているせいでブーツはきつかったが、行動の妨げになるほどではなかった。

「風は治まってきているが雪はまだ降りつづいている」エフィモフは小声で言った。

ラグランはこくりとうなずいた。「好都合だ。雪は音を抑えてくれる」

「レグネフ、おまえがこんなことをする理由は知りたくもないが、ここを生きて逃げることはできないぞ。理由がギャングの復讐殺人なら考えなおせ。死んで花実が咲くものかと言うじゃないか」

闇のなかではエフィモフの表情までは見えなかった。

「無事に故郷(くに)に戻ったら、あんたに新しいスリッパを差し入れてやるよ」

「わかった。サイズは二十九・五だ」エフィモフはぶすっとした声で応じた。

男たちが寝返りを打ち、あまり温かくない毛布の下で身を丸め、ベッドのすのこ状の木の底板が軋んだ。ラグランは自分の毛布をベッドから取り上げた——有刺鉄線に巻きつけるために。

「ブタの腿肉を袋に入れて薪小屋に隠しておいた」エフィモフは言った。

両眼が暗闇に慣れてきた。ラグランは窓の外をうかがった。地上を照らす黄色い光の円錐が見えた。金網フェンスと門は降りつづける雪で見えない。

「目標の家までは一時間かそこらかかる。これでお別れだ、エフィモフ」

年老いた受刑者はうなずいた。幸運(ウダーチ)を祈る、同志(タヴァーリシチ)。

ラグランは降りつづける雪に眼を細め、薪小屋まで駆けていった。降ってくる雪片が弱い風に巻き上げられ、常夜灯に向かって蛾(ガ)のように舞っていく。薪小屋のなかに入るとよろめいた。もう両手は雪で濡れ、寒さでかじかんできた。犬にくれてやる餌が入った袋が見つからず、不意にラグランはエフィモフの激励の言葉の効き目が消えてしまうほどの不安をおぼえた。

ラグランは地面に両膝をつき、昨日の昼間に積み上げた板材の下に手を差し入れた。しばらくごそごそと手探りすると、指先が目の粗い麻袋に当たった。引っぱり出すと、中身の肉がへこむのを感じた。緩んだ羽目板は難なくはずれた。ラグランはしゃがんで隙間をくぐり抜けると、顔に降りかかる雪を拭いながら金網フェンスをぐいっと引っ張った。緩んでいる部分は雪で覆われていた。金網を押したり引いたりを繰り返してしっかり緩ませると、腹這いになってくぐっていった。金網の金属むき出しの端が背中を引っ掻くのを感じたが、それでももぞもぞとくぐり抜け、麻袋とたたんだ毛布も引きずり出した。金網フェンスの向こう側に抜けるとすぐに立ち上がり、眼を凝らした。夜闇と降りしきる雪で木工所は見えなかった。昼間に確認しておいたフェンスが緩んでいる位置を頭のなかに浮かべると、それ以上ぐずぐずすることなく駆けていった。建物の影がぬっと現われた。ラグランはドラム缶に積もった雪を腕で払い落とすと上に乗り、そこから木工所の屋根によじ登った。彼は監視塔のほうを注視した。おぼろげな光が雪越しに瞬いて見える。犬を放している空間に沿ってサーチライトを照らさないかぎり、こっちが見えることはないだろう。

金網フェンスの上にゆるく巻きつけられた錆びついた有刺鉄線に向かって毛布を投げつけると、その先に麻袋を放り投げた。毛布の上に身を投げ出すと体重で錆びた有刺鉄線が折れたが、転がった勢いそのままに、怪我をすることなく金網フェンスの向こう側に抜けた。毛布をよじって有刺鉄線からはずすと、世界各軍の空挺兵が無意識のうちにやるように両脚をぴったりと閉じ、膝を曲げて着地の衝撃を吸収した。凍りついた雪を砕きながら転がると、鳴き声ひとつあげずに襲いかかってくる攻撃犬が雪の上を駆けてくる音がしないか耳をすました。影を投げかけるかすかな光以外、すべてが雪のせいで見えない。ブタの腿肉を麻袋から引っぱり出すと、姿なき犬に向かって投げつけた。犬が生肉に釣られなかった場合に備えて、空になった麻袋を左の腕から手にかけて巻きつけた。

攻撃犬が鼻を鳴らしながら生肉にかぶりつく様子を、ラグランは眼ではなく耳で確認した。これでどれぐらい犬の気をそらせるかわからなかったが、彼は犬に背を向けると金網フェンスの回廊の端を目指し、両腕を大きく振って全力疾走した。端には攻撃犬のハンドラーが出入りする通用口があり、南京錠と鎖で閉じられているが、そこは金網フェンスの一部ではないので上には有刺鉄線はない。ラグランは汗をかいていた。彼は歩数を数えながら走った。ここにバスで護送されてきたとき、今は木工所とわかっている建物から門までの距離は百五十メートル程度だと見積もっていた。攻撃犬が追いかけてくる音がしないか耳をすましたが、自分の激しい息遣いにかき消されて犬が背後に迫っているかどうかわからなくなった。強力なあごで脚に食いつかれたその瞬間、脱走が失敗に終わったことを思い知らされるだろう。

ラグランは左腕に巻きつけていた麻袋を振りほどき、そこについた自分のにおいとブタの乾いた血が貴重この上ない数秒を稼いでくれることを祈った。眼のまえの闇のなかから金網が張られた通用口がいきなり姿を現わし、あやうくぶつかりそうになった。ラグランは飛びつき、金属製の枠の上に手を掛けた。素早く一発で身を引き上げて腰から通用口を越え、向こう側に落ちた。ラグランはうずくまり、手を金網にかけて呼吸を落ち着かせ、犬を探して見まわした。風に舞う雪以外に動くものは見えなかった。ラグランは安堵の吐息を漏らした。まつ毛についた雪をまばたきして落としていると、通用口に巨大な何かがぶつかった。攻撃犬が唸り声もあげずに金網に獰猛に挑みかかり、思わずラグランは尻もちをついた。攻撃犬は門にかけた前肢に体重をかけ、ブタの肉片がまだこびりついている牙をむき出しにしていた。

ラグランは小声で毒づいた。兵士たるもの、戦場では常に運を味方につけなければならないが、攻撃犬を間近に見ているラグランは、この第七十四刑務所の上空にはロシアの守護天使が舞っているにちがいないと思った。刑務所を三重に取り囲むフェンスは全部クリアした。一番内側のフェンスは、薪小屋を使って簡単にくぐり抜けることができた。二番目のフェンスを越えた先は攻撃犬にやられる危険があった。三番目のフェンスの上には有刺鉄線が二重に巻かれ、金網にもレーザーワイヤがみっちりと張りめぐらして強化してあり、よしんば攻撃犬を切り抜けることはできても、このフェンスは誰にも越えられない。出口は、さっき乗り越えたばかりの通用口しかない。今のラグランのまえにあるのは幅のある道路と、バスから降りて最初に眼にした木柵だった。木柵の上には有刺鉄線は巻かれておらず、常夜灯に電気を供給する、たるんだ架線だけが物憂げに揺れていた。三番目のフェンスと木柵のあいだの五十メートルほどの土地は開けて身を隠すものが何もなく、サーチライトを照射する監視塔から丸見えだった。なおも降りしきる雪が身を隠してくれそうだが、それだけでは不充分だ——積もった雪の上を縦横に走るサーチライトの光のひとつに捉えられたら、監視塔の看守たちが銃撃してくるだろう。

あとは木柵を残すのみ。ラグランは待った。一番目のサーチライトの光が降りつづける雪を貫くように照らして離れていくと、二番目のサーチライトが代わってそこを照らした。ふたつの光はたがいに寄り添うように動いていた。ここを駆け抜けるのは無理だ。どちらのサーチライトも、自分の影をくっきりと浮かび上がらせるだろう。強力な光線を当てられたら、雪でも姿を隠してくれないだろう。敗北のふた文字が五十メートル先からラグランを見つめていた。ここで引き返すという選択肢はない。

ラグランの頭のなかの歯車が高速回転し、刑務所の配置図をつなぎ合わせ、別の脱出経路を必死に探した。と、一陣の風が降りしきる雪を揺らし、そしてロシアの守護天使がイングリッシュマンに情けをかけた。サーチライトがふたつとも消えた。停電だ。ラグランは木柵に思い切りぶつかりそうな勢いで暗い道路を駆け抜けた。木柵の高さは二メートル少々あった。ラグランは数歩下がり、助走して柵の上に跳びついた。材木のささくれた部分が両手に刺さった。痛みを無視して乗り越えると柵に背をあずけてしゃがみ、警報が鳴らないか聞き耳をたてた。一分後にサーチライトに光が戻った。ラグランはとっくに雪のなかを走っていた。これから殺そうとしている男のいる家に向かって。

凍りついた雪をブーツで踏みつける音だけが静寂を破っていた。

53

こぢんまりとした集落は絵葉書のように美しかった。雪は屋根に積もってクッションのように見え、フェンスの尖った上部や壁を覆い隠し、ラグランが探している家をわからなくしていた。その先で道路がカーヴを描いて集落に向かっていく交差点で、彼は所在なげに立っていた。街灯が刑務所の常夜灯のようなおぼろげな光を放っている。

ラグランは振り返り、自分の足跡がもう雪に覆われていることを確認した。点呼の時間は刻々と近づいている。そこで自分がいないことがわかれば、すぐさま看守たちが追跡に動員される。追手から逃れるチャンスがいくらかでもあるのなら、点呼が始まるまでにここから離れなければならない。ラグランはとにかく暖を取りたかった。着ているものは降りしきる雪と汗で——必死に走ってここまで来ていた——ぐしょぐしょになっていた。集落は闇に包まれ、鈍い光では家々の見た目やかたちまではわからなかった。ラグランはかろうじて見分けがつく程度のカーヴの部分に向かった。キリルが言ったことを全部思い出し、まるで自分が実際に見て来たかのように映像化しようとした。

ＪＤの家は二階建てだ。正面は通りに面し、裏手には路地が走っている。左隣の家は塀沿いに犬を放している。ラグランは闇に眼を凝らした。道の両側には暗いずんぐりとしたものが見えるばかりだった。街灯の下から離れると、進行方向から左にそれる道が見えた。その道の両側には一軒の家の裏手と二階建ての家があった。二階建てのほうは道から奥まったところに建っている。道から玄関までは奥行きのある庭になっている。庭の先には、隣の家とのあいだを隔てる低い塀のほぼすべてが見えた。ラグランは降りしきる雪のなかを見まわした。この道沿いにある二階建ては、どうやらこの一軒だけみたいだ。

その二階建てを左に見たまま歩きつづけると、裏手に狭い道が見えた。あれがキリルの言うところの田舎道なのか？　ラグランは身を屈めて家の裏手の門に近づいた。ここから家の勝手口まではわずか四十歩ほどだ。小さな増築部分が見える。何かがちらちらと光った。さっき曲がったばかりの角にある街灯の明かりが映っている。窓ガラスが雪でちらつく光を捉えている。その窓は半開きになっていた。ラグランは標的の家にたどり着いていた。

ラグランは食料庫の窓から体を押し込むようにしてなかに入った。傷ついた脇腹がこすれ、痛みに毒づいた。かえって痛みで集中力が増すというものだ。傷という不利な条件は不注意をもたらしかねない。食料庫の網戸を通してちらつく光が射し込んできて、ラグランが腰を下ろしている食器棚の上のほうにしまってある保存瓶がしっかり見えた。左右の壁全体が棚になっていて、人ひとりならひと月やふた月はこの家に身を隠したまま充分食っていけそうなほど大量の缶詰が並んでいる。高い天井にはフックがいくつもついた横桁がある。どう見ても肉を吊るすためだろう。今ぶら下がっているのは束ねたニンニクだけだ。ラグランはおそるおそる床に下り、家のなかのどこかから入ってくる鈍い明かりに眼を慣らした。

網戸を少しずつ開けるとギシギシと音をたてた。ばね仕掛けになっているので、バタンと閉じないように用心した。小ぶりな広間に入ったラグランは、探している男が起きた音がしないか耳をすました。眼のまえから家の中心部まで、ぼんやりとした光沢を放つ木張りの床が広がり、そのところどころにラグが敷かれているのが見えた。眼に見えないどこかにある暖房器具が点いているおかげで室内は暖かいが、それでもラグランは震えていた。濡れた服は動きの邪魔になるので、上着と重ね着したシャツを脱いだ。ブーツも靴下も脱いだ。家のなかを歩きまわるなら、ブーツよりも素足のほうが床の軋みは少なくなるだろう。先に進んで居間に入ると、ちらつく光の源は音を消したテレビだとわかった。二脚の椅子とソファがフラットスクリーンテレビを囲み、セラミック製の薪ストーヴが熱を放出していた。ソファのまえに置かれた小さなコーヒーテーブルの上には食べ残しが散らばり、半分飲みさしのウォッカの瓶があった。ラグランはそろそろと薪ストーヴに近づき、かじかんだ両手を揉みほぐした。眼が慣れてくると、この家で安穏と身を隠している殺し屋の姿を想像してみた。外からの光はカーテンが完全に遮断していたので、テレビが放つ光がありがたかった。画面ではアニメのキャラクターが音もなく踊っていた。

ラグランは足音を忍ばせて移動し、JDが眼につくところに拳銃を置いていないか室内を見まわした。熟練の情報部員がそんなに迂闊な人間だとは思えないし、調べたかぎりではセミオートマティックの拳銃はこの部屋にはなかった。少しずつ足を進めて歩きまわっているとカーテンが引かれた一角があり、その先に小さな台所があった。木製の包丁差しは見えたが、そこに包丁が差してあるかどうかまでは暗すぎてわからなかった。手で探っていくと指先が抽斗に触れ、開けてみるとナイフやフォークが入っていた。そのなかから四インチサイズの鋸歯状のステーキナイフを手に取った。居間の反対側に踏み板階段があった。床板がなるたけ軋まないよう、できるだけ壁際に沿ってじりじりと進んだ。今のところは家のなかで何かが動いている気配はない。ラグランはしゃがみ、テレビが放つ光に照らされた階段に眼線を合わせた。見たところ、上階(うえ)で眠っている男が用心のために仕掛け線(トリップワイヤ)を張っている形跡はない。

手すりを掴み、一段目に素足を少しだけかけた。十二段の階段は狭かったが、なんとか一段飛ばしで上がることはできそうだった。体をまえに伸ばすと脇腹の縫い目が引きつった。シャツの上から手を当ててみたが、血は染み出ていなかった。階段をのぼり切ると闇に包まれた。ラグランはキリルから聞いたバスルームと寝室の位置を思い出し、家の正面を向いて標的が寝ているはずの部屋に向き合った。

ドアは少し開いていた。ラグランは両足を丸めてできるだけ床板を鳴らさないようにし、空いた手でドアを押し開けた。細心の注意を払いつつゆっくりと入っていき、部屋のなかばまできたところで、ほんの一瞬だけ脛にわずかな圧を感じた。綿糸で作ったトリップワイヤが切れた。やってしまった。心臓がドクンと鳴った。JDがふた晩続けて同じベッドで眠るはずがないと思っていた。何かが小さな音をたてて頭上をかすめ、攻撃者のはっと息を吐く音が聞こえたかと思うと拳がドア枠に当たる音がし、今度は痛みにうなる低い声が聞こえた。ラグランは尻をついた。何かが小さな音をたてて頭上をかすめ、攻撃者のはっと息を吐く音が聞こえたかと思うと拳がドア枠に当たる音がし、今度は痛みにうなる低い声が聞こえた。金属でできた何かが転がる音がした。JDが手に持っていた銃が床に落ちたのだ。JDがのしかかってきて、ふたりはベッドルームを転がった。JDはラグランの上に乗って胸を圧迫し、持っているかもしれない武器を探そうと手首をまさぐった。ラグランのナイフを持つ手は強い握力で捻られ、JDの膝頭が傷のある側の脇腹にまぐれ当たりした。ナイフは床を滑っていった。ラグランはあごを引き、自分に覆いかぶさる影に頭突きした。二度喰らわすと歯が折れる感触があった。JDは唾を吐いて息を吸ったが、今のところふたりとも苦痛のあえぎ以外に声は発していない。刑務所の攻撃犬のように。

ラグランは摑まれていた手首を振りほどき、前腕を胸のまえに引き寄せると掌底を叩き込んだ。しかしJDはその動きを読んでいた。頭をひねり、鼻根への必殺の一撃をかわした。ラグランは頭突きを入れて転がり、JDを振り落とした。傷の縫い目が裂け、血が脇腹を伝い落ちていったが、ラグランは激痛を無視した。JDの汗とニンニク臭い息のにおいがして、落とした銃を探して床を漁る音がした。音のする方向に飛びかかると、JDがベッド脇のテーブルにぶつかる音がした。テーブルから落ちた衝撃で点灯したライトスタンドが異様に歪んだ影を作り、唸り声をあげるJDの傷のある顔を浮かび上がらせた。襲撃者の顔を見て、JDは一瞬動きを止めた――数秒余計に。ロシアの荒野の深部にあるこの隠れ家に、どうしてラグランがいる？　その生死を左右する数秒がラグランにチャンスをもたらした。JDの咽喉を摑むと親指をねじ込み、気管を潰しにかかった。たいていは痛みと急激な酸欠であっというまに意識を失うところだが、JDは拳を思い切り振り下ろし、ラグランの側頭部を殴った。あと二センチ低いところに当たっていたら頬骨を砕いていただろう。

一瞬気が遠くなり、ラグランは手を放した。体勢を立てなおそうとしたがＪＤのほうが先に動き、脇腹に蹴りを入れてきた。傷口が開いて痛みが倍増し、ラグランはベッドに仰向けに倒れ込んだ。ＪＤは銃探しをあきらめてラグランを吊るし上げた。ラグランは痛みを使って筋肉に力を込め、途中まで引き上げられたところでＪＤの股間に拳を叩き込んだ。ＪＤははっと息を吸い、体をくの字に曲げてベッドに倒れた。ラグランに殴られ、ＪＤの残っているほうの眼の上の皮膚が裂けた。血が入って見えなくなった眼を拭おうとしたが、そのせいでガードができなくなった。ラグランはＪＤの胸に体重をかけてのしかかり、片手で気管を掴み、もう一方の手で枕を顔に押しつけた。そして枕に体重を移した。ＪＤは脚をばたつかせたが、ラグランは力でねじ伏せた。

あと一分あればＪＤは窒息死する。が、ラグランのシャツに血に染まった部分を認めていたＪＤは、そこが弱点だと気づいていた。彼は激しく、そして素早く血まみれの脇腹を突いた。ラグランはびくっとして身を引き、背中から床に転げ落ちた。ＪＤはラグランの上に体重をかけて落ち、腹と胸に膝を叩きつけた。暗がりのなかでくっきりと浮かび上がったＪＤは、憤怒の形相でラグランの上に血混じりの唾をまき散らした。ラグランは身を起こそうとしたが、床に落ちたライトスタンドの電源コードが首に巻きつけられるのを感じた。ＪＤは片膝でラグランの胸を押しつけ、コードをさらに強く引っ張った。ラグランは息を詰まらせ、肺は酸素を求めてあえぎ、めまいが襲ってきた。意識が失せつつあった。ラグランは平行二線のコードに指をかけ、そこだけ緩めた。それだけでは充分ではなかった。無我夢中で大きく振りまわした腕がJDに当たったが効かなかった。何か武器になりそうなものはないか手で探った。

「カーターは女房とガキどもの名前を泣き叫んでいた。これからおまえもあいつのところに行くんだ。間抜けなクソ野郎だよ、おまえは」JDは吐き捨てるように言った。

ラグランはコードをほんの少しだけ引っ張り、床に転がるランプスタンドを手に取り、JDの顔に突きたてた。電球が粉々に割れた。JDは裂けた顔に両手を当て、あとずさった。ラグランは首に巻きつけられたコードを緩めた。室内はまた暗くなった。ラグランはもがき苦しむJDの上に倒れ込むと髪を摑み、右腕をうしろに引いてJDのあごの下に掌底を激しく打ち込んだ。何かが割れる音がした。JDの下あごが割れた。JDはくぐもった悲鳴をあげたが、それでも力を振り絞って膝立ちになり、ドアに向かって逃げようとした。ラグランはまたJDを押さえ込み、片膝を背中に当てて前腕を咽喉にかけ、その手首を空いた手で摑んだ。JDは激しく抗ったが、万力のような力でしっかりと捕らえられていた。両手を激しく振りまわしたが、なんのダメージも与えることはできなかった。

「言っただろが、必ず見つけ出してやるからなって」ラグランは声を引きつらせて言った。

前腕でＪＤの咽喉を絞めつづけ、やがて卵の殻が割れるような穏やかな音がした。殺し屋の体から空気が抜けていく音がした。低い口笛のような吐息がＪＤの死を告げた。

ラグランは死んだ男の上から床に転がり落ちると体を引きずるようにして立ち上がり、電灯のスウィッチを手で探り当てた。天井の電灯のシェードは色あせたバラをつなぎ合わせたような古臭いデザインであまり光を通さないが、それでも鏡に映る自分の姿を見るには事足りた。室内はひっかきまわされ引き裂かれ、とんでもないことになっていた。ラグランにしても同様だった。

ＪＤの首筋に指を当てて脈を確かめてみた。そして約束を果たしたとひとり悦に入ると、バスルームに入って洗面台に湯を張った。シャツと肌着を脱ぎ、顔の血を洗い落とした。脇腹の傷も湯で洗い、包帯がないか薬棚を探した。ないとわかるとベッドルームに戻り、シーツを細長く引き裂いた。当て布も作って傷に当てた。傷口がずきずきと痛みだし、しばらくベッドに腰かけてＪＤの死体を見下ろし、残りのシーツを丸めた。ぼろぼろのシーツを残しておいて警察の頭を悩ませても意味はない。それにここから出たら包帯を巻き替えることになるだろう。休んでいる時間はない。

ラグランはクローゼットを漁り、なかの服をハンガーからはずして床にばらまき、必要なものを見つけて着た。ズボンとシャツ、そしてウールセーターはサイズがぴったりで、おまけに乾いていてきれいで、着ると気分がよくなった。不幸中の幸いだ。着替えを終えるとJDの死体を階段まで引きずり、下に蹴り落とした。死体は四肢を投げ出しながら階段を転げ落ち、階下の床によじれた姿勢で止まった。ラグランは階段を下り、死体と家具にウォッカをたっぷり振りかけた。こうしておけば、地元の警察当局は酔っ払った挙句の事故と見なすかもしれない。どのみち不法侵入の形跡はないのだから。酒をがぶ飲みして泥酔して暴れまわり、しまいには自分も死んでしまうことは珍しくはない。ラグランはウォッカをひと口飲んだ。口のなかの切れたところがしみたが、咽喉を落ちていくと体が温まった。玄関広間のコート掛けの下に小ぶりなリュックサックがあった。ラグランは食料庫にあった生鮮食品を詰め込み、プルトップの缶詰を二個放り込んだ。逃走の旅路はどれぐらいかかるかわからない。

ラグランは囚人服をひとまとめにして束ねた。ここから出て森に入ったら捨てよう。JDの拳銃を拾い上げ、カーテンを開けると、空は澄んでいた。曙光が晴天を約束していた。雪はやんでいた。夜のあいだに十センチほど積もった雪が、この家までの足跡を覆っていた。隣人が眼をさます前にここから立ち去らなければならない。ラグランは通りに眼を走らせた。明かりが点いている家はひとつもなかった。ラグランはドアを少しだけ開けた。空気は冷え冷えとしていた。姿を見せ始めた疲労感をはねのけなければならないことはわかっている。今すぐ急いで逃げないと。

ラグランは戸外に足を踏み出したところで振り向き、階段の下のところに転がっている死んだ男を見た。隻眼のＪＤが彼を見つめていた。

ラグランは物憂いため息を漏らした。こいつの死に顔は夢には出てこないだろう。

54

アナトリー・ワシリーエフ副所長は看守長のあとについて薪小屋に向かった。たしかに奥の壁の羽目板が二枚はずされていた。看守長は苛立ちをあらわにし、居眠りしていた監視塔の看守は必ずや厳罰に処しますと息巻いた。ワシリーエフは明後日（あさって）の方向を見ながら辛抱強く耳を傾けていた。レグネフが脱走したことを、エフィモフは自分に言わずに点呼で報告した。やっぱりあの男はものわかりがいいし忠実だ。これで副所長である私の関与を疑われることはない。無難に処理できたことがわかり、ワシリーエフは安堵をおぼえた。もうひとりの殺人犯が匿（かくま）われている場所の正確な所在をあのレグネフという新入りに教えることは可能だったが、しかるべき受刑者と一緒にさせることで、あの男は自力で情報をつかんだ。これで私の関与を指摘することは誰もできない。自分が処罰されることはない。

「追跡隊は組んでいるのか？」ワシリーエフは緊張した面持ちの看守長に尋ねた。

「はい、副所長。ここの民警にも連絡してあります」看守長は、現在は治安警察と名前を変えている地元警察を、いまだに旧ソ連時代の略称で呼ぶほどの年齢だった。

ワシリーエフは片眉をピクリとさせた。期待で胸が弾んだ。警察が連絡してくるのはレグネフを捕らえたか、あの男が死んだ場合のみだ。

「詳細を報告しろ」ワシリーエフはそう命じた。

「夜勤終了後に帰宅した看守が、隣の家の裏手の雪に足跡を見つけました。そこの住人は家から一歩も出ることはないので、これはおかしいと看守は考えました。家に近づくと、床に倒れている男の姿を窓越しに確認しました。事故のように思えたので、看守はドアをこじ開けました。男は死亡していたので、看守は民警に通報しました。酔っ払って階段から転げ落ちた事故のように見えましたが、遺体が傷だらけだったことから、何者かが事故にかかわっていると民警は見ています。この件とレグネフ受刑者の脱走を考えあわせた結果、私はレグネフがその家まで逃げて、食料もしくは隠れ場所を求めて押し入ったものと結論づけました」

普段のポーカーフェイスが保てないことを恐れ、ワシリーエフは看守長に背を向けた。理想的な結末だ。これで〈白ワシ（ビェリィ・アリョール）〉で苦しめられてきた家族をいくらか楽にしてやれる。第七十四刑務所は人殺しだらけで目立たないが、レグネフはモスクワの実力者たちの手で送り込まれたプロの殺し屋だ。雲の上の存在が、クズネツォフには死んでもらわなければならないと判断したというわけだ。そしてレグネフは任務を完遂した。その後の展開を、すでにワシリーエフは頭に描いていた。レグネフが期待どおりの働きを見せた今、今度は自分が時宜（じぎ）を得たやり方で作戦を締めくくらなければならない。治安警察は殺人事件として捜査を開始し、ここのような最高警備刑務所からどうやって脱走したのか疑問を抱くだろう。そして連邦刑執行庁による調査が始まる。脱走方法についての刑執行庁への説明は警察とはちがって簡単にはいかないだろうが、連邦捜査委員会としても刑務所システムの弱点を公にはしたくないだろう。新たな脱走防止策を講じるというところで調査は終了、というところだろう。責任者である自分は予定どおり異動となり、傍目には降格に映るだろうが自分と家族にとってはそれが褒美だ。じきにまた雪が降り、大地を覆う。そして真実は雪の下に埋もれる。

「レグネフは直近の鉄道を目指すだろう。つまり四十キロ逃げなければならないということだ。刑務所を封鎖し、受刑者を棟内から出すな」ワシリーエフは煙草に火を点け、冷たい空気と煙を吸い込むと澄みわたった空に向かって吐き出した。今朝は冷え込む。吹雪がやんだ途端、気温が急激に下がっている。

「グリゴリー」ワシリーエフは、この刑務所で共に二十年過ごしてきた看守長に言った。この長年のつき合いに訴えかけてもいいかもしれない。「今回の脱走で、われわれは面目を失うかもしれない。レグネフが捕らえられたら、あの男がここの警備体制や待遇や住環境について何を言うかわかったものじゃない。われわれとしては脱走が失敗に終わって……あの男がここに逆戻りしてくれないほうが都合がいい」

ワシリーエフのあからさまな指示に、看守長はすぐには返事をしなかった。指示内容を明確な言葉ではっきりと言われることを求めていた。

「副所長、私にあの男を殺せと命じているのですか？」

「ダニール・レグネフは凶悪な殺人犯だ。凶暴でもある。武器を持っているかもしれない。私としては、あの男の逮捕を試みて部下たちを危険にさらしたくはない。好機がやってきたらすぐさま射殺しろ」

ラグランはJDを仕留めると集落から歩いて出た。そしてもと来た道にたどり着くと、走りつづけることができる一定のペースで走り始めた。早朝の冷気がガラスの欠片のように肺に刺さる。脇腹に痛みが走り、怪我や打ち身だらけの筋肉が不満の声をあげたが、それらを無視して走った。治安警察と刑務所の看守たちが道をうろうろするようになる前に目的地にたどり着かなければ。心をその一点にのみ向けていた。

長い一本道は車輛二台が対面通行できるほどの幅があり、両脇には暗い森が迫っている。

昨冬に除雪されて凍りついたままの雪の山の上に新雪が積もり、さらに高くなっている。道の中央にはタイヤの轍(わだち)が二本走っている。週に一回、刑務所に食料を運ぶトラックが夜明け前に通ったのだろう。硬く踏みしめられた轍は足元にありがたかった。十五センチ積もった新雪のなかを走るよりずっといい。湖にたどり着くことができればなんとかなりそうだ。

夜が明けるまでのあいだに、ラグランは結構な距離を稼ぐことができた。澄んで乾燥した空気を伝って、刑務所のサイレンの音がかすかに聞こえた。脱走したことがばれた。本格的な追跡作戦が開始されるまで、あとどれぐらいある？　追跡部隊が編制されて銃器が配られ、概況説明(ブリーフィング)が行なわれて出撃するまでにかかる時間をラグランは見積もってみた。地元治安警察との合流を待つだろうか？　いや、無線を使って連携するだろう。そのほうが追跡の網を広く投げることができる。湖まではあと一時間もかからないはずだとラグランは読んでいた。たどり着けなかった場合、森の奥深く行けるところまで追いやられることになる。不利な敵地で生き抜くために必要な技術なら、訓練ですべて身につけてある。が、現在置かれた状況下では長くは続かない。負傷しているうえに装備も物資も乏しいラグランが必要としているのは追手との充分な距離だった。彼は逃げ切れる見込みを考えてみた。副所長はJD暗殺の策略に最初からかかわっていたが、刑務所内でのレグネフの身の安全に便宜をはかったからといって、自分と暗殺の関連を示す証拠の抹消に走らないとはかぎらない。秘密を知っているレグネフが捕まえられるというリスクを冒すはずがない。脇腹の傷口から血がにじみ出てきた。ラグランは歩幅を広げ、昇りつつある太陽に向かって足を速めた。

狙撃手は安全な場所に身を横たえていた。落ちた枝や葉で低いシェルターを作ってそこに身を隠していたが、さらにその上に雪が降り積もったことで完全に気配を消すことができた。暗い色の断熱服は白いオーヴァースーツで覆ってある。ラグランが姿を現わすまでどれぐらいかかるかわからなかったが、狙撃位置は慎重に選んだ。ここからは太陽を背にして道路を見渡すことができ、左手にある氷結した湖に積もった雪がまぶしさを増している。道から誰かがこっちに向かってきても、ここにいる彼が察知されることはないだろう。

彼は身軽な移動を旨としていた。携行する武器は作戦内容に応じて決める。中距離射撃の仕事なのに、分解しても銃身の長さが一メートル近くもある重量十キロの大口径の狙撃銃を持ち込んでも意味はない。森のなかという閉鎖環境で六百もしくは八百メートルという狙撃距離から、彼はお気に入りの銃を選んでいた。ロシア軍が使用しているドラグノフは決して最新型ではないが、信頼性の高さから六〇年代から戦場で使われつづけているこの狙撃銃を、彼はことのほか気に入っていた。硬化鋼の弾芯(コア)を用いた百五十一グレインの銃弾を秒速八百三十メートルで射出し、側面(サイドマウント)に取りつけられた光学照準器には距離計と重力による弾道変化を補正する機能が備わっている。寒冷地仕様のバッテリーケースを服の内側にはさみ、その電熱コードを光学照準器のノブにつなげて凍結を防いでいる。準備はすべて整っていた。じきに持久戦の幕が開く。

　寒さと怪我に体が屈し、ラグランはペースを落としていった。凍える冷気のなかを走っているせいで涙が溢れ、視界がぼやけている。足を止める勇気なんかなかった。勢いを失ってしまうと命取りになる。それに立ち止まると筋肉がかじかんで動かなくなり痛みが増す。このまま走りつづけてもじきに限界に達し、これまでの努力が無になる。

陽の射さない寒々とした道の両側に並ぶ木々の頂(いただき)から、もう太陽が顔を出していた。湖にたどり着きさえすれば暖かくなる。脳の一部がそう請け合った。二キロほど後方の道が低くなっているところにいる車輛のヘッドライトが上を照らした。その一台目の車輛の音のせいで自分の荒い息遣いが小さく聞こえる。本能がラグランを振り返らせた。一台目の背後で、二台目の車輛のヘッドライトが上下左右に揺れている。一台目を躍起になって追い越そうとしているのだろう。先に狩りの獲物を仕留めるために。二台の車輛の出現はラグランの疑念が的中したことを告げていた。副所長は口封じにかかっている。

追手はどれぐらいの人数なのだろう？　十二人程度？　二台それぞれに武装した六名が乗っているのだろうか？　たぶんもっと多いだろう。刑務所で見かけた車輛を思い出せ。雪上車と小型トラックばかりだったが、二台の背後には青い回転灯が見える。追跡部隊は二十人態勢というところだろう。その距離は二キロだが、どんどん狭まっている。圧雪用のスパイクタイヤを履いていると思われる。もしかしたら、こっちを捕まえたい一心の運転手たちが、自分の運転技術を過信してしまうというツキに恵まれるかもしれない。こんな天候での運転は〝ゆっくり落ち着いて〟が基本だ。スパイクタイヤを履いていようが履いていまいが関係ない。雪の下の路面は凍りついている。そんな道路を車のコントロールを失わずに走らせるには腕と慣れが必要だ。連中は何キロ出している？　時速六十キロというところか？　せいぜい飛ばしてそれぐらいだろう。そこまでは出せないかもしれない。ラグランは腕の振りを大きくした。両脚がそれに応え、ペースは上がった。ガラスの欠片のような冷気をさらに吸い込み、痰を吐き捨てると唸り声をあげて全力で走った。追手は躍起になっている。時速六十キロで追いかけてくるのなら、一秒ごとに距離を十七メートル詰められていることになる。そこまで出してないといいんだが。もう結構追い上げられている。このままだと二分もかからずに追いつかれてしまう。銃を使うのは五十メートルまで詰められてからだと考えていたが、そこまでは待てない。ラグランはウェストバンドからＭＰ４４３（グラッチ）を抜いた。何発か撃てば速度を落とすかもしれない。

ラグランは振り返るとグラッチを両手で構え、先頭の車輌に向けて素早く二連射（ダブルタップ）した。ふたつの銃声が静まり返った空気を切り裂いた。この距離で撃っても当たるはずはないが、それでも運転手はこっちが振り返って狙いをつけて撃ったところを見たはずだ。銃声も聞こえたかもしれない。案の定、先頭車輌の運転手は自分に向かって銃が向けられていることに反応し、ハンドルを切った。そのときにはもうラグランは追手に背を向け、また走り出していた。三百メートル前方がこれまでより明るくなっている。陽射しが道の一部を照らしている。日光をさえぎる木々はもうないということだ。あの開けた場所が湖にちがいない。刑務所で聞いた情報と合致する。

背後では、先頭車輌のせいで後続が速度を落としていた。先頭が急ブレーキを踏んで横滑りし、後続が次々と玉突き衝突する金属音が聞こえた。エンジンがまわりすぎている音がすることから、追手の運転手たちは腕も経験もないくせに飛ばしてきたことがわかる。それでも、そのうちまたちゃんと走り出すだろう。雪や凍りついた道路をしっかり運転できる腕はあり、ただスピードを出しすぎていただけだ。ラグランは生死を分かつ一分を稼いだ。それでもあともう三分欲しいところだ。また追手の足を遅くしなければならない。

ラグランは道路脇の雪の山を跳び越え、せり出した枝の下に身を隠した。雪の山と氷のあいだから、木の幹が立ちはだかる森のなかに進む狭い小径が続いている。エンジン音が変わった。追手は減速している。ラグランは走った。枝が顔を捉え、腕を上げて払いのけた。追手はもっと慎重にやるだろう。向こうからこっちは見えないだろうし、どこにいるのか見当もつかないだろうし、待ち伏せを恐れてあまり近くまで車輛を寄せてこないだろう。追手はまた減速し、声が聞こえた。銃声が頭上の空気を切り裂いた。ラグランは自分の愚かさに舌打ちした。顔から枝を払ったせいで、木に積もっていたわずかばかりのきめの細かい新雪が舞い、それを見られたのだ。彼は雪の山の下にしゃがみ、背後を確認した。追手は百メートルの距離を取っている。また二発撃つと追手は散り散りになったが、やはりこの距離でも当たるはずがなかった。ラグランは枝に当たらないように身を屈めて走りつづけた。一瞬前までいたところの木に銃弾が当たった。

湖まであと二百メートルというところで小径は途切れた。

看守と治安警察たちはグラッチよりいい銃を持っている。弾丸（たま）の聞きまちがえようのない音が空を裂き、ラグランはジグザグに走った。脚の側面に鋭い痛みが走った。一発が腿をかすめた。別の一発が脇腹を切り裂いた。もう走れそうにない。ラグランは倒れ込み、木にまともにぶつかった。ほんの少しだけ時間をかけて息を整えなければならなかった。

一瞬、こんな羽目に陥ってしまった経緯に思いをはせた。追手の銃声はどんどん近づいている。

ラグランは膝立ちになり、銃を撃ちながら果敢に突っ込んでくる追手たちを見た。さらに四回引き鉄を引くと追手たちは散開したが、まだこっちの有効射程ではないことがわかっているので誰ひとりとして身を隠そうとはしない。意気軒昂に突っ走ってくる。ラグランはまたダブルタップした。数えながら撃っているから、残弾数は八発しかないことはわかっている。追手のふたりが頭から血を噴き出し、倒れた。いきなりの着弾にラグランも追手たちも驚き、時間の流れが一瞬止まった。と、ライフルのより大きな銃声が荒涼とした光景に響き渡った。鞭を振るうようなヒュッという音がふたつ聞こえたかと思うと、さらにふたり倒れた。気をつけろという叫び声が交わされ、追手たちはパニックに陥った。素早い四連射が車輌のフロントウィンドウを粉々にし、エンジンブロックに命中した。五人目が片脚を吹き飛ばされ、苦痛の絶叫をあげた。仲間たちは一瞬躊躇したが、それでもすぐに勇を鼓して、倒れて叫び声をあげる男に駆け寄り、血の跡を残しながら車輌の陰に引きずっていった。

ラグランは木の幹に寄りかかって立ち上がり、脚を引きずりながら湖を目指した。ヒュッという音がさらに三回聞こえたが、今度はかなり近すぎて安らぎは感じられず、空気はざわついた。ラグランは身を隠せる森から湖と道のあいだの開けた場所に出た。湖一面の雪が陽射しを受けてギラギラと輝き、眼がくらんだ。白い湖のほとりで道がカーヴしている箇所で、雪のかたまりがぬっと姿を見せた。狙撃手は片手を上げるとライフルを肩に構え、二回撃った。振り返らずとも追手たちの悲鳴が聞こえた。

ラグランがかつての戦友で親友のもとにたどり着くと、白ずくめの狙撃手は横に数歩よけ、雪に覆われた防水シートを剝ぎ取り、ふたり乗りのスノーモービルをさらけ出した。

「まさか脱走に成功するとはな。おまえも歳を食ってのろくなっているからな。まったく、クソみたいなありさまだな」セルジュ・ソコールはむっつりとした声で言った。「おまえがのらくらとやってたせいで、待ってるこっちはあやうく金玉が凍りつくところだった」

屈強なロシア人狙撃手は歯を見せて笑うと、ラグランの背後を見た。一台だけ無傷だった車輌がギアをバックに入れる音がし、生き残った追手たちは撤退していった。「もう邪魔はしないはずだ」ソコールは言った。

極度の疲労と痛みをものともせずラグランもニヤリと笑い、旧友に腕をまわした。

「助かったよ、鳥（ロワゾー）。治安警察がすぐにヘリを飛ばして捜索にあたるだろう」

「この天気じゃ無理だな。ヘリを飛ばせる頃には、おれたちはとっくにいなくなってる。四駆を隠してあるし、国境近くまでの逃走経路も隠れ家も確保済みだ。隠れ家には医者を待たせてある。おまえのことだ、あとで必要になると思ってな」ソコールはニヤニヤしながらそう言った。「じゃ、ずらかる準備をしよう。そしておまえには水分を補給してやる」

ソコールはドラグノフをスノーモービルの側面に取りつけた全天候型ケースに収めた。ラグランのリュックサックを森に放り投げると、ラグランが存在しない弟のコンスタンティンに電話して以来、ずっと背負ってきた自分のリュックをしっかりと背中に固定した。そして収納庫の蓋を開けて金属製の細い棒を取り出すと、スノーモービルの後部に固定した。それが終わると刃が短いコンバットナイフを巧みに操ってラグランの上着の袖を切り開き、消毒パッドの個別包装を開けて彼の腕を拭った。ソコールはラグランの冷たい肌を叩いて血管を浮かび上がらせ、カテーテルを挿した。そして収納庫から輸液パックを取り出すと金属の棒に吊るして調節した。

ラグランはショックと疲労と寒さで震えていた。

「もうちょっとの辛抱だ、相棒(モナミ)」手負いの友人に、ソコールは優しく声をかけた。彼はファスナーを全開にしてある断熱材入りの狙撃用つなぎも取り出してラグランに着せ、両腕と両脚のファスナーを締めた。カニューレを挿し入れる余裕は作っておいた。ラグランは温かみに包まれ、浸っていった。

「ありがとう」ラグランは言った。

ソコールはうなずいた。ラグランが気力と固い決意だけを頼りにしてここまで逃れてきたことを、彼はわかっていた。ソコールはイグニッションキーをひねった。フォーストロークエンジンが快活なエンジン音を響かせた。彼はスノーモービルの鼻先を氷結した湖に向けた。

ラグランは少しだけ振り返ってみた。森を貫く道の端に陽射しが達していた。あの待ち伏せ地点で流された血が硬い大地の下の血管を伝い、この凍てつく地で小さな川となって染み出していた。一陣の身を切るような風が梢を揺らし、雪が舞い散った。風が強まれば氷結した湖に積もった雪も吹き飛ばされ、スノーモービルの轍は消えてしまうだろうが、それはどうでもいいことだった。その頃にはもうふたりは姿を消しているだろう。

ソコールは半分だけ振り返り、ラグランの準備が整っていることを確認した。

「あのクソ野郎を追い詰めるためにどえらい距離を旅してきたな。そこまでしなきゃならなかったことなのか？」

ラグランはこくりとうなずき、友人の肩をポンと叩いた。ソコールはアクセルグリップをひねった。

「誰かがやらなきゃならなかった」ラグランはぽつりと言った。

二〇一九年一二月
ロシア連邦捜査委員会の公式サイトに掲示された告知

モスクワおよびエカテリンブルクの連邦捜査委員会は、ウラル連邦管区スヴェルドロフスク州で発生したエゴール・クズネツォフ殺人事件の捜査結果をここに開示する。最初に指摘すべきは、これは犯罪組織が国外組織に依頼した、復讐を動機とする殺人だという点である。当該組織はベラルーシ共和国の人員で構成されていると見られ、殺害の目的はクズネツォフが自分たちの活動に不利な証言をすることを阻止するためだったと思われる。モスクワ刑事警察による報告書にあるとおり、第七十四刑務所〈白ワシ（ビェリィ・アリョール）〉の警備班は地元治安警察の殺人捜査部と協働して当該組織の逮捕にあたったが反撃に遭った。数に勝る当局側は数時間に及ぶ銃撃戦を展開し、当該組織の逃亡を阻止し、逮捕を試みた。モスクワ刑事警察の報告によれば、当該組織の人員は全員射殺されたという。前述の当局側も四名が死亡し、多数が負傷した。第七十四刑務所からの脱走に関する連邦刑執行庁による調査の過程で、当該刑務所のアナトリー・ワシリーエフ副所長に対する懲戒審査と刑事捜査が開始され、同副所長はモスクワ近郊の拘置所に移送された。第七十四刑務所については警備体制についての徹底的な調査が継続中である。脱走した受刑者番号76590ダニール・レグネフの遺体は現在も発見に至らず、行方不明になり死亡したものとみられる。当受刑者は、刑務所を取り巻く荒涼とした人を寄せつけない大自然に呑み込まれてしまったものと思われる。

謝辞

まずは本作の調査にご尽力いただいた方々に感謝の言葉を捧げたい。

ロンドンのマイケル・ウォーカーは多忙な執筆活動の合間を縫って何時間も私を車に乗せ、雨に濡れ混雑するベッドフォード・パークやチジック・ハイ・ロードやハマースミスを駆けめぐってくれた。おかげでウェルッジュ・ロードの完璧な待ち伏せ地点を見つけることができた。さらに彼は困難な状況にもかかわらず、さらに遠くまで文句も言わずに足を運んでくれて、犯人たちが取り得る逃走経路と隠れ家をあれこれ挙げてくれた。彼が費やしてくれた貴重な時間は、待ち伏せ攻撃と誘拐のさまざまな要素を検討し執筆するうえで大いに役立った。ありがとう、マイケル。

ロシア編で最初に協力を仰いだオリガ・プチコワを紹介してくれたのは作家仲間のケイト・ファーニヴァルで、彼女自身もロシアでの思い出をいろいろと語ってくれた。きわめて多忙な身にもかかわらず、オリガは私が長々と並べ立てた質問にいちいち懇切丁寧に答えてくれ、ロシアという広大な国の各地方と人々の暮らしについての洞察を与えてくれた。私の読者のひとりであるジョン・L・スコットは、合衆国国際開発庁（USAID）の代表として長年ロシアで働いていた当時の思い出話を提供してくれ、さらには当時の同僚でモスクワ在住のイーゴリ・トロイツキーを紹介してくれた。本作でこの大都市のことを的確に描写している箇所があるとすれば、それがどれほど細かいところであっても、ひとえに地元愛溢れるモスクワっ子（モスクヴィチ）であるイーゴリがもたらしてくれた貴重な情報のおかげだ。本作に対する彼のすべてのコメントと、最終箇所をロシア語に翻訳してくれたことにも大いに感謝している。ロシア編で誤りがあるとすれば、それは私個人に責任がある。

アラビア語の文法に無知な私にとって、仕事仲間のイマヌエラ・アニソムとその父親のアブデラリ・アニソムがアラビア語の校正を担当してくれて大いに助かった。おかげで正しいかたちで記すことができた。

エディ・ローマンと新聞の結びつきについてはいくらか掘り下げて調べる必要があったが、引退したジャーナリストのマリリン・ウォーニックが親切にも〈メイル・オン・サンデー〉紙のジョン・ウェリントンと連絡を取ってくれた。ウェリントンは、私のもともとのトリックは事情に通じている人間ならおかしいと気づくはずだと即座に却下したが、その後彼が出してくれたさまざまなアドヴァイスにより問題を解決することができた。

〈ロシアの国家支援による組織犯罪（RBOC）〉に関する情報は山ほどあるが、私は合衆国国務省および同省外交保安局が発表した文書を重点的に調べた。欧州刑事警察機構（ユーロポール）とインターポールの役割ならびにヨーロッパにおける過去二十年間のロシアの犯罪組織の活動については、シンクタンク〈欧州外交評議会〉から貴重な知見を得た。

二〇二〇年、デヴォンシャーにて

デイヴィッド・ギルマン

訳者あとがき

ヤングアダルト（YA）向けのアクション小説や人気テレビドラマの脚本を手がけてきた作家デイヴィッド・ギルマンの手によるノンストップ・スパイ・スリラー『イングリッシュマン　復讐のロシア』*The Englishman* をお届けする。

ロンドン金融街の銀行役員ジェレミー・カーターが、土曜の朝に路上で襲撃を受け、誘拐された。犯人はロシアの情報機関の手足となっている〝反グレ〟の傭兵（フリーランサー）、JDことジャン・ドゥラコート。誘拐した目的は、実際は秘密情報部（MI6）の部員でもあるカーターが握っている情報だった。襲撃から誘拐完了までわずか二十七秒という、完璧なプロの仕事だった。ただちに捜査が開始されたが、手掛かりはいっさいなかった。事態を憂慮したＭＩ６の高官マグワイアは、フランス外国人部隊（レジオン）出身で凄腕フリーランサーの〝イングリッシュマン〞をフランスから呼び寄せる。誘拐されたカーターと親交があり、かつてMI6の仕事を請け負ったこともある〝イングリッシュマン〞ことダン・ラグランは、ロンドンの道路網を知り抜いているMI6のアビー・カールサーと、兄を殺したJDを執拗に追うモスクワ刑事警察の捜査官エレナ・ソロキナと共にJDを追跡するが、それをあざ笑うかのようにJDはまんまと逃亡する。復讐を誓ったラグランは、JDがかくまわれているロシア最深部の刑務所に潜入する。

ロシアの雪深い森のなかを男が逃げるプロローグから、話にぐいっと引き込まれる。第一部の西アフリカを舞台にした軍事スリラー小説さながらの戦闘シーンは、短いながらも臨場感がある。ロンドンを舞台にした第二部は、ほのぼのとした家庭の描写からいきなり襲撃と誘拐劇が繰り広げられる。そこからMI6の上司マグワイアの命を受けたアビーが南仏で隠遁しているラグランを探し出し、不本意なかたちでロンドンに連れてくると物語はいっきに動く。JDらの行方は杳として知れず、流れは一時停滞するが、〝氷の女王〞ソロキナの登場で加速していく。犯人一味の運転手とMI6のアビーの見事なハンドルさばきは、ウェスト・ロンドンをリアルタイムで走りまわっているような気分にさせる。犯人追跡やアクション、駆け引きといったお決まりのイヴェントだけでなく、ラグランとアビーの両親との対面、カーターの義理の息子スティーヴンとの心の交流などもタイミングよくはさまれ、読み手を飽きさせない。冬を前にしてすでに極寒のロシアの刑務所でのサヴァイヴァル、そして任務完了までは息つく暇もない怒濤の展開だ。

ストーリー展開以上に優れているのは人物描写だ。主人公のラグランは〝ジャック・リーチャーとジェイソン・ボーンを合わせたキャラクター〟と評されているとおり、ダークなイメージのあるスパイの世界にあって人間味に溢れている。少年兵を殺してしまった罪悪感から悪夢に苛まれ、友人カーターを命がけで、どんなことがあっても助けるという男気を見せ、その妻で妹同然の女性と子どもたちに絶えず心を配る優しい男だ。しかし敵には情け容赦ない。脇役もいい。ラグランがリーチャーとボーンなら、MI6のマグワイアはジョン・ル・カレのジョージ・スマイリーを彷彿とさせるスパイマスターで、沈着冷静さと冷酷さを見せつつも、生還の可能性がきわめて低いロシアの刑務所に潜入せんとするラグランを本気で止めようとする。ソロキナも〝鉄と氷でできたロシアの女少佐〟と、正義と復讐に燃える女、そして情熱的なセックスを愉しむ女という三つの顔を見せる。牢名主のエフィモフはもともとは冷酷な殺人者なのに、ラグランには父親のような優しさを見せる。しかし、読み手の心をもっともつかむのはなんと言ってもアビー・カールサーだろう。情報部員ではあるが前線に立つポジションではないのに、マグワイアによってラグランとの連絡係にされ、最初は彼に反感をおぼえつつも次第に惹かれていく。そしてソロキナに嫉妬し、なんとしても彼の役に立とうとする姿が健気でたまらない。著者のギルマンがYA小説を手がけてきた作家からなのだろうか、全体的に見てキャラクターの善悪がはっきりとしている。

著者のデイヴィッド・ギルマンはイングランドとウェールズで育ち、六ペンス硬貨の主人公が旅をする〝お話〟を六歳のときに書いたという。消防士、プロカメラマン、空挺連隊の偵察隊兵士、南アフリカの出版社のマーケティングマネージャーといった数々の職を経たのちに、一九八六年に作家デビュー。YA向けのアクションスリラー *Danger Zone*（二〇〇七年〜二〇〇九年）三部作は各国で称賛され、英国カーネギー賞の候補にもなった。百年戦争を舞台に、イングランド軍の弓兵の青年を主人公にした *Master of War* シリーズ（二〇一三年〜）は七巻まで刊行されている。小説以外にも、脚本家としてTVドラマ《フロスト警部》シリーズに参加している。『イングリッシュマン』は二〇二〇年に刊行され、二〇二二年にシリーズ第二作 *Betrayal*、二〇二三年には第三作 *Resurrection* と、立てつづけに続篇が刊行されている。*Betrayal* は、カーターを喪った心の傷が癒えないアマンダたちを連れてアメリカを訪れたラグランが、失踪したレジオンの仲間を捜しているうちに合衆国の高官たちによる〝裏切り〟の陰謀に巻き込まれていく。*Resurrection* は、サハラ砂漠で発見された年代物の戦闘機のなかに隠されていた、イギリスの大物スパイの情報を米・英・露、そしてラグランが追う。どちらも第一作をしのぐスケールの作品で、いずれお届けできればと願っている。

訳者略歴　英米文学翻訳家　訳書『シリア・サンクション』ベントレー，『極東動乱』ブランズ＆オルソン（以上早川書房刊），『アウトロー・オーシャン』アービナ他多数

HM=Hayakawa Mystery
SF=Science Fiction
JA=Japanese Author
NV=Novel
NF=Nonfiction
FT=Fantasy

イングリッシュマン　復讐（ふくしゅう）のロシア

〈NV1511〉

二〇二三年四月　二十日　印刷
二〇二三年四月二十五日　発行

（定価はカバーに表示してあります）

著　者　デイヴィッド・ギルマン
訳　者　黒木（くろき）章人（ふみひと）
発行者　早川　浩
発行所　株式会社　早川書房

郵便番号　一〇一‐〇〇四六
東京都千代田区神田多町二ノ二
電話　〇三‐三二五二‐三一一一
振替　〇〇一六〇‐三‐四七七九九
https://www.hayakawa-online.co.jp

乱丁・落丁本は小社制作部宛お送り下さい。送料小社負担にてお取りかえいたします。

印刷・中央精版印刷株式会社　製本・株式会社明光社
Printed and bound in Japan
ISBN978-4-15-041511-2 C0197

本書は活字が大きく読みやすい〈トールサイズ〉です。